KB015382

소설 윤봉길

무지개 위에 별이 뜨다

宣誓文
나는 赤誠으로써 祖國의 獨立과 自由를 回復하기 爲하야 韓人愛國團의 一員이 되야 中國을 侵略하는 敵의 將校를 屠戮하기로 盟誓하나이다
大韓民國十四年四月 ○日 宣誓人 尹奉吉
韓人愛國團앞

소설 윤봉길

- 무지개 위에 별이 뜨다

강희진 지음

明文堂

上海租界各官廨一覽圖

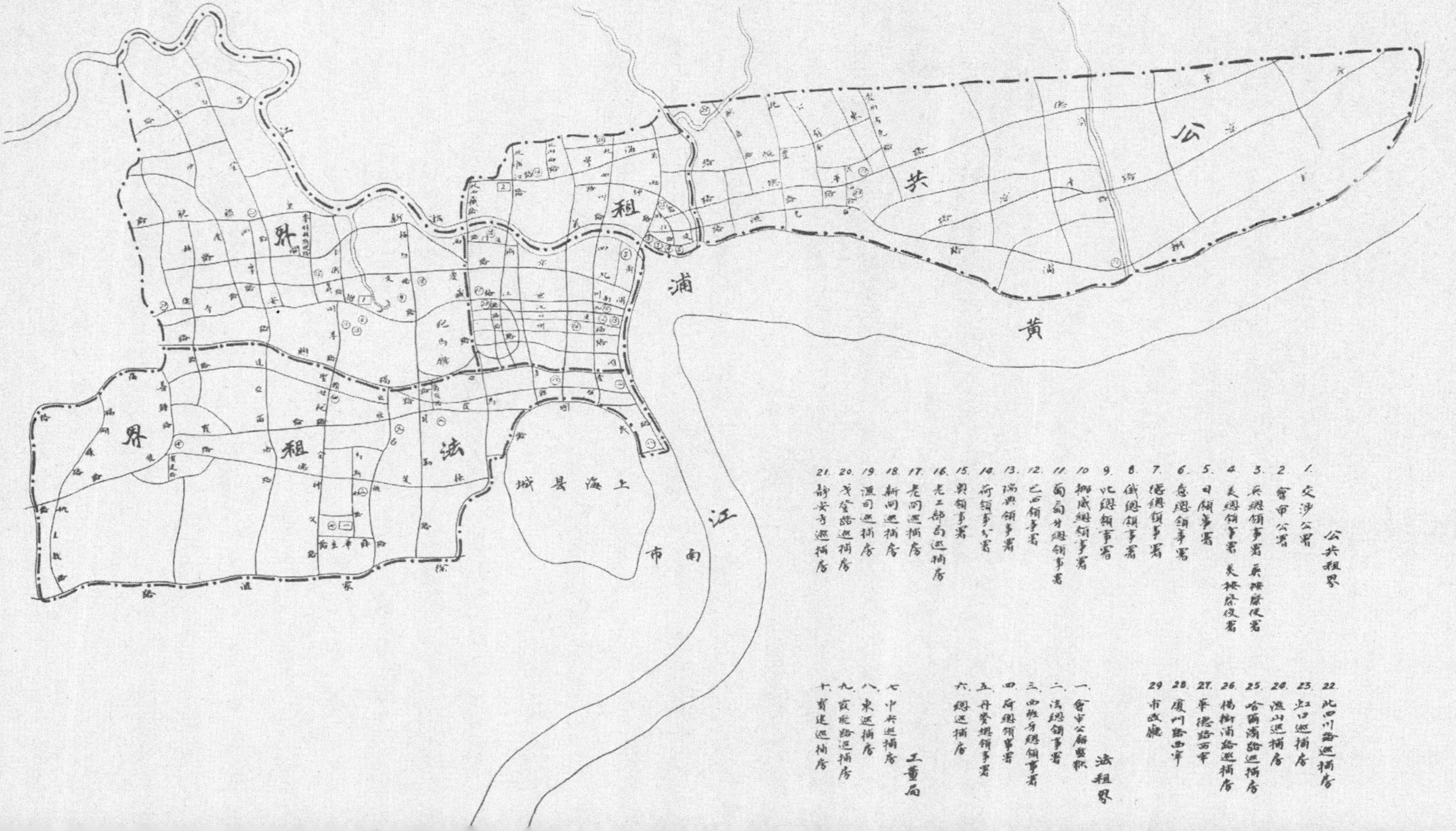
公共租界
1. 交涉公署
2. 會審公署
3. 英總領事署 英按察使署
4. 美總領事署 美按察使署
5. 日領事署
6. 意總領事署
7. 德總領事署
8. 俄總領事署
9. 比總領事署
10 挪威總領事署
11. 葡萄牙總領事署
12. 巴西領事署
13. 瑞典領事署
14. 荷領事公署
15. 奧領事署
16. 老工部局巡捕房
17. 老閘巡捕房
18. 新閘巡捕房
19. 匯司巡捕房
20. 戈登路巡捕房
21. 靜安寺巡捕房
22. 北四川路巡捕房
23. 虹口巡捕房
24. 滙山巡捕房
25. 哈爾濱路巡捕房
26. 楊樹浦路巡捕房
27. 平涼路西牢
28. 廈門路西牢
29 市政廳
法租界
一、會審公廨監獄
二、法總領事署
三、西班牙總領事署
四、荷總領事署
五、丹麥總領事署
六、總巡捕房
工董局
七、中央巡捕房
八、東巡捕房
九、霞飛路巡捕房
十、寶建巡捕房
公共租界
法租界
黃浦江
上海縣城
南市

차례

1. 홍구에 무지개가 떴다
- 마통馬桶 8
- 홍구공원 23
- 정치 44
- 이런 연합 56
- 상해의 아나키스트 72

2. 누구 없소?
- 국수 먹는 사람들 86
- 회자會者 95
- 취업 111
- 번신翻身 122
- 금강산호 144
- 공화의 주막 162
- 누구 없소? 172

3. 낯선 곳에선 별이 떠야 방향을 알 수 있다
- 겨울냉면 184
- 정리定離 198
- 편의대 208
- 회산항의 안개 217
- 상해 우편국 전보실 232
- 낯선 곳에선 별이 떠야 방향을 알 수 있다 251

　 － 제비뽑기 269

　 － 임갈굴정臨渴掘井, 목마른 사람이 샘을 파다 280

4. 향장목香樟木의 향기가 비를 재촉하다
　 － 역행하는 사람들 292

　 － 사자와 늑대 304

　 － 한인 애국단 1 314

5. 사자가 늑대와 함께 사냥을 나가다
　 － 사냥의 의미 322

　 － 마지막 국무회의 342

　 － 한인 애국단 2 356

6. 역사는 시인을 기억한다
　 － 모던보이 374

　 － 전춘餞春, 마지막 봄을 보내다 381

　 － 소풍 갈 도시락을 싸다 399

7. 달콤한 사랑의 길
　 － 남산 412

　 － 우단사련藕斷絲連, 연뿌리는 끊어졌지만, 실처럼 이어지다 420

　 － 상해에 남은 사람들 430

　 － 달콤한 사랑의 길, 첨애로甛愛路 434

　 － 에필로그, 별 그리고 서시 453

chapter

1
20일

홍구에 무지개가 떴다

마통馬桶

상해의 새벽은 늘 분주하다.

상해의 새벽하늘은 늘 세계 제국주의의 자본이 기지개를 켜고 무지개처럼 떠올라 손에 잡힐 듯이 가까이 다가온다. 날이 밝기도 전에 사람들이 하늘아래 영롱한 무지개 입구를 향하여 분주하게 움직인다. 누구는 뛰어가고 누구는 달려갔다. 그러나 그 자본은 사람들에게는 황홀할 뿐 만질 수 없는 해시海市같은 헛것 불이었다. 이 신기루에 몸을 맡긴 사람들이 득실거리는 곳이 바로 상해다. 생감자에 거세미 달라붙듯 사람들은 미친 듯이 자본을 한가운데에 두고 사방에서 파먹을 준비를 하는 시간이 새벽이다.

상해가 조용한 것은 밤뿐이다. 하루 종일 헛것 불을 쫓던 사람들이 내일 다시 뛰기 위하여 달린 길만큼 되돌아와 잠을 자야 했다.

그러나 상해의 밤은 무지갯빛 자본이 은밀히 실현되는 시간이다. 세계의 건축가들이 몰려들어 자웅이라도 겨루듯 아름다운 건물들을 세우고, 건물에는 또다시 신기한 네온사인으로 치장하여 마치 무지개가 땅으로 내려온 듯한 신세계를 만들고 있었다. 자본의 밤은 오히려 낮보다 더 화려했다.

그런 상해를 두고 중·일 간의 전쟁이 터지면서 이 신세계가 파괴로부터 가장 가까이 서게 되었다. 서구 제국주의자들의 강권으로 장개석이 세계 전쟁사에서 웃음거리로 전락한, 이 말도 안 되는 소주 이북에서만 벌이는 제한 전쟁을 하는 바람에 그 위협에서는 벗어날 수 있었지만 그렇다고 안심할 수는 없었다.

겁 많은 중국의 굴복이야 그렇다 치더라도 – 일본 제국주의자들은 자신들의 자본이 상해에서 실현되지 않으면 무슨 짓을 할지 모르는 썩은 자본의 뼈다귀를 물고 달리는 미친 개였다. 일본의 군부들은 이미 본토에 내재되었던 내부의 모순을 덮기 위해 조선을 넘어 중국 땅덩어리를 만주부터 조리돌림 하는 멍석을 말듯 돌돌 굴려가며 세력을 넓혀오며 세계를 위협하고 있었다. 지금은 국민당으로부터 버려져 고립된 19로군이 시라카와가 이끄는 일본군의 파상 같은 공격에 마침내 무너지고 조계를 포위한 일본군들이 밤을 지배하면서 모두 숨을 죽이고 쫓기던 꿩처럼 납작 엎드렸다. 세계의 자본들은 침묵했다. 그 힘을 부러워할 뿐 아무도 그것을 조롱하거나 탓하지 않았다.

그들이 언제 조계의 경계를 넘어올지 장담할 수가 없었다. 그동안 상해에 세운 자본을 일본군이 무너트리지 않을 것이란 확신은 정전밖에 없었다. 유럽의 제국주의들은 상해의 안전을 위하여 양측에 정전을 제안했다. 정전을 종용하자 상해 전쟁의 주역인 일본 장교 시라카와가 속으로 웃으며 전 병력에 공격 명령을 내렸다.

이제 일본제국주의의 자신감이 상해 조계 지역까지 승천하며 1932년 4월 20일 상해의 새벽이 밝았다.

- 모롱!

아무도 없는 빈 골목에 새벽공기가 말고 돌아가면서 강북 지방의 특유한 카랑카랑한 목소리가 몇 차례 퍼져나갔다. 아무런 인기척도 들리지 않았다.

몇 번을 외쳐도 인기척이 보이지 않자 돌아가려는 듯 잠시 기다렸다가 다시 한 번 끝소리를 길게 뺀 그의 소리가 농당의 깊은 골목까지 울렸다. 그의 끝소리가 치켜 올라간다는 것은 더는 기다리지 않겠다는 의미가 담겨 있었다.

상해 사람들은 이 모롱 소리에 잠을 깬다. 프랑스인들은 다세대 공동 주택인 농당을 지으면서 한 채라도 더 늘리기 위하여 중국인의 관습을 핑계로 제대로 된 화장실을 만들지 않았고, 중국인들은 관습처럼 각자 나무로 만든 임시 변기통인 '마통'을 만들어 화장실을 대신했다.

새벽이면 이 마통을 치우는 사람이 농당마다 돌아다니며 변기를 비운다. 이 일은 주로 조계 밖 평민촌에 거주하는 천한 강북인들이 도맡아 했는데, 마통을 엎어서 비우는 일이라 하여 도마통倒馬桶이라 불렀다.

농당 안 사람들은 그의 끝소리가 신경질적으로 치켜 올라가는 소리를 듣자 분주하게 움직이기 시작했다. 사람들이 한꺼번에 우르르 몰려 나와 새벽 골목길이 갑자기 번잡해졌다. 번잡스럽게 오가는 마통이 일렬로 서자 냄새도 함께 줄을 섰다.

사람들이 나오기 시작하자 사내는 둥글고 긴 분통糞桶을 실은 수레를 받쳐 세웠고, 자루가 긴 쇄자를 메고 수레 뒤를 따르던 아낙은 마통을 들고 나오는 사람들을 맞으며 부산하게 마통의 바닥을 훑는다.

재빨리 오물을 수거하고 마통을 돌려주어 다른 사람이 깨어났을 때 분뇨 냄새가 농당의 골목을 벗어나게 하는 것이 그들의 수완이다. 그들이 떠나고 냄새가 서서히 농당의 골목을 벗어나면 비로소 '상해인'들의 아침이 열린다.

　물론 농당의 부인들이 마통으로 아침을 맞이하기 전에 밤을 걷는 한 무리들의 사내들이 지나간다. 그러나 그들은 아침이 아닌 밤손님들이다. 공묘 수시반들이다.

　상해는 유독 겨울이 춥고, 가난한 사람들이 많아 굶어 죽는 일이 많았다. 밤이면 누가 죽였는지 어떻게 죽었는지 모를 주검들이 삭풍을 피할만한 곳이면 상해의 대로와 골목 구분 없이 곳곳에 널브러져 있었다. 대부분 평민이라 불렸지만 모두 유랑자들이었다.

　유랑자들은 사람의 계급에 속해 있기보다는 차라리 사람을 닮은 짐승에 가까웠다. 중국의 봉건 지주들로부터 해방은 되었으나, 그 자리를 공화정을 내세운 군벌들이 차지한 국가에서 해방 이후를 책임질 채비를 갖추기 전에 제국의 자본주의가 무산 계급인 그들을 덮쳤다. 그들은 호구지책에 대한 책임이 없는 봉건 노예들보다 더 가혹한 평등한 자본의 삶을 살 수 밖에 없었다.

　그들이 그곳을 떠나 황홀한 무지개를 걸타고 앉아 있는 조계 부근으로 한꺼번에 이동했다. 유럽 제국주의 국가들은 상해를 중심으로 중국 땅의 일부를 차지하고 '조계지'라는 이름으로 식민지 땅을 구분한 후 무지갯빛 자본을 옮겨놓았기 때문이었다.

　그들은 유럽 각국의 조계와 원상해의 평민촌 경계에 기거하면서 살기 위해 아침이면 조계 안에 들어왔다. 그러나 막상 와 보니 무지개는 내버려두고라도 할 일조차 없었다. 그나마 그들이 가진 직업 중 도마통이나 수시반이면 제일이었다. 그렇게 들어왔던 많은 사람들이 굶은 토끼처럼 자신의 구역으로 넘어가지 못하고 죽었다.

따듯한 담요 한 장이면 삶을 이어갈 수도 있었지만, 그들은 굳이 따뜻한 담요를 찾지 않아 얼어 죽었고, 한 끼 요기로는 만두 하나면 연명은 할 수 있었겠지만 굳이 만두조차 훔치지 않고 자신의 운명을 편안히 받아들이는 자들도 많았다.

대개는 굶어 죽은 자였지만, 일부는 맞아 죽은 자도 있었다. 그들 중에는 가끔 유랑자들의 죽음을 가장한 채 암살자들이 처단한 밀정들도 섞여 있었다. 상해는 경계 없이 여러 나라가 상존해 있어 밀정과 그들을 척살하려는 암살자들이 한밤을 오갔다. 특히 나라를 뺏긴 조선인들과 중국인 암살자들은 그들보다 빨랐다.

이렇듯 상해의 밤은 죽음의 밤이기도 했다. 밤을 통해 무관심한 시체들이 여기저기 너부러져 있었다.

그러나 프랑스 조계 공부국이나 경찰은 동양인의 죽음에는 티끌만큼의 관심도 없었다. 프랑스 당국의 입장에서 보면 이들의 주검 때문에 도로가 지저분해지고, 역겨운 냄새로 환경을 어지럽히는 것을 두고 볼 수 없었다. 그래서 이들의 시체를 치우는 일을 하는 수시반收屍班을 운영했는데, 그들은 수습한 시신을 상해 외곽의 너른 벌판에 안치 해놓았다. 일종의 덕대였다. 이곳에서 뼈만 남으면 한 곳에 매장을 했다.

대신 그들에게 일정한 대가를 지불해야했는데, 돈보다는 권한을 부여하여 건축현장의 인부를 관리한다든지, 시장의 질서를 관리한다든지, 자신들의 손을 더럽히지 않고 귀찮은 일을 그들에게 맡기었다. 그중에는 보선산장이라는 단체가 가장 막강한 힘을 가지고 있었다. 프랑스인들은 중국에서 배운 이이제이를 제대로 써먹고 있었다.

보선산장은 사람이 없는 밤을 지배하면서 구정물 나는 곳의 역겨운 돈을 챙기는 조직이었지만, 세상 밤 바닥을 훑고 다녔기 때문에 조계 경찰이나 일본 경찰 또는 밀정의 손에 미치지 않았다. 밤의 자유인이었다. 그들의 정보는 신문보다 빨랐고, 경찰보다도 한 발 앞섰다.

아나키스트들의 조직인 남화연맹 다물단과 중국 국민당 편의대 등 일부 비밀 단체들이 이들의 정보력을 그냥 지나칠 리 없었다. 요원을 보선산장에 침투시켜 확실한 정보를 얻기도 했고 때로는 새벽에 할 일과 경찰들이 미치지 않는 곳의 일을 은밀히 처리하기도 했다.

이렇게 새벽이 오기 전에 밤을 돌며 그 주검을 걷어가는 공묘 수시반들이 사람들을 깨우지 않고 슬쩍 지나간다. 죽은 자는 죽은 채로 산도시를 벗어나게 해야 했기 때문이다.

그들과 도마통은 밤과 아침의 경계에서 만나 삶과 죽음을 나눈다. 소리 없는 수시반의 주검이 지나가면 뒤 이어 나는 소리, 모롱! 이 소리는 바로 삶의 소리다.

청년 봉길도 그 소리에 늘 잠을 깼다. 겨우 살아났다는 신호다. 그의 삶도 상해 사람들과 함께 시작된다. 도마통이 지나간 뒤에는 야채장수들처럼 상해의 아침을 준비하는 사람들이 나설 차례다. 그들은 마통의 냄새가 안개처럼 걷히는 길을 따라 행장을 풀어 놓는다. 그도 새벽을 비집고 일어나 모롱 소리의 여운을 따라 농당을 나섰다.

되돌아보면 상해 생활 1년은 작은 농당의 비좁고 궁상맞은 정자칸에서 새벽을 맞이하기 위해 용을 쓰다 끝난 것 같았다. 유랑인으로 전락한 것은 아니었지만, 그렇다고 완전히 유랑자 신세를 면한 것도 아니었다. 그는 '유랑자'와 '상해인' 들 사이에 있는 경계인이었었다.

그는 도마통, 그들 뒤로 나서야 하는 제3의 계급이기 때문이다. 그래서 늘 삶과 죽음의 경계에서 도락질 하고 있었다. 일본제국주의와 싸우기 위해 삶과 죽음을 경계로 하지 못하고 오직 살아남기 위해 죽음과 나란히 뜀박질해야 하는 자신을 더 참아내기가 힘들었었다.

이 풍경을 보면 마치 상해의 낮은 계급 순으로 밤을 가르고 아침을 여는 듯했다. 이들은 다른 사람들이 깨기 전에 밤 고양이처럼 새벽길을 움직여야 했다.

그들이 지나가면 비로소 예쁜 그림책을 펼친 것처럼 프랑스 조계의 상해인들의 아침이 밝아오는 것이다. 프랑스인들은 이처럼 이미 깨끗이 치워져 밝아진 거리의 아침을 맞다보니 어두운 밤의 흐름을 알지 못했다. 그래서 사람들은 그들을 게으른 프랑스인들이라고 불렀다.

아직 거리엔 아무도 없었다. 하늘이 희뿌옇게 녹슨 철판 같았다. 건설 붐이 일어 곳곳마다 헌집이 무너지고, 무너진 집터에 새로운 농당이 건설되면서 상해의 하늘은 늘 뿌옇고, 공기는 낮은 지대의 습기와 만나 무겁고 탁했다. 그래서 상해의 하늘은 그 변화를 가늠하기 어려웠다. 비가 올듯하여 우산을 준비하면 비가 내리지 않았고, 해가 날듯 한 맑은 아침에 전차를 타면 내릴 무렵 비가 구질 맞게 내렸다. 그렇다고 그는 한 번도 우산을 가지고 다닌 적은 없었다.

오늘이 마지막 출근이었다.

상해의 탁한 공기는 늘 잔기침을 부른다. 봉길이 잔기침을 뱉으면서 재빨리 첫 전차를 탔다. 마지막이지만 동업자 계춘건에게 피해를 주지 않기 위해 발걸음을 서둘렀다. 계춘건은 애써 하지 않아도 된다고 했지만 그는 집을 나섰다.

봉길이 계춘건을 처음 만난 곳은 흥사단이었다. 상해 흥사단은 도산이 직접 이끌고 있었다. 흥사단 건물은 하비로 서쪽 끝에 있었다. 도산이 집 없는 단원들에게 거주지를 마련하기 위해 꽤 큰 건물을 임대해서 쓰던 곳이었다. ㄱ자 형태의 건물이었는데, 그 건물에는 집을 구하지 못한 단원 100여 명의 한인 청년들이 빼곡하니 입주해 있었다. 이들은 취업을 하거나 생업을 이어갈 수 있을 때 다른 사람들에게 방을 내주고 주변에 방을 얻어 살았다.

이웃해서 많은 사람들이 살았다. 최석순, 임득산, 이두섭, 홍재형, 구익균, 김태림 등이 살고 있었고, 고영희와 김동우도 부근에 주거지를 마련하고 살았다. 우당 이회영, 화암 정현섭이 이끄는 아나키스트들도 포석리를 중심으로 살았다. 이곳을 사람들은 태평촌이라 불렀다. 태평촌은 그들이 건설하고자 하는 이상촌에 대한 동경을 대신한 이름이었다.

봉길이 태평촌으로 들어온 것은 박진의 종품 공장에서 권고사직을 당하고 얼마 지나지 않아서였다. 처음에는 상해 아나키즘을 이끄는 우당 선생과 다물단들이 살던 포석리에 자리 잡았으나, 곧바로 돈이 떨어지고 집세를 내기 어려워지자 잠시 거주지를 옮긴 곳이 하비로 흥사단원들의 합동 숙소였다.

그곳에는 계춘건을 비롯한 흥사단의 주요 단원들도 도산을 만나기 위해 드나들었는데, 이때 그를 만났다.

계춘건은 흥사단원으로 도산이 난징에 이상촌을 건설하려할 때 중심인물이었다. 그는 영미기차공사 검표원 일을 하고 있었다. 지금 봉길이 호구지책으로 일하고 있는 홍구의 식품가게는 계춘건이 도산의 혁명 사업에서 조금씩 손을 떼면서 상해의 자본에 진입하기 위해 일본인 거주지인 홍구에 벌인 상업 중 하나였다. 그가 홍구에 가게를 얻고 상업을 하고자 할 때, 봉길에게 동업을 요청했었다.

계춘건이 상업을 같이 하자고 제안했을 때, 일본인 거주 지역에서 장사하는 것에 대해 봉길의 고뇌가 컸다. 그렇지 않아도 짧은 기간 동안 상해 한인 사회에서 그의 의지와는 다르게 많은 구설에 올라 있었다. 박진의 종품 공장 파업 문제는 물론이고, 공장을 쫓겨난 뒤에도 그것을 대수롭지 않게 생각하는 그의 괄괄한 성격이 숨어 지내는 상해 한인들과는 맞지 않았다. 누구도 그와는 사소한 일로도 엮이려 하지 않았다. 일단 밥을 먹고 사는 문제를 해결하기 위해 백방으로 취업 문을 두드렸으나 번번이 퇴짜를 맞았다.

취업을 잘 시키는 도산도 어쩔 도리가 없었다. 상해에 퍼져있는 그의 왜곡된 소문은 누구도 손을 쓸 수가 없었다.

이 지경에 이를 무렵 계춘건이 봉길에게 상업을 제안한 것이었다. 봉길이 깊은 고민을 한 것은 그 가게가 일본인 거주지인 홍구에 있어서 자칫하면 밀정이라는 오해를 불러일으킬 수 있었기 때문이었다. 밀정으로 몰리는 순간 가부를 떠나 정말 밀정 아니면 살아갈 수 없는 지경으로 몰리는 상해의 말 쏠림은 자칫 헛걸음을 떼다가는 걷잡을 수 없는 홍수에 떠내려가는 낙타 꼴이 될 수 있었다. 그것은 그동안 그가 겪은 오해와는 결이 다른 문제였다.

그렇게 올곧다던 우당도 그 쏠림에 당한 적 있었고, 글 솜씨 좋은 춘원도 그래서 상해를 떴다. 조계의 어지간한 한인들은 한 번쯤은 그 위기의 경험을 했다. 늘 조심하며 살 수 밖에 없었다.

그럼에도 불구하고 그가 계춘건의 상업 제의를 거리낌 없이 받아들일 수 있었던 것은 도산의 연설이 결정적이었다. 도산의 생각은 간명했다. 내가 깨끗하면 오해가 무슨 상관인가?

- 직업적 독립 운동가를 희망합시다! 우리의 주의와 정신이 아무리 좋다 하더라도 물질과 금전이 없으면 그 좋은 주의와 좋은 정신을 실현키 불가능할 것이오. 그 주의와 정신은 실질상 실현이 없으면 공상과 허론이 되고 말지니 좋은 주의와 정신이라는 것이 무슨 의미가 있는 것이

되겠소.

　배고파 주린 배를 움켜쥐고 자신의 신념을 실행하지 못하는 것보다 오직 신념을 굳건히 한 채 그것이 비록 적의 후방이라도, 적이 버린 구겨진 화폐라도 호구지책을 면하면서 의연하게 지키는 편이 훨씬 나았다. 신념과 함께 굶어 죽은 의기보다는 비겁한 삶이라도 살아 있는 의기를 택하게 한 것은 도산의 이 한 마디였다. 그래서 시작한 것이 홍구의 가게였다.

　그러나 홍구에서의 상업은 결과적으로 그에 대한 구설과 오해를 더욱 공고하게 해주었다. 도산만이 그의 의기를 믿어주었을 뿐이었다.

　숱한 억측을 불러일으킨 그 홍구로 마지막 야채 장사를 떠나는 봉길은 이제는 상해를 떠날 생각을 하니 한편으로는 홀가분했고, 한구석은 마음이 참참했다.

　새벽 전차는 아주 천천히 달렸다. 혹여 차를 놓친 사람도 뛰어가면 탈 수 있을 정도였다. 이 시간에 다니는 전차에는 주로 일본인들을 상대로 장사를 해서 호구지책을 유지하는 제3의 계급을 가진 사람들이 타고 다녔다. 이른 새벽이었지만, 이미 지쳐있는 사람들이 타고 있었다. 아침이 밝기 전에 이미 버거운 등은 굽어 있었고, 고개는 들고 있었으나 아무도 상대방을 보고 있지 않았다. 눈을 뜨고 있을 뿐 어떤 것도 바라보지 않았다. 그들이 보는 것은 빈 공간뿐이었다. 빈자리가 나더라도 괘념치 않고 전차가 섰다 가기를 자주 하느라 가등대는 자신들의 짐짝만 붙들고 있었다. 봉길이 개중에는 알고 있는 얼굴이 있었지만, 피차 서로 아는 체하지 않았다.

　봉길은 뒤쪽의 빈 자리에 앉아 눈을 감았다. 잠시라도 눈을 붙일 요량이었으나 그것은 자꾸 떠오르는 상념 때문에 헛된 핑계에 지나지 않았다.

이틀 후면 상해 삶을 정리하고 흉중에 큰 뜻을 품고 상해를 뜬다. 4월 24일 일왕의 칙어반포일 거사가 무산되면서 결정한 일본행이었다.

조선에서 만주로, 만주에서 청도로, 다시 청도에서 상해로 그의 여정은 계속됐다. 이제 상해에서 일본으로 가야 했다. 그러나 진실로 그것은 그의 길이 아니었다.

잠시적 역행…

그는 그 말을 몇 번이고 되뇌었다.

그가 이상국을 향한 여정을 잠시 접은 채 역행을 결심하고 상해로 들어온 지 1년이 무상 지났다. 역행은 그가 초모단 이흑룡의 손을 놓고 청도에 도착해서 얻은 결론이었다. 이흑룡과의 결별은 이상국으로 가는 길이 서로 다르다는 확인이었다. 이흑룡이 더 찾아보자고 했지만 그가 단호하게 말했었다.

– 더 이상 이상촌은 없소! 저들 앞에서는 무의미한 전진일 뿐이오. 눈앞의 현실을 보시오. 사회, 경제, 정치는 발생학적 순서 아니오. 그러나 현실적 통제관계에 있어서 이 순서는 극명하게 전도되어 있소. 경제는 사회에서 났으나 사회에서 떠나 사회 위에서 사회를 지배하고, 정치는 경제에서 났으나 경제를 떠나 경제 위에서 경제를 지배하고 있는 게 현실 아니오? 일본 제국주의의 정치는 군부의 총칼로 채워져 산처럼 짓눌려 있고, 경제는 천박한 자본주의가 강처럼 사회를 가르고 있소. 이 강을 건너고 산을 넘어야 이상국이 있다는 것을 이제야 알았소.

전차가 섰다 가기를 반복하면서 사람들을 태우고 있었다. 전차에 점점 사람들이 많아지기 시작하자 그의 상념도 다시 현실로 돌아와 바쁜 일정이 머릿속을 채웠다.

새벽이 밝기 전에 천문로 오풍리까지 뛰어 가서 새로 주문 들어 온 아침 배달 품목을 구입해야했다. 오풍리에는 일본인들이 좋아하는 중국 물건과 프랑스의 물건의 집합소였다. 특히 일본인들은 프랑스의 백분 밀을 좋아해서 며칠 분의 밀가루를 도매하여 가게를 채워야 했다.

다시 오풍리에서 대세계로 가서 홍구로 가는 전차을 갈아타려면 매우 바쁜 아침이었다. 그가 탄 전차는 정안사 공묘에서 출발하는 전차였다. 그가 사는 태평촌에서 조금만 뛰어가면 정안사 공묘 정거장이 있었지만, 늘 아침이면 오풍리에 들러 물건을 사야했기 때문에 긴 시간을 둘러서 다녔다.

전차는 오송로를 거쳐 그의 야채 가게가 있는 홍구공원으로 간다. 긴 시간이었다. 그나마 얼마 전부터 가게 결산도 할 겸 일이 많아 태평촌에서 나와 마당로 계춘건의 집에서 묵는 일이 잦아서 새벽잠을 조금 늘릴 수 있었다.

상해는 크게는 프랑스 조계와 공동조계로 나뉘었고, 일본인이 이주해 살고 있는 홍구의 준조계, 그리고 중국 원주민들이 살고 있는 원상해로 이뤄져 있다. 이들이 사는 곳을 평민촌이라 부르기도 하였다. 조계 경계와 평민촌 사이에 강북인을 비롯한 유랑인들이 모여 살았다.

프랑스 조계를 동서로 가로 지르는 도로가 하비로인데, 주로 한인들은 프랑스 조계에 자리 잡고 있었다. 프랑스인들은 하비로를 중심으로 조계의 신도시를 건설했다. 하비로가 큰 줄기라면 줄기를 중심으로 상하좌우로 잔가지처럼 도로를 만들었다. 하비로가 중심을 잡고 황포강 외탄까지 프랑스, 러시아인들이 부동산 투자를 하며 세운 신도시의 아름다운 건축물로 줄 세웠다면, 가지처럼 뻗어있는 측면 도로에는 신세계 상해를 건설하는 노동력인 중국인들 거주지로 농당을 지었다. 주로 프랑스 천주교단에서 농당을 지어 분양하거나 임대사업을 해 돈을 모았다.

일반적으로 프랑스 조계 내 특히 하비로를 중심으로 한인들은 끼리끼리 뭉쳐 살았다. 비교적 프랑스는 한인 망명자들과 한인 자본가들에게 관대했다. 망명자들에게는 정치할 기회를, 자본가들에게는 자본을 키울 기회를 방해하지 않았다.

봉길이 처음 상해에 와서 놀란 것도 바로 이런 것들이었다. 그를 기다린 것은 왜놈들과 맞설 전선이 아니라 정치와 상업이 전부였다. 뭐가 이런가? 라는 자문을 하기도 전에 배는 고팠고, 그의 신발은 헤져서 폐리가 되었다. 떨어지고 찢어진 가죽 신발이나 그의 마음이나 매 한가지였다.

한인들이 상해로 온 경우는 두세 가지였다. 한 부류는 조선 사대부 집안의 신지식인들로 신간회 해산 이후 국내에서 독립운동의 여건이 힘들어지자 비교적 한인들에게 관대한 프랑스 조계에 들어와 독립운동을 하기 위해 온 사람들과 그 가족 친지들이었다. 상해로 들어오는 이들을 맞이하기 위해 임시정부에서는 보강리에 별채를 마련하여 자리 잡을 수 있을 때까지 얼마간을 머물게 하였다.

또 다른 부류는 세계의 자본이 몰려있는 상해로 돈을 벌기 위해 오는 지주 자본가들과, 그리고 애매하게 이들의 곁을 따라 의도치 않게 와서 자유와 자본을 안 사람들이었다. 그들 중 일부는 돈을 벌었고, 대부분은 유랑자로 전락한 경우도 많았다.

그러니까 봉길처럼 초모단의 추천장이나 연고 없이 독립운동을 하기 위해 들어오는 경우는 매우 드물었다. 청년 봉길이 고향을 떠나 안동과 청도를 거쳐 상해에 도착할 무렵 한인들은 약 2,000명 정도 거주하고 있었다. 그곳에 임시 정부가 있었고, 그는 원하든 원치 않던 간에 타지에서 한 민족이 서로 의지하기 위해 임시 정부의 국민이 되었다.

그곳에서 김동우도 만났고, 첫 살림을 함께 한 안명기도 만났다. 그가 백범인줄은 나중에야 알았지만 지나치듯 백범도 무덤덤하게 만났다. 이들 임정 관계자와 한독당 계열은 하비로의 보강리, 마당로 - 이곳은 임정의 수도였다. - 보경리를 비롯한 임정 주변에 살았다. 기호출신들은 마당로와 가까운 하비로 중간 위쪽인 애인리에 살고 있었다. 사회주의자들은 프랑스 조계와 공동 조계 경계에서 서로 이웃하며 살았다.

상해는 유럽인들에 의해 번창한 도시였다. 밤에도 불이 꺼지지 않았고, 돌아가는 네온사인은 처음 온 사람들의 혼을 빼놓았다. 사람들은 이곳을 신천지라 불렀다. 그래서 무장투쟁을 하다가 상해를 다녀간 사람들이나 중국인들은 그들을 귀족 운동한다고 조롱하기도 했다.

한인들은 이렇듯이 크게는 태평촌과 신천지를 구분해서 불렀다. 물론 임시정부에서 만든 별도의 거류민 구역이 나뉘어 있었지만 세금을 걷는 일 외에는 실생활에서는 많이 쓰지 않았다.

봉길의 거주지는 처음에는 하비로의 화합방과 마당로 부근의 북영길리에 있었으나 서애위사로, 딸피스로 등을 전전하다가 포석리를 거쳐 지금은 태평촌에 두고 있으며, 가게 문제로 임시 거처를 계춘건과 함께 보경리에 두고 있었다. 그는 가끔 이 경로를 따라 스스로 사유를 했고, 친구 안귀생과 므훗하게 웃으며 자신을 되돌아보았다.

– 여봐. 안 선생! 이 길이 1년 동안 걸은 길이지만 내가 산 스무 댓 해 보다 길다는 걸 알기는 하는가. 그 길을 당신과 함께 했네 그려. 이제는 또 따로 가야 한다네. 궁극에는 조선에서 왕손으로 만나세.

그가 상해를 떠날 준비를 하면서 서로 다른 길로 떠나는 가장 친한 친구 안귀생에게 한 말이었다.

홍구공원

이 프랑스 조계를 지나야 공동조계가 나오고 공동 조계를 지나야 비로소 홍구 신공원이 나온다.

맑았던 새벽 날씨가 그가 탄 전차가 홍구에 도착할 무렵 조금씩 꾸물대기 시작했다. 날씨를 잘못 예단한 것은 오늘도 마찬가지였다. 집을 나서면서 잠깐 보인 쾌청한 하늘을 믿었던 것이 잘못이었다.

유독 오늘따라 많은 짐이 걱정이었다. 계춘건에게 오늘 뗄 장부를 보이자 그가 말했다.

– 당신은 떠나나 남나 무거운 짐을 지고 다니는군. 스물다섯에 질 무게치고는 무거워 보여. 여기 사람들은 나라를 잃었다는 것치곤 생각보다 모두들 가벼워 보이지 않나? 김문처럼 상업도 잘하고, 선우훈처럼 학교도 잘 다니고, 춘원처럼 글도 잘 쓰고, 그들의 짐이라고는 고작 상업 위에, 학교 위에, 글 위에 얹혀 있는 작은 보따리가 아닌가.

그 말은 많은 상해 사람들과 마찬가지로 자신의 짐도 자본 위에 있는 보따리뿐이라는 말이었다. 그러나 그의 변병이 봉길을 위로하지는 못했다.

봄비였다. 잦은 봄비는 심사를 어지럽게 했다. 봄비까지 그의 급한 성격을 재촉하고 있었다. 아직 내릴 곳이 남았지만, 그는 자리에서 일어나 밀가루 포대를 승하차문 앞으로 옮겼다. 당 역에서 내리던 사람들이 통로에 쌓인 밀가루 포대가 걸리적거리는지 눈을 흘긴다. 천상에도 급한데다가 비까지 내리니 자연스럽게 급한 성격이 전차에서 내리기도 전에 튀어 나온 것이다. 그는 상해에서 토론 때마다 급한 말투 때문에 신뢰를 잃었다. 그는 붉은 딱성냥 같아서 누군가와 부딪히면 자동으로 불이 붙는 성질을 가지고 있었다.

어느덧 전차가 홍구공원에 이르렀다. 외국인들은 신공원이라 불렀지만 현지인들은 홍구공원이라 부르기를 좋아했다. 그렇게 부르는 데는 그럴만한 이유가 있었다. 이곳은 원상해 사람들의 이상이 있던 곳이기 때문이다. 전해 내려오는 이야기가 있는데, 들어보면 이렇다.

사람들은 성 안에서 노예처럼 살고 있었다. 성에서 멀리 떨어져 있는 북쪽에는 늘 무지개가 떠 있었다. 오색찬란한 무지개가 마치 열린 대문처럼 사람들을 맞이할 준비를 하고 있었다. 무지개 밖의 사람들은 늘 배고프고 가난했다. 사람들은 그곳이 늘 궁금했다. 그러나 성주는 철저하게 그곳에 가지 못하게 막았다.

성주의 학정은 점점 심해져 백성들이 이곳을 탈출하고자 했으나 감시가 너무 심해서 탈출할 수가 없었다. 성주는 새벽이면 배가 고파서 죽는 아이들의 시체를 몰래 치우기 위해 부하들을 보내 성을 돌았다. 하루 종일 일을 해도 모든 것은 성주의 차지가 되었고, 그게 싫어서 일을 하지 않으면 가혹한 형벌이 기다리고 있었다.

그러나 그 형벌 속에서도 한 가지 희망이 있었는데, 비가 그치면 북쪽 하늘에 뜨는 황홀한 무지개를 바라보는 것이었다. 사람들은 저 무지개 속으로 들어가면 마치 아름다운 색조처럼 좋은 세상이 있다고 믿었다. 무지개 너머에는 그들이 살고 싶은 이상국이 있다고 믿었다.

그곳 사람들에게는 죽기 전에 이루고 싶은 한 가지 소원이 있었는데, 바로 그곳에 가보는 것이었다. 가끔 들리는 소문에 의하면 간신히 성 밖으로 빠져나가 무지개를 찾아간 사람들이 돌아오지 않았다고 했다. 그래서 그 무지개가 그 이상국으로 들어가는 문이라 믿었고, 그 이름을 홍구虹口라 불렀다고 한다.

그런데 그들이 진짜 자유롭게 홍구로 갈 수 있을 무렵, 사람들은 무지개를 쫓아 이상국을 향해 몰려들었고, 그러나 그들은 그곳에서 지옥을 맛봤다. 그 옛날, 무지개를 찾아 떠났다던 사람들이 맛본 그 지옥이었다.

어느 날 영국인들은 자신들의 조계에 길을 내더니 조계를 넘어 늘 연무가 끼어 있고, 풍경이 아름다운 홍구 땅까지 길을 내어 그곳에 아름다운 공원을 조성했다. 홍구 신공원이었다.

그리고 홍구 신공원 안에는 유럽인들이 자신들만이 놀고먹는 추악한 천국을 만들었다. 지금은 일본인들이 그 천국을 차지했다. 사람들은 분노했지만, 겁먹은 아이의 옹알거리는 아우성처럼 밖으로 나오지 못했다.

전차가 사천 북로 홍구 신공원 부근에서 서자 봉길이 서둘러 내렸다. 서너 포대의 밀가루를 혼자 내리다 보니 서둘러야 했다. 본래는 공원으로 오기 전 삼거리에 있는 그의 가게에서 내려야 했는데, 비가 오는 바람에 상덕리 창고로 직접 갖다 놓기 위해 공원 앞까지 왔다.

상덕리는 첨애로 안쪽에 있는 일본인 마을로 그곳엔 일본인들의 아침거리와 맞춤 물건을 보관하는 작은 창고가 있었다.

그는 그곳에서 계춘건과 함께 밀가루와 야채 장사 등 식품 잡화상을 하고 있었다. 사실 계춘건과 같이 한다고는 한다지만 거의 혼자 하고 있었다.

그러나 전차에서 내리자 어지러운 심사보다 더 다급한 것은 포대였다. 그의 어깨에 멘 밀가루 포대에서 빗방울 떨어지는 소리가 들리기 시작했다. 사부작거리며 비가 내렸지만, 빗물은 포대 속으로 천천히 조금씩 파고들고 있었다. 그가 정신없이 뛰어 가는 데 누군가 길을 막고는 앞발을 쑥 내밀어 고개를 외로 꼬며 올려 봤다. 어이없는 발길질은 자칫 그를 앞으로 넘어지게 할 뻔했다.

　　– 어이, 출입증!

차오렌 수위였다. 그는 첨애로 농당의 수위였다. 선천적으로 어깨가 올라가 수위들이 즐겨 입는 롱코트를 입으면 마치 허수아비 같아서 그의 이름도 '차오렌' 이라 불렸다.

큰 덩치가 앞길을 막고 서있기는 했지만 장난기가 잔뜩 서려 있다. 봉길이 그의 장난기가 귀찮은 듯 돌아서 가려 하자 재차 가로막는다. 비는 계속해서 밀가루 포대를 파고들고 있었지만 그는 아랑곳하지 않았다.

　　– 엉! 지금 바뻐. 너 하고 농 뭉칠 시간 없어. 등짝의 밀가루가 안 보이나? 눈치하고는…

차오렌은 장난을 받아주면 끝이 없다. 봉길이 나무라듯 그의 장난기를 눌러 버렸다. 차오렌은 봉길과 장난이라도 치지 않으면 하루가 무료하고 하루가 비굴했다. 이곳을 드나드는 사람은 아무도 그에게 말을 걸지 않았고, 말을 걸지 않는 사람들의 뻣뻣함에 그는 늘 비굴하게 인사를 해야 했다. 그래서 그가 봉길에게 거는 말투에는 좀 더 살가운 장난기가 서려있었다.

– 헤헷, 윤펭!

봉길이 홍구에서 쓰지 않는 중국 이름이었다. 차오렌은 정말 봉길이 무릎을 꿇고라도 가족을 책임질 줄 아는 자랑스러운 중국인이라 생각하고 있었다. 그는 항상 그곳에서 수위를 하는 자신과 일본인에게 물건을 파는 봉길과 동질감을 가지고 있었다.

– 이놈의 자식이! 잊지 마라. 나는 키치다, 히라누마 키치!

봉길은 이곳 가게에 일하면서 일본식 이름을 썼다. 주로 일본인들이 거주하는 곳이어서 상업하는 데 편리함도 있었고, 또 굳이 조선 이름으로 일본인들에게 업신여길 필요가 없었기 때문이었다. 차오렌은 그것을 충분히 이해하고 있었다. 그곳에서 차오렌 수위를 빼고는 모두 그를 일본인이라 생각했다.

차오렌도 그의 일본 이름을 알고 있었지만, 그는 둘만 있으면 중국식 이름을 불러 그와 장난을 치기 좋아했다.

"헤헷, 키치!"

차오렌의 실랑이는 간신히 밀가루 포대가 비에 많이 젖지 않을 때쯤에 끝을 났다. 영리한 친구였다. 밀가루 포대를 메고 오는 그에게 비 오는 것을 잠시 잊고 여느 때처럼 장난을 쳤지만, 그의 장난스러움과 봉길의 다급함의 경계에서 멈춘 것이다. 차오렌은 그러면서 둘은 한 발자국씩 더 가까워진다고 생각했다. 그는 봉길이 일본식으로 이름을 바꾼 것도 당연히 그래야 한다고 추켜세웠다.

창고까지는 조금 더 빨리 뛰어야 했다. 그의 장난 때문에 지체한 시간만큼 빨리 뛰는 모습이 우스웠는지 봉길이 창고가 있는 상덕리에 도착하여 조심스럽게 포대를 내려놓자 냇가 건너 또 다른 농당 수위가 킬킬댔다. 짱구 샤오신이었다. 이 작은 마을에 수위가 둘이나 있었다. 독특한 마을 구조였기 때문이었다.

중국에 건축 붐이 일기 시작할 무렵, 홍구공원의 동쪽 주변으로 작은 마을이 들어서기 시작했다. 주로 일본인들이 유럽인 조계에는 들어가지 못하고 상해의 구석진 곳에 쪼그리고 들어와 거주하면서 자연스럽게 일본인 마을이 형성되었다.

홍구공원은 정면으로 들어오는 길을 중심으로 T자의 고무래에 공을 올린 듯 자리 잡고 있어 어디로 오든 공원으로 들어오는 길은 이 세 길 밖에는 없었다.

지금 봉길이 창고로 사용하는 가게는 공원의 우측 길에서 갈라진 골목에 있었다. 우측 골목길로 접어들다 보면 홍구 공원을 둘러싸고 있는 숲을 기대고 있는 마을이 보이는 데, 길을 두고 양쪽으로 농당이 들어서 있었다. 이 길이 첨애로甛愛路였다.

첨애로 농당은 좀 특이한 구조를 가지고 있었다. 홍구공원 연못의 물을 빼는 퇴수로와 연결된 냇가가 첨애로를 남북으로 갈라놓고 있었다. 이곳에 다리를 놓았는데 매우 예뻤다. 용의 조각이 있는 난간이 있었고 초승달처럼 아름다운 곡선미를 갖추고 있었다. 홍구 지역의 마지막 무지개다리였다.

이 다리를 중심으로 입구 쪽은 전형적인 중국의 농당을 지었는데, 그 안쪽은 비교적 고급 단독 주택 단지가 형성되었다. 상덕리 마을이었다. 이곳은 주로 일본 거류민 고위 관료들이나 일본군 장교들이 살고 있었다. 마치 첨애로 마을이 상덕리 마을을 지켜주는 모습이었다. 일본인 거류지 중에서는 가장 안전한 마을로 통했다. 그런 이유로 밀정들이나 친일 자본가들이 안전을 위해 이곳에서 거주하기도 했다. 샤오신은 그곳의 수위였다.

그는 비 젖은 밀가루를 내려놓으며 건너편 샤오신 수위에게 손을 들어 인사를 했다. 강북인으로 생긴 모습에서 짱구라는 이름을 그에게 붙여주었다. 그는 그 별명에 매우 만족했지만 점차 '상해인'이 돼 가는 자신에 더욱 만족했다.

그의 가게는 이 다리 바로 앞에 자리 잡고 있어 주로 부유층에게 필요한 야채나 밀가루를 공급할 뿐 아니라 그들이 원하는 프랑스제 고급 상품을 거래하여 이득을 남겼다.

계춘건이 그들의 자존심을 적절히 살려주고, 물품도 공급하기 위해 아주 적절한 장소를 선택을 한 곳이었다. 부르는 맛도 있고, 시키는 맛도 있는 절묘한 자리였다. 가끔 수위를 시켜 물품을 가져가기도 했지만 대부분 봉길이 주문한 물품을 직접 배달해 주었다.

가게에 도착해 물건을 정리한 봉길은 아침상을 차리기 위해 주문한 밀가루와 야채를 가지고 다리를 건넜다. 힘이 장사라서 밀가루는 어깨에 메고 한손에 야채를 들고 주문한 집을 찾아 나섰다. 특별히 오늘 신경을 쓴 이유가 바로 일본 군벌의 현지처 집에 배달하기 때문이었다. 중국인인 그녀는 매우 상냥했지만 당당했다.

퇴수로를 따라 부엌 쪽으로 난 별도의 길을 통해 그가 주문한 야채를 내려놓고 나왔다. 아직 주인 여자는 부엌에 없었다. 늦지 않아 다행이었다. 그는 여느 때처럼 신문을 가지러 대문으로 갔다. 그 집 대문에는 늘 신문이 펴지도 않은 채 꽂혀 있었다. 그는 말도 없이 그냥 가지고 나왔다. 늘 그랬다. 그녀는 신문을 보지 않았지만 신문은 계속 왔고, 보지 않는 신문은 그가 가지고 와서 가게에서 필요한 곳에 썼다. 그녀는 그에게 신문을 주는 것을 매우 관대한 주인인 것처럼 행동했다. 그는 무심히 걸어 나왔다.

봉길의 무심한 걸음을 멈추게 한 것은 바로 그 신문이었다.

– 뭐야?

그가 신문을 보는 순간 헉하고 놀랐다. 이게 뭣이냐? 구겨진 신문 속에 요란하게 떠드는 글씨들이 튀어 나왔다. 신문의 중단에 난 조그마한 사각광고였지만 그의 눈에는 이미 다른 기사들을 덮고도 남아 신문 전면을 차지한 광고처럼 크게 들어 왔다. 그는 잠시 놀랐지만 침착했다.

자칫 다른 사람에게 조선어 쓰는 것을 들킬 뻔했다. 다행히 홍구에서 지켜 온 평소의 조심성 때문에 소리가 밖으로 튀어 나오진 않았다.

천장절 및 상해 전승 기념 관병식

일시 : 1932년 4월 29일 오전 9시
   9:00 관병식
   11:00 천장절 축하식
장소 : 홍구 신공원

* 내국인은 출입증, 외국인 초대장 지참 필.
* 매점을 열지 않으니 도시락과 물통을 지참하기 바람.

 일제의 군부들은 정말 자신만만했다. 본토의 내부 사정을 전쟁의 승리로 진정시키려는 군부들의 속셈은 바라는 대로 실현됐고, 문민 정부를 꿈꾸던 대다수의 일본 국민들은 이제 모든 것을 포기한 채 군부들의 힘에 이끌려갈 수밖에 없었다. 관병식은 어떻게 그들이 세계를 제패하고, 어떻게 대국인 중국을 유린한 것인지를 보여주는 사후 쇼이기도 했지만, 군부들의 악랄한 미래를 드러내는 거울이었다.

 퇴역군인 대장 시라카와는 군부와 정계에서 은퇴하고 가나자와에서 영웅으로 머물고자 했다. 그러나 중국과 상해전쟁을 일으킨 일본 군대는 중국의 일개 군벌인 상해 주둔 19로군에게 막혀 한발도 나가지 못하고 있었다.

 은퇴 장교 시라카와는 지리멸렬한 전선의 소식을 가나자와 해변에서 들어야 했다. 나약한 것들! 조선의 욕심 많고 노쇠한 양반들이 없었다면 어찌 조선을 병합했으며, 대체 어린 황제 푸이의 도움이 없었다면 만주는 어떻게 점령했단 말인가. 그는 군기와 충성심이 빠진 일본 군대가 못마땅했다. 또한 군부를 믿지 못하는 정부도 못마땅했다. 도대체가 일본에는 자신의 군대 말고는 그를 만족시킬 만한 것이 없었다. 시라카와는 비록 은퇴를 했지만 여전히 군인정신에 항상 긴장의 끈을 늦추지 않고 있었다.

 일왕 쇼와가 그를 불렀다.

 그에게 다시 전장으로 나갈 기회가 왔을 때 그는 충성심이 좋은 가나자와 해군 부대를 자신의 부대로 삼는 것을 조건으로 내세웠다. 그 충성스런 가나자와 해군이 그의 친위대가 되었다. 그들은 자신들의 영웅이 돌아와 자신들과 함께 하는 것만으로 과감히 죽음을 두려워하지 않았다.

그가 쇼와의 부름을 받고 군인으로 복귀를 결정했을 때, 그는 외부의 적도 많았지만, 내부의 적도 많았다. 거주지는 필경 여섯 가운데가 아니면 잠을 자지 않았고, 자동차는 다섯 대가 같은 번호를 달지 않으면 이동하지 않았다.

드디어 그는 전 일본 전투력 전부를 쏟아 부어 상해 전쟁을 승리로 이끌었다. 쇼와가 더 이상 전진을 하지 말고 정전할 것을 요구했다.

시라카와와 육군 수뇌부는 처음부터 정전을 반대했다. 그에게 정전이란 있을 수 없었다. 그에게 정전은 마치 고지를 점령하고 부대에게 하루 이틀 휴식을 주는 것 이상의 의미는 없었다. 군대가 하루 쉬는 데 협정을 맺고 쉰단 말인가. 휴식은 아주 기본적인 전술일 뿐이었다. 나약하고 어리석은 중국인들은 그것을 정전이란 이름으로 두려움을 피하려 하고 있었다. 군대란 휴식이 끝나면 자비 없는 진격이 있을 뿐이었다. 그것이 군대가 가질 수 있는 유일한 미래였다.

그러나 쇼와가 정전을 원했다. 시라카와는 은퇴한 자신을 다시 전장으로 부른 쇼와에게 무릎을 꿇고 충성을 다짐했었다. 쇼와는 겁쟁이였지만, 자신에게 다시 기회를 준 그의 명령을 듣기로 했다. 약속이자 조건이었다.

그가 못이기는 척 쇼와의 정전 안을 받아들였다. 그렇다고 무조건 정전을 할 수는 없었다. 그의 정전 전략은 쇼와 일왕의 의중을 숨긴 채 아주 교묘하게 진행했다. 상해에 진출한 제국주의들이나 중국에서 간절히 원하는 것으로 비치게 만들 기회를 엿보고 있었다.

그에게 드디어 기회가 왔다. 장개석이 겁을 먹고 있었고, 유럽인들은 자신들이 세운 자본의 천국인 상해가 안전하길 갈구했다. 그들이 정전을 간절히 요구했다.

시라카와는 승리의식을 치루고 싶었다. 시라카와는 정전을 받아들이는 조건으로 천장절과 승전 기념 관병식을 겸한 4·29 행사를 홍구 신공원에서 하길 원했다. 천장절은 쇼와의 생일 축하연이었다. 관병식은 자신의 군대에겐 휴식을, 상해 주둔 외국인들에게 그들의 위엄을 보일 수 있는 절호의 기회였다. 홍구공원으로 가려면 엄청난 화력을 지닌 일본 군대가 조계 한복판을 지나야 했다. 단순한 행진이 아닌 굴복의 의식이었고 점령의 상징이었다. 다분히 의도적이고 도발적인 요구였다. 일본 군대의 바다가 상해를 고립된 섬으로 만들고 그곳에서 자신의 전쟁 신화를 만드는 마지막 화룡점정을 찍고자 했다.

그의 의도는 적중했다. 예전에 중국의 5로군이 영웅 슈터의 장례식을 하기 위해 조계를 지나자고 했을 때는 반대했던 유럽의 각국 영사단이 그의 뜻대로 흔쾌히 일본 병력의 조계 행진을 허락하는 조건을 받아들이자 마지못해 정전협정 테이블에 앉는 것에 동의를 했다.

이로써 역전의 장군 시라카와를 앞세운 일본 제국주의의 군부들은 과감한 1·28 상해 침공 이후, 군화 발에 짓눌린 중국인민들의 핏빛 인주를 들고 교활한 숨고르기로 중·일 정전 협정을 진행하기 시작했다. 유럽인들은 상해 조계지를 덮칠지도 모른다는 불안감에 정전을 지지하였다. 그것은 대다수의 한인들도 마찬가지였다.

시라카와는 손쉽게 두 마리 토기를 모두 잡았다. 자신의 천황과 약속을 지킬 수 있었다. 또한 그들은 대내외적으로, 특히 상해에 주둔한 일본인들에게 자신감을 과감 없이 표출했고, 그 자신감에 그들은 열광했다. 그들은 영웅 시라카와의 사진을 수집하듯 모았고, 그가 사진으로나마 함께 있다는 것에 감격했다. 그의 사진은 일장기와 가치를 같이 했다. 심지어 사고팔기까지 했다.

더구나 천장절 행사를 함께 한다니, 이는 일본인들에게 자존심을 드높이는 계기가 될 것이 분명했다. 일본인들은 그동안은 번창한 서구인들이 만들어 놓은 문화 상해의 외곽 한쪽 귀퉁이를 차지하고 있었다. 그들에게 필요한 것은 모든 면에서 확장이었다. 그것이 자존감이든, 자본이든, 영토든 하물며 언어까지도 확장하기를 바랐다. 시라카와가 그것을 해냈고 일본인들은 열광했다. 비로소 그들은 상해 제국주의 자본에 한 손을 얹을 수 있었다.

그들은 상해 하늘에 일본어로 된 수많은 관병식 참여 독려 삐라를 뿌렸다. 굳이 초대장을 보낼 것인데, 형형색색의 삐라를 비행기에서 총알 대신 쏟아 부었다. 마치 무지개가 뜬 듯 어둠 칙칙한 상해의 하늘에 수를 놓았다.

응? 뭣이라?

봉길은 기대하지 않았던, 아니 그가 우려했던 일이 벌어지고 있는 것에 분노하고 있었다. 그는 우락부락한 눈썹을 송충이처럼 실룩거리며 접었다 폈다 하더니 분노보다는 신음에 가까운 속음을 질렀다. 그의 분노는 그것 말고는 어떤 소리도 낼 수가 없었다. 그는 시라카와가 전장으로 온다는 소리를 들었을 때 전쟁에 대한 확대를 은근히 기대했었다. 그러나 이렇게 중국이 쉽게 전쟁을 포기할 줄은 생각조차 하지 못했다.

기어이 시라카와가 전쟁을 끝내기로 했군! 교활한 놈! 돌 하나를 던져 두 마리의 새를 떨어뜨리는구나! 이 전쟁이 끝나면 조선의 독립은 또 얼마나 요원할까?

봉길은 1월, 그들이 상해 전쟁을 일으켰을 때 힘 대 힘이 부딪히는 강렬한 쇳소리를 기대했었다. 그러나 봉길이 정전의 기미를 듣게 된 것은 도산과의 겨울냉면 회동이 있은 얼마 후였다. 19로군이 잘 버티고 있었으니 이렇게까지 빨리 올 줄은 짐작하지 못했다. 장개석의 그 강렬한 힘이 중국의 인민을 위해 쓰이길 기대했으나 힘을 숨기고 오히려 내부로 총부리를 겨눌 뿐, 오히려 그들의 무기력은 일본인들의 무력만 팽창시킬 뿐이었다.

정전은 허세 많은 중국인들에게 일본인들이 조롱으로 답한 것이었다. 이는 중국의 남경 정부가 상해를 포기한 결과였다. 이미 중국은 일본의 상대가 되지 못하고 있었다. 무기력한 중국인들이 가는 곳마다 떠들썩하게 일본인에 대한 적개심을 드러냈지만 그것은 한낱 남우세스러운 허세일 뿐이었다.

그렇다고 기어이 정전까지 받아들이다니. 무기력한 장개석 같으니!

그러나 곧이어 그에게 닥친 것은 광고 앞에서 삭이는 분노 끝에 피어오르는 묘한 홍분과 전율의 엄습이었다. 그가 고개를 외로 돌렸다.

그래?

그가 다문 입을 뭉뚱그려 앙다물었다. 심장이 불규칙하게 뛰며 가슴이 뜨거워지고, 머리가 쭈뼛하니 섰고 뒤통수는 싸하니 찬물이 흐르듯한 소름이 돋았다. 그 전율과 홍분은 갑자기 그를 정지의 어둠 속에 묶어 두었다.

그러나 입술의 힘이 빠지면서 나온 것은 신음이었다.

아!

그의 신음 속에는 도산과 칙어 반포일에 하기로 했던 거사가 폭탄을 구할 수 없어 포기할 수밖에 없었던 아쉬움이 더 배여 있었다.

봉길은 아무것도 할 수가 없었다. 중국인 현지처가 돌아가지 않는 그를 보고 이상히 여겨 요란스럽게 화를 내며 사람을 부르는 바람에 서둘러 떠났지만, 봉길의 심신은 이미 노그라져 걷는 것조차 허위허위 대고 있었다.

간신히 다리를 건너 가게에 도착하자마자 그의 움직일 수 있는 모든 것이 멈춰 섰다. 가문 대지 위에 떨어진 물방울처럼 자신에게 남아 있는 마지막 남은 기력이 푸석거리며 사라졌다.

그는 무기력과 전율 속에서 빠져나가기 위해 버릇처럼 숨을 멈췄다. 육신의 행동도, 머릿속의 생각도, 가슴의 따뜻함도, 그리고 모든 것이 정지됐을 때 포섬의 주검처럼 숨도 멈췄다.

숨 멈추기는 그가 북영길리에서 태평촌으로 들어오면서 시작한 버릇이었다.

그가 북영길리 박진의 모자공장에서 떠나 포석리에 자리를 잡았을 때, 독립운동 단체에 입단을 다시 시도했다.

그는 박진을 비난하지 못하는 백범 곁에 더 이상 다가갈 수 없었다. 어린 의경대로부터 받은 심문은 그를 더욱 절망의 구렁으로 몰았다. 대다수의 어린 의경대들은 이미 오래전에 상해로 독립운동을 하러 온 사람들의 집안 자제들로 꾸려졌다. 대부분 스무 살 안팎 정도의 나이였고, 학교에 다니는 대원들도 많았다. 그들은 거류민들의 안전을 보호 하는 한인의 민간 경찰 역할을 하고 있었다. 이 의경대는 엄항섭이 이끌고 있었다.

임정의 미래이기도 했고, 임정의 행동대이기도 했다. 그들은 철저하게 공산주의자들의 이론을 반박했는데, 그 중심은 무지한 평등에 있었다. 평등한 노동과 평등한 임금, 그리고 평등한 인간에 대해 매우 회의적이었다. 그들은 자신들의 조상에 대해 자부심을 가지고 있었고 그들이 정의하는 평등은 최소한 그것으로부터 출발했다.

어린 의경대는 아주 매몰찼다. 그들은 그것이 임정의 어른들에 대한 충성이라고 생각했다. 그들은 신천지인 북영길리를 비롯하여 마당로 일대의 여론의 발이었다. 거기에다 한인 신문은 더욱 그를 난처하게 만들었다. 의경대가 발이라면 한인 신문은 여론의 날개였다.

그는 신천지에서 더 이상 견디기 힘들었다. 임시정부는 마치 뚫리지 않는 벽과 같았다. 학맥, 출신, 지연 등이 얽히고설킨 임시정부에는 초모단 이흑룡의 끈을 놓친 그로써는 더 이상 들어설 곳이 없었다. 그때 옮긴 곳이 포석리였다. 포석리는 신천지 마당로에서 많이 떨어져 있어 그들의 영향이 덜 미치는 곳이기도 했지만 대부분 임정에 호의적이지 않아서 그의 여론에는 별로 신경 쓰지 않았다. 그리고 찾아간 곳이 다물단이었다.

그곳에서 실천하는 아나키즘 혁명가 우당 이회영을 만난 것은 그에게 혁명의 호탕함을 배우는 계기가 되었다. 그의 혁명은 매우 호탕하여 가끔 봉길이 감당하기 힘들 정도였다. 거리낌이 없는 진격의 혁명이었다. 거침없이 펼쳐지는 그의 양타오촌은 봉길이 갈구하던 이상국 모습이었다.

그것은 사람을 대하는 태도에 있어서도 마찬가지였다. 그는 차이를 상관하지 않았고 혁명의 질을 탓하지 않았기 때문에 봉길과도 마치 친구처럼 말을 들어 주었고, 자연스럽게 봉길에게 봉길만의 혁명의 길로 인도해 주었다. 그는 봉길에겐 주체할 수 없었던 파도였다.

그런 그가 어느 날 뜬금없이 물었다. 워낙 봉길이 독립운동이란 말을 자주 내뱉었기 때문에 그랬는지도 모른다. 봉길은 우당의 앞에서 정정당당하고 자신 있게 할 수 있는 말이라고는 그 말 외에는 찾지 못했다.

그러나 상해에선 독립운동에 대한 이야기는 마을에서 도둑놈이 들어왔을 때 떠들어대는 이야기 정도로 빈번했고 만나는 사람이면 누구나 하는 이야기였다. 노선에 대한 차이는 냇가에 고기 잡는 방법만큼이나 많았고 별로 대수롭지 않았다. 그래도 봉길의 말이 유별났던지 웃으면서 우당이 물었다.

　- 자네는 독립운동이 뭐라 생각하는가?

　- 그야 당연히 일제의 속박으로부터 벗어나는 것 아니겠습니까?

　- 그래? 그럼 일제로부터 벗어나면 속박에서는 벗어났다고 생각하는가? 독립으로 자네의 이상국이 실현될까?

　- …

그가 잠시 자신이 생각해 왔던 자유에 대하여 생각하며 답을 찾는 동안에 우당이 다시 물어왔다.

　- 자네의 이상국은 어떤 나라인가?

우당이 물었다. 이번에는 우당이 기다려 주었다. 그가 한참을 생각한 다음 답했다.

　- 사회적으로 말씀드리자면 자유는 인민으로부터 나와 꽃처럼 아름답고, 평등은 맑은 샘물처럼 판판한 사회입죠.

　- 그렇다면 정치는 어떠해야 하는가?

우당이 답을 듣자마자 또 물었다.

　－ 정치는 허공을 휘젓는 불처럼 사회 위에 서지 않고, 배를 띄우는 물
처럼 아래에서 힘이 되는 사회입죠.

　－ 그래? 그럼 그런 정치를 하는 사회는 또한 어떠한가?

그들의 물음과 답은 아무런 제지도 받지 않고 계속됐다. 노 혁명가
의 안색이 모처럼 밝았다.

　－ 사회는 농민과 노동자로부터 나오되 농민은 인류의 생명의 창고를
지키고, 노동자는 인류의 창고를 건설하는 역군으로 창고를 짓는 노동
자가 무너지면 창고가 무너지고, 창고를 채우는 농민이 무너지면 창고
를 짓는 노동자의 노고가 헛일이 됨을 아는 사회입죠. 모두가 하나인 사
회가 바로 저의 이상국입죠.

　－ 오! 자네가 이끌어야 할 경제는 또한 어떨까 궁금하군.

　－ 경제는 사회로부터 나와 인민을 지배하지 않고, 자본은 군림하는
쇳덩어리가 아니라 사회를 움직이는 기름 같은 것입죠. 이로써 사회는
각자도생이 아니라 공생을 추구하는 경제가 올바른 방향이 아니올런지
요? 이런 나라가 제가 꿈꾸던 이상 국가입니다.

비로소 이 대답까지 듣고 우당이 그동안의 잔잔하게 울렁이던 홍
분을 가라앉히고 밝은 안색을 거둬들인 뒤 다시 몸을 젖혔다. 한동안
봉길과 여행을 함께 한 듯했다.

- 독립운동이란 그런 것이네. 모두 자신의 이상을 위해 독립운동을 하지.

우당 앞에서는 항상 말을 하는 데 신중해야 했다. 그렇지 않으면 몽둥이 바람처럼 어디에서 무슨 말로 그에게 밀려들어올지 모른다. 아, 그렇지! 그로써는 몇 년을 고민했던 화두였다. 이상은 농민운동을 시작하면서 밀고 들어왔던 화두였고, 이상을 실현시킬 자유는 매우 폭넓게 그의 사유와 행동을 넓혔다.

이상국으로 가는 첫 질문이자, 첫 관문이었다. 그와의 만남은 안개가 걷히는 숲과의 만남이었다. 혁명은 새로운 이상국을 준비하는 사람들의 몫이었다. 친구 안귀생도 같은 말을 했었지만, 사실 그가 그 말을 이해하는 데는 오랜 시간이 걸렸다.

대답도 하기 전에 그가 다시 바람처럼 훅 들어왔다. 바람은 준비한 사람들에게만 불지 않는 법이다.

- 그렇다면 자네는 독립을 위해 죽을 수 있는가?

우당에게 독립은 그 시작의 문일 뿐이었다. 문이 열려야 방으로 들어갈 수 있는 법, 그의 역행도 닫힌 문을 여는 것일 뿐이었다.

그는 많은 맥락을 생략했다. 그의 어법이 그랬다. 많은 것을 생략했고, 그 생략은 상대방의 정곡을 파고들어 스스로 생략을 이어가게 했다. 그러나 그것은 한 번도 생각해 보지 않았었다.

- 글쎄요. 상황이 오면 어떨지 모르겠습니다. 그러나 죽음을 대수롭게 생각하지는 않고 지냈습니다만.

- 다시 묻지. 죽는 게 독립이라고 생각하면 죽을 수 있겠나?

당연했지만 그가 머뭇거렸다. 숱하게 독립을 외치고 다녔지만 지금까지 죽음에 대하여 거론할 만한 곳은 없었다.

군인라면 그럴 수 있다고 생각했다. 그러나 그때까진 그가 생각하는 군대는 없었다. 이흑룡이 소개해준 만주에도 그의 죽음을 거론할 만한 군대가 없었다. 그가 답을 미룬 이유였다.

우당이 그 틈을 밀고 들어왔다.

- 해방이란 내가 죽어 우리를 독립시키는 거라네.

우당의 말이 그의 머쓱한 머뭇거림의 시간을 채웠다. 그가 다시 물었다.

- 자네 숨을 멎을 수가 있는가?

- 예, 오래 참을 수 있습니다.

- 한 번 해 볼 수 있겠는가? 자네가 죽음에 직면했을 때 왜 죽어야 하는지 사유할 수 있을 거네.

봉길은 또 그의 생략된 어법의 정곡에 빠졌다.

우당은 아주 부드러운 노인의 웃음을 지며 부탁했지만, 듣는 사람은 거절할 수 없는 위엄이 느껴졌다. 평생을 전선에서 보낸 노 혁명가의 군은살이 말투에도 드러나는 듯했다. 그가 숨을 멎기 시작했다. 시간이 지나가고 있었고 적막하게 흐르는 시간이 짧게 지나갔다. 그는 평소 고향의 가야산 계곡에서 멱을 감으며 동무들과 물속에서 숨

참기 시합을 할 때를 생각하면서 참기 시작했다. 얼굴이 붉어지고 목줄기에 핏대가 서더니 점점 참던 숨이 눈으로 새어 나올 무렵, 폭발하듯 숨을 내쉬었다. 1분은 얼추 지난 시간이었다.

    – 충분하다고 생각하는가?

    – 오래 참았다고 봅니다만.

그는 자신만만했다. 그러나 봉길은 우당이 함께 숨 멈추기를 했다는 것을 늦게야 알았다. 우당은 매우 평안했다. 우당의 숨은 애초에 진공의 방 안 같았다.

그러나 우당은 그의 숨 참기 시간에는 관심 없다는 듯 또 엉뚱한 질문을 했다. 그러나 그 질문은 그들과 함께할 수 있는 기본적이고 상식적인 질문이었다는 것을 나중에야 알았다.

    – 그럼 그렇게 숨을 멎은 채 스스로 죽을 수 있겠는가?

    – 예?

다시 질문이 죽음으로 돌아왔다.

봉길에게 죽음을 거론한 사람은 그 자신 밖에 없었다. 만주에서 만난 부러진 총구를 가지고 적들과 마주한 작은 부대의 독립군들의 주검도 그에게 죽음을 거론하지 못했다. 상해는 삶조차 거론하기 어려웠다. 제국주의 자본의 틈바구니에 낀 유랑자들 틈에서 들려오는 살을 가르는 비명소리도 그에게 죽음을 거론하지 못했다.

오히려 그에게 죽음을 거론한 것은 그의 고향집에서였다. 이미 모순을 비껴가고 있어 암울하고 퇴색한 계몽운동, 안개가 걷히지 않는 이상국, 그리고 그 땅 위에서 사는 황폐한 그였다. 그 황폐함을 견디다 못해 떠나온 집이었다.

장부출가생불환丈夫出家生不還. 그러나 생각해보니 그것조차 죽음을 찾아가는 것이 아니었고, 죽음을 마주하는 것도 아니었고, 죽음을 생각하고 말한 것은 더욱 아니어서 이상국을 향한 먼 여정의 객쩍은 혈기에 불과했었다는 것을 깨닫게 해준 것이 우당이었다.

우당만이 진지하게 그에게 죽음을 거론하고 있었다.

그때까지 그는 우당의 숨 멎는 행위가 무엇을 의미하는지 몰랐다. 새벽 전차를 탈 때, 혼자서 습한 바람만 오가는 농당을 걸을 때, 그의 두툼한 체력이 쪼그라져 더 이상 버티기 힘든 상태로 정자칸에 도착하거나, 배고픔이 외로움과 함께 화려한 상해 밤거리에서 홀로 지척일 때면 그는 연습을 했다. 그 연습이 실제일지도 모른다는 생각이 들 때까지 그는 연습을 했다. 그리고 지금은 어느새 버릇이 되었다.

마치 운동하는 것처럼 매일 숨 멎는 것을 연습했었지만 이렇게 시라카와가 내보낸 광고 앞에서 쓰일지는 몰랐다. 그는 심장이 멎는 느낌이 와서야 끝낼 수 있었다.

그 연습이 되풀이 될수록 어느덧 숨을 멎을 수 있는 경지까지 다다랐고, 때로는 그대로 숨을 멎을 수 있을 지경에서 겨우 숨을 되찾아 긴 숨을 내뱉었다. 그 지경에서야 그는 안정을 되찾았고 그 기회가 자신에게 오지 않았다는 분을 삭일 수 있었다.

그는 이미 노그라진 다리를 이끌고 도산과의 22일의 약속을 지키기 위해 일찍 가게 정리를 마치고 홍구를 나왔다.

정치

환룡로環龍路 118롱 19호, 이곳은 아주 작은 농당으로 주로 외국인들이 살았는데, 그중 아스타호프 여사는 건물의 두 개 층을 모두 쓰고 있었다. 그녀 집의 2층이 엄항섭과 함께 쓰고 있는 백범의 임시 거처였다.

그곳으로 통하는 진입 통로는 매우 복잡하고 다양했다. 보통은 신도시가 건설되면서 구역이 잘 짜여있었지만, 이곳은 본래 용이 꼬리를 말고 서렸다는 이름대로 길이 얽히고설키고 남은 공간에다 건물을 짓는 바람에 드나드는 곳이 매우 복잡했다. 그 공간이 큰 곳은 큰 농당이 들어섰고, 작은 공간은 유럽인들의 단독 주택이 들어섰다.

백범이 머물고 있는 환룡로 농당도 농당과 농당 사이의 섬같이 작은 농당이 마치 몸자처럼 좌우 앞뒤로 모두 길이 나 있어서 이곳을 한번 돌아 다시 제 길을 찾으면 누군가 뒤에서 쫓아오는 것을 오히려 뒤돌아 뒤쫓을 수 있는 구조였다. 백범을 만나기 위해 요원들이 드나들 때는 곧고 짧은 통로를 이용하지 않고 애써 다른 농당의 뒷골목을 통하고 몇 번의 되돌이를 한 후에야 19호에 도착할 수 있었다.

이봉창 의사의 앵전문 일왕저격 사건 이후 백범의 신상에 현상금이 붙은 뒤로 피하기 수월한 이 집으로 거처를 옮겼다.

그가 거처하는 깊숙한 방은 사방을 커튼으로 둘러치듯 막아놓아 그렇지 않아도 비가 내리는데다가 해가 질 무렵이라 더욱 어두웠다. 침묵까지 더해 어두운 빛은 방 안의 공기를 가둬놓고 있었다. 다만 가끔씩 그들의 작은 움직임이 있을 때마다 검은 빛이 따라가니 사람이 있다는 것을 알 수 있을 정도였다.

방 안에는 검은 빛의 미동이 보이는 그림자 둘이 있었다. 한 사람은 말을 많이 하지 않을 듯이 의자 깊게 앉아 있었는데, 한 손에는 신문 한 장이 반쯤 펼친 채 또 반을 접힌 채 들려 있었다. 다른 한 사람은 서 있었다. 서 있는 사람은 엄항섭이였고, 의자에 앉아 고심이 깊은 사람은 백범 김구였다.

그는 한 번도 국가를 맡아보겠다는 생각을 해본 적이 없었다. 국가를 탐낸 적도 없었다. 그의 정치 입문은 국가에 말 걸기부터 시작되었다. 사제가 신에게 말을 걸 듯 국가에게 말을 걸고, 신이 사제에게 말을 내리듯 국가에서 인민들에게 말을 내리기를 바랐을 뿐이었다. 말이 없는 국가는 죽은 국가였다. 조선이 그랬다. 말이 없는 조선에게 말을 해달라고 말을 건 것이 전부였다.

그런데 지금은 말을 걸 상대조차 뺏겨 버렸다. 죽은 조선을 왜놈들이 뺏어가 버렸다. 그는 말을 걸 기회조차 잃어버렸다.

그는 그 고독을 잘 알고 있었다. 말할 기회가 없다는 것, 말할 상대가 없다는 것, 국가가 없다는 것, 사제가 신을 잃어버린 것과 같은 상실감이었다. 신의 말을 듣지 못하는 사제가 어떤 고통을 당하는지 숱하게 보아왔다. 지금까지 그 말할 상대를 찾아 여기까지 왔을 뿐이었다. 그것을 가로막는 것이 왜놈이면 왜놈을 죽였고, 혹여 그것이 조선인이라 해도 가차 없이 처단을 했다. 사람들이 그를 일러 냉혹한 혁명가라 불렀다.

촌장 조개가 쫓기고 쫓기다가 양산박에 갔듯이 일개 도존위 아들이 쫓기고 쫓기다가 임시정부까지 왔다. 문지기가 되고자 했으나 지금은 어쩌다가 말없는 임시정부를 맡고 있었다. 사람들이 혁명가에서 정치인이 되어 버렸다고 비난했다.

그는 국가가 이렇게 자신의 코앞에 있을 것이라고는 생각하지도 못했다. 막상 그 앞에 섰으나 그것이 그리 초라할 수 없었고, 다가가기조차 힘든 거대한 거인인줄 알았는데, 그리 작을 수가 없었다.

밖에서 화난 아이가 화풀이할 어머니를 찾듯이 찾아 온 임시정부가 말할 힘조차 없는 한줌 그가 보호해야 할 풀죽은 방초에 불과했다. 그는 그 방초를 살리기 위해 모든 가치를 버렸다.

초조, 그는 망명 이래로 이렇게 초조해 본적이 없었다. 그가 초조하다는 것은 오히려 그의 낯빛을 흙빛으로 만들어 보는 이로 하여금 그의 굳은 의지로 착각하게 만들었다. 엄항섭이 그의 의중을 읽었다.

그는 임시가 아니었으면 국가를 맡지도 않았다. 그의 몫이라고 생각하지도 않았다. 다만 임시로 자신의 말 상대가 굳건해질 때까지 맡기로 한 임시정부였다. 그는 결코 결정의 자리에 있고자 하지도 않았다.

그런데 임시정부가 무너지고 있었다. 다른 사람들에게는 구실이 무너지고 있었지만, 주변 사람들은 그에게는 기회가 주어졌다고 했다. 임정이 무너지면서 백범에게는 많은 기회가 왔다. 어느덧 문지기에서 정부의 재무의원까지 맡게 되었다. 그리고 책임감도 함께 왔다. 그 책임감이 간혹 그를 냉혹하게 만들곤 했다.

백범이 잘 모르는 다른 통로를 통해서 들어 온 조소앙의 자금을 재무위원으로의 일원화라는 명분으로 무리를 해서나마 완력으로 찾아온 것이 국무령 석오 이동령의 신뢰를 얻을 수 있었다. 미국에서 자금을 보내는 이승만과 그 자금을 관리하는 소앙의 경계를 더욱 높이긴 했지만, 백범은 그것은 아무리 생각해도 잘한 일이라 생각했다. 재무의 일원화는 조선이 개혁정치를 표방할 때마다 필요성이 요구되었다. 임정의 자금력이 부족한 상황에서 어렵게 들어오는 후원금을 개인이 관리한다는 게 여러 면에서 불합리했다. 석오 또한 백범의 완력이 아니면 임정이 버티기 어렵다는 것을 알고 있었다.

　그것이 옳다는 것은 알았지만, 임정으로 수렴되지 않는 도산의 민족유일당 운동을 반대한 일이나 그 과정에서 자치주의를 비판하면서 관계가 틀어진 것 등은 모두 그가 곁에서 말하고 들어줄 방초가 약한 데 있었다. 아직 방초가 뿌리도 내리기 전에 너나없이 자기의 물을 주고 자신의 바람을 불어넣는다면… 결과를 예상하기도 싫었다. 나무에 물이 필요한 것은 사실이지만, 물이 많으면 나무는 오히려 물에 빠져 허우적거릴 수밖에 없었다. 비록 단일대오는 무산됐지만 그나마 임시정부가 무너진 것은 아니었으니 다행이었다.

　그런데 막상 모두 물러나니 홀로 남아 터진 풍선에 바람 불기를 하고 있었다. 이제 그에게 희망이 있다면 공화주의 신봉자인 중국 장개석의 지원뿐이었다. 마침 마지막 기회가 그에게 왔다. 왜놈들이 큰 기회를 주었다.

　그런데 그것이 잘 풀리지 않고 여러 곳에서 막히고 있었다.

　주어진 기회를 살릴 준비가 잘 되지 않고 있는데다가 더구나 모두 다 기회로 삼고 있었기 때문이었다. 다물단은 그렇다 치더라도 거기에다 뜻밖에 도산도 전환의 기회로 삼고 힘을 모으고 있다는 정보였다. 그가 초조한 이유였다.

지금 상해의 정세가 그의 결정을 또 한 번 요구하고 있었다.

그들의 앞으로 책상 위에는 빛바랜 종이 위에 인쇄된 종이들이 널려 있었다. 이번에 변경된 흥사단의 강령이었다. 한 차례 격론이 오간 뒤임이 분명했다. 백범이 무겁고 짧게 말했다.

– 언제 바뀌었나?

흥사단의 강령을 두고 하는 말이었다. 그것이 가져올 복잡한 파장을 계산하면서 그가 매우 난처한 듯이 물었다. 사실 도산의 자치주의를 비판했지만 이렇게 빨리 무장 투쟁으로 돌아서리라고는 생각하지 못했다. 그리고 그 결정이 지금 많은 복잡한 문제를 만들고 있었다. 그로써는 그동안 도산과의 관계에서 복잡한 셈법이 존재하는 대유보다는 매우 간명한 평행선이 선택의 폭을 줄일 수 있었다. 그러나 이제 도산이 다른 노선을 가지고 한 기차에 올라탔다.

엄항섭은 아주 긴 답을 하려는 듯이 자세를 고쳐 세우고 나직이 말하기 시작했다.

– 1월 원동단 대회에서 결정했습니다. 이곳에 대충 중요한 것은 적어 놓았습니다.

– 그들이 강령을 개선한 후의 변경 사항은?

– 아마 후방 교란과 폭탄 투척으로 중국의 관심을 사려 할 겁니다. 그 것이 힘으로 발현되면 곧바로 교섭력을 얻을 가능성이 큽니다. 이미 권 국빈과 함께 대일전선통일동맹을 결성하고 중·일 정전협정을 반대하

는 중국 측과 연결하고 있다는 첩보입니다. 중국의 권력 이동에 따라서는 그것이 성공하면 그들이 교섭단체로의 힘을 얻을 겁니다. 그것이 우리에겐…

그는 어떤 답도 끝맺음을 하지 못하고 말끝을 흐렸다. 이미 백범이 알고 있는 얘기라는 뜻이기도 했고, 그도 더 이상 알고 있지 못하다는 것으로 백범의 의중을 살피기 위해 말끝을 흐린 것으로 대신했다. 엄항섭은 늘 백범 앞에만 서면 그의 의중을 살폈다.

– 누구? 춘산과 도산이?

– 좀 더 살펴봐야 할 정보입니다만 태평촌에서 나오는 말로는 윤봉길과 함께 도산과 춘산 선생이 칙어반포일인 24일 거사를 준비한다는 이야기가 있습니다. 무엇인가 준비하는 것은 분명합니다. 29일 천장절 행사는 몰랐을 것이니 24일 거사를 준비할 수도 있습니다.

– 뭐, 윤봉길? 그 종품사 파업 주동자? 그 애송이와 함께 말인가?

– 예, 지금은 홍구에서 밀가루 장사를 하고 있어 한인촌에서 말이 많은 청년입니다. 애송이라기보다 북영길리를 떠나 태평촌에 들어가면서 제법 틀이 잡혔다 합니다.

– 김동우의 추천도 있고 해서 얼마 전에 나도 만나 봤네만 혈기는 왕성하더군. 그런데 그가 도산의 투사란 말인가? 4·24라… 윤봉길은 이봉창과 닮은 점이 많네. 위협적인 소양이 다분해. 마치 삵과 같네.

– 네. 잘 알고 있습니다. 4·24 거사가 성공하든 실패하든 일본 측의

경계는 강화될 것이고, 29일 우리의 계획은 수포로 돌아갈 것이 뻔합니다. 거기에다 만약 성공이라도 하면 중국과의 관계는 도산과 급진전할 것입니다. 막을 수 있는 방법을 찾아볼까요?

백범은 엄항섭으로부터 정전 협정 이전에 그들의 군사 시위를 쇼와 생일을 기회로 삼으려 한다는 첩보를 접하자마자 거사를 계획했었다. 그날의 거사를 빌미로 그는 장개석과 접촉할 수 있는 기회로 삼기로 했다. 이 거사는 굴욕적인 장개석에게 약간의 대리만족과 시원함을 줄 것이 확실했다. 미운 놈에게 대신 뺨을 때린 격이었다. 장개석은 줄어든 임정의 위상을 높여줄 유일한 언덕이었다. 그런데 만약 정말 도산이 미리 나선다면 모든 것이 물거품이 될 것이 뻔했다.

- 막을 수 있는 방법이라… 그뿐 아니라 만약 다물단이 나선다면 이 또한 걷잡을 수 없네. 다물단에 사람을 보내 24, 29일 거사에 대해 어떻게 대응할지 알아보게. 그들이 이 기회를 놓친다면 다물이 아니지. 거기에다 도산까지 없다니! 둘의 동태를 잘 살펴보도록. 시라카와가 홍구에 무지개를 띄었군. 소풍가기 적당한 꽃을 피웠어. 잠자던 상해의 동지들을 깨웠어.

백범이 광고가 난 신문을 가리키며 말했다. 그의 모든 동력이 그날로 집중되고 있던 참에 4·24 거사가 첩보에 들어오면서 홍사단의 변경된 강령이 새삼스럽게 그에게 보고된 것이었다. 자칫 혼선을 가져온다면 누구도 성공을 장담할 수 없는 일이었다. 세 단체가 하나의 먹잇감을 두고 달려드는 형국이었다. 그렇다고 협의할 수 있는 문제도 아니었다. 난감한 일이었다. 엄항섭은 한쪽이라도 막아보자는 것이었다.

　– 예, 아마 다물단은 4·29에 집중하지 않을까요?

　– 그럴 수도 있지. 우리 쪽은?

　– 이웅 장군은 아직 연락이 없습니다. 그래도 준비는 하셔야 될 듯합니다.

　– 장개석의 동태는?

　– 왕정위와 통합한 후 더욱 우리를 멀리 하고 있습니다. 통합과정에서 왕정위의 정전평화협정안을 못이기는 척 수용하고 있답니다. 중·일 정전 협정이 성사되면서 우리는 교섭단체로 인정받기가 어려울 듯합니다. 우리의 존재감은 그들의 안중에는 없는 듯합니다.

　일본 군대의 기세가 하늘을 찌르기 시작하자 상해의 안전이 당면 과제로 떠오르기 시작했다. 유럽 제국주의자들도 일본과 중국에 상해의 안정을 바라는 정전을 요구했다.
　또 한편으로 상해의 안정을 필요로 하는 일본인도 있었다. 그가 바로 일본 주중공사 시게미츠였다. 그는 상해 일본 자본의 상징이었다. 군대는 자본을 지키는 울타리로 존재되길 바랐지 자본 위에서 군림해서는 안 된다고 생각하는 인물이었다. 그의 생각이 유럽 제국의 생각과 일치했고, 때마침 장개석의 속내가 들어났다. 장개석은 채연해의 정적 곽태기를 상해로 보냈다.
　장개석, 비겁한 주석 같으니. 그는 의심이 많았고 비겁했다. 19로 군 장군 채연해를 두려워했다. 심복이었지만 그의 영웅적 전투는 자칫 호랑이를 키워 장차 우환을 가져올지 모른다고 생각했다. 그는 19로군의 상해 후퇴를 명했다. 채연해 장군이 그 의도를 알아버리고 끝까지 싸웠으나, 고립된 19로군은 왜장 시라카와가 이끄는 육전대의 전면적이고 파상적인 공격을 막아낼 수 없었다. 19로군의 허망한 퇴군은 중국 인민의 희망을 꺾었다.

정전은 조계의 안정을 바라는 제국주의와 전쟁을 겁내는 장개석, 자본을 지키려는 시게미츠, 그리고 휴식이 필요한 일본 군대의 치고 빠지는 휴식전술의 만남이었다. 시라카와는 그 휴식조차 이용할 줄 아는 교활한 장수였다.

그 틈에서 조선의 임시정부가 장개석의 눈에 들어올 리 없었다. 그들에게 임시정부의 존재감은 없었다.

임정의 소외된 존재감은 독립단체들에게도 마찬가지였다. 만주에서 싸우는 무장 투사들은 이 안전지대 상해의 말 많은 투정을 받아줄 리 없었고, 국내에서 힘겨운 전쟁을 하는 전사, 외로운 늑대들은 이들을 탁자 위의 도피자로 일찌감치 낙인을 찍었다.

백범은 그냥 넘어갈 수는 없었다. 만주의 독립단체들에 대한 답을 주어야 했고, 국내의 고통 받는 인민들에게 희망의 존재감을 알려야 했고, 중요한 것은 중국 측에 대한민국의 실체를 부각해야 했다. 이게 국가라 생각했다.

다행히 장개석의 비겁한 결정이 그에게 중요한 기회를 만들어 주었다. 일제의 천장절 행사는 백범과 임정에게는 한줄기 빛이었다.

그는 빌밋하게 내각에 말을 건넸었다. 일제의 4·29 천장절 행사에 대한 대응을 물었다. 생각대로 매우 부정적이었다. 역시 지위가 존재를 규정하고 있었다. 특히 탄핵당한 이승만의 상해 대리인인 조소앙이 극구 반대를 했다. 그러나 그는 홀로 결정을 했다. 쉽게 포기할 수 없었다. 가까운 동지들과 그들의 잔치에 꽃을 뿌리기로 했다. 그는 측근들을 모아놓고 맹세했다. 곧이어 만주의 실패한 장군 이웅에게 거사의 중요성을 알렸다. 그러나 그에게선 아직 답이 없었다.

- 망설임 없이 진행하도록 하세!

도산을 막으라는 것인지, 아니면 4·29 거사를 진행하라는 것이지 명확하지는 않았지만 엄항섭은 또렷이 대답했다.

- 예! 그렇게 하겠습니다.

- 문제는 자칫 일이 커지면 한인 사회가 불안해진다는 데 있습니다. 이 명분이 조소앙의 주장에 힘이 실리고 있는 추세입니다.

그랬다. 도산이나 다물단하고는 분명히 다른 점이었다. 도산이나 다물단은 그날 거사의 성과가 크면 클수록 원하는 바를 얻을 수 있었다. 그러나 임시정부는 달랐다. 문제는 수위조절이었다. 한인들에게는 안정적인 토대를 지켜줘야 했고, 중국에게는 적절한 임정의 존재감을 내세워야 했다. 이번 거사는 정전을 바라는 여론과 임정의 존재감을 알리는 묘한 경계에 서 있었다. 그리고 성과의 경계에도 묘하게 걸려 있었다. 백범의 고민도 바로 그 지점에 있었다.

- 알고 있네.

그는 늘 그것이 불만이었다. 상해 사람들은 이미 신천지를 맛보다 보니 지옥 속의 조국을 잊어버린 것 같다는 생각이 가끔 들었다.

정전은 가깝게는 전쟁이 중단되어 상해 한인들에게는 안전을 보장하는 것이었다. 많은 사람들이 환영했다. 정부는 상해 한인의 안전을 위해서는 정전에 대한 입장을 표해야 했다. 여론이 그랬다.

정전을 반기는 사람들이 신문을 통해 연일 의견을 개진하고 있었다. 그들은 또 그렇게 국가에게 말을 걸고 있었다. 그것은 임시정부 내에도 마찬가지였다. 그래서 이미 상해에서 자리를 잡고 있는 상인들이나 망명 정치인들은 그 정전 협정이 원만하게 이뤄지길 바라는 것이 대세였다. 정전의 기미가 보이자 상해 한인들은 이미 상당한 안정을 가져왔다.

- 이번 거사는 유럽국에는 자주국인 조선의 현존함을, 중국 측에는 임시정부가 조선을 대표하는 유일한 정부임을, 왜놈들에게는 독립을 요구하는 우리의 의지를 보이는 선에서 하는 게 마땅하다고 봅니다.

엄항섭은 자신이 생각하는 거사의 가이드라인을 보고했다. 그가 4·29 거사의 방향에 대해 설명을 할 때 정전에 대한 임시정부의 입장을 전달하러 한인 신문사인 광화光化에 갔던 김동우가 민필호의 전보를 들고 급하게 밝은 화색을 띠고 달려왔다.

- 선생님! 이웅이 거사에 참여하기로 했답니다.

- 뭐라고! 정말인가?

백범이 주먹을 불끈 쥐었다. 김동우는 전보를 건넸으나 백범을 펴보지도 않았다. 몇 번 의자 팔걸이를 주먹으로 힘주어 쳤을 뿐이었다. 보고하던 엄항섭도 김동우가 가지고 온 기쁜 소식으로 백범의 확실한 의중을 매듭짓지 못하고 함께 기뻐했다.

　－ 됐네! 준비하세.

백범이 다시 엄항섭을 쳐다보았다.

　－ 엄동지가 할 일이 많아졌네. 도산과 윤봉길의 동태를 확인해 보게.
난 잠시 다녀올 곳이 있네.

백범이 급하게 나갔다. 그의 손에는 천장절 행사 광고가 실린 신문
이 있었다.

이웅의 거사 참여 의사는 백범의 모든 근심을 뒤로 미룰 수 있는
반가운 소식이었다. 그러나 새로운 근심이 생겼다. 그는 시라카와가
광고에 낸 예상하지 못한 일을 처리하기 위해 동행도 없이 발걸음을
재촉했다. 엄항섭은 백범이 밖으로 나간 뒤 김동우에게 단호하게 말
했다.

　－ 이젠 김동지도 윤봉길을 포기해야겠네. 우린 대의를 위해 그의 칙
어반포일 거사를 막아야겠네. 그는 위험해! 그는 평화주의자가 아닐세!

이런 연합

　상해전보국은 늘 바빴다. 조선, 일본, 중국으로부터 들어오는 각종 전보가 매일 쏟아졌다. 일찍이 개화사상을 받아들인 집안 분위기 탓에 민필호는 형과 함께 어려서 상해에 건너왔다. 형의 도움으로 프랑스조계 전보학교를 졸업하고 곧바로 취업을 한 통에 전보 업무는 매우 민첩했다.

　그가 처음에 독립운동에 뜻을 두고 과격한 혁명가인 박남파의 소개로 의열단에 가입했다. 형 민제호는 그가 안정적인 직장에 다니면서 편하게 먹고 살기 바랐지만, 그는 열여섯 어린 나이에 의열단원이 되었다. 거기에서 19로군 병기창 군인으로 가장한 의열단원 김홍일을 만났다. 마침 김홍일은 민제호의 친구였다.

　이 인연으로 둘은 한때 김홍일의 집에 세 들어 살기도 했다. 지금도 김홍일이 사는 자충로와는 불과 한 블록도 떨어져 있지 않은 곳에 살고 있었다.

　의열단 가입 후 동생을 걱정하는 민제호의 부탁도 있었지만 그 둘은 나이 차이에도 불구하고 동지 이상의 친밀함을 가지고 지냈다.

그는 신분이 노출되는 것을 꺼려 의열단 외에 다른 조직에는 어느 곳도 적을 두고 있지 않았다. 그러나 상해의 독립단은 누구도 그의 도움을 받지 않는 곳이 없었다. 그는 조선으로부터 오는 전보를 일경이나 프랑스 조계 경찰국에 들어가기 전에 미리 빼돌려 독립단 사람들에게 전달했다. 주로 의열단은 김홍일을 통해, 임시정부는 안공근을 통해, 태평촌은 흥사단을 통해 그 전보를 전달해 주었다. 그래서 상해의 독립단들은 조선과 미국, 중국 등 각지에서 오는 전보 내용을 누설 없이 직접 전달받을 수 있었다.

이처럼 그곳에서 하는 일이 매우 중대한 임무였기 때문에 함부로 그를 노출시키지 않으려고 서로 노력했다. 백범도 박남파를 통해 그를 소개 받은 적이 있었지만, 그 중요성을 알고 있어 어지간해서는 그를 찾지 않았다. 더욱이 그를 개인적으로 만난 적은 극히 드물었다.

그는 일종의 공공재였다. 독점이 허용되지 않은 이유였다. 그런데 백범이 안공근을 통해 급하게 민필호를 찾았다.

요즘 들어 김홍일이 한인사회에 발걸음을 뜸하게 했다. 중국인 신분이기도 했지만 정세가 정세이니만큼 밖으로 헛되이 발걸음을 하지 않았다. 다만 민필호 형제와는 아주 자별하게 지냈다. 그래서 백범이 민필호를 찾은 것이다. 둘 다 위험한 만남이었다. 백범은 김홍일을 만나기 위해 자신의 위험 정도는 아무렇지 않게 감수했다.

안공근이나 엄항섭이 할 일이 아니었다.

연락을 받은 민필호가 퇴근하자마자 백범이 있는 다관으로 갔다. 주로 중국인들이 이용하는 다관이었다. 일부러 중국인 다관으로 잡았다. 안쪽에 앉아있던 백범이 먼저 그를 알아보았다. 아주 애 띤 청년이 다관에 들어오자 사람들 이목이 쏠렸다. 그는 어렸지만 매우 신중하고 어른스러웠다. 그가 곧바로 사람들의 시선을 알아보고 백범에게로 가지 않고 한참을 입구 쪽에 앉아 있었다. 이를 알아본 백범도 굳이 아는 체하지 않고 앉아 있다가 불현듯 일어나 밖으로 나가는 데, 그가 일어나 어른에게 인사하듯 공손히 인사를 했다. 김구도 짐짓 거류민을 대하듯 그를 아는 체하며 자연스럽게 자리에 앉았다.

- 잘 지내는가?

- 예. 덕분에 잘 지내고 있습니다.

- 형도 잘 있는가? 오늘은 자네한테 중요한 볼일이 있네.

- 예. 형님도 여전합니다. 거류민단에는 가끔 나갑니다. 무슨 일이신 가요?

- 조금 있으면 체육대회 하니 자네 같은 젊은이들이 나와야지. 왕웅에게 서신 한 장 보내주게.

- 예. 당연히 그래야합죠.

- 젊은이들의 체력이 좋아야 나라의 전도가 밝지 않겠는가? 이 편지는 자네도 읽어보고 자네 의중도 함께 전달해주었으면 좋겠네.

- 예. 잘 알았습니다.

- 소풍 가자는 초대장일세. 왕웅 선생과 함께 오게.

그들의 대화는 미리 짜인 안부 인사나 만담하듯이 빠르게 진행되었다. 그러나 그 만담 속에 자신이 전달하고자 하는 내용을 정확하게 중간중간에 끼워서 이야기를 했다. 백범은 창파오 소매 속에서 서신 한 장을 꺼내 그에게 주고 천천히 움직였다. 민필호는 주위를 살피지도 않고 그 자리에서 서신을 살폈다.

전폐하고… 4·29일 소풍이 다가왔습니다. 소풍갈 학생은 모집되었으나 집안이 곤궁하여 도시락을 쌀 형편이 안 됩니다. 전번 소풍에 싸준 도시락은 빈궁하여 싫다고 떼를 씁니다. 요즘 형편에 소풍이 가당치 않으나 시절이 봄이온데 봄을 잊을 수는 없지 않겠소. 선생께서 저희의 빈궁을 풀어주심이 어떨런지요?

답청을 앞둔 백범

민필호는 깜짝 놀랐다. 직접 부른 것이 예삿일은 아닐 것을 짐작했으나 더구나 자신보고 함께 감당하라 했으니 놀랄 수밖에 없었다. 그는 단 한순간도 앉아 있어서는 안 될 일이라 생각했다.

그는 자리를 떠나 원상해 병기창으로 달려갔다. 다행히 아직 김홍일은 퇴근 전이었다.

19로군의 병기창은 원상해에 있었다. 16포를 지나 한참이나 황포강을 거슬러 올라오면 마지막 작은 항이 있었는데, 그 항을 끼고 국민당 19로군의 병기창이 있었다. 병기창의 규모는 꽤 큰 편이었다. 이미 19로군의 주력이 퇴각해 고립됐지만 김홍일은 아직 그곳에 근무하고 있었다.

그는 왕웅이라는 중국인의 국적을 얻어 이곳에 취직을 하고 있었고, 의열단의 상해지부를 맡고 있었다.

그러나 의열단 상해지부는 후방에 있는 터라 전선에 가까이 있는 동지들과는 다르게 후방 교통 업무를 주로 맡았다. 무기를 구입한다든지 정보를 보내는 일을 주로 했다. 김홍일이 굳이 중국의 국적을 얻어 19로군에 문관으로 취업한 것도 그것과 연관이 컸다. 후방 작업을 통해 전선에 보내는 역할을 해서 많은 인원도 필요 없었지만, 특히 비밀 업무가 많은 후방 업무 때문에 사람이 많으면 방해가 생길 우려가 있어 인원을 늘리지 않았다.

그에게 4·29 천장절 행사 광고가 전달된 것은 오후쯤이었는데, 잠시 분노가 일었을 뿐 자신의 영역이 아니라고 생각했다. 이 행사에 대응을 하려면 전선에 있는 김원봉 동지에게 연락을 해야 했고, 김원봉 동지는 전선에서 부대와 부대가 싸우는 것을 선호했을 뿐 아니라 시간이 너무 촉박했다. 더구나 만주 전선에서 밀리고 있는 지금은 전방 부대의 생사조차 어떤지 모르는 상태였다. 굳이 대응을 해야 한다면 굴욕의 정전을 바라보는 19로군의 차원에서 할 일이었다.

그러던 차에 민필호로부터 백범이 밖에서 퇴근을 기다린다는 전갈이 왔다. 그가 퇴근을 하고 병기창 앞 사거리 모퉁이 다관에 들어갔다.

미리 와서 기다리던 백범은 여러 잔째 차를 마시고 있었다. 이웅이 온다니 그의 고민이 더 깊어 갔다. 왜놈들의 빈틈없는 그물을 뚫고 행사장에 들어가야 했다.

결국 김동우와 안공근은 방법을 찾아내지 못했다. 엄항섭까지 끼어서 겨우 방법을 찾았으나 그것도 올바른 방법은 아니었다. 김동우가 보고했다.

– 행사장에 들어가기 위해서는 출입증이 필요합니다. 출입증은 구해 봐야 합니다. 출입증을 얻으려면 여우들하고 접촉해야 합니다. 그러나 그것은 우리의 정보를 그들에게 흘릴지도 모른다는 위험성이 있습니다.

문제는 출입증을 구했다 하더라도 지금의 폭탄을 가지고 행사장에 들어간다는 것은 불가능에 가깝습니다.

난감한 김동우가 뒤로 물러서자 다음에는 엄항섭이 나섰다.

- 다음은 모든 것이 한꺼번에 해결될 수 있는 방법입니다만…

- 뭔가?

- 그들의 엄중한 경계를 뚫고 들어갈 필요가 없다는 것입니다. 그날 행사는 홍구공원 안에서 합니다. 그렇다면 우리도 들어가야 하지만, 그들도 들어가야 합니다. 이점을 노리면 됩니다. 우리의 대상이 반드시 시라카와에게 타격을 가하는 것이 아니라면 입구에서 거사를 해도 무방합니다. 이봉창 의거를 되새겨볼 필요가 있습니다. 그는 행사장에 들어갔으나 관병식장을 포기할 수밖에 없었습니다. 그만큼 경계가 엄중했기 때문입니다.

- 입구라?

엄항섭이 정확하게 거사의 맥을 짚고 나왔다. 그가 정한 가이드라인에 맞는 거사였다. 백범은 이웅이 온다는 소식에 되새겨듣지 않았던 그의 말을 기억해 엄항섭의 의도를 알아챘다.

- 예!

- 그런데 그것은 이미 이봉창 거사에도 실패를 보지 않았는가? 그 거리가 너무 머네. 뿐만 아니라 시라카와는 도대체 어떤 차에 탔는지 알 수

없게 이동한다는 소문일세.

－ 그렇습니다. 그런데 우리가 이 거사를 해야 하는 이유에 대해 곰곰이 생각해 보면 그렇게 못할 이유는 없습니다.

－ 계속해보게.

－ 제일 최선은 공원에서 그들의 행사에서 거사를 해 그들에게 타격을 주는 것이 당연합니다만, 이 거사의 더 큰 목적은 중국에 있습니다. 장개석과 왕정위가 연합하면서 장개석의 힘이 더 커진 마당에 우리를 멀리하고, 우리의 존재를 인정하지 않는데 있습니다. 거기에 도산은 광동파에 손을 대고 있고 있습니다. 이번 거사의 목적은 우리의 존재를 알리고 중국의 힘을 얻자는 데 더 큰 목적이 있습니다. 사실 그날은 시간 싸움일수도 있습니다. 다물단도 보고만 있지 않을 것이고, 4·24는 어떻게든 막아본다지만 도산도 이왕에 무장투쟁을 선언한 바에 그냥 넘어가지는 않을 겁니다. 우리까지 세 단체가 때를 기다리는 셈입니다.

백범은 동의를 하는지 아니면 반론할 필요가 없는지 말없이 듣고만 있었다.

－ 일차적으로는 들어가는 것이 목적을 둔다는 것을 전제로 한다면, 둘째 우리의 목적은 이 거사로 국제문제를 발생하지 말아야 한다는 것입니다. 다시 말씀드려 국제문제를 일으키지 말고 국제 사회에 우리 입장을 알려야 된다는 데 고민이 있습니다. 특히 지금 중·일 휴전 합의가 진행 중입니다. 이것은 중국 특히 장개석의 바람이기도 합니다. 우리가 자칫 그들의 바람을 깨트린다면 중국으로부터 원망을 들을 수가 있습니

다. 우리에게도 중·일 전쟁이 계속된다는 것은 바람직하지 않습니다. 전쟁이 계속되면 임정의 상해 근거지를 잃게 됩니다.

　- 그래서 들어가자는 것 아닌가? 전승기념이 끝나고 외국이 빠지면 그들의 천장절 행사가 진행될 걸세. 그때는 외국인들은 빠지고 왜장과 왜국민만 남을 걸세. 그때 거사를 하면 문제가 발생하지 않지 않겠는가?

　- 예. 그래서 차선책을 만들자는 것입니다. 최선책은 들어가 천장절 행사에 거사를 치르는 것이고, 차선은 그 입구에서 이봉창처럼 할 수 있다는 것을 염두에 두고 진행하시자는 겁니다.

　- 좋네. 그 문제는 이웅이 오면 다시 상의하도록 하지. 자네는 일단 출입증을 구해 보게.

백범은 엄항섭의 의도를 알았지만 그에게 출입증 구하는 임무를 맡기고 사무실을 나왔다. 엄항섭의 말은 맞는 것도 있었고, 틀린 것도 있었다. 그의 말대로라면 김홍일을 만날 필요가 없었다. 그의 고민이 길어질 무렵 김홍일이 퇴근하고 다관에 들어왔다. 무슨 일인지 다급하게 묻는다. 대답보다는 악수를 청한다. 악수라기보다는 그의 손을 덥석 잡아 앞으로 끌어당긴다.

　- 김 동지도 이번 왜놈들의 관병식에 대해 들었는가?

　- 예. 막 보고 왔습니다.

　- 어떻게 생각하나?

좀 의외였다. 평소의 백범이라면 이렇게 자신을 덥석 끼워 줄 사람이 아니었다. 그는 철저하게 비밀주의를 택했다. 그것이 비밀을 여럿이 공유하면 다칠 때도 여럿이 다친다는 논리이기도 했지만, 따지고 보면 상대방을 배려한다는 것만도 아니었다. 그의 비밀은 여러 가지 의미가 담겨져 있었다. 그는 모든 사건을 자신의 입장에서만 바라보기 바랐다. 그는 정치인이었다.

그의 거사는 철저한 사업주의였고, 그 사업은 자신이 기획하고 자신이 책임져 임시정부의 역사를 채우는 경우였다. 그래서 김원봉 대장은 백범을 좋아하지 않았다. 철저한 후방의 계산이 때로는 전방의 전사들에게 치명타라는 것을 잘 알고 있었다. 최근에는 백범과 연합작전이 백범의 준비 부족으로 미수로 그친 일본 비행기 격납고 폭파 사건이 끝내 마음에 걸렸다.

　－ 저희야 그냥 지나가기로 했습니다.

이 말은 평소 같았으면 사실 의례적인 말이었다. 몸에 배인 경계였다. 백범도 그것쯤은 알고 있었다. 그러나 김홍일로써는 사실을 이야기한 것이었으나 백범은 믿는 기색이 아니었다.

아니 그래? 실망이군. 백범 선생께서는 준비가 잘 되는지요? 잘 된다기보다 열심히 준비는 하고 있네. 이런 이야기가 오갈 것이 뻔했다. 그러나 김홍일은 백범에게 애써 이이야기를 길게 끌고 싶지 않았다. 결례였다. 지금 같은 시국에 민필호까지 동원하여 자신을 만나기 위해 온 백범이었다.

두 구역의 지적에 있었지만 서로 알려고 하지 않았고, 사람을 통해 만나야 할 만큼 멀리 있었다. 자신은 퇴근 후의 여가였지만, 백범에게는 자신의 신체를 담보하고 시간과 장소를 임대하고 있었다. 간명하고 확고하게 답하기로 했다.

　- 예. 이미 단에게 보고서를 올렸습니다. 저희로서는 지금 무너지고
흩어진 군대를 재정비하고 다시 싸울 준비를 할 단계로 보고 있습니다.
본진에서도 개별적 활동을 자제하라고 명령이 내려왔습니다.

　- 우리와 연합하세.

백범이 그의 의견을 제치고 그 또한 간명하게 물었다. 백범으로써
는 파격이었다. 상해에서는 임시정부 안에서조차 의심과 의심의 연
속이었다. 의심만이 살아남을 수 있었다.

만약 김홍일이 중국 군인으로 장개석의 뜻대로 움직이거나 그럴
리야 없겠지만 밀정의 세계로 넘어갔다면 모든 것이 수포로 돌아간
다. 그 만약이 없었다면 지금까지 살아남을 수 없었다. 의심은 그의
삶이었다. 그는 더 이상 나갈 길이 없어 죽음을 택하는 순간 의심을
스스로 놓을 것이라 마음먹었다. 그가 제안을 선뜻 받아들이면 다시
새로운 의심해보기로 하고 가지고 왔던 제안을 잼 없이 쏟았다.

　- 선생님과 연합을 말입니까?

　- 그래. 그렇다네.

　- 잠깐만, 죄송합니다. 더 이상은 듣지 않겠습니다. 더 이상은 들을
수가 없습니다. 우리들의 일신이 하루를 보장하지 못합니다.

거침없는 진격의 대화였다. 한 사람은 막고, 한 사람은 아랑곳하지
않고 치고 들어갔다. 백범은 멈추지 않았다.

- 정확하게는 애국단이지.

담판이었다.

그의 입에서 애국단이란 이름을 꺼냈다는 것은 이제 더 이상 계산을 하지 않겠다는 신호였다. 상대에게 꺼내서는 안 될 기밀을 꺼내어 의도치 않은 정보를 듣게 된 상대방이 그 정보에 대한 책임감을 느끼게 하는 백범만의 잼 없는 협상 방법이었다. 김홍일도 그것을 알았다.

그는 긴장했다. 백범도 긴장했다.

둘은 한동안 말이 없었다.

그동안 식은 찻잔을 바꾸기 위해 다모가 왔을 뿐 누구도 이 움직이지 않는 공기를 밀어내지 못했다. 이 긴장은 이미 둘이 사건의 모든 것을 공유하게 만들었다. 김홍일의 겨드랑이 밑으로 식은땀이 흐르고, 그 땀이 마를 무렵 힘들게 말을 꺼냈다. 그러나 그것은 아주 적은 미물의 저항처럼 느껴졌다.

- 선생님, 우리는 아무것도 없습니다. 사람도 없습니다. 그러니 분노도 없습니다.

김홍일이 완곡하게 거절했다. 백범이 내놓지 말아야 할 속내를 보인만큼 자신도 의열단의 솔직한 내부를 보이며 거절했다.

- 우리는 사람이 있네. 분노는 하늘을 지르네.

백범이 그의 의중을 파악했다. 그리고 입막음을 했다.

- 자금도 만만치 않습니다.

- 우리에겐 자금도 있네.

백범이 또 맞춰 나갔다.

- 아. 선생님!

- 그래. 맞아. 우리에게 필요한 것은 폭탄일세.

그가 짧게 탄식했다. 김홍일이 백범의 의중을 파악했다. 백범이 평소답지 않게 쉽게 속내를 드러냈다.

- 폭탄이야, 저번에 보내드린 것이 있을 텐데요.

- 그게 아닐세.

김홍일은 본진에 보낸 보고서를 떠올렸다. 이번 정전협정은 주중영사 시게미츠가 주도했다. 그는 일본 내 대표적인 문민정부의 자본가이자 대표 영사였다. 육전대장 시라카와는 싸우지도 않고 얻는 그의 자본에 대해 불만이 많았다. 그는 전쟁 영웅보다 자본가에 대한 국민적으로 열광하는 대해서도 불만이 많았다. 그러나 아직 국내 사정이 문민정부의 입김이 센 바람에 그의 입장을 마냥 무시할 수는 없었다.

대신 시라카와는 매년 축제 형식으로 하던 천장절 행사를 축소하기로 했다. 천황에 대한 결례만 아니면 이번 행사는 관병식이 우선되기를 바랐다. 관병식은 전쟁의 연장선이었다. 모든 군부의 바람이었다.

행사장 안에서의 축제 행위는 금지 시켰다. 축제에 필요한 부대행위도 금지 시켰다. 더불어 포차와 음료는 물론 술도 삼가게 했다. 음식점 설치도 하지 못하게 했다. 외국인들은 관병식이 끝나면 돌아가 점심을 먹게 했고, 내국인들은 천장절이 끝나면 도시락과 수통을 지참하여 공원에서 먹게 했다. 놀이도 금지했고 사교장에서의 댄스도 금지 시켰다. 전쟁 중에 유희를 한다는 것은 전사들에 대한 경멸이자 모욕이라 여겼다.

그러나 그것은 의심 많은 시라카와의 계산된 움직임이었다. 행사를 단순화 시켜 경계와 감시의 단순화를 꾀했다. 양복 한 벌에 얇은 옷으로는 불량 중국인이나 조선 독립단들이 무장하기 힘들었고, 수통과 도시락으로 제한한 것은 검문을 간편하고 정확하고 빠르게 할 수 있었다. 내국인과 외국인의 구분, 행사 참여자와 구경꾼의 분리는 번잡한 혼란을 막아 혹여 괴한이 관병식장에 들어왔어도 혼란을 틈 탈 수 없었다. 일반인들이었지만 군인들의 열병처럼 질서를 유지할 수 있었다.

처음에는 도시락과 수통까지 불허하기로 했으나 일본인이 가지는 자긍심과 그들이 천황에게 가지는 충성심의 여운 정도는 남겨야 한다는 시게미츠의 간청이 있었다. 도시락은 군인 시라카와가 민간인 시게미츠에게 남긴 천왕 생일 축하연의 선물이었다.

외부 경계에 대한 책임은 시게미츠 주중공사의 책임 하에 풍기계에 맡겼고, 내부의 경계는 군인에게 맡겨 철저하게 분리했다. 책임소재를 분명히 한 것도 있었다. 분명히 있을 것으로 예상되는 외부의 책동을 시게미츠에게 돌릴 수도 있는 조치였다. 그것을 알고 있는 시게미츠는 경계를 더욱 강화 시켰다.

더구나 일본인은 주민권이 있는 자에게만 출입증을 발급했고, 초대권을 발행하여 외국인들의 초대를 제한하고 있었다. 철통같은 경계였다. 시라카와는 자신은 쇼와 천황이나 이토 히로부미처럼 당하지 않을 것을 확신했다.

그렇다. 그것은 뚫을 수 없었다.

김홍일의 머릿속에 지금까지 생각하지 못한 예감이 지나갔다.

　- 설마?

그는 자신이 생각해낸 것이 맞는 지 다시 한 번 확인했다.

　- 그렇다네, 우리가 찾아낸 방법은 변당 폭탄과 수통 폭탄을 만들자는 거네.

　- 예?

그는 거듭 놀랐다. 백범이 강구해낸 생각이 말도 안 되지만 자신의 생각과 같음을 드러냈다.

　- 지금, 방법은 자네밖에 없네.

　- 혹시 선생께서는 날짜 착오가 있지는 않으신지요?

　- 알고 있네. 그래서 여기까지 달려온 것이 아니겠나.

　- 불가능합니다. 주물을 만들고, 실험하고, 이것을 적어도 열흘 만에 하자는 것은 불가능합니다. 제 힘으로는 더 불가능입니다. 그 정도라면 상부에서 직접 지시가 와서 모든 사람들이 매달려야 합니다. 폭탄 크기

에 맞는 성능, 무게. 주물, 실험 등 모든 단계마다 전문가가 붙어서 제작해야 합니다. 만들어 놓은 폭탄을 구입하는 것도 어려운 일입니다만 만드는 것은 제힘 밖의 것입니다.

이제는 확실한 거절이 필요했다. 자칫 희망은 많을 것을 좌절시킬 수 있었다.

　- 다시 한 번 향차도를 만날 수는 없는가? 부족하지만 이번에는 여비도 충분하네. 이번 일이 우리 임정에게 무슨 의미가 있는지 자네도 알지 않은가? 우리가 지금 어떤 궁지에 몰려 있는지 알지 않은가? 그 타개 점을 찾지 않으면 조선의 독립은 더 요원할 수 있네…

　- 그 정도 문제가 아닙니다. 지금 향차도는 강제리 병기 주물공장에 가 있습니다. 그도 구하는 것은 할 수 있지만, 그는 폭탄 제조 전문가가 아니라 주형 전문가입니다. 아마 이 방법은 달리 방법을 찾아야할 듯합니다.

그의 거절 명분이 점점 쌓이고 있었다. 백범의 솔직하고 촘촘한 그물이 김홍일의 솔직한 무능에 서서히 풀리기 시작했다.

　- 동지의 말이 한 치 틀림이 없네. 정확한 판단이야. 그래서 동지가 필요한 걸세. 우리는 의열단이 아니라 자네가 필요한 게야.

　- 죄송합니다. 선생님, 이번 일은 제 손밖에 있는 듯합니다. 듣지 않은 걸로 하겠습니다.

이제 끝이었다. 더 이상 명분을 쌓는다는 것은 백범에게 고문이었
다.

그들의 연합은 사실상 결렬됐다. 백범의 절망은 깊어만 갔다. 그는
빈손으로 돌아왔다. 그의 생각은 다시 대세계 부근 여경리에 숨겨둔
보잘 것 없는 폭탄이었다. 이봉창에게 주었던 폭탄이었다. 그러나 성
능도 성능이지만 그것을 가지고 입장한다는 것은 불가능했다. 백범
은 돌아오면서 어쩌면 엄항섭의 말대로 공원 입구에서 소심한 거사
를 해야 할 지도 모른다는 생각을 했다.

상해의 아나키스트

　홍사단이 있는 태평촌으로부터 2구역 정도 올라가 프랑스인들이 만든 예쁜 공원과 개인 주택지를 지나면 한적한 농촌 지역이 나온다. 이곳에는 한창 짓고 있는 신주거지인 농당과 프랑스인들이 지은 고급스런 유럽식 주택, 그리고 중국인들의 고풍스런 기와집들이 한데 어울려 어느 곳은 둥글고, 어느 곳은 뾰족하고, 어느 곳은 네모나고, 어느 곳은 세모진 것이 자연스럽고 멋진 풍경을 만들어 내고 있었다.

　이 거리엔 송·원 시대 중국 최대의 고서 컬렉터인 반종주潘宗周가 만든 고서가인 보례당이란 대저택이 있어 대대로 그 집안의 서고로 쓰이고 있었다. 보례당에는 늘 중국 석학들이 드나들었고, 보례당을 중심으로 신식의 출판 단지와 인쇄소가 들어섰다. 전차은 없었지만 늘 번잡했고, 다니는 사람들은 모두 중국식 옷인 창파오를 입고 있었다. 서점이 군데군데 있었고, 그들의 주변을 둘러쌓고 있는 주막들에서는 늘 중국인들이 모여 토론이 이뤄졌다. 태평촌 사람들이 만든 조선인의 토론 장소인 '공화의 주막' 이 이곳에 들어선 것도 우연만은 아니었다.

이곳은 중국의 인문학 단지였다. 하비로가 자본주의가 꽃핀 호화로운 잡색 문화 중심이었다면, 이곳은 중국인들이 자신들의 사상을 지켜내고 발전시키는 중국인들의 문화 선진구역이었다. 자연스럽게 중국인의 거리가 조성되었다. 이곳이 인문학적 무장투쟁가인 아나키스트들의 적거지로 삼은 것은 어쩌면 당연했을지도 모른다.

아나키스트들은 이곳에 자리를 잡으면서 은폐와 생활을 동시에 할 수 있게 인쇄소와 쌀가게 등을 개점하였다. 인쇄소는 중국인 동지들과 공동으로 운영을 했고, 쌀가게는 중국인 명의로 개점을 하고 그들의 점원 노릇으로 가장하였다.

그들은 모두 소나무 숲의 잣나무처럼 중국인으로 가장하여 한곳에 모여 살기도 했고, 따로 살기도 했다가 아침이면 그들의 생활공간인 쌀가게나 인쇄소로 출근을 하였다.

우당이 만주의 무장 투쟁이 힘들어지자 이곳으로 온 것도 자연스런 이동이었다. 그들은 이 주변 농촌에 그들이 추구하는 이상촌인 양타오촌을 계획했다.

그들은 이미 오래전부터 공동으로 생산 사업과 이득을 함께 하며 그들이 꿈꾸는 이상촌을 썩은 자본의 틈 속에서 실현하고 있었는데, 개인의 의사에 따라 생산 생활인과 직업적 독립운동가가 구분되어 활동했다. 그래서 그들은 특별히 직업이 없이도 최소한의 생활을 할 수가 있었다. 무장 혁명가들은 혁명 사업이 없으면 이곳에서 쌀을 배달하거나 인쇄소에서 종이를 자르고 인쇄기를 돌리곤 했다. 그곳은 늘 활기에 넘쳤다.

그들은 타 민족을 착취하고 지배하는 제국주의도 거부하지만, 생산 노동자를 착취하는 자본주의도 거부한다는 뜻으로 스스로 다물단이라 불렀다. 다물단은 아나키스트들의 실천 행동대를 이르는 다른 이름이었다.

국제적 조직망을 가지고 있는 이들이 중국 아나키스트들과 상해 연대를 원했는데, 마침 상해에서 요인 암살과 파괴로 일본제국주의의 간담을 서늘하게 만들기 시작하면서 아나키즘을 표방한 중국인 왕아초가 그들을 신뢰하기 시작했다.

왕아초, 그는 조직가이자 정치가였다. 왈패 조직과 노동자 조직, 때로는 수시반까지 장악하고 있는 상해의 막강한 힘이었다. 그가 처음부터 아나키스트를 받아들인 것은 아니었다. 그는 처음에 국민당의 외곽 조직을 바탕으로 장개석의 신뢰를 받았었다.

그런데 1932년 상황이 상해 정세를 급변하게 만들고 있었다. 일제는 군부를 앞세워 본국의 휴전명령을 어기면서까지 상해를 대대적으로 침공하기 시작했다. 상해는 장개석이 흡수한 19로군이 장악하고 있었는데, 19로군를 이끄는 사람은 채연해蔡延楷와 근위대 장치중張治中이었다. 그들은 일제의 파상적인 공세에도 불구하고 쉽게 상해를 점령당하지 않았다.

상해를 방어하는 데는 19로군의 정규군뿐 아니라 일제에 맞서는 다국적군이 측 후방을 지원했다. 한인들도 총을 들지는 못했지만 의료 지원이나 부상자 치료 등 할 수 있는 모든 것을 지원했다.

그러나 장개석은 전세 판단 오류와 확전에 대한 자신감 미비로 전면 휴전을 명하고 남경으로 피했다.

승승장구하던 19로군은 장개석의 명을 거부하고 계속 전투를 시행했다. 그러자 장개석은 후방지원을 끊고 그들을 고립시켰다. 이때 왕아초는 상해의 유력한 사람으로 군벌을 배경으로 19로군을 지원하고 있었다. 이것이 19로군이 버티는 데 큰 힘이 되었다. 이를 안 장개석은 왕아초를 제거하기로 하고 암살자를 보냈으나 번번이 실패했다.

급기야 장개석은 상해 건달 두월생에게 그 조직이 위협적 조직이 될지 모른다 하여 왕아초를 제거하려는 계획을 세웠으나 이 또한 실패했다. 계속된 자신의 암살 시도에 점차 군벌 정치에 회의감을 느낀 왕아초에게 무정부주의는 매우 매력적이었다. 이때 그가 받아들인 것이 바로 아나키즘 사상이었다.

그는 조직가로의 명성을 상해에서도 떨쳤는데, 부두회斧頭會을 만들어 수천 명의 조직원을 두고 있었다. 왕아초의 부두회, 늘 도끼를 허리춤에 차고 다닌다는 왈패이기도 했지만, 상해 노동자들의 대부분을 조직원으로 갖고 있었고, 이들을 중심으로 1931년 대일 경제 단교를 결의했고, 반일 불매운동을 주도하는 등 항일구국 운동을 전개하기도 했다. 그들은 가끔 정치조직으로 변하기도 하고, 테러 조직으로 변하기도 했다.

그에게 비친 이우당과 정화암은 이미 무정부주의에 대한 이론으로 무장되어 있고, 무정부주의 운동을 독립운동과 병행하고 있는 조선의 명사였다. 그가 공회야학교 교사로 일하던 이우당에게 다가왔다.

그는 우당과 화암에게 항일구국연맹을 결성할 것을 제안했고, 공동 전선을 피면서 항일 운동을 하자고 제안했다.

때마침 우당에게도 돌파구가 필요한 시기였다. 만주의 독립운동은 침체기로 접어들었고, 상해의 단독 테러 운동은 실패 확률이 높아지고 있었다. 어느 때보다 국제조직을 통하여 중국과 협공이 필요했고, 더구나 일본인을 통한 반제국주의 전선을 넓힌다면 항일 운동에 엄청난 시너지를 가져올 수 있다는 확신이 있었다.

그들은 왕아초의 제안을 받아들여 상해에 국제 아니키스트 조직을 건설했다. 한국의 이회영, 정화암, 백정기, 김성수 등 7명이, 중국의 왕아초, 화균실 등 7명, 또한 일본인 사노와 종군기자 이토 등이 참여하여 한중 항일구국연맹이 결성되었다.

이때 왕아초는 기획위원으로 재정과 무기, 장비를 담당하였다. 이로써 부두회 왕아초와 다물단 우당 이회영과는 동지 관계가 되었다. 이것은 그들에게 엄청난 활력을 불어 넣었고, 앞으로 상해 활동의 전도를 밝게 해주었다. 상해에서 그들의 전술적 자유와 사상적 행동을 펼칠 수 있는 가장 완벽하고 가장 치밀한 조직이 완성된 것이다.

– 교활한 시라카와 같으니!

쌀가게 뒷방에 쌀 짐을 지던 사내들이 땀방울을 닦으며 둘러앉았다. 백정기가 분을 삭이려는 듯이 욕설을 똥처럼 내뱉었다.

4·29일 천장절 행사가 발표되자 그들은 마치 오래전부터 계획해 온 일처럼 자연스럽게 거사를 준비하기 시작했다. 그들의 목표는 왜장 시라카와였다. 천장절 행사에 대해 조직원들에게 알려지자 그날 저녁 몇몇 동지들이 모였다.

그들은 바위처럼 쌓아 온 경륜과 매처럼 예리한 혁명적 눈은 자그마한 광고 속에는 시라카와의 여우 같은 생각도 읽을 수 있었고, 그날 행사의 전체 면모를 한눈에 훑어냈다. 오송로의 경계는 몇 겹의 군대로 쌓일 것이고, 오직 그가 밖으로 노출되는 시기는 관병식장 뿐이라는 것을 단번에 파악했다. 백정기가 걱정 말라는 듯이 걱정하는 다른 사람들을 진정시켰다.

– 뭐이 걱정이네. 그날이 제삿날이고, 꽃 피는 홍구공원이 무덤이 될 터인데. 꽃이라도 있으니 시라카와는 다행 아니네.

그들의 결의는 늘 같았다. 동의하는 자들이 모여 전사가 되는 것이었다. 원심창, 백정기, 유기석, 김성수를 비롯한 여섯 명과 일본인인 사노와 이토가 합류했다. 모인 동지들은 거사를 토의하고 나머지는 생업을 했다. 사노와 이토가 거사에 참여한다는 것이 그들에게는 천군만마 같았다.

시라카와가 이끄는 가나자와 해군은 왜국 군대의 중국 진출의 상징이었다. 이들 군대를 저지한다는 것은 왜국 국내 문제를 좀 더 복잡한 형국으로 흘러가게 만들 수 있었다. 일부 요인을 암살하는 것과는 전혀 다른 문제였다. 이것은 전쟁이었다. 그들에게 이런 전쟁의 기회는 흔치 않았다.

일본의 아나키스트들은 제국주의 군부 집권을 무너트리고 민간 정부가 들어서면 그 기회로 좀 더 폭을 넓힐 수 있고, 내부 문제가 심각해지면 자연 조선의 독립도 쉬워진다고 보았다. 즉 일본의 내부 모순이 극대화되면 자연 그 힘이 약화되고 내부에서 균열이 생기면 조선의 독립은 가까워지고 점차 조선의 새로운 희망으로 떠오를 것이 분명했다. 물론 그 틈에 아나키즘은 일본 인민들을 사로잡을 것으로 봤다. 일본인 아나키스트들이 거사에 참여를 희망한 것도 이 때문이었다.

– 그 쥐새끼들! 당하지 않겠다는 거 아이가?

– 그럼, 동지 같으면 당하게 판을 짜겠네?

백정기가 거칠게 동지들을 몰아붙이고 있었다. 그도 광고지 뒤에 숨어 있는 왜놈들의 의도를 잘 읽고 있었다. 그들은 새로 간행된 상해지도를 놓고 둘러앉았다. 냉철한 유기석이 차근차근 분석했다.

- 넓은 쪽부터 보세, 우선 그들이 홍구를 택한 것은 그곳이 자기 나와 바리라는 것도 있지만, 오송로를 지나는 조계를 관통하며 무력시위를 하겠다는 걸세. 그들이 오송에서 지나야 하는 오송로와 사천 북로는 바로 공동 조계지지. 그곳에서 군사적 시위를 하겠다는 거지. 이 군사적 시위는 중국과의 정전 협상에서 유리한 국제적 지위를 얻었다는 자랑 아니겠나? 그리고 항구와 가깝다는 것은 그들의 무기 체제를 온통 다 쏟아 붓겠다는 의도지. 여기에다 모든 외국인을 초대하겠다는 걸세. 시라카와의 국제적 감각은 왜국에서도 알아주네.

자. 이제 안으로 들어가 보세. 우선 그날 매점은 열지 않겠다는 것이네. 불필요한 경계는 하지 않겠다는 거지. 경계를 단순화 시켜 외국인까지 오는 거대 행사에서 불필요한 인력은 낭비하기 싫다는 신호지. 전승 기념대회에서 실컷 폼 내고 외국인들은 오락장 안에 가둬 놓고 실컷 놀기나 하라는 거네. 거기서는 식사를 맘대로 할 수 있지. 결국 내국인들은 밖에서 소풍가듯이 놀고 즐기라는 것이네.

경비는 삼엄할걸세. 완전 무장한 군인 경비가 있을 것이네. 기찰마병이 있고, 군인 헌병이 있어 이들은 관병식 군대의 접근을 철저히 막을 걸세.

조선인들의 움직임은 상해 풍기계에 맡길 걸세. 왜냐면 그들이 이미 우리 상해 사람들의 붉은 신분을 다 알고 있지. 어느 정도 얼굴까지 파악하고 있을 걸세. 얼마 전 이봉창 의사의 사건도 있고 해서 바짝 긴장을 할 걸세.

시라카와는 절대 밖으로 드러내는 경우는 없을 걸세. 거리 행진에서는 그를 절대 볼 수 없어. 그가 밖으로 얼굴을 드러내는 경우가 없어. 오죽하면 그의 사진을 팔겠나. 그의 사진은 일장기와 동일할 정도로 존경을 받지. 그러나 단 두 번의 기회가 있지. 관병식 사열과 천장절 기념식 때뿐이네. 관병식은 누구도 접근할 수 있는 거리를 주지 않을 것이니 실제로는 천장절 기념식뿐이네. 이마저 이중삼중 경계를 설 걸세.

그가 숨을 돌리자 백정기가 이어 받았다. 그들의 계획은 늘 그랬다. 백정기가 쉼 없이 설명하기 시작했다. 그는 폐병 때문에 아주 심한 기침을 달고 살았는데, 오직 기침을 멎을 때는 작전을 수행할 때뿐이었다.

– 우리의 과제를 보세. 일단 식장에 들어가야 한다는 거네. 그저 한 번 혼란이나 주자는 것 아니라면 식장을 들어가지 못하면 어떤 거사도 성공할 수가 없네. 이번 거사의 목적은 당연히 시라카와와 시케미츠지. 시라카와는 제국주의의 앞잡이지. 시라카와가 무너진다는 것은 제국주의 군부 한 쪽이 무너진다는 걸세. 시케미츠는 상해 자본의 상징이지. 밖에서는 기회가 없을 걸세. 그들이 기회를 안 줄 걸세. 그는 같은 번호의 차량이 다섯 대라는 거는 소문만이 아니라네, 어디에 탔는지 아무도 모르지. 그렇다면 안에서의 기회는 있을까? 그 또한 없네. 이중삼중으로 경계망을 칠거야. 그렇다고 포기하네? 아니지. 그 기회는 우리 스스로가 만들어야 하네. 그래서 이번 거사는 투사와 조력자가 필요해. 혼자서는 힘들다는 거네. 조력자들이 기회를 만들고 투사가 일을 치러야 하네. 조력자로는 중국인이나 일본인이 제격이지. 그래서 한중일 연합이 필요한 것이네. 이번 거사는 한중일 연합으로 해야 하는 이유일세.

그러면 들어가야 되는 데, 들어갈 기회를 얻기도 힘들지. 이들은 수많은 관중들의 입장을 단순화 시켰어. 여자들을 제외하고는 모두 예복을 입어야 하네. 외국인을 제외하고는 벤또와 물통만 허용한다는 것 또한 단순한 입장을 유도한 것이지. 이런 차림이라면 누구도 총은 그만두고 화살 한 촉 가지고 들어갈 수 없네. 여기에 외국인은 초대장에 내국인은 출입증이 요구되고 있네. 우리가 들어갈 수 있는 방법은 일본인이 되거나 외국 공관에서 나오는 초대장이 있어야 하네. 우리가 코 큰 외국인은 될 수는 없고 길은 오직 출입증뿐일세. 일단 이토에게 출입증을 구하게 하세. 최소한 네 장. 가능할 걸세. 이 구체적인 방법은 나중에 얘기하지. 이렇게 완벽하게 준비가 이뤄졌다고 해도 폭탄을 가지고 들어갈 방법은 없네. 문제는 폭탄일세. 그날은 소지품이 벤또와 수통이 전부일세. 이 이야기는 폭탄이 수통이나 벤또로 만들어져야 가능하다는 걸세. 남은 날짜가 열흘. 과연 가능할까? 더 절망적인 것은 우리에겐 폭탄을 만드는 기술자도, 병기창도 없다는 것이네. 시라카와의 교활한 생각이 우리에겐 벽이 되었네.

일사천리로 진행되던 계획이 이 대목에서 사람들이 풀이 죽었다.

그때 왕아초가 거칠게 사무실 문을 밀고 들어왔다. 그는 늘 이 사무실을 들어올 때면 따지러 들어오듯이 문을 세게 밀고 들어왔다. 그것이 그가 보인 친밀함이었다. 그 친밀함 위에는 늘 자기 과시가 있었다. 사람들은 긴장을 했다. 그에게 비밀 장소를 공개한 것이 늘 께름칙했었다.

왕아초는 괄괄한 말과 거친 손을 잘 활용하여 매우 지배적이었고, 자신을 내세우는데 거침이 없었다. 자신을 과시하는 데는 서슴없이 다른 사람의 과오를 들추어냈고, 그렇게 해서 얻은 자신의 지위가 뺏기는 것을 스스로 용납하지 못했다.

　　– 뭐라? 내가 들어온다고 그리 심각할 것 없소. 동지들은 내 말을 알지만 나는 동지들 말을 모르오.

그가 천장절 행사 광고가 난 신문지를 펴 보이며 큰 새가 날 듯 날갯짓 동작을 하며 호쾌하고 자신 있게 우당에게 말을 건넸다.

그의 허위는 처음에는 다물단 사람들의 의심만 샀었다. 결기에 찬 자신감이 늘 익숙했던 조선인 아나키스트에겐 그것이 마치 뱃속이 텅 빈 두꺼비처럼 허풍과 과시로 보였기 때문이었다. 그는 한 번도 안 된다라든지 어렵다라든지 부정적인 말은 하지도 않았고, 듣기도 싫어했다.

- 이번에 한 번 춤을 춰야잖소!

그의 신나는 권유는 마치 동무들과 익은 과일을 따러가자는 듯했다.

늘 조직과 개인이 우선했던 아나키스트들에겐 생소했고, 늘 명령과 성취만 가져왔던 그에게는 익숙한 모습이었다. 그래서 서로가 다어안이 벙벙한 채 잠시 분위기를 식혔다. 그가 다시 커다란 움직임으로 부스스 머리술을 털고 우당 앞으로 다가갔다.

- 우당 선생! 우리 한중동맹 작전 제1호로 합시다. 조선 측 인사들을 한 번 추천하시오. 우리는 늘 준비돼있으니 계획은 머리 좋은 조선 측에서 하시지요.

다시 백정기가 나섰다. 그의 각진 말투는 허풍이 낀 왕아초의 말투를 잡는데 맞춤이었다. 그는 중국말도 성조 없이 조선말처럼 매우 각지게 했다. 가끔 잘못된 해석을 낳기도 했지만, 떠버리 중국인들을 주의 깊게 귀 기울이게 했다.

- 우리도 지금 그것에 대한 논의를 하는 중이오. 그런데 치밀한 시라카와 때문에 몇 가지 문제가 발생했소.

- 뭐? 폭탄 말이오? 아니면 입장권 말이오?

그게 뭐 대수냐는 투였다. 그는 매사 쉽게 생각하기도 했지만 쉽게 해결하기도 했다. 언젠가는 한 번 가면 북망산 넘어간 것보다 돌아오기 힘들다는 수시반이 거둬간 시체를 찾아오는가 하면, 밀정으로 오인된 독립 운동가를 중국 편의대로부터 빼오기도 했다.

- 아, 그게 문제요? 입장권이 필요하다? 들어갈 때는 변당 말고는 안된다? 여우 같은 놈들! 출입증은 우당께서 책임지시오. 폭탄은 우리가 알아서 조치하겠소.

- 그 폭탄이 예사로운 게 아니라서 모두가 걱정이오. 왕 두령!

- 뭐? 변당 폭탄이라도 필요하오? 아니면 물통 폭탄이라도 필요하오?

그는 이미 모든 것을 알고 있었다. 그가 헛되이 상해 노동자들을 이끌고 부두회 두목이 된 것은 아니었다. 사태를 파악하는 능력과 자신이 해야 할 일과 하지 못할 일을 정확히 구분하고 있었다. 할 수 없는 일은 아예 말도 꺼내지 않았고, 할 수 있는 일은 가급적 크게 허풍을 떨며 요란스러웠다. 죽일 듯이 달려드는 성급함 속에 매우 치밀한 짜임이 있었고, 그의 허장성세는 상대의 경계를 늦추게 만들어 기습하기 좋은 기회를 노릴 수 있는 좋은 무기였다.

왕아초가 그러는 데는 한편으로 믿는 구석이 있었다. 왕아초는 상해의 노동조합과 퇴각한 장개석 군대의 상해 병기창도 장악하고 있었다. 이곳에서는 온갖 병기를 제조하고 수리할 수 있는 시설이 갖춰있었다. 폭탄 제조까지 가능한 시설이었다. 이곳의 책임자는 그의 수

하 송식마였다.

송식마와 왕아초와는 단순한 수하의 관계가 아니라 혈맹의 형제 관계였다. 왕아초가 상해로 피신하다시피 들어왔을 때부터 그의 도움으로 자리를 잡을 수 있었고, 그때부터 왕아초는 송식마의 모든 것에 은혜를 갚으며 지내고 있었다. 부두 회원들도 그를 마치 왕아초 대하듯이 해서 상해에서 그의 지위는 왕아초와 같았다.

한 번은 그가 병창 주임을 할 때 상해의 중국공산당 청년당원들이 무기를 공급하기 위해 병기창을 턴 적이 있었다. 채연해는 그에게 책임을 물어 사형시키기로 결정했다. 그는 죽음 앞에서 상해 왈패 왕아초를 찾았고, 왕아초는 전 조직원을 풀어 청년당원들이 감춰 놓은 무기를 찾아내 다시 훔쳐와 채연해로부터 목숨을 구해 준 인연이 있었다. 그는 그 자리에서 왕아초를 '따거'로 모시기로 했으나, 그는 한 번도 송식마에게 따로 부탁을 한 적이 없었다.

그는 우수한 폭탄 제조자였기 때문에 채연해가 상해를 떠날 때 함께 떠나자고 했으나 왕아초의 곁에 남기 위해 그의 청을 거절하고 상해에 남았다. 채연해는 후일을 도모하기 위해 병기창의 책임을 그에게 맡겼다.

이 병기창의 비빌 주물 공장은 프랑스 조계 하비로의 외곽 강제로에 있었다. 강제로는 유럽의 건축가들이 건물을 줄지어 세우는 대세계와 와이탄에 가까이 있었다. 평소에는 철공소를 운영하며 위장했는데, 목이 좋은 사거리에 위치해서 사업이 번창했다. 주로 주물을 이용하여 금속 금형을 뜨는 일을 했다.

그곳의 주물 실력은 아주 정밀하여 건축가들의 섬세한 요구를 주저 없이 들어 주었다. 유럽으로부터 새로운 기계들이 들어오고 있었고, 유럽의 건축사들은 자신들의 상징을 만들기 위해 그곳에 많은 주물을 주문했다. 송식마는 이곳의 주물 제조 책임자로 향차도를 보냈다.

향차도는 송식마의 수하이기도 했지만 특히 김홍일과 형제처럼 친했다. 그는 의열단의 폭탄 수급을 대신해주고 있었다.

- 문제는 시간이 없다는 겁니다. 불과 8일입니다.

- 그래요. 팔일? 와! 그거 좋은 숫자요. 내가 맞춰보지.

그는 매우 성질이 급했는데, 일 또한 급하게 처리했으니 일단 정해지면 일사천리였다. 막힘이 없었다. 거의 명령체계로 이뤄져 있어서 가끔은 그가 진정 아나키스트인지 헷갈릴 정도였다. 사실 그가 아나키즘를 받아들인 것은 상황이었지 사상은 아니었다.

그가 그렇게 자신만만한 것은 그럴만한 이유가 있었다. 사실은 그가 다물단 사무실에 오기 전에 급하게 송식마를 불렀다.

그는 송식마에게 불리한 것도, 시간상으로 불가능한 것도 핑계나 간섭 없이 폭탄 주문을 했고, 송식마는 잠시도 망설임 없이 대답했다.

따지고 보면 이 전쟁은 19로군의 원한이 더 컸다. 분통이 하늘을 찔렀으나 공식적인 대응이 어려웠던 송식마는 왕아초의 부탁이 있자 옳다 커니 하며 그의 성격에 맞는 폭탄의 위력을 만들기 위해 상해의 유능한 폭탄 제조 기술자들을 모두 동원했다.

그는 강제리 주물 공장을 일본식 벤또의 금형을 뜨는 데 활용하기로 했다. 그 책임자를 향차도로 두었다. 향차도는 상급자 송식마의 영문 없는 명령을 들었는데, 이 소식이 김홍일한테 가는 데는 얼마 걸리지 않았다.

분주한 상해의 움직임 속에 20일의 밤도 서서히 지나고 있었다.

2
chapter

21일

누구 없소?

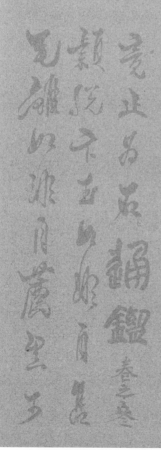

국수 먹는 사람들

　홍구 야채 가게를 정리한 봉길은 마지막으로 계춘건을 만나 회계 장부를 건넸다. 계춘건은 그의 회계 장부를 본성만성 건네받으면서 그가 떠난다는 것을 못내 아쉬워했지만 도산과 함께 한다는 것에 한편 맘이 놓였다. 그는 봉길의 상해 생활을 늘 옆에서 지켜봤기 때문에 그의 결정을 흔쾌히 받아들였다.

　－ 모두 다 혁명의 길로 갈 수는 없는 게이요. 가난이 혁명의 길로 밀었다고는 생각 마오. 동지의 결정이 우리들을 부끄럽게 하고는 있소만 모두 이상국의 열망만은 가득하오. 이상국에서 만나보길 바라오.

　계춘건의 말끔한 인사말을 받고 봉길은 안귀생의 집으로 향했다. 상해를 떠나기 전에 마지막으로 얼굴이나 보자는 서상석의 제안이 있었다. 셋은 모두 내일이면 상해를 떠난다.
　춘산의 집에서 남산이란 이름으로 동지가 된 봉길에게 도산으로부터 연락이 온 것은 어느덧 봄이 다 지나고 있을 무렵이었다. 일본에 정주할 곳이 마련되었고 이어 배편이 마련됐다고 연락이 왔다. 24일 칙어 반포일 거사는 폭탄 구입 문제로 포기하기로 했으니 원래 계획대로 일본에 갈 준비를 충분히 했으면 좋겠다는 전갈이 함께 왔다.

안귀생이 빈손으로 오는 봉길을 보고 비시시 웃는다. 눈이 마주치자 그는 자신이 조선에서 올 때 가지고 왔던 나무 호패 하나를 흔들어 보인다. 자신은 그것만은 가지고 간다는 뜻이었다. 호패는 주인 이귀가 그의 종 신분을 각인시키기 위해 허리춤에 차준 일종의 각성제였다. 그는 호패를 들어 모처럼 쏟아지는 달빛 아래에 놓았다. 안귀생은 더 이상 상해에서는 할 일이 없으니 조국의 달빛을 찾아서 떠난다고 했다.

그의 방에도 천장절 행사 광고가 실린 신문이 놓여 있었다. 봉길은 그 광고를 보자 하루 종일 그를 감싸고 있던 전율이 다시 싸 하니 팔을 타고 올라오는 것을 느꼈다. 그러고 보니 아직도 그의 손에는 광고가 실린 신문이 쥐어 있었다.

– 이 기회를 넘기지는 않겠지?

안귀생에게 무심코 던진 말이었다. 그렇구나. 그것은 기회였다. 그가 한낮 내내 느꼈던 불안도 아니고 두려움도 아니었던 불규칙한 감정은 바위틈을 비집고 나오는 용천 같은 기회였다. 그것은 연달아 찾아온 또 다른 기회였다. 그러나 무장투쟁에 대한 준비 부족과 멀리 보자는 도산의 설득에 도일을 결정하긴 했지만, 연이어 오는 기회를 놓치는 것에 대한 그의 미련이 없었던 것은 아니었다. 그래서 무심결에 툭하니 튀어 나온 말이었다. 아, 기어이 기회는 사라지는구나.

그것이 분했다.

- 저 간악한 시라카와가 이렇게 가까이 있는 줄 알았다면 저 놈을 먼저 요절을 내야 했는데 다만 그것이 안타까울 뿐이네. 아쉽네. 적의 심장 소리를 듣고도 지나치는 게. 저 상해의 소심한 혁명가들이 저들을 그냥 지나치지 않을까 걱정이네.

- 걱정마라우. 윤 선생과 같은 기회라고 볼지는 몰라도 그냥 넘기지는 않을 게라우. 다물단은 하늘이 준 기회라고 생각할 것이고, 백범은 천재 일우라고 생각할 게이야. 다물단은 사냥할 대물을 봤고, 백범은 궁지에 몰렸지 않간? 하나는 잡을 기회이고, 하나는 벗어날 기회거든. 그러니 넘기지 않을 게야. 걱정하지 말고 윤 선생 할 일이나 중심 꼭 잡고 있으라우. 자, 이제 상해의 미련은 버리자우.

- 그렇지?

안귀생의 생각에 자신의 생각을 얹어 놓고 동의를 구하듯이 봉길이 또 무심히 말을 던졌다. 안귀생이 보다만 신문을 봉길이 가지고 왔던 신문 위에 얹어 놓았다. 봉길의 안타까움이나 성격을 알고 있던 안귀생이 더 이상 엉뚱한 생각을 하지 말자는 표시였다.

- 걱정 말게. 상해의 안전은 소심한 혁명가들에 의해 지키는 게 아니라 유럽의 제국주의 자본이 지키는걸 왜 모르간?

안귀생이 봉길의 미련을 통으로 자르듯이 에둘러 소심한 혁명가들을 핀잔했다. 상해의 안전 때문에 섣불리 움직이지 못하는 그들의 생각은 잊으라는 소리였다. 길이 잡혔으면 곁 생각 말고 가자는 이야기였다. 안귀생은 4·24 칙어반포일 의거는 반대했지만, 봉길의 일본행에는 동의를 했었다.

– 이 전쟁이 이대로 끝난다면 조선의 독립은 요원하네.

– 그래, 맞지. 그래서 윤 선생은 일본으로, 나는 조선으로 가는 게 아니간?

둘이 답 없는 실랑이를 하는 동안 샌님 서상석도 안귀생의 집에 도착했다. 그도 마찬가지로 빈손이었다. 그의 옆구리엔 새 영어책이 끼여 있을 뿐이었다. 상해에서 가지고 갈 것이라고는 그것뿐이라고 했다.

그는 상해를 싫어했다. 늘 그의 이상은 미국에 있었다. 자신처럼 나약한 지식인은 미국이 적격이라는 생각을 가지고 있었다. 미국은 혁명이 필요한 나라가 아니라 지식이 필요한 나라라고 생각했다.

밤 열한시가 넘어서야 마지막 밤을 보내기 위해 셋이 모두 모였다. 내일이면 먼 길을 떠나야 했지만, 셋은 모두 짐이 없었다. 상해에서 얻은 것이 없으니 딱히 남겨둘 것이나 가지고 갈 것도 없었다.

봉길과 안귀생, 그리고 서상석. 그들의 관계는 터울 없는 너나들이 관계였다. 봉길이 상해에 와서 만난 진정한 수평적 관계의 지기였다. 봉길이 건설하고자 하는 이상국에 첫 입국자로 받아들이고 싶은 사람들이었다.

– 밥은 먹었네? 이왕이면 똥까지 싸 놓고 가야지 않간?

다시 한 번 상해에 한 점의 미련이라도 없이 떠나야 한다는 듯이 안귀생이 봉길을 향해 내뱉었다. 더 이상 봉길의 생각의 전진을 못하게 막기 위한 제안이었다. 봉길이 손바닥을 보이며 알았다고 고개를 끄덕였다.

그렇기도 했지만 그들은 사실 몹시 배가 고픈 상태였다. 안귀생이 눈치를 챈 것이다. 이 시간에 안귀생의 숙소에 모이기로 하면 늘 저녁을 굶고 온다. 이곳에서 쉽게 저녁 먹는 방법을 찾았기 때문이었다. 5전이면 셋이 나눠 먹을 수 있을 만큼 국수를 살 수 있는 방법을 서상석이 찾아냈었다.

옆에 있던 안귀생이 툭 쳤다. 늘 하던 대로 해보자는 신호였다. 그들은 긴 하루를 참고 이 시간을 기다려 왔다.

상해의 노동자들은 일찍 잠을 청한다. 잠을 잘 때는 배고픔을 잊기 때문이었다. 그들도 그렇게 거의 저녁을 굶고 자다가 어느 날 너무 배가 고파 일찍 눈을 떴는데, 그 시간이 겨우 열한시가 조금 지나서였다.

그때 마침 그것을 이미 알고 있다는 듯이 집 앞에서 국수 파는 소리가 들려왔다. 그들이 지르는 소리에는 국수 냄새까지 묻어 있었다. 그것을 참기란 너무 힘들었다. 그 뒤로는 아무리 일찍 눈을 붙여도 그 시간이 되면 자연히 눈이 떠지는 것이었다. 그러기를 며칠, 머리 좋은 서상석은 아주 기막힌 방법을 찾아내었다.

서상석은 어김없이 그 시간에 회중시계를 꺼냈다. 열한시가 조금 안 되었다. 호주머니의 둥근 회중시계는 한 치의 틀림도 없이 항상 제자리를 돌았고 배고픈 이치에 매우 잘 맞아들었다.

그가 시간을 재기 시작했다.

하나, 둘, 셋…

- 탄탄면!

그들은 집게손가락을 마주 대며 만면에 웃음을 지었다. 밤 열한시쯤이 되면 어김없이 국수 장수가 나타났다.

가난한 강북 출신 국수 장수들은 국수를 팔기 위해 많은 고심을 했다. 낮에는 노예처럼 일했지만, 그것만 가지고는 그들의 가족을 먹여 살릴 수가 없었다. 그렇다고 버젓한 가게를 차릴 수도 없었다. 그러기엔 자본이 없었다. 그들이 생각해낸 것이 자본이 덜 드는 국수를 긴 밤을 설치는 중국인들에게 밤참으로 파는 것이었다. 그러나 국물이 있으면 팅팅 불어 돌아다니며 팔 수 없어 국수의 물을 빼고 팔 수 있는 국수를 고안해 냈다. 그들은 이 국수를 어깨에 지고 밤이면 골목으로 나갔다. 이것이 탄탄면이었다.

한 그릇에 5전이었다. 그들은 농당의 골목 마당에 전을 폈다. 그리고는 의도적으로 끓는 육수 냄새를 퍼지게 만들었다. 구수한 냄새가 2층에 다다를 무렵 그는 크게 소리쳤다. 그러면 육수 냄새를 타고 소리가 방방마다 퍼져 갔다.

- 탄탄면!

그의 국수는 매우 기름지고 맛있었다. 5전이면 국수에 기름진 국물만 있고, 7전이면 두어 점의 고기도 얹어 준다. 9전이면 듬뿍 고기가 얹어지고 서비스로 만두를 주었다.

그의 목소리 또한 매우 걸쭉하고 때로는 구성져서 밤참이 그리운 젊은이들과 맘이 약한 노인들의 안타까운 심경을 잘 노리고 있었다. 사람들이 컴컴한 계단을 조심하지도 않고 저벅저벅 뛰어와 밤을 헤치고 무표정하게 우동을 샀다.

처음에 봉길 일행도 5전에 대한 고민을 많이 했다. 만일 이 고민이 짧았다면 배고픔에 비하면 덥석 5전을 냈을지도 모른다. 그러나 서상석은 매우 침착했고, 계산적이었다. 그의 끈질긴 인내는 결국 기묘하고 오묘한 방법을 찾아냈다.

배고픔은 허겁지겁 생각을 재빨리 모은다. 힘들기는 하지만 가난은 많은 것을 강구하게 한다는 게 서상석의 지론이었다. 그래서 배고픔에서 나온 혁명은 거칠지만 많은 것을 강구한다고 했다.

그 국수 장수가 마을을 한 바퀴 돌아 나오는 시간이 거의 열두시가다 되어서였다. 열두시가 넘으면 석고문이 굳게 닫히기 때문에 그 전에 마을을 빠져나가야 했다.

그들은 국수 장수가 다시 돌아올 시간에 창가에서 길목을 기다렸다. 그가 걸어오는 모습만 보아도 국수 장수의 들목에는 국수가 남아 있는지 모두 팔렸는지 알 수 있었다. 그의 들목이 좌우로 흔들이면 다 팔린 것이고, 위아래로 흔들리면 조금이라도 남아 있는 것이었다. 기분이 좋으면 그의 걸음걸이는 어깨춤이 가벼웠고, 조금이라도 남아 있으면 처진 어깨에 자연스럽게 위아래로 움직이는 것이었다.

오늘도 서상석이 흐뭇하게 웃었다.

- 남았다!

그들은 재빨리 밖으로 나갔다.

- 우동 있소?

국수 장수는 그들이 마지막 손님이라는 것을 잘 알고 있었다. 그리고 늘 그들이 이 시간에 나와 흥정을 한다는 것도 알고 있었다. 그래도 쉽게 그들 의도대로 국수를 팔지는 않았다. 중국인들이 그랬다. 그는 반드시 흥정을 했다. 국수 장수가 먼저 흥정을 해왔다.

　　– 5전!

　　– 5전? 아니!

　　– 좋아. 5전에 두 그릇!

　　– 싫소!

결국 그는 처음 그들이 부른 대로 5전에 팔았다. 그러나 세 그릇이었다. 매번 그랬다. 그러나 국수 장수는 5전에 세 그릇을 훨씬 넘게 주었다. 약간 불었지만 그들은 물 넘기듯 국수를 먹었다. 때로는 거르기도 했지만 국수 장수는 늘 그들 몫을 남겨왔기 때문에 그들의 저녁은 열두시에 겨우 마칠 수가 있었다.

그들은 그렇게 태평촌에서 마지막 밤을 보내고 있었다.

　　– 내 물어볼 것이 있다.

　　– 뭘?

　　– 우리 처음 만났을 때 말이야. 윤 선생은 왜 내가 사람처럼 봤네?

　　– 아니 사람을 사람처럼 보지. 뭐로 보간?

- 사람을 사람처럼 본다?

- 그럼?

- 근데 사람들은 왜 나를 사람으로 보지 아니 하간?

- 뭐래?

- 난 그저 종놈이지. 조선에서나 상해서나 종놈일 뿐이었지. 그래도 윤 선생이나 서 선생이 날 사람으로 본 첫 사람들이래야. 내래 너희들 땜에 조선에서 종놈으로 나와서 사람이 돼서 간다야. 아니 그렇간?

회자會者

생각해 보면 이들 셋의 만남은 서상석의 말대로 가난이 만들어 준 인연이었다. 뒤쫓아 오는 배고픔 때문에 허겁지겁 생각을 모으다 보니 만나게 된 사이였다.

상해는 잘 정리되고 구획된 주택단지에 지어진 공동 주택이 많았다. 이 공동 주택에는 보통 한 건물에 20여 채에서 많게는 100채가 속해 있었다. 프랑스 조계 천주교단을 비롯한 건물주들은 땅을 아끼기 위해 주택을 바싹 붙여서 지었고 건물들이 마주보고 촘촘하게 들어서다 보니 자연히 골목이 생기게 되었다. 그래서 중국인들은 이 주택을 골목집이라는 뜻의 농당이라 불렀다. 대부분 2층 구조를 가지고 있었고 2층 위에 옥탑 형태의 작은 방을 만들고 노호창老虎窓이란 지붕창을 냈다. 외벽은 붉은 벽돌로 쌓아 올렸는데, 내부는 중국식을 따랐고 밖은 프랑스풍의 독특한 건물이 들어섰다. 마통이나 농당이나 모두 그들이 이권을 조금이라도 더 챙기고자 하는 속셈에서 나온 산물이었다.

이 골목이 만들어 준 공간은 사람들의 공동의 생활공간이기도 했다. 이 안에는 세탁 시설이나 이발소, 때로는 작은 주막이나 다관 등 많은 생활 편의 시설이 들어섰다.

때로는 공우라는 여관이 들어서 무작정 올라오는 난민들의 숙소로도 쓰였다. 그러면서 이곳만의 특유의 농당 문화가 생기기 시작했다. 다관, 주막, 이발소 등이 골목을 마주하고 들어섰고 사람들은 정자 드나들 듯이 그곳에 늘 모였다. 석고문 주택은 개인의 생활이 보장되지만 또한 이 골목 때문에 공동체의식이 형성되었다.

그 골목은 다른 농당과 연결되어 복잡하지만, 자세히 다니다 보면 사방으로 뚫려 있었다. 이는 폐쇄적이지만 개방적인 모형으로 도망자나 숨어사는 사람에게는 요새 같았다. 또한 집집마다 뒷문을 두었는데, 이 뒷문으로 나오는 길은 사람이 드나들기에는 매우 비좁고 복잡하여 용도가 분명하지는 않았다. 그러나 이는 독립 운동가들에게는 쫓아오는 밀정들이나 경찰들로부터 피신하기 좋은 구조이기도 했다.

이 골목의 입구에 커다란 아치형 나무 문을 만들었다. 이 나무 대문은 아주 높았는데, 대문의 아치형 문테가 돌로 되어 있다. 대문은 검은 칠을 하여 그 무게를 묵중하게 만들었고, 청동으로 문고리를 만들었는데, 마치 창고를 닫듯이 튼튼하고 견고하게 만들었다 하여 '석고문' 이라 불렀다.

이 문은 반드시 이곳으로 들어가지 않으면 들어갈 수 없다는 뜻이 아니고 다만 상징적이었다. 대문을 기준으로 골목 안에 마을이 만들어졌다. 이 대문 앞에는 수위처럼 들고 나는 사람들을 보는 경비가 있는데, 주로 동남아 쪽에서 이주한 외국인이 서 있는 경우가 많았다. 특별한 일을 하는 것이 아니라 마을 앞을 표시하는 깃발의 의미였다. 골목의 허드렛일을 도왔다. 주로 가난한 인도인들이 많이 서 있었다.

이들은 강북인 만큼 천시를 받고 있었다.

집안에 들어가 방을 찾는 것도 매우 복잡했다. 방도 많아 많은 사람들이 동시에 살기 좋았다. 가난한 독립 운동가들은 방 하나를 세내어 여럿이 모여 사는 경우가 많았다. 특히 주방을 북향에 두었는데, 세 들어오는 사람들이 많아지자 주방 위의 작은 공간에 마루를 깔고 방을 만들어서 세를 놓았다. 이 방을 정자칸이라 하는데, 이곳 정자칸은 특히 가난한 사람들이 머물렀던 곳이다. 여름이면 주방에서 음식하는 냄새가 올라와 역겨운 냄새가 진동했고, 그 열이 고스란히 올라와 매우 덥고 습했다. 겨울에는 북향에 마룻바닥이라 매우 추웠다. 그곳도 한 달 임대료가 개인 별로 2원 정도 했다. 어지간한 노동자들이 하루 50전 정도 벌었으니 방값을 내려면 나흘은 꼬박 일을 해야 했다.

봉길이 암암쟁쟁, 독립단에 들어가고자 하는 무삼 기쁜 마음으로 상해에 도착해서 화합방 석고문 주택의 정자칸에서 안명기의 소개로 몇몇이 동거를 시작했다.

그가 첫 자리를 잡은 화합방은 묘한 곳이었다. 본래 농당의 주택은 프랑스인들이 지어 세를 놓았는데, 이곳은 안명기 형제들이 세를 받아 다시 세를 놓는 곳이었다.

상해 한인은 대부분 출신 지역이 같거나 추구하는 사상이 같은 사람들이 끼리끼리 모여 살았기 때문에 연고가 있는 사람은 그곳으로 직접 찾아갔고, 임시정부와 연이 있는 유력한 사람은 보강리에 따로 임시 숙소가 마련되어 있어 그리로 갔다. 안명기 형제들은 이 틈새를 이용하여 상해로 밀려들어오는 한인 청년들을 상대로 상업을 시작했는데, 그들에게 살 집을 세놓는 일이었다.

안명기는 연고 없이 상해에 처음 들어온 세입자를 구하기 위해 거류민단이나 임시정부 청사에 자주 드나들었다. 봉길이 안명기를 만난 곳도 그곳이었다. 그러다 보니 화합방은 상해에 처음 도착한 사람들이 많았다. 이들은 이곳을 떠나는 경우는 집세가 비싸다는 것을 알았을 때였다.

대부분 가족 단위보다는 홀로 떠나온 젊은 청년들이 많았고 그중에는 아나키스트도 있었고, 의열단원도 있었고, 사회주의자들도 있었다. 사회주의자 김학무도 거기에 살았다. 김학무는 장차 사회주의자들의 리더로 성장하여 무장 독립운동에서 대활약을 펼치게 되는데, 젊은 시절 이곳에서 봉길과 이웃하고 있었다. 뿐만 아니라 밀정도 함께 있었다. 청년 독립운동가들의 집합소였다. 이곳은 처음 상해에 온 사람들이 거쳐 가는 일종의 정거장 역할을 했다. 그러다 보니 거의가 일자리를 갖지 못한 청년들이 많았다.

그것은 봉길도 마찬가지였다. 그는 상해에 도착한 지 이레가 지나서 자신의 곤궁함을 쉽게 해결할 수 없다는 것을 알았다. 무슨 방도를 찾아서라도 청도에서 가지고 온 돈을 쪼개지 않으려고 애썼다. 그러나 주머니의 돈이란 게 한 번 쪼개지면 마치 연못 속의 살얼음 같아서 자그락거리는 소리가 들리는 순간 깨져나가기 시작했다.

거류민단 사무실은 생뚱맞게 혈혈단신 떠밀리어 온 근본 없는 그를 바라보는 시선이 곱지만은 않았다. 자신의 호구지책도 마련하지 못하는 사람이 독립운동을 해야 한다고 떠벌리고 다녔으니 그럴 만도 했다.

상해 도착 한 달이 지났지만, 그는 내내 일을 찾을 수가 없었다. 임정에 가서 상해 전입신고를 마치고 매번 구직을 청했으나 대답은 '알아보마'가 다였다.

목욕탕에서 거드름 피는 중국인에게 부채를 부치는 일은 어린 소년들의 몫이었고, 부두에서 짐을 나르는 일은 이미 선점한 등치 크고 검은 아랍인의 손에 넘어갔다. 마통을 짊어질 생각까지 했으나 그나마 강북인들의 목숨을 건 텃세 때문에 손도 대보지 못했다. 남은 것은 장사였는데, 인기가 좋다는 개성 인삼 장사는 어느 놈의 주머니에 똥이 들었는지, 황금이 들었는지 알 수 없는 상황에서 이미 넉살 좋은 사람들이 단골을 잡고 있었다.

착각과 자각이 이 화합방에서 동시에 왔다. 봉길은 정자 간의 얇은 천정을 보고 누워 많은 착각과 그것에 대한 자각 때문에 괴로워했다.

내가 이러려고 상해에 왔던가?

상해의 화려함은 그 안에 들어가면 꽃술 위에 앉아 향기를 맡듯이 도취되어 마치 모두가 내 것처럼 보이지만, 유랑민들에게는 또 다른 고통의 환락에 취하는 마약에 지나지 않았다. 공화국을 내세운 신세계는 엄청난 자본을 쏟아 부어 황금 도시를 만들며 많은 일자리가 창출되고 기회가 만들어졌지만, 정작 그에게는 일자리는 고사하고 기회조차도 없었다. 더구나 아침햇살의 연무 같은 독립단은 만날 수도 없었다.

봉길이 상해에 도착하여 한 달이 지나 느낀 것은 청도나 만주의 배고품은 배고품이 아니라는 것이었다. 누더기 옷과 다 떨어진 신발의 다른 표현인 파의破衣를 걸치고 폐리廢履를 신고 다닌다는 표현이 상해에 사는 한인들에게 매우 보편적인 상황을 묘사한 것에서 나온 것이라면 그의 상황은 그보다 훨씬 열악했다.

찢어진 옷은 추위를 가릴 수 있고 떨어진 신발은 동상은 막을 수 있었다지만, 할일이 없어 놀며 굶을 수밖에 없는 가난은 그에겐 어찌해볼 수조차 없는 굴욕이었다. 허깨비와의 씨름하는 격이었다. 근면하고 부지런하면 잘 살 수 있다는 신념이 무너지는 순간을 매일매일

접했다. 그의 그런 곤궁은 독립단을 만나는 것은 고사하고 가난으로부터의 독립이 우선이었다.

그의 주머니에서 마지막 돈이 사그라질 무렵, 그날 상해의 밤이 가기 전에 암살자의 단발의 총알이 날카로운 한 줄기 칼날처럼 밀정 임달호의 몸을 뚫고 지나갔다.

이튼 날 새벽이 지나고 동이 틀 무렵, 갑자기 농당이 술렁였다. 일용직 일자리가 떴기 때문이었다.

화합방 농당의 경비실 외곽 판자는 안명기의 배려로 마치 간주가 있는 문처럼 나뉘어져 있었고, 그곳은 구직과 구인 현황판으로 쓰였다. 그러나 항상 구직란은 꽉 차있었고, 구인란은 달 없는 하늘처럼 텅 비어 있었다. 그곳에 청년들은 자신의 이름 뒤에 자신의 특이 사항을 꼭 써 놓았는데 특이 사항을 강조한 알록달록한 글씨들이 현황판에 매달려 애원하고 있었다.

그런데 그 특이 사항이란 게 좀 특이한 게, 봉길로써는 한 번도 경험해보지 않은 일들이 많았다. 봉길도 오자마자 그곳에 자신의 이름을 썼지만, 특이 사항은 아무것도 적어 놓지 못했다.

다만 그의 이름 밑에는 '힘쓰기 2몫' 이라고 썼을 뿐이다. 힘 정도는 두 몫을 한다는 뜻이었다. 돌의 크기를 메길 때 흔히 2몫, 4몫이라 하는 데, 이는 둘이 들목 할 돌을 2몫이라 하고, 넷이 들목 할 돌을 4몫이라 하는 데, 그는 늘 네 명의 들돌을 둘이서 거뜬히 들어 4몫의 들돌을 2몫으로 들어 옮겼었다. 그는 그곳에서 실마리를 얻어 2몫이라 써놓았다.

구인을 하는 쪽에서 이 쪽지를 떼어 경비에게 사람을 부르게 시키거나 그것도 마땅치 않으면 경비가 소리를 질러 사람을 모았다. 이 일은 동트기 전 도마통이 지나간 새벽에 이뤄진다.

그동안 내내 사람을 찾는 어떤 기미도 없었는데 그날은 한 청년이 석고문의 현황판을 찬찬히 들여다보고 있었다. 인도인 수위가 눈치를 채고 그 뒤에 바짝 들러붙어 돌아서서 호위하듯 서있었다. 양복을 입고 중절모를 썼으나 자기 것이 아닌 듯 조금 작았고, 짐짓 점잖은 티를 내고 있었지만, 작은 키에 현황판 앞으로 다가 서 있어도 뒤꿈치가 벌렁벌렁 앞으로 가는 듯한 모습은 가식이 분명했다. 그는 현황판을 훑어보다가 봉길의 이름 아래 힘쓰기 2몫이라는 특이 사항을 보고 씩 웃었다. 웃음 속엔 작은 희망이 지나갔다.

중절모의 청년은 수위에게 봉길을 포함하여 둘을 더 요구했다. 조용히 모아주길 원했으나 수위는 매우 요란하게 사람들을 모았다. 마치 자신이 청년들의 일자리를 주기나 하듯이 그는 책임감 있게 사람들을 모았다. 농당의 수리나 허드렛일을 하는 그에게 그 일은 아주 중요한 예외 임무 중 하나였지만, 그러나 매우 자부심 있는 일 중 하나였다. 그는 몇몇 지나는 사람에게 사람 쓸 일이 생겼다고 전하자 금세 농당이 술렁거렸다.

순식간에 우당탕거리며 일 없는 청년들이 농당의 경비실로 몰려나왔다. 이럴 때는 시간이 일을 줄 때가 많았다. 경비원이 가지고 있던 유일한 특권이 선착순이었다. 사람들이 족히 십수 명은 몰려들었다. 그러자 이번에는 중절모 청년이 직접 나섰다. 그는 건장한 청년 셋을 원했다.

그는 우선 힘쓰기가 특기인 윤봉길을 호명했다. 봉길은 그 특이 사항이 자신에게 일을 주리라고는 생각하지 못했다. 그래서 선뜻 그가 앞서 나갔다. 상해에서 이익도 남기지 못하는 어설픈 장사를 집어치우고 처음 맡는 일이었다.

그는 봉길의 덩치와 인상에 매우 만족했다. 얼굴은 아직 상해의 암체 같은 상술과 약아빠진 셈에 때를 탄 것 같지 않았고, 손끝이 뭉툭하니 가릴 일이 없을 것 같았다.

그리고 나머지 인원을 선발하려는 그때 3호실 청년이 서로가 일하기를 원하는 틈을 타서 한 가지는 짚고 넘어가자고 했다. 3호실 청년은 아직까지는 조선에서 오는 돈으로 버티고 있는 좋은 집안의 자제였다. 일이 생겼다 하니 혹시나 자신에게 맞는 일인가 하고 내려온 것이었다.

  - 근데 할 일라는 게 무슨 일이오? 무슨 일인지는 알고 가야잖소?

노무 일을 하기에는 말끔한 차림과 정제된 말투가 중절모 청년의 비위를 거슬렀다. 되짚는 그의 물음에 봉길과 함께 가기로 한 청년이 멈칫했다. 그도 한숨 물러났다. 그가 경계하고 자신의 주장에 바짝 달라붙었다.

  - 장례 치루는 일이오. 대신 일수는 넉넉히 쳐주겠소. 비록 장례식이지만 이 일에는 날찍이 많소.

애써 그들을 위해 평소 자신의 느리고 나슨한 말투를 고쳐 매고는 주인 흉내를 냈다. 무엇인가 감을 잡은 듯이 3호실 청년이 계속 추궁했다.

  - 혹시 이귀의 장례가 아니오?

이귀는 죽은 임달호의 본명이었다. 그것을 숨기기에는 상해 소문이 너무 빨랐다. 모두들 미간을 찌푸리고 실망하는 눈빛이 역력했다.

숨기려 했던 사실이 알려지자 중절모의 점잖은 가식과 구인자의 대범함이 갑자기 무너지고 나부대던 그의 본 성질로 돌아왔다.

　－아니, 그게이 무슨 상관? 선생들은 일이 필요한 게이고, 나는 일을 준다는 게 아니겠소? 날일이라는 게 선생들은 일을 하면 되고, 나는 그 품삯을 주면 일이 성사되는 게지 아니오?

좀 더 뻣셀 필요가 있다고 느꼈는지 그는 말투를 바꾸고 좀 더 공격적으로 나섰다. 더 이상 밀리면 다른 곳은 가볼 곳도 없이 위험한 중국인 유랑자들을 써야 할 판이었다.

　－혹시 당신은 그 천한 자본가 이귀의 종자가 아니오? 그 천한 자본가 밑에서 일하더니 똑 같이 자본을 휘두르고 있구만.

그때 만난 중절모 청년이 바로 이귀의 종자 안귀생이었다. 그들이 바라보는 눈빛이 이내 노시奴視로 변하더니 말투가 갑자기 하대로 바뀌기 시작했다.

　－맞소. 더구나 그는 왜놈 앞잡이인 밀정으로 처단된 자가 아니겠나?

　－나는 밀정이니 그런 거 모르게오. 주인이 죽었으니 장례를 치루는 것뿐 아니겠소?

　－우리들은 못 가네. 아니 무엇 할 일이 없어 매국노 시체를 거둔단 말인가. 매국노를 위하여 하루를 허비하느니 차라리 우리들은 그 하루를 가지고 열흘을 굶겠소. 망할 놈의 이귀!

청년들은 다시 우르르 몰려 각자의 방으로 흩어졌다. 이쯤 되자 봉길이 제일 난처했다. 앞서지도 못하고 뒤로 물러서기도 뭐했다. 그는 이귀에 대해 아는 바가 없었다.

  – 제발 나 좀 도와 주시게오. 이게 벌써 몇 번째 농당인지 아오? 벌써 새벽 반나절 째 농당을 돌고 있소. 다들 주인이 밀정으로 처단되었다고 수시반에 맡기라는 게요. 장례를 치룰 가치도 없다는 게요.

안귀생은 오도가도 않는 봉길이 허점을 보인 듯싶었는지 그에게 동정어린 사실을 줄줄이 퍼질러 놓았다. 그러는 동안 봉길의 고민도 깊어졌다. 다들 회피하는 밀정의 장례식을 도와준다는 것이 상해에서 무엇을 의미하는 지, 그랬을 경우 은밀하게 다가올 뒷감당을 그는 짐작하지 못했었다.

그가 상해의 감성을 이해하지 못했던 것은 어쩌면 당연했을지도 모른다. 워낙 일에 있어서는 불의나 부정이 끼지 않았다면 무엇이든 거리낌 없는 그의 성격이기도 했지만, 그에게 닥친 것은 우선 금전의 곤란이었다.

청도에서 마련한 여윳돈은 봄눈 사그라지듯 없어지고, 시간의 여유와 금전의 여유는 여전히 반비례하고, 금전의 곤궁과 배고픔 또한 비례하고 있었다. 안귀생의 유혹의 손짓은 확실히 그의 배고픔에 냄새를 지피고 있었다.

  – 그래도 평생 주인으로 뫼신 사람인데 장례는 치러주는 게 맞지 않겠소? 나도 그놈이 밉소.

그는 낯모르는 사람을 만나거나 필요하다고 생각하면 주인 이귀의 말투를 흉내 냈다. 안귀생은 매우 영악했다. 사람의 눈치를 살피는 데는 이력이 나 있었다. 평생을 종으로 살면서 지혜가 눈치로 바뀌었다. 서상석은 나중에 그에게 혁명을 가르치며 한 말이 있는데, 그의 혁명성은 이 눈치를 다시 지혜로 바꾸는 일이 첫 번째 과업이라 했다.

그에겐 상대방의 심리를 파악하는 것도 매를 맞지 않는 방법 중 하나였다. 그는 봉길이 머뭇거린다는 것을 눈치 챘다. 봉길이 어중거리며 청년들을 따라가지 못하고 그의 이야기를 들어주고 있었다.

안귀생은 마주봤던 몸을 반쯤 돌리며 첫 걸음을 뗐다. 그리고 주인 이귀의 이야기를 계속했다. 그는 이야기를 풀어내면서 봉길이 자신의 실타래를 잡고 있음을 알았다. 서서히 발길도 옮기기도 하고, 그가 머뭇거릴 때는 서기도 하면서 봉길의 마음을 알아챘다. 이미 봉길은 결심을 했지만, 그는 계속해서 끈을 놓지 않았다. 그러나 안귀생의 이야기가 길어질수록 우습기도 했지만, 애쓰는 그에게 조금씩 정이 붙기 시작했다.

이귀는 조선의 양반이었다. 일찍 신문화를 받아들인 개화파였지만 그는 정치보다는 정치를 등에 업은 상업 쪽에 눈을 돌렸다. 그러나 조선에서의 상업은 항상 일본인들에게 후순위로 밀릴 수밖에 없었음을 깨닫고 좀 더 넓고 자유로운 상해로 가기로 했다. 상해는 그에게 날개를 달아줄 세계의 자본과 공화라는 자본의 자유가 넘쳐흐르는 곳이었다. 그는 상해로 가기로 결단하고 길을 떠날 때 오로지 가족도 없이 그가 대동한 사람은 종자 안귀생 뿐이었다.

안귀생은 내림내림으로 그 집의 종으로 살았다. 그가 상해로 왔을 때는 겨우 13살이었다. 그러니까 그의 나이가 스물다섯이니 벌써 상해에 온 지 12년이나 됐다.

그의 주인은 이미 중국 국적을 획득하고 본래 자신의 이름인 이귀를 리꾸이라는 중국식으로 바꿔 불렀다. 그는 이름은 중국식으로 바꾸었지만, 두어 가지는 바꾸지 않으려고 애썼다. 우선 조선의 양반으로써 자신의 성을 바꿀 수 없다는 것이었고, 다음으로 종을 바꾸지 않았다. 중국인을 믿지 못해서 하인을 반드시 조선인인 안귀생을 데리고 다녔다.

안귀생은 사실 성도 없었지만, 그가 상해로 올 때 그에게 성이 필요하여 붙여진 성이 바로 안 씨였다. 그의 어머니가 다 헐어가는 사랑방에서 홀로 애를 낳았어도 죽지 않고 살아난 것이 대단하다 하여 안 씨 성을 주었다. 그에게 이름을 지어준 것도 이귀의 부모였는데, 앞으로 안전하게 귀를 살리는 사람이라는 뜻의 귀생이란 이름을 지어주었다고 했다. 그러니까 성보다는 이름이 먼저 생긴 셈이었다. 그는 낳자마자 주인집 아들을 살리는 임무를 띠고 살아가게 되었다. 그 뒤로 그들은 마치 한 몸처럼 붙어 다녔다. 다만 귀생은 이귀의 또 다른 몸이었을 뿐이었다.

그는 의혈심보다는 자신의 삶과 자신의 이익에 우선하는 사람이었다. 그는 너무 가진 것이 없어 간신히 자기 것을 만들어 놓은 것은 어떻게든 뺏기지 않으려고 노력했다. 이기적인 사람이기보다 악다구니가 더 많은 사람이었다.

상해에 온 이귀는 처음에는 상업을 시작했다. 그러나 상업이 벌이는 좋았지만 속도는 매우 더뎠다. 돈을 버는 속도가 더디자 그가 손을 댄 것이 바로 공채였다.

중국인 부자뿐 아니라 프랑스인들은 중국의 국채를 사들여 하루아침에 벼락부자가 되기도 했다. 이귀가 그곳에 눈을 돌렸다. 그러나 정세가 힘들고 일본이 중국을 침략하면서 이 공채의 등락이 매우 심할 무렵 하필 그가 투자에 손을 댔다. 등락이 심하다는 것은 국제 정세, 특히 전쟁에 대한 정세 분석이 제일 우선이어서 정보와의 싸움이었는데, 그는 정보보다는 돈을 빨리 벌 수 있다는 데에만 신경을 곤두세웠다.

중국의 공채 중에 관세 공채와 재병 공채, 그리고 편견 공채가 있었다. 그는 그중에 그나마 안전한 공채인 관세 공채에 투자를 했다.

그러나 일본이 만주를 삼킨 후 다시 상해를 공격하고 국민당 정부가 상해에서 불리해지고 정부의 생사가 앞을 가를 수가 없었다.

마침 그가 관세 공채를 샀을 때에는 상해가 일본군에게 점령당하기 직전이어서 그 정보를 모르고 있었다. 그는 벼락부자의 꿈을 꾸고 그가 가진 재산과 은행의 돈, 그리고 아는 지인들의 돈을 긁어모아 모두 공채를 샀다. 비록 개화파였지만, 그는 중화 불멸에 대한 신념이 있었다.

다행히 그의 뜻대로 일본의 상해 공격이 실패에 돌아가자 그의 공채는 벼락처럼 뛰어 올라 갑자기 억만장자가 되었다. 그는 이때 번 돈의 일부를 독립운동 자금으로 내놓기도 하면서 독립운동가들과 친분을 쌓았다.

사람들은 이쯤에서 팔기를 바랐고, 은행에서도 꾸어준 자금을 회수해 갔다. 그러자 그는 화가 나서 다시 그가 아는 모든 사람의 돈을 끌어다 썼다. 그러다 보니 일본인의 돈과 그가 가지고 있던 상해의 독립 운동가들의 정보를 조금씩 맞바꾸었다. 이때 이름을 임달호로 바꾸었다.

이 소식이 독립운동가들 귀에 들어가자 그가 처단 1호로 지목되었다. 그가 그 소식을 들었을 때는 경호원을 두고 자신을 보호하기에 이르렀고, 그는 투자하는 데 돈이 더 필요해 일본 은행과 손을 잡고, 상해의 독립운동가들의 모든 정보를 팔아 넘겼다.

그런데 불행히도 그의 공채는 시라카와가 상해 침공의 육전대 대장으로 다시 임명되면서부터 꼬이기 시작했다. 시라카와의 공격이 파상적으로 시작되었고, 국민당 정부가 상해를 포기하면서 중국의 공채는 다시 고꾸라지기 시작했다.

그는 하루아침에 빈털터리가 되었고, 그의 경비들도 월급을 받을 수 없자 모두 도망갔고, 그 틈에 독립군의 암살조들이 그의 집을 급습했다.

그는 아무런 방비도 하지 않은 채, 오히려 독립군의 총이 자신을 처단하기를 기다렸다는 듯이 아주 태연히 그들의 총알을 받았다.

아무도 남지 않은 집에서 장례는 안귀생이 맡을 수밖에 없었다. 봉길이 그를 돕기로 작정하고 그를 따랐다. 그는 집에 다 도착해서야 안심했는지 인사를 했다.

- 들어서 아시겠지만, 난 안귀생이오.

- 난 윤봉길이라 하오.

그곳에서 서상석도 만났다. 이미 안귀생과는 친한 사이였다. 안귀생이 자신의 선생이라며 첫 인사를 시켰다.

- 난 서상석이오.

서상석은 걸음걸이나 행동이 나달거리지 않고 늘 발걸음 앞에 돌이라도 있는 듯이 조심스러워 했다. 키는 크지 않았지만 살결이 희고 얼굴은 나뱃뱃하였다. 영락없는 샌님이었다. 얼굴이 넓적하고 토실하여 덕성스러웠으나 속내는 아주 나약한 선비였다. 상당한 배움이 있는 인텔리였다. 특히 숫자에 밝아 셈이 빠르고 정확하였다. 그러나 그의 밝고 깊은 수학은 상해에서 쓸모가 없었다. 조선상업인은 그의 밝은 셈을 오히려 믿지 못하였고, 독립지사들은 굳이 그의 계산보다는 행동력을 더 필요로 했다.

그가 상해에서 할 일이라고는 노동뿐이었다. 조그만 종품 공장에 다니는 노동자였다. 그런데 안귀생과는 여러모로 참으로 잘 어울렸다.

장례를 치룬 후 셋은 급격히 친해졌는데, 특히 서상석은 이전부터 상해 안귀생의 혁명이론 선생을 자청하고 있었다. 그는 매우 폭넓은 혁명사상을 꿰고 있었다. 그는 상해에서 퍼져 있는 많은 혁명 사상을 안귀생에게 들려주었고, 안귀생이 호기심을 갖거나 관심을 기울이는 것에 대해서는 아주 자세하게 설명해주었다. 안귀생은 어깨너머로 천자문과 한글은 깨우쳤으나 머리가 총명하여 적는 것보다 외우는 게 빠른 사람이어서 매우 빨리 그의 학습을 받아들였다. 특히 종으로부터 출발한 안귀생의 혁명적 토대가 좋아 스스로 터득하는 바가 많았다.

그러나 서상석은 오히려 많은 것을 안귀생으로부터 배운다며 늘 부끄러워했다. 그리고 자신이 없는 용기를 안귀생으로부터 채웠다. 그래서 그는 안귀생을 안 선생이라 불렀다. 안귀생은 생전 처음으로 선생이란 호칭을 들었다. 봉길과는 동갑이었고, 서상석보다는 한 살 아래였다.

그의 호칭은 곧 봉길도 그를 안 선생이라 부른 계기가 되었다. 그래서 그들 셋은 서로 선생이란 호칭을 사용하는 데, 사람들은 그것을 보고 비웃었다.

그렇게 세 사람은 이귀의 장례식에서 만나 상해에서 1년을 함께 지냈다.

그때 안귀생과 서상석이 나눈 대화가 이렇게 셋이 다른 길을 가리라고는 누구도 생각하지 못했다. 서상석이 안귀생의 어깨를 짚고 이귀의 초라한 관에 대고 이렇게 말했었다.

- 보게. 안 선생. 저 사람이 제 명에 갔으면 본래 저 관 주위에는 꽃들이 산을 이루고 있을 걸세. 진시황이 죽을 때 신하들을 모두 데리고 갔듯이 이들은 같이 가지는 못할망정 인형처럼 앉힌 하녀들이 그의 영혼과 함께 했을 거네. 그런데 보게. 지금은 이 빈방에 허름한 관 하나만이 덩그러니 놓여 있지. 자본이란 커다란 고무풍선 같아 산소가 차있을 때는 배도 띄우지만, 산소가 빠진 고무풍선은 자신도 스스로 서지 못하는 게 자본이지. 자본을 추종하는 자는 자본으로 망하게 되어 있다네. 지금 저 사람은 산소가 빠진 고무풍선마냥 제 몸 하나 세우지 못하고 있네. 안 선생, 조국도 마찬가지지, 인민도 조국을 잃으면 산소가 빠진 고무풍선 신세 아니겠나?

- 그렇지, 또한 조국이 인민을 잃으면 그 또한 산소 빠진 고무풍선 아이겠나. 인민이나 조국이나 모두가 서로 산소여야 존재할 수가 있지 않을까? 서 선생.

그때 그런 대화를 나눈 뒤 그들은 늘 조국과 산소, 그리고 인민과 자본을 가지고 토론했으나, 오늘은 한 사람은 산소 같은 조국을 위해 떠나야했고, 한 사람은 산소 같은 인민을 위해 상해를 떠날 결심을 하고 있었다. 그리고 한 사람은 조국을 버릴 궁리를 끝내고 이별하기 위해 셋이 모였다.

취업

– 해방이 이렇게 암담하다면 왜 해방운동을 하네?

안귀생이 서상석에게 따지듯 대들었다. 자신이 이귀로부터 해방은 됐는데 종속 됐을 때보다 더 힘들다는 얘기였다.

그의 목소리는 덩치에 비해 여전히 크고 거칠었다. 설령 넋두리라 하더라도 넋두리처럼 들리지 않았다. 그는 대화를 할 때 상대방의 몸에 바싹 대는 버릇이 있었다. 서상석이 흠칫 당황하고 뒤로 물러났다. 봉길이 웃었다.

얼마 전 서상석은 그 해방에 대해 얘기해 주었는데, 해방이란 마치 한겨울의 햇살과 같아 겨울 햇살이 따뜻하기는 하더라도 쬐러 나오는 사람의 몫이듯이 해방 또한 맞이하러 나오는 사람들의 몫이라고 설명해 주었기 때문이었다. 따뜻하지만은 않은 해방이 그의 심사에 어깃장을 놓은 것이었다. 그는 다시 마치 해방의 답을 서상석이 가지고 있으면서 내놓지 않고 있다는 듯이 다시 다그쳤다.

- 조선이 해방이 된다 해도 나 같다면 해방운동이 무슨 의미가 있네? 말해보라우.

안귀생은 주인이 죽자 비로소 해방을 맞이했다. 오히려 대대로 종 신세로 묶여있던 그를 일제가 해방시킨 셈이었다. 서상석이 이귀의 시체를 앞에 두고 말했다. 윤 선생, 일제 때문에 덕본 사람도 있지 않 간? 안 그러오? 안귀생, 넌 해방됐다! 축하하오. 그는 투쟁하지 않고 얻은 해방이라고 놀리며 축하해 주었었다.

그러나 그에게 다가온 것은 유랑자라는 딱지였다. 그나마 주인이 있을 때는 '공평하지 못한 종'으로 불렸지만 배불렀고, 주인이 죽고 오갈 데가 없자 해방은 됐으나 '자유가 있는 유랑자'가 된 셈이었다. 그것은 봉길이나 서상석도 마찬가지였다. 당장 오늘 살아남아야 한 다는 게 오히려 더 암담했다. 더구나 안귀생은 상해엔 가족이 없었지 만 조선에 부모가 살아 그들의 삶까지도 책임져야 했다.

- 해방의 열매는 껍질이 많은 양파 같아서 조선의 해방은 고작 그 첫 꺼풀을 벗기는 것이니 그 길을 잃지 말아야지, 안 선생. 당신은 나무를 오 르는 것처럼 곧은길을 가고 있을 뿐이지 아직 열매를 딴 게 아닐세.

그가 그것을 몰라 빈정댄 반론을 한 것이 아니었다. 이귀의 장례가 끝난 후에도 여전히 그나 봉길에게 주어진 일은 없었다. 봉길도 문제 였지만, 더욱 심각한 것은 안귀생이었다. 밀정 이귀의 종자라는 사실 이 알려지면서 그에게 주어진 일은 더더욱 없었다.

날이 밝으면 농당의 방값을 계속 올리기만 하는 천주교단 때문에 정자칸이라 하더라도 그들이 세를 부담하기엔 벅찼다. 며칠을 버티

지 못하면 이제는 또 방을 비워야 했고, 점점 밀려나 언제 조계 밖 평
민촌으로 밀려갈지도 모르는 신세가 된 것에 대한 불안감이었다.

봉길이 이귀의 초상을 치룬 지 얼마 지나지 않아 화합방에서 나와
조계 경계 부근인 서애사로로 이사를 한 뒤였다. 서상석이 꼭두새벽
에 둘을 불러냈다. 날도 밝기 전에 불공원 앞에 안귀생과 봉길이 기다
리고 있었다.

불공원은 프랑스인들이 만든 하비로 남쪽의 푸른 공원이었다. 프
랑스 사람들은 주택을 지면 길을 냈고, 길 끝에 항상 공원을 만들었
다. 어느 곳은 조그만 쌈지 공원을 만들었고, 어느 곳은 아주 커다란
공원을 만들었다.

불공원은 매우 커서 하비로 주변 마을 사람들이 모두 쉴 수 있을
정도였다. 한인들의 주된 휴식처이기도 했다. 이곳에는 커다란 운동
장을 만들어 놓아서 한인들이 단체로 운동회를 한다든지 집회를 했
다. 물론 프랑스 당국의 허락이 있어야 가능했지만, 때때로 명절마다
이곳에서 운동회를 하며 친목도 도모했고, 상호 간에 정보도 교환했
다. 얼마 떨어지지 않은 곳에 한인 학교인 인성학교가 있었는데, 학교
에 운동장이 없어 아이들 운동회도 이곳에서 하곤 했다.

한 여름의 공원으로 치면 이곳만한 곳도 없었다. 그늘이 넓고 가운
데에 운동장이 있어 바람이 잘 통하였다.

서상석이 늦었는지 급하게 뛰어 오더니 다짜고짜 안귀생의 팔부터
끌어 당겼다.

– 이봐. 안 선생, 일하러 가자!

그가 새벽에 나오라고 한 것은 출근을 같이 하자는 뜻이었다. 굳이

허락을 구할 필요조차 없었다. 그의 손짓은 가면서 이야기하자는 듯이 몸보다 먼저 길을 앞섰다.

- 뭐간?

- 뭐긴? 일하러 가자는 게지. 아침은 굶었어도 저녁 만두는 먹어야지 않간?

다른 한 팔로는 봉길을 잡아끌었다. 그들은 시간을 재놓고 달리는 기차처럼 달려갔다. 한참을 달리더니 문 벽이 높은 공장 앞에 섰다. 영문도 모르고 따라 온 그들에게 손을 들어 공장을 가리켰다.

- 말해보라우. 정말이가?

- 정말이지 않으면? 내가 두 선생을 두고 농을 했간?

종품 공장이었다.

서상석이 다니는 공장이었다. 이 공장에선 주로 모자를 만들었는데 북영길리에 있었다. 그곳의 사장은 박진이었고, 꽤 성공한 실업인이었다. 북영길리 한가운데 그가 공장을 차린 것은 값싼 공원을 공급받기 쉬운 곳이기도 했지만, 임시정부와 가까워 여러 가지로 도움을 많이 받을 수 있었기 때문이었다.

임정과는 서로 공생 관계를 유지했는데, 임정에서는 밀리듯이 상해로 들어오는 젊은이들에게 직업을 갖게 해주는가 하면 독립운동 요원을 선발하는 좋은 텃밭이 되기도 했다. 이들이 들어갈 자리도 백범이 선발해서 나간 자리인 만큼 임정에서 추천하기 전에 박진에게 간청하여 두 자리를 간신히 얻어냈다. 그가 숨차게 달려온 이유였다.

　노동자들이 내는 세금이나 박진이 내는 후원금은 정부를 운영하는 데 큰 도움이 되기도 했다. 그러가 하면 박진은 임정의 어른들과 친교를 맺으며 은근한 뒷배를 가지게 됐고, 의경대의 도움을 받아 안전하게 공장을 운영할 수 있었다.

　- 그래. 마침 내가 다니는 공장에 자리가 났으니 일해보자우. 보증만 잘 서면 선불도 준다지 않네.

　- 그게 사실이간?

　- 사실이지. 그러니 이 새벽에 불렀지 않간? 늦으면 그 자리도 뺏기니 빨리 들어가자우. 이참에 안 선생은 또 다른 자본에 종속이 되는 것이 뭔지 확인해보라우. 너의 해방이 왜 진정한 해방이 아닌지 알아볼 기회니 잘 해보우다. 하 하 하.

아무 말 없이 따라온 봉길에게도 한 말 보탰다. 워낙 말투가 괄괄한데다가 투박하여 서상석이 봉길은 어려워했다.

　- 윤 선생은 그 자리가 어찌 난지 알간? 실은 안 선생보다 윤 선생이 기뻐할 자리야.

　- …?

　- 그 자리는 독립단으로 간 사람의 자리이니 잘 들어가 보게나. 백범 선생이 만든 자리지.

– 백범?

– 그래. 백범. 들어는 봤을 게야. 상해에선 도산이나 춘산 다음으로 큰 어른이지. 대단하지. 고집은 되놈 돈 다루듯 하고, 의지는 적토마 강 건너 듯 한다네. 가면 조만간에 백범 선생을 만날 수 있을 게야. 윤 선생은 임시 정부를 만나고 싶어 하지 않았네? 한 달이면 두어 번 와서 강연도 하고, 사람도 찾아 독립단에 가입시키기도 하니 윤 선생에겐 좋은 기회가 있을 거네.

– 왜? 백범이라니까 흥분되간?

안귀생이 귀 빨간 봉길을 보고 놀리듯 되물었다. 그러나 무엇보다 반가웠던 것은 둘 다 마찬가지였다.

– 흥분이 아니라 내가 알고 싶은 건 …

– 흥분하지 마라. 실망할테니.

– 실망?

– 백범도 정치인 아니갔어? 임시정부는 정치가들이 있는 곳이지. 정 치가들은 생각이 많아. 총부리 앞의 왜놈만을 생각하는 만주의 혁명독립 군들하고는 달라. 윤 선생하고도 다를 거라야.

안귀생은 여전히 조선의 사대부들을 신뢰하지 않았지만, 어쨌든 봉길에게는 희소식이었다.

청도에서 어렵게 모은 돈이 마치 터진 주머니에서 동전 빠지듯 그의 주머니에서 돈이 사라지기 시작했다. 일거리는 많았지만 일자리를 찾기란 더 어려웠다. 아침이면 조계 외곽의 평민촌에서 수천 명이 상해로 몰려들어 일거리를 찾았다. 그 틈에 그의 자리는 없었다. 장사를 해보았지만, 사는 사람보다 파는 사람이 더 많았고, 더구나 성격이 부드럽지 못한 그의 상술은 사람들을 설득하지 못했다.

주머니를 꿰맬 필요도 없이 모든 돈이 떨어질 무렵, 이제는 서애사로에서 밀리면 평민촌으로 갈 수 밖에 없을 때 종품 공장에 다니고 있던 서상석이 취업 책을 가지고 온 것이었다.

더구나 백범을 만날 수 있는 길, 아니 그가 그렇게 목매어 상해에서 찾은 독립단을 만날 수 있는 기회가 북영길리에 있다니.

그가 북영길리로 간다는 것은 마치 할아버지가 그랬듯이 동구 밖에서 비로소 마을 안으로 들어가는 느낌이었다. 할아버지는 동구 밖내 건너에서 마을로 들려오는 데 많은 시간이 걸렸다. 내를 건너서야 비로소 마을 사람이 됐고 그때서야 봉길이 서당을 갈 수 있었다고 했다. 그만큼 북영길리는 임시정부와 한 구역 사이로 지뻄 안에 있는 신천지의 중심지였다. 그가 가고자 하는 길의 초입이었다.

봉길은 그것이 더 기뻤다. 그러나 그때는 그가 그 지뻄 정도의 거리가 얼마나 먼 거리인지 상상조차 하지 못했었다.

– 그러니까. 우리가 갈 자리엔 직전에 독립군이 있었단 말이 사실이란 말이지?

– 그렇다니까. 두 사람이 백범의 부름을 받고 독립단으로 나간 자리지. 윤 선생도 독립단으로 가길 학수고대하지 않았나? 이 공장이 바로 임시정부의 초모단인 셈이지.

- 초모단?

- 그런 셈이지. 암튼 빨리 들어가세.

그들은 재촉하는 서상석을 따라 공장 안으로 들어갔다.

봉길이 상해에 들어와 살면서 제일 많이 후회한 것은 이흑룡이 건넨 초모단 끈을 놓은 것이었다. 그 끈을 놓자 그가 맞이한 것은 오를 수도, 떨어질 수도 없는 전혀 새로운 절벽이었다.

이흑룡을 만난 것은 고향 예산에서였다.

그는 초모단이었다. 해외 독립운동 단체들에게 독립군의 확대재생산을 위해 예비 독립군을 추천하는 만주 독립부대의 명을 수행하는 초모 단원이었다.

3·1 운동 이후 임시정부가 세워지고 곧 해방되리라는 기대감이 커지면서 독립군의 수는 급격하게 늘어났다. 독립군이 증가하면 할수록 일제는 이를 파괴하기 위해 수많은 밀정을 파견했다. 밀정을 통해서 독립군들의 정보를 빼와 검거하거나 그들의 동태를 파악하는데 활용했다.

이런 상황에서 초모단의 역할은 지대했다. 독립운동을 하려는 사람은 쏟아지는 데 들어오는 길의 교통정리가 필요했을 뿐 아니라 밀정이 아니라는 확실한 보증이 필요했다. 초모단에서 그 사람에 대한 기초 정보를 제공했다. 초모단의 추천으로 상호 간 첫 신뢰의 디딤돌을 놓는 것이다.

또한 1928년 이후 독립운동이 침체기에 접어들자 밀정은 판을 치는데 비해 독립군을 찾는 사람은 적었다. 이때 초모단의 역할은 더욱 커졌다. 독립군 양성의 첫 시작이 초모단으로부터 시작되었기 때문이다.

봉길에게 예산에서의 농민조직 월진회는 이상국을 향한 첫 시도였다. 그가 월진회를 만들고, 때늦은 계몽운동을 시작한 것은 그것을 통해 이상국을 건설할 수 있으리라 믿었기 때문이었다.

그러나 일은 진척이 안 되었고, 모든 것이 제때 이뤄지고 있지 않았다. 마치 자신이 시간의 희생양인 듯했다. 시간이 자신에게 어떻게 흐르고 있는지 알기 위해 1년 동안을 기록해 봤으나 시간의 실체를 아는 데에는 실패했다. 그가 세우고자 했던 이상국을 가로막는 것은 언제나 그의 앞에서 몽둥이처럼 서 있는 제국주의라는 사실만 확인했을 뿐이었다.

그에 대한 착오와 잘못 전한 지식인으로써의 부끄러움으로 더 이상 월진회 동지들을 볼 수가 없었다. 그의 출가는 자신이 의도하지는 않았지만 잘못된 선택에 대한 반성과 단절이었다. 그의 이상국 건설을 가로막고 있는 것은 그가 계몽하고자 했던 게으름도, 무지도, 사치도 아닌 전도된 사회 체제와 그 체제를 이끌고 있는 일제 군국주의였다. 그 군국주의를 벗어나지 않고는 이상국으로의 접근은 할 수가 없다는 것을 안 것은 채 1년이 걸리지 않았다.

그는 하고 있던 계몽운동이 일본 제국주의 앞에서 늘 쓸모없다는 것을 깨닫는 순간 독립군 모집책인 초모단 이흑룡이 새로운 제안을 한 것이다.

봉길이 농촌 계몽운동의 길로 접어들 때 그는 묵묵히 지원만 하다가 농촌계몽운동도, 이상국도 모두 일본제국주의라는 벽에 부딪힐 수밖에 없을 때 나온 새로운 제안이었다. 그가 제시한 것은 만주의 이상촌 건설과 독립운동이었다. 마침 그의 계몽운동을 길잡이 하던 천도교 일부가 일본과 타협하면서 자치권을 확보하기 위한 명분으로 친일로 돌아서자 이에 반발한 교인들이 만주로 이주하면서 이상촌 건설을 시도하고 있을 때였다.

그가 예산에서의 이상을 접고 만주행을 결정했다. 이상국을 향한 여정이라 생각했다.

그러나 이흑룡은 급변하는 만주의 상황을 미처 파악하고 있지 못했었다. 그들이 그곳에 도착했을 때는 이미 만주는 일제의 꼭두각시 정부인 만주국이 세워지면서 만주 지역을 근거지로 한 독립운동이 매우 위태로웠고, 많은 군대가 해체되었거나 흩어져 간신히 연명하고 있었다.

그들이 찾던 이상촌은 온데간데없이 흩어졌고 그들의 일부가 대종교로 입교하면서 일제에 대항하며 무장 독립투쟁을 하고 있었다.

이흑룡은 스스로 자신을 파견한 부대조차 찾지 못했다. 그가 할 수 있는 일이라고는 자신의 신분을 내세워 만주 지역에 남아 있는 독립부대를 소개해주는 것뿐이었다. 그러나 막상 가보니 싸워야 할 제국주의는 그 실체가 보이지 않는 안개 같아서 멀리에서는 산을 삼키는 연무였지만, 가까이에서는 단 주먹에 칠 수 있는 조무래기가 전부였다.

봉길은 작금의 상황이 한 명의 병사라도 아쉽겠지만, 한 명의 병사가 또 어떤 힘을 가지고 무너지는 둑을 막을 수 있겠는가 하는 회의가 들었다. 이흑룡은 무너지는 독립부대를 보며 봉길이 밀알이 되기를 원했지만, 강권하지도 못했다.

하는 수 없이 봉길은 만주 지역의 무너진 이상촌과 쫓기는 독립단을 편력하면서 안동에 이르러 스스로 이 초모단의 끈을 놓을 수밖에 없었다.

아무튼 이 흑룡과 결별함으로써 초모단의 끈을 놓친 채 야전에서 그의 정체성을 누구에게 증명하기 힘들었다.

봉길은 그 이유가 자의든 타의든 그 어떤 초모단의 소개도 받지 못하고 고립무원의 상해에 입성하게 된 것이었다. 암암쟁쟁 상해만 보고 달려와 무상 기뻤지만, 그들은 아무도 싸우려 하지 않았다. 아니 뭐, 이런 자식들이 다 있어? 이것이 얼마 전까지 그가 늘 입에 달고 다니던 말이었다. 안귀생이 소리 없이 웃었을 뿐이었다.

상해에 도착했다는 것을 무상 기뻐했으나 그것이 내내 봉길을 매우 초조하게 했다. 그리고 상해 몇 달 동안 매우 열정적이긴 했지만 계속 겉돌기만 하게 한 가장 큰 이유 중에 하나였다.

지금은 먹고 사는 문제가 더 급한 시기였는데, 그것을 해결하는 것뿐 아니라 다시 초모단과 만날 수 있는 기회가 왔다니 그가 흥분한 것은 당연했다.

서상석의 말대로 그곳은 임시정부의 초모단 중의 한 곳이었다. 그의 취업은 끊어졌던 초모단과의 새로운 만남이었다.

그의 종품 공장 취업은 단순한 취업이 아니라 비로소 상해 한인으로 인정받을 수 있는 길이 열린 것이었다. 그들은 15원을 벌어 매월 세금은 1원을 냈다. 그는 비로소 세금을 내는 사람이 되었다. 비로소 임시정부의 국민이 되었던 것이다. 일거양득이란 말이 이곳에 있었다. 그는 상해에 와서 처음으로 환하게 아침을 맞이했다. 그렇게 취직한 공장이었다.

변신 變身

파업이라니!
망국의 조선인이 파업을 했다!

상해의 여론이 따가웠다. 한인 사회의 여론은 더 따가웠다.

따지고 보면 이 사건이 그렇게 크게 될 줄 봉길은 물론 한인 공우
회 사람들 누구도 생각지 못했다. 공장주 박진조차 예기치 않았던 쪽
으로 번져갔다.

사건은 아주 단순했다. 박진은 이익을 좀 더 챙기기를 바랐다. 게
재에 눈엣가시 같던 공우회가 해체됐으면 했다. 공우회는 예전처럼
일을 해서 끼니라도 걱정 없이 이었으면 하고 바랐을 뿐이었다. 다만
문제가 된 것은 봉길이 들어오자마자 한인 공우회를 만들었는데, 그
단체에서 파업을 주도했다는 것이 박진의 심기를 건드렸다.

상해에서의 친목회는 시계를 갖는 것과 마찬가지로 유행이었다.
시계가 없는 것은 변화의 시대에서 벗어난 것이었고, 친목회가 없는

것은 발전하는 사회에서 벗어난 사람으로 취급받았다. 사람들은 시시때때로 주머니에서 회중시계를 꺼내 보았고, 새로운 사람을 만나면 친목회를 만들어 틈만 나면 사람들을 만났다. 이는 상해에서 살아가는 지혜이기도 했다. 독립단체부터 상인들 모임까지 모두가 친목회로 얽혀 있었다. 한 사람이 보통 대여섯 개 정도는 가지고 있었다. 마찬가지로 봉길에게 종품 공장 공우회는 상해에서 버틸 의지이자 작은 사회였다. 셈이 밝은 서상석이 총무를 맡았고, 사회생활에 반사된 지혜가 번득이는 안귀생이 옆에서 도왔다.

그러나 신천지 지역의 분위기를 파악하지 못한 봉길의 성급함이 박진의 심기를 건드렸다. 상해에 들어 온지 두 달도 안 된 생뚱맞은 청년이 임정의 수도 마당로에서 젊은이들의 분위기를 휘어잡고 있었다. 이곳은 점잖은 어른들이 많아 상인들은 다소곳했고, 젊은이들은 경거망동하지 않아 비록 밤이라도 홍취하지 않아 말하는 소리가 길을 건너지 않았었는데, 공우회가 생긴 뒤로는 먼저 습득한 기술을 공우회를 통해 다른 사람에게 공유하면서 돈을 더 벌게 하는가 하면 그들끼리 저녁이 되면 몰려다니며 격정적으로 토론하고 호쾌한 결론을 내기도 하는 등 신천지의 분위기를 바꾸고 있었다.

그들의 활발한 토론은 공장 생산품을 만들거나 조국을 생각하는 데에 매우 생산적이라 생각했다. 그러나 그들의 그런 자유스런 분위기는 신천지엔 치명적인 다른 부분까지 자유가 옮겨져 아직 자유에 익숙하지 않은 사람들에겐 매우 불편했다.

박진이 공인들이 모인 것은 마치 아나키스트들이나 공산주의자들이 자본을 타도하기 위해 만들었다고 유독 호들갑을 떨고 다녔다. 시나브로 임정의 어른들도 신천지가 태평촌처럼 되는 것을 경계하기 시작했다.

그러던 차에 박진에게 기회가 왔다. 동업자 중국인 장이 더 많은 이윤을 요구했다. 그렇다고 자신의 이익을 낮추고 싶지 않았다. 거기에 원료 값이 오르는데다가 원료 공급까지 수월하지 않았다.

그 틈을 타 박진은 공임 단가를 조정하기 위해 꾀를 냈는데, 일을 줄인데다가 능력에 따라 일을 나누고 개인별로 공임을 정해버렸다. 숙련자들은 그대로 주었고, 일이 더딘 사람들은 공임을 줄였다. 그렇게 되면 공원들은 서로 경쟁하여 자신의 숙련된 재주를 나누려하지 않을 것이고 자연히 공우회는 무너질 것으로 내다 봤다.

그는 이렇게 되면 당장은 힘들지만 원료문제가 해결됐을 때 더 많은 이익을 남길 수 있다고 자신했다. 더불어 공임단가를 빌미로 공원들의 생사여탈권을 쥘 수 있다고 생각했다. 이 때문에 숙련자들은 겨우 연명할 수 있었으나 미숙련자들은 끼니가 온데간데없게 만들었다. 고스란히 그 피해는 대부분의 공원들에게 돌아갔다. 손이 느린 서상석이 제일 큰 피해를 입었다.

공우 회원들은 종전대로 일하기를 원하자 박진은 일을 대폭 줄이고 주지 않았다. 그들은 파업을 하는 게 아니라 박진이 일을 주지 않아 일을 못하고 있을 뿐이었다. 그러자 봉길을 포함한 공우회 숙련공들이 공평하게 일을 주길 바라며 일을 하지 않았다. 자연스럽게 파업이 되었다.

종품 공장 노동자들은 중국인과 한인으로 이뤄졌다. 중국인들은 왕아초의 노동연맹에 속해 있었고, 한인 노동자들은 주로 한인 공우회가 주를 이뤘다.

이 파업 사태를 주도한 것은 주로 한인 공우회였다. 봉길이 앞섰다. 봉길을 도운 것은 역시 안귀생과 서상석이었다. 서상석이 사무를 맡았다. 중국 측에서는 왕아초의 수하들이 점차 한인 공우회의 뜻을 따라 참여 의사를 밝히기 시작했다.

그러나 그들의 의도치 않은 파업은 예기치 않은 파문으로 번져나 갔다. 박진이 공산주의자들 소행이라고 떠벌리고 다닌 것이 화를 불렀다. 처음에는 작은 공장의 파업 사건으로만 치부되었으나 한인 사회뿐 아니라 점점 상해 독립운동 단체들의 입장이 각각 나타나기 시작했다. 사회주의자들도 관심을 보이고 있었고, 아나키스트들도, 민족주의자 진영 등 각자 입장을 가지고 바라보기 시작했다.

일이 커지기도 했지만, 일이 엉뚱한 방향으로 흐르자 박진은 사태가 빨리 해결됐으면 하고 바랐다. 박진이 더 이상 기다릴 수 없었던 것은 그가 바라던 대로 이뤄지기 전에 원료문제가 해결되면서부터였다. 파업이 길어진데다가 원료문제가 풀리자 원료가 산더미처럼 쌓여 박진을 더욱 초조하게 만들었다. 박진의 속사정을 모두 다 알고 있는 그들이었다. 조금만 참으면 박진이 원래대로 돌려놓을 수밖에 없을 것이란 자신감이 있었다.

박진은 자신의 뜻대로 풀리지 않자 앞으로는 한인 사회에 공우회와 봉길을 더욱 공격하기 시작했고 뒤로는 임정에 조정을 요청했다. 임정만이 자신에게 유리하게 도울 곳이라 판단했다.

그의 뜻대로 임정의 어른들이 사태를 걱정하고 중재에 나섰다.

그들에게 임정 사람들이 타협을 조정하기 위해 온다는 소식을 전한 것은 서상석이었다. 냉정한 안귀생은 임정의 중재를 반대했다. 그러나 서상석은 답을 주지 않았고 봉길은 어느 한 쪽의 굴복보다는 자연스런 수용을 기대했다. 둘 다 임정의 어른들을 만나는 기대가 컸다.

서상석이 들어보는 것도 나쁘진 않겠다고 하며 마중을 나갔다. 안귀생이 서 선생! 하고 짧게 불렀다. 봉길이 안귀생을 말렸다.

잠시 후, 인근 공사장에서 주워 온 장작 덕에 화력이 좋은 열기 뒤편으로 사람들이 종자기를 들고 만두 건더기를 집어올리고 있을 때 서상석이 만면에 화색을 보이며 뒤뚱거리며 달려왔다. 그는 작은 몸집에 다리 한 쪽이 약간 접혀있어 걸을 때는 잘 모르지만 뛰기만 하면 표시가 났다. 그래서 그는 여간해서는 뛰지 않고 걷기를 좋아했다. 그가 화색으로 뛰어오자 심각하게 모여 있던 사람들의 얼굴이 펴졌다.

- 왜 그래?

- 누구누구가 왔간?

- 모두들 오셨네. 다들 모이시라 하네.

그는 다리뿐 아니라 몸까지도 흔들거렸다. 흥분돼 있었다.

- 뭐라?

국을 뜨던 안귀생이 돌아섰다. 국을 먼저 떠간 흩어져 있던 사람들이 허겁 대던 숟가락을 멈추고 모두 서상석에게도 시선을 돌렸다. 그들의 눈빛에서는 의외라는 눈치도 있었고 다행이라는 안도도 있었다.

- 다 왔다니까. 상해가 여기로 통째로 왔어야!

그들의 의구심을 알고 있던 서상석이 다시 한 번 확인시켜 줬다. 처음엔 자신도 그랬으니 그들의 의구심을 알 수가 있었다. 그렇게 관심은 많았지만, 그래서 상해 한인들의 모든 눈들이 그리로 쏠려 주목을 받았지만, 해결하기 위해 선불리 아무도 나서지 못하고 있었다. 그런데 임정에서 나선 것이다. 그만큼 박진이 한인 사회에서 차지하는 바가 컸다.

　- 그렇다니까. 지금 임정 선생들이 다 왔드래야. 이제 앉아서 밥을 먹을 수 있어야.

서상석이 연신 반복해서 임정 어른들이 왔다는 것을 알렸다.

　- 그래? 이제 우리에게 일거리가 떨어질라나?

한편에서는 먹던 국을 마저 먹고 시큰둥한 채 서상석의 말을 귀담아 듣지 않았다. 주로 나이 먹은 사람들이었다. 그들은 상해에 이주한 지 꽤 오래 된 사람들이었다. 대부분이 안귀생처럼 주인들을 따라 왔다가 신분이 해방된 사람들이었다. 해방이라기보다 식구 하나라도 줄이려는 방책으로 내쫓긴 사람들이었다. 그들은 매우 냉소적이었다.

그들은 봉길이 좋은 날 냉면이라도 같이 먹어보고 힘겨운 날 술 한잔 함께 기울여 보자고 만든 한인공우회가 매우 위험하다고 처음부터 빗까면서 참여했었다. 이렇게 냉소적인 사람들을 공우회에 참여하게 한 것은 안귀생의 힘이 컸다. 그들은 떨떠름한 안귀생을 보며 마치 그들을 만나러 가는 것보다 배를 채우는 게 더 시급한 일인 양 먹던 국을 천천히 먹고 있었다. 시큰둥한 그들을 보며 봉길이 재촉했다.

　- 그래도 웃 선생들이 오셨다니 가봅시다.

- 아니, 왜들 그래? 춘산 선생도 오셨다니께. 그분이야 제일 어른이니 뭔 말이 있지 않을까요?

- 글씨. 마음이 쒜 하네. 가보긴 허겠네만,

안귀생이 봉길의 재촉에 어려운 걸음을 뗐다.

그들이 그러는 사이 춘산 일행이 공장으로 들어왔다. 공장이라야 아직 개발되지 않은 농당과 농당 사이의 공터에 지은 목조 건물이었다. 춘산이 앞장섰고, 그 뒤에 도산, 김철 그리고 백범과 안공근이 뒤를 따랐다.

그들이 도착하자 공장 사무원들이 조금 높은 자리에 연단을 만들고 박진이 그들을 깍듯이 의전 했다. 그들은 사람들이 모인 곳에서는 군중 연설하기 즐겨했고, 군중 연설은 항상 사람들보다 조금 높은 곳에 단을 설치하고 시작했다.

특히 상해 한인들은 신교육을 받은 학식이 있는 사람들의 군중 연설을 듣기 좋아했고 연호했다. 군중 연설의 대표적인 사람이 도산 안창호였는데, 그가 연설하면 사람들이 구름처럼 모였다. 멋진 제스처와 현란한 단어와 그것들의 조합은 마치 나무토막을 뚝 고르게 잘라 놓아 담벼락에 쌓아놓은 장작더미와 같아서 사람들은 그의 교훈을 위에서부터 차례차례 꺼내어 자신들의 행동 지침에 불을 집혔다. 많은 사람들이 감동을 해 눈물을 흘렸고, 많은 사람들이 그의 행동지침에 따랐다.

침례교회에서 그가 연설한다는 소식을 듣고 서상석과 봉길은 한참을 걸어 대세계까지 가기도 했었다. 사람들이 구름같이 몰려 온데다가 일이 조금 늦는 바람에 문 쪽에 매달려 귓전으로만 들었는데, 아,

그날 둘은 얼마나 흥분했는지 당장이라도 흥사단으로 달려가고 싶었지만 먹고 사는 게 우선이어서 뒤로 미루었다.

그런 도산도 온다 하고, 한인거류민들을 이끌고 있는 춘산, 임정을 이끌고 있는 쌍두마차인 김철과 백범이 올곧게 다가오고 있었다. 일찍이 백범의 일제와 싸운 무용담은 말솜씨 좋고 하얀 피부를 가진 멀끔한 용모의 이광수에 의해 상해 한인들에게 전설처럼 퍼져 있었다.

상해 독립운동의 한 축을 맡고 있는 춘산 이유필이 앞장섰다. 그 뒤로 도산과 백범 등이 줄지어 들어와 박진의 의전대로 마련된 연단에 서 있었다. 그 뒤로 젊은 의경대들이 따랐다. 박진은 연신 잔걸음에 잔 손짓을 하며 이 토론회에 많은 기대를 기다리는 듯이 조마조마했다.

모처럼 상해 신천지 한복판에서 토론회가 벌어질 모양이었다. 봉길은 설레고 또 설렜다. 사람들을 비집고 앞자리를 차지했다. 우선 이 토론회를 통해 종품 공장 문제가 원만히 해결됐으면 했고, 또 이 기회에 임정의 어른들께 인사도 드릴 겸해서였다. 그의 기대는 학수고대였다. 안귀생의 의견을 무시한 그는 하루빨리 독립단을 만나고 싶었다. 안귀생은 깍지를 끼고 맨 뒤에 서 있었다. 그의 깍지는 고집을 뜻했다.

사실 시작할 때만 해도 종품 공장 문제가 그렇게 복잡하게 풀릴 줄은 생각도 못했다. 단순히 먹고 사는 문제였기 때문이다. 사람들은 하루 일을 해야 하루를 연명했다. 하루 일을 끊으면 가족들이 세끼의 끼니를 끊어야 했고, 어떻게 하든 살아본다지만 열흘이 지나면 식구 중 한 사람은 죽어나가 수시반 몫이 되기가 십상이었다. 한 달이 지나면 또 짐을 싸 누군가의 집 정자칸 신세를 져야 했다. 박진은 벌써 열흘째 일을 주지 않고 있었다.

서상석이 임정 어른들이 온 것을 그렇게 환호했던 것은 그들이 조정해주리라 믿었기 때문이었다. 서상석을 종품 공장에 취직시켜준 곳이 임정이었기 때문이었다. 그는 그 특유의 뒤뚱거림으로 다른 곳은 취업하기 힘들었다.

상해 임정의 주요 일 중의 하나가 한인들을 취업 시키는 일이었기 때문이었다. 상해 임정은 만주 지역의 다른 독립운동 단체만큼 할 일이 많지 않았다. 한인들의 사소한 뒤치다꺼리가 평소에 주요한 업무였다. 그래서 항상 프랑스 당국의 유력자나 회사의 유력자, 개인 공사의 사업주들과 좋은 연을 맺고 있다가 상해에 이주한 한인이나 직장을 옮기는 사람들의 다리 역할을 해주었다. 그래서 중국 사회주의자들은 그들을 귀족 독립 운동가들이라 비난하기도 했다.

그들의 자리가 정해지자 박진이 연단 중앙에 섰다.

- 아시다시피 지금 우리 공장 사정이 어렵소. 여러분이 조금만 참으시고 도와주시기 바라오.

박진이 아주 공손하고 예의바르게 공장 직원들 앞에 자신을 굽혔다. 그는 연신 공원들과 뒷전의 선생들을 번갈아 쳐다보며 앞에 있는 공원들에게는 동의를 구하는 듯했고 뒤편에 있는 임정 어른들에게는 동조를 구하고 있었다. 뒤에 있던 인사들이 고개를 끄덕였다. 길지 않았던 그의 말이 끝나자 안귀생이 나섰다.

- 좋소. 사장님이 어렵다니 그런 줄 압니다만. 그 어려움이 우리만 하겠소. 우리는 밥 한 끼를 잇기 위해 밤과 낮을 잇고 있소. 죽고 사는 문제를 매일 마주하고 있소. 그런데 사장은 일을 주는 것을 꺼리고 있지 않소?

- 그게 어찌 당신들뿐이겠소. 상해 한인 모두가 겪는바 아니요? 그나마 당신들처럼 일할 수 있는 사람들은 다행 아니요? 우리 공장이 쓰러지면 생사를 넘나드는 것이 아니라 늘 죽음을 마주할 것이오. 지금 형편이 어렵다는 데 그것 조금 참지 못한다니 참으로 무정하오.

- 그것도 그렇소. 어렵다는 것은 이해를 못하오. 모자가 나가는 개수도 예전과 다름이 없고, 우리가 만드는 개수도 예전과 다름이 없는데, 지금이 어렵다면 예전도 어려웠을 테고, 예전에도 참을만했으면 사장은 지금도 참을 만 하오. 우리는 예전에 참았듯이 지금도 참고 있소. 이게 서로 참는 것이지요. 지금 우리가 참고 사장이 참지 않는다면 공평하지 못하오.

- 여러 선생님들께서 더 잘 아시겠지만, 일본의 원자재를 중국인들이 쓰지 않는 관계로 중국 원자재 가격이 올라 지금 원자재 공급도 원활하지 않소. 지금 들어오는 원자재로는 여러분의 반이 놀아야 하오. 나는 여러분 모두와 함께 같이 가려고 고통을 분담하려는 것이오.

박진이 남아도는 원자재가 있다는 것을 속이고 있었다. 안귀생도 그것을 알았지만, 이 일의 사단이 거기부터 나왔으므로 그 문제를 짚고 넘어가고자 다시 말을 걸었다.

- 지금 원자재가 안 들어오는 것은 중국인 납품자가 일본 품 불매운동을 빌미삼아 장난을 치는 것이라 들었소. 그 틈에 우리 일도 일 잘하는 사람에 따라 나눠 준다는 것이 사장의 속셈이 아니오? 첫째, 그러면 일은 몇몇 사람에게 몰려 일을 받지 못하는 사람이 생길 것이오. 그러면 그들은 공장을 나가야 할 거 아니오. 둘째, 그 중국인의 장난이 끝나면 다시 원상

태가 될 터인데, 그때 다시 우리는 원상태로 돌아가기 힘들다는 거 아니요. 우리는 우리끼리 경쟁하고, 경쟁에서 뒤처진 사람들은 남아서 당신의 눈치만 보며 일을 달라고 애걸해야 하고 그도 못한 사람들은 공장에서 나가야 할 거요. 그러는 동안 우리들의 주린 배는 화가 나서 창자는 돌돌 말린 채 어느 하비로 골목에서 쓰레기 더미를 찾고 있을 거요. 지금의 임금으로는 임정 선생들께서 아시겠지만 인두세도 내지 못할 형편이오.

– 그렇지 않을 것이오. 그건 내가 보장 하겠소. 여기 계신 임정 선생님들께서도 보증할 것이요.

– 정 그럴 요량이면 개개인 능력을 따져 차별하지 마시고 전체를 가지고 이익과 손해를 따지면 되겠소?

– 그건 아니 되오. 개인마다 능력이 다르고 능력이 다른 만큼 그 보상도 달라야 하오. 단체 협상은 불손한 의도가 숨겨 있소. 지금도 보시오. 공우회가 작금의 사태를 좌지우지하고 있질 않소? 친목회에 불순한 의도가 없다고 누가 장담하겠소? 일도 개인이 하고, 임금도 개인이 받으니 협의도 개인이 하는 게 맞소. 여러분들이 하는 것은 공산주의자들이 하는 노동운동과 마찬가지요. 지금 밖에서 들리노니 이곳에도 공산주의자들이 침투해 있다는 말이 발도 없이 퍼지고 있소. 일은 여러분이 하지만 돈은 내가 벌고 있소. 내가 돈을 내서 공장을 짓고, 내가 나가서 장사도 하고, 내가 나가서 굽실거리며 상품도 팔고 있소. 그렇게 해서 생긴 이득을 가지고 여러분에게 나눠드리고 있고 우리 조선의 독립 운동 자금도 그 이득에서 내고 있소. 그러니 분배도 내가 하오. 이게 공화 정치요. 어찌 여러분이 주인이란 말이오? 일은 능력이 있는 법, 능력껏 임금을 받는 것은 자연의 이치요. 특히 윤봉길은 공우회 회장이란 명목으로 선동하고 있소.

한인 신문에도 우리 얘기가 화제요. 이 사태를 매우 걱정하고 있소. 지금 여기 오신 선생님들도 걱정이 앞서 달려오신 거 아니겠소?

　– 어찌 그 이득이 사장만의 덕이오? 우리가 만든 종품을 가지고 이득을 내는 게 아니오? 마찬가지로 그 걱정은 또 우리들만 향하지 말고 사장에게도 향해야 할 거요. 우리가 그 신문에 접근하지 못한다고 걱정을 우리만 향해서야 되겠소?

잠시 뜸을 들이더니 말을 이어갔다. 안귀생이 박진을 제치고 나섰다.

　– 내가 여기 오신 선생님들께 한 마디 해야겠소. 선생님들께 부탁하오. 우리들은 조선에서도 낮은 곳에 있었고, 여기서도 낮은 곳에 있소만, 우리가 조선에서 잘못한 게 뭐가 있는지 묻고 싶소? 잘못은 같이 안했는데, 그 아픔은 같이 겪고 있소. 그러나 우리가 잘못하면 높은 곳에 있는 분은 아프지 않고 우리만 아플 뿐이오. 지금 박진 사장은 우리가 잘못해서 아픔을 겪고 있다고 하는 데 그게 합당한 이야기요? 사장이 잘못해서 공장이 망한다고 하면 우리가 더 아프오. 그런데 시중에 떠도는 말마따나 우리가 잘못해서 공장이 망한다는데, 우리가 잘못하면 우리만 아플 뿐인데 우리가 잘못하고 있다는 게 합당하다 보시오? 그저 전처럼 일만 달라는 거요. 우리가 공임을 더 달라고 했소? 우리가 더 놀게 해달라고 했소? 그게 무에 불손하다는 거요? 일 조금 더 잘하기도 하고, 좀 못하기도 하는 게 사람이오. 그러니까 함께 먹고살자는 게 아니오? 한 가지 묻소. 친구가 굶어 죽는데 바라만 보는 게 의요? 친구가 일을 잃는데 내 일만 찾는 게 게 신이요? 그것이 조국이 망하는 데 바라만 보는 것은 불의라고 하시는 선생님들의 말과 다른 바가 무엔란 말이오? 묻고 싶소?

그가 다시 이귀의 말투를 흉내 내며 뒷전의 선생들에게 한 마디 했다. 일이 해결될 기미가 보이지 않았다. 오히려 양측의 주장이 강화되고 있었다. 백범이 박진을 불러들이고 연단에 섰다.

－맞소이다. 여러분의 고초는 이해하오. 그러나 그 고초가 여러분만 겪는 것이 아니라 2,000 우리 상해 거류민이 다 겪고 있는 고초요. 나도 하루 끼니를 때우기 위해 거류민의 집을 전전하고 있소. 우리가 이런 고초를 겪는 것은 다름 아닌 일제 주구들 때문이외다. 그들이 모든 것을 빼앗아가고, 모든 것을 무너트리고 있소. 조금만 참읍시다. 우리가 참는 것은 바로 독립 때문이 아니요? 우리가 우리나라를 세울 때 여러분의 고초는 눈 녹듯이 녹을 것이외다. 오직 일제 주구들을 물리치고 격퇴할 때까지 우리 민족끼리는 자중하고 조금만 양보합시다. 우리는 한 민족이외다. 한 민족끼리 다툰다면 외국인들과 중국인들 눈에 어떻게 보이겠소? 우리끼리 분열하고 우리끼리 싸운다면 저들이 우리 독립에 대해 귀 기울이겠소? 특히 박진의 자본은 우리 민족 자본이외다. 독립운동의 밑거름이 될 것을 믿어 의심치 않소. 단체로 파업하고, 단체로 공장주에게 맞서는 것은 사회주의자들의 충동일 뿐이오. 우리의 이상은 독립이외다. 많은 지도자들이 충고하고 권고하노니 여기서 멈추고 독립을 향해 힘을 모읍시다. 내 부탁하오.

백범의 말은 힘이 있었다. 사실 이야기가 독립으로 향하면 할 말이 없어진다. 한인들의 모든 가치가 독립이 된지는 이미 오래 됐다. 이야기를 살펴보면 공원들은 일을 달라는데 박진은 공장 형편이 어렵다고 하고, 뒤편에 서 계신 분들은 독립을 이야기 하고 있었다. 일을 해결하고자 하는데, 박진은 자본의 논리로 해결하고자 하고, 공원들은 삶의 궁리를 찾았고, 선생들은 독립으로 해결 방법을 찾고자 했다. 서로 다른 곳에서 잡아당기고 있으니 줄은 팽팽할 수밖에 없었다.

그러나 분위기가 이 정도에서 대충 끝이 날 형편이었다. 박진의 애초 목적이 백범을 비롯한 선생들에게 자신이 문제 해결을 위해 노력하고 있다는 것을 보여주기 위함이었으니 충분했고, 공우회 사람들은 그들대로 백범의 처분이 합당하길 바랐다. 그 바람은 봉길도 마찬가지였다. 더 이상 버틴다는 것은 앞으로 좁은 상해 한인 사회에서 버티기 힘이 들 것이 뻔했다. 최종적으로 그들이 나섰으니 그들의 조정을 받지 않는다는 것이 무엇을 의미하는지 잘 알고 있었다. 백범이 좌중의 분위기를 압도하자 박진이 재빨리 앞으로 나왔다.

  – 맞소. 지금 주객이 전도되어 있소. 주객을 바로 세움이 질서 아니겠소?

자신을 얻은 박진이 뜬금없이 백범의 말에 엉뚱한 동의를 하면서 거들고 나섰다. 백범의 길이 난 듯한 설득에 그의 욕심이 동했다. 윤봉길의 공우회가 불손한 선동을 하고 있다는 것을 어느 정도 주지시킨 것으로 판단했다. 주객을 확실히 해놓고 마지막 협상을 하면 자신의 뜻대로 되리라는 생각으로 박진이 질서를 들고 나왔다.

봉길은 그렇지 않아도 오해를 받고 있는 처지라 나서지 않으려 하다가 줄을 조금은 공원들 앞으로 당길 필요가 있어 한마디 거들었다. 이대로 매듭을 지으면 그들에게 좋은 방향으로 가지 않을 것이 뻔했다. 안귀생의 말이 틀림이 없었다.

  – 선생님들, 제가 한 말씀 드리겠습니다. 주객이 전도됐다고 했소? 생

산하는 사회를 홀대하는 것은 그 자본의 기틀이 튼튼하지 못하오. 우리는 생산하는 노동꾼일 뿐이오. 우리가 무너지면 공장도 무너질 것 아니오? 사회 구성원은 인간이오. 사람이 있어야 사회가 구성되고, 사회가 구성되어야 공장도 돌아가는 것이외다. 전도라 하면 자본이 사람을 누르는 것이 전도 아니겠소? 자본 위에 인간이 있는 게, 이게 질서요 주객이 아니겠소? 망국 한인이라는 이유로 야박한 대접을 한다거나, 공장주의 이익을 위해 사회가 희생되는 것은 사회 구성 자체가 근본적으로 흔들리는 것이라 보오. 우리는 그 근본을 찾자는 것이외다. 이게 공산주의요? 정치는 경제적 문제를 사회적 관점에서 풀어줘야 한다고 보오. 지금 여러 어른들이 오신 것은 목적이 무엇이오? 한인 사회에서 문제가 발생하는 것이 문제가 되어 해결하러 오시었는가. 아니면 사회, 경제적 문제를 해결하는 정치인으로 오시었는가 묻고 싶소? 어찌 우리를 공산주의자로 몰아가고 있소? 박진 사장은 나를 오해하고 있소. 여러 선생님들도 우리를 오해하고 계시오?

봉길은 서상석이 안귀생에게 인간이 자본에 종속되는 것이 무엇인지에 대한 이론을 이야기할 때 거들었던 것을 인용해서 그들에게 전했다. 그가 말하는 동안 박진은 주변 사람들에게 봉길을 가리키며 그가 윤봉길임을 알렸다

그가 조선에서 했던 농촌 계몽운동이 왜 일제에게 이용당할 수밖에 없는지, 생명창고로의 농업이 제대로 서 그가 꿈꾸는 이상국으로 가는 데 계몽운동이 어떤 방해가 되는지에 대한 토론이 격렬하게 이뤄지면서 얻은 결론이었다. 그것이 불쑥 튀어 나왔다.

아차 했다. 적당한 타협점과 일거리를 얻는 것이 무엇보다 중요했고, 백범이나 임정의 어른들에게 인사를 나누는 게 더 중요했다는 것을 잊었다. 이 자리도 빠져나간 독립군의 자리를 자신이 채웠듯이 자

신이 독립군으로 빠져나가면 또 다른 사람이 채워주길 희망하면서 들어온 자리가 아닌가?

그가 기대한 것이 아니었다. 끝내 독립단으로 가는 기회는 자꾸 빗나가기 시작했다. 오히려 일만 크게 만들었다.

그들은 문제가 더욱 심각하게 꼬이고 있다는 것을 실감했다. 박진은 양보할 기색이 없었고 처음 보는 윤봉길이나 논리적이지 못한 안귀생을 비롯한 노동자들은 매우 공격적이었다.

– 그대가 윤봉길인가?

백범이 물었다. 이미 그는 봉길에 대해 어느 정도는 알고 온 듯했다.

종품 공장 파업 사건은 청년 윤봉길이라는 사람이 한인 사회에서 화두의 중심으로 떠오르는 계기가 됐다. 그가 상해 온 지 석 달 만이었다. 그는 사람들의 시선을 집중하게 하는 걸쭉한 목소리와 그에 걸맞은 등치를 가지고 있었다. 그리고 항상 나서는 성격이 데면데면한 사람들을 주변으로 이끄는 힘이 있었다.

한인사회에 그에 대해 알려진 바는 없었지만, 파업을 했다는 소문이 퍼지자 사람들은 나름대로 그를 추리하여 판단했다. 그러나 그 또한 사람마다 달라 누구는 글깨나 읽는 기호의 몰락한 양반 댁 자손이라고 하고, 누구는 농사짓기 싫어 부모와 처자식 놔두고 망명했다고도 했다. 아무튼 봉길은 상해 한인들에게 풍부한 상상력을 주는 사람이었다. 그러나 독립운동을 하기 위해서 왔다는 얘기는 사람들이 흘려들었다. 성격 탓이었다.

그는 목소리가 크고 큰 목소리보다 감정이 먼저 튀어나오고, 그 감

정보다 허위허위 안면의 근육이 먼저 씰룩 거렸다. 그는 마치 정제되지 않은 황톳물 같았다. 그런 그가 뒷배가 좋고 상해에서 임시정부 안에서나 유지들 사이에서 평판이 좋은 박진에게 대들었으니 한편에서는 시원해 하고, 한편에서는 걱정과 기우를 함께 했다.

아무도 먹고살기 힘들고 취업하기 힘든 상해에서 공장 노동자들을 모아 파업을 하리라고는 생각하지 못했기 때문이었다. 공장주는 그들의 하루 한 끼 밥을 책임져 주고, 길거리에서 굶어 죽어 수시반에 실려 나가는 것을 막아주는 방패였다. 사실 종품 공장 사장인 박진의 얘기가 맞는지도 몰랐다. 상해는 돈이 많지만 돈을 주머니에 넣을 기회는 적은 곳이었다. 돈 많은 누군가의 주머니돈을 빼와야 내 주머니가 차고 식구들의 배가 찰 수 있었다. 그 기회를 주는 게 회사요, 자신인 데, 회사가 사는 것이 기회가 유지되는 것이요, 자신이 사는 게 회사가 유지되는 것이란 그의 말이 틀린 말이 아닐지도 몰랐다.

그래서 많은 사람들이 '감히' 또는 '겁 없이' 라는 말을 단서에 두고 봉길을 판단했다. 물론 박진은 그럴 것이라는 것을 잘 알고 있었다.

– 예. 그렇소.

– 내게 말하길, 독립운동 하러 상해에 왔다고 했던가? 우린 만난 적이 있지?

그렇구나. 첫날 임시정부 청사에 전입신고를 하고 몇 마디 대화를 나누었던 그가 백범이었다. 그가 누구인지도 모르고 인사를 했다. 처음 상해에 도착하여 민단 사무실에 가서 신고를 할 때 인사를 했는데 그가 백범이었다. 그때 그는 다른 사람이 얘기할 때도 묵묵히 한 쪽의자를 차지한 채 묵상하다가 밖을 보는 것을 반복하고 있었다. 그는 왜 상해에 왔냐고 물었고, 봉길이 독립운동을 하러 왔다고 말하자 그는 그냥 웃기만 했었다. 건성 묻는가 싶었는데 봉길을 기억하고 있었다.

백범 선생을 이렇게 만나고자 했던 것은 아니었다. 동일한 목적을 가지고 좀 더 당당하게 만나고 싶었던 사람이 백범이었다.

– 예.

봉길이 짧게 답했다.

– 독립운동은 누구와 하는가?

– 독립군과 같이 합니다.

– 독립군은 민족인가 사회인가?

– …

– 또한 독립군이 사회면 경제적 논리를 따라야 하는가?

– …

– 독립군은 사회가 아니어서 경제적 논리도 아니고, 그래서 또한 정치적 논리도 아닐세. 그들은 단지 민족일 뿐일세. 지금 우리들에게 최고의 가치는 민족일세. 그 아래 정치는 아주 하급의 괴뢰들이지. 나는 그 하급의 정치를 하고 있네. 자네도 정치를 하고 싶은가?

이 갑작스런 조롱의 제안이 답을 찾지 못하던 봉길을 주저앉혔다. 갑자기 들어온 정곡의 부끄러움이 나타나자 그의 말문은 석고문의 검고 굳은 대문처럼 닫혀 버렸다. 생각이 밖으로 표현된다는 게 이렇게 다를 수가 있구나. 그는 자신의 생각이 매우 정당하고 당당하다고 생각했다. 의표를 찔린 당당함이 갖는 왜소함이라니. 상대방에게 이렇게 허물어질 수가 있구나.

그는 간신히 긴 수풀을 헤집고 나와 다시 말을 걸고 있었다. 그러나 이야기가 다른 데로 흐른다는 것을 다른 사람들의 표정을 보고 읽을 수 있었다. 다시 물꼬를 틀어 종품 공장 일거리로 돌아와야 했다. 백범의 말머리에 이끌리다 보면 본질을 헤집을 수 있었다. 그러나 끝내 한 마디 더 백범의 말머리에 이어 붙였다. 그냥 덮어버리면 그 당당함의 왜소함이 영영 자신의 것이 돼 버릴 것만 같았다. 동료들에게는 미안한 일이었지만, 백범과의 만남을 이렇게 끝낼 수는 없었다.

- 독립군은 어디에 있습니까? 나는 상해에 온 이래 독립군은 본 적도 들은 적도 없습니다.

봉길이 임시정부를 질책했다.

- 자네가 독립군이지.

그러나 또다시 의표를 찔렀다. 서둘러 답을 했다.

- 저는 단지 금전 곤란을 겪는 하나의 직공일 뿐입니다.

- 그렇지, 독립군은 하나의 독립군이 모여 독립군이 되고, 이 독립군이

모여 또 독립군이 되네. 그래야 일제로부터 독립이 되지. 자네의 혈기가 적절한 곳에 쓰이길 바라네. 독립은 민족과 민족의 문제일세. 정치는 그 후의 문제고. 경제는 또 그 뒤의 문젤세. 지금은 사회, 경제, 정치 모두 독립에 종속될 수밖에 없네. 자네의 입장은 자칫 지나칠 수 있으니 더 이상 공론화 하지 말게. 이 문제는 박진과 상의해서 조만간 해결할 수 있도록 도와주겠네. 박진의 양보는 우리들 몫이지만 공우회의 양보는 자네의 몫 같으이.

다행히 백범 선생이 다시 화제를 종품 공장 이야기로 매듭을 지었다.

백범이 잠시 숨을 돌릴 시간에 춘산 선생과 도산 선생이 예의를 갖춰 중간에 말을 끊고 중재에 나섰기 때문이다. 도산은 이들에게 당연히 생업을 유지하는 데 힘쓰게 도와야한다는 편이었다.

춘산은 무조건 파업 중지를 제안했고, 도산은 반드시 일거리 제공을 약속하게 했다. 백범은 양보를 박진과 공우회가 함께 받아들이기를 종용했다. 공우회에서는 박진의 약속을 받기 원했다. 그러기엔 박진의 반격도 만만치 않았다. 그는 끝내 답을 하지 않았다.

　　－ 윤 군, 자네가 공우회장인가? 자네가 책임지면 우리도 책임질 수 있네.

춘산이 제안을 했다.

　　－ 묻겠네. 우선 파업을 끝내겠는가? 파업을 끝내고 돌아가 기다리게. 우리가 이삼일 내로 답을 주겠네.

– 좋소. 좋은 답 기다리겠소.

동료들이 흩어졌다. 누구는 식은 만둣국을 다시 데우러 갔고, 누구는 그 밋밋한 시국 토론회에 실망하며 돌아섰다.

그 후 박진을 통해서 그들에게 통지된 양보는 이랬었다.

윤봉길은 어디에서 왔는지 근본도 모른다. 윤봉길이 가진 불손한 사상은 다른 노동자들에게 영향을 끼칠 수 있으므로 그가 그만두면 다른 사람들에게는 본래의 일과 공임을 보장할 것이다.

결국 봉길이 마지막으로 거든 말이 박진의 제안을 설득력 있게 만들었다. 박진은 멀리 내다보았다. 그래서 봉길이 공장을 내보내는 선에서 해결을 봤다.

봉길이 권고사직을 당한 것이었다. 이는 무조건 공원들에게 일을 하게 해주었다는 한인 신문에 발표된 것과는 약간의 차이가 있었다. 봉길이 공장에서 쫓겨났고 뒤이어 약속을 어긴 박진에 의해 안귀생과 서상석도 권고사직을 당했다. 그들은 다시 무적자로 떨어졌다. 공우회는 와해됐고, 그 후 그 친목회 사람들을 만날 수 없었다.

이렇게 그는 또 초모단을 놓쳐버렸다. 모든 것이 끝나 버렸다. 봉길은 마당로에서는 더 이상 버틸 수 없었다. 그의 공장 사직은 사실 기대해왔던 그의 상해 삶을 송두리째 끝내 버렸다.

무적자에 대한 여론은 무자비하게 냉철했다. 상해 기피자로 낙인 찍히니 더욱 그의 설 자리가 없었다.

– 난 태평촌으로 가려고 하네. 여기가 곳간이라면 그곳은 들녘이라네.

안귀생이 불쑥 내민 제안이었다. 제안이 아니라 통보를 하고 있었다.

- 나두 가야 하네. 나는 도산 선생을 만나봐야겠어.

　- 윤 선생은?

　- 더 이상 이곳은 희망이 없어. 아니지 있을 수도 없지. 우리가 어디에서 발을 붙이고 있을 수 있겠나?

　그 길로 봉길은 북영길리를 떠났다. 그들은 그렇게 태평촌으로 들어왔었다.
　그러나 그것은 그에게는 끝이자 새로운 시작이었다. 그의 번신은 그가 종품 공장이 있던 북영길리를 떠나고 들어온 태평촌에서 첫 허물을 벗기 시작했다. 그곳에는 그를 기다리는 많은 사람들과 토론이 기다리고 있었다. 그의 역행은 초모단의 손이 필요한 것이 아니라 스스로가 초모단이라는 것을 알게 되었다. 자네가 독립군이라는 백범의 한 마디가 그 길을 인도했다.

금강산호

- 기회가 왔네! 기회가 왔어!!

금강산호에 다녀온 봉길이 날이 갈수록 더욱 홀쭉해지는 지갑에 비해 꽤나 두툼한 만두 봉지를 내려놓으며 소리쳤다. 하루에 두 끼니 정도는 굶고 있던 두 사람에게는 그의 호들갑이 취업할 곳을 찾았다는 것으로 들렸다.

북영길리를 떠나 태평촌에 들어와서도 그들에게 마땅한 일은 없었다. 가끔 일할 수 있는 운수 좋은 날로 하루하루 버티면서 지내고 있었다.

봉길이 나가는 것을 시큰둥하게 여겼던 안귀생이 공부하던 책을 들고 일어나 그를 반겼고, 서상석은 봉길이 문 앞에 내려놓은 만두 봉지를 집어 들다 말고 눈이 휘둥그레져 그를 쳐다보았다.

- 뭔가 그렇게 호들갑이네? 어디 밥벌이라도 할 곳을 찾았네?

취업이 간절했던 서상석이 물었다.

- 내가 모처럼 금강산호에 갔었지 않았겠나. 거기서 뭘 보았는지 알아?

- 난 또. 뭘 봤간? 박진이라도 만났네?

박진이 끊임없이 금강산호를 통해 그들을 공격해오면서 생긴 과민 반응이었다.

금강산호는 본래는 하비로에 있었던 작은 한인 식당이었다. 도산의 오래된 동지인 선우훈이 운영하던 식당이었다. 그의 뜻이 굳어 가세가 넉넉한 형이 차려준 식당에 붙인 상호였다. 주로 한인들이 드나들었는데, 선우훈이 식당을 차렸다는 소식이 퍼지자 국내외 독립 운동가들이 상해에 올 때마다 이곳에 들러 항상 북새통을 이뤘다. 자연히 독립운동가들의 만남의 장소가 되었다. 밥값을 싸게 받는데다가 돈이 없는 독립운동가들이 매번 외상을 해도 묵묵히 밥을 내주던 식당이었으니 그들에겐 가뭄에 물을 만난 격이나 다름없었다.

그에게는 상업적 식당보다는 다른 큰 목적이 있었기 때문에 늘 손해를 감수했다. 식당은 점차 배고픈 독립 운동가들에게 밥을 제공하는 표면적인 공공장소로 쓰이기 시작했다. 그러자 그는 식당의 2층에 따로 작은 공간을 하나 차려 오가는 독립운동가들의 정보교환 장소로 쓰게 했다.

마침 임시정부에서 연통제를 실시하며 교통국을 조직하여 국내의 지방 행정 조직을 구성해갈 때 국내의 독립운동과 연락하는 지방 선전부를 만들었는데, 처음에는 매우 활발한 활동을 이어갔다. 그러나 위기를 느낀 일제가 치밀한 색출에 들어갔고, 급기야는 교통국의 세포들이 국내에서 일제의 끈질긴 추적으로 조금씩 발각되면서 대대적인 체포령으로 인해 연통제는 해체될 수밖에 없었다.

이후 이 체제가 복원이 안 되자 임시정부에서도 손을 놓게 되었고 국내와의 연락을 담당할 선전부 역할을 할 곳이 없어져 독립운동의 국내 연계가 더욱 어려워지며 고립의 위기에 처하게 됐다.

이에 도산을 중심으로 상해에 남아있는 조직을 통하여 국내 활동을 재개하였다. 이때 선우훈이 기꺼이 이곳을 내주었다. 비록 개인이 만든 식당이었지만 국내와의 마땅한 연락망도 없었고, 또 국내 또한 상해와의 마땅한 연락망이 없어진 마당에 금강산호는 국내의 독립지사들의 활동이나 임시정부의 국내 활동을 연결하는 유일한 통로가 되면서 임시정부의 선전부 역할을 하게 되었다.

이곳을 통해 초모단과 연결의 끈이 복원되면서 국내 독립 운동가들의 상해 진출도 도왔다. 금강산호는 비록 개인의 것이었지만 공공의 목적으로 쓰였다.

그러나 점차 찾아오는 사람의 수는 많아지는데 밥값을 내는 사람의 수는 적어져서 식당 경영의 어려움을 겪은데다가 도산이 민족유일당 문제로 의견 충돌이 있고 난 뒤 임시정부을 떠나 태평촌으로 옮긴 후 그 역할이 태평촌의 공화의 주막으로 옮겨갈 때까지 근근이 운영했지만, 경영난을 이기지 못하고 끝내는 문을 닫고 말았다.

이후 금강산호를 상해에서 상업적으로 성공한 김문 공사에서 인수했다. 김문 공사는 1층 식당은 자신의 점포를 늘리는 데 사용했고, 2층 사무실은 창고로 썼다.

그러나 경영의 어려움으로 금강산호가 문을 닫은 후에도 비록 상호는 김문 양행으로 바뀌고 사무실은 창고로 바뀌었지만, 금강산호가 오랫동안 만들어 놨던 길까지 지울 수는 없었다. 국내에서 들어오는 사람들은 이곳을 징표로 찾아왔고 신천지 지역의 한인들도 북적 거렸던 고국어가 그리워지면 습관적으로 발걸음을 이리로 옮겼다.

없어진 줄 알았지만 마땅한 장소를 찾지 못한 사람들이 왔고, 없어 진 것을 모르고 조선에서 찾아오는 사람들은 자연히 이곳을 연락처 로 사용했다. 자연스럽게 사람들의 모임 장소로 쓰였다. 상업을 하는 김문의 입장에서도 굳이 막을 이유가 없어 그냥 놔두었는데 오히려 그것이 상업에 많은 도움이 되었다.

이번에는 김문 공사의 도움으로 임시정부에 관계된 사람들이 이것 이 아쉬워 하비로와 맥새이채로의 사이 김문 공사의 뒷골목으로 옮 겨 조그만 다관을 열었는데, 간판도 없어 그냥 부르기를 예전처럼 금 강산호라 했다. 김문 공사에서 뒷문을 빠져나오면 바로 나오는 데, 여 름이면 김문 공사의 아이스크림 창고 역할도 함께 했다. 백범의 생각 이었다.

김문 공사는 백범과 매우 밀접하여 그의 청을 거절하기 어려웠다. 김문이 상해에 유랑자로 들어와 힘들게 연명할 무렵 백범이 그에게 인삼 장사를 할 수 있게 도와주었다. 인삼이야말로 김문 공사의 씨종 자였다. 유랑자처럼 떠돌던 그에게 지금의 성공한 상업인이 되기까 지 김구의 후원이 매우 컸다.

그렇게 백범의 권유로 새로 만들어진 금강산호는 국내와의 연락처 라기보다는 점차 고립된 임시정부를 비롯한 신천지 일대 한인 지식 인들만의 광장이 되어갔다. 다만 남아 있는 역할이라고는 임시정부 의 소식통 역할 정도였다.

의경대도 이곳을 중심으로 모였고, 김덕근이 이끄는 자전거 부대 도 이곳이 중심이었다. 지금도 사람들이 자주 모이는 곳이고, 상해의 모든 이야기의 원천이기 되기도 했다. 임시정부의 외곽 사무실 역할을 충실히 해냈다.

이로써 태평촌에 공화의 주막이 있다면 신천지엔 금강산호가 있게 되었다.

봉길에 대한 좋지 않은 소문의 진원지도 이곳이었다. 봉길이 종품 공장 파업에 책임을 지고 권고사직 당했다는 소문은 하비로 김문 상사 뒷골목 금강산호에 박진이 드나들면서 그가 동료들에게 쫓겨났다는 사실로 바뀌어 삽시간에 한인들 사이에 퍼졌다. 상하좌우 5리도 안 되는 마당로 중심의 신천지 안의 한인사회에 그의 소문은 더욱 괴괴하게 퍼져나갔다.

순진한 박진이 사람을 잘못 뽑았느니, 잘못했으면 호미로 막을 걸 가래로 막을 뻔 했다는 둥 무조건 한인이라 해서 곁에 둘 것이 못 된다느니, 이번 사건을 계기로 철저한 검증이 필요하니 타산지석으로 삼는 게 좋겠다는 얘기도 돌았다. 개중에는 봉길이 사회주의에 물들었다느니, 일본 밀정과 어울렸다는 이야기도 돌았다. 이런 소문이 금강산호를 통해서 퍼져나가 점차 봉길을 더욱 신천지에 살기 어렵게 만들어 갔으니 봉길에겐 달가운 곳만은 아니었다. 그것은 안귀생에게도 마찬가지였다.

더구나 안귀생과 서상석이 연이어 권고사직을 당하고 셋은 다시 목적지가 없는 무적자 신세가 되어 신천지를 떠난 뒤 오히려 박진은 금강산호에서 퍼진 소문에 힘입어 파업에 동조했던 나머지 한인 청년들을 정리하기 시작했었다.

　－ 만두 사러 간 거이 아니었네? 아직도 신천지에 미련이 있간?

안귀생이 마뜩잖은 얼굴을 들이밀며 한 마디 던졌다.

봉길이 그동안 집에 소식을 전하지 못해 편지를 부치러 모처럼 금강산호에 가겠다고 했을 때 안귀생은 말렸다. 편지라면 공화의 주막이나 우편국에 가면 되었기 때문에 단순히 편지를 부치러 가는 것만은 아닐 것이라는 것을 그는 알았기 때문이었다. 봉길의 마음이 아직은 신천지에 남아 있다는 것이 못마땅했는지 이번에는 직설적이었다.

금강산호로 편지를 부치는 핑계로 나가던 봉길의 뒤통수에 노골적으로 못마땅한 기색을 내비치며 재차 소리쳤다.

– 일없으면 만두나 사오라우. 먹는 거는 너나들이 공평하니께네.

여간해서는 봉길에게 직설적으로 묻지 않는 안귀생이었다. 봉길의 마음이 신천지에 남아 있다라기보다는 금강산호의 방문은 어쩌면 아무 일도 못하고 있는 그의 심정을 대신해준다고 할 수 있었다.

그러나 안귀생은 신천지에 대한 정리가 매우 단호했다. 금강산호는 신천지를 대표하는 언론이었다. 맨 처음 금강산호를 소개한 사람은 서상석이었다. 서상석은 그곳을 통해 국내외 정보와 독립단의 정보를 얻었다.

그는 그곳이 상해 임정의 광장이란 것을 안귀생이나 봉길보다 먼저 알고 있었다. 그가 독립단에 가입하고자 하는 윤봉길과 혁명을 꿈꾸는 안귀생을 조심스럽게 그곳에 소개했었다. 그곳에는 어린 학생부터 또래의 청년들까지 있었다. 어린 학생들은 벽에 붙어 서있었고 청년들이 탁자를 두고 그들 주변에 모였다. 모두 반갑게 맞아 주었다.

- 어디 분이오?

- 파평올시다.

- 아, 그렇소. 어느 댁 분이오? 윤중의 현손이오?

이렇게 시작된 그들과의 만남은 독립운동에 대한 열띤 의견 교환으로 시작되었다. 봉길로써는 여간 반가운 것이 아니었다. 상해에 들어온 이후 처음 제대로 만난 물이라 생각했다. 그는 이곳이 상해로 입성하는 문이었으면 했다. 독립운동의 문이었으면 했다.

그러나 그가 격하고 반가운 마음에 좀 과장된 이야기로 독립운동에 대해 이야기를 하자 모두가 그의 말을 허언이라 생각하며 의아해했다. 그들은 매우 신중하고 소심한 독립운동가였다. 봉길이 그런 분위기를 파악하는 데는 오래 걸리지 않았다. 그는 이내 몸과 말을 낮췄다.

봉길은 그런대로 넘어갔지만, 끝내 안귀생의 차례에 와서 탈이 나고 말았다. 그곳에 안귀생이 이귀의 종자였던 사실을 알아본 사람이 있었다. 안귀생이 화합방에서 봉변을 당할 때 옆에 있었던 청년이었다. 그는 끝내 아는 체 하지 않았지만, 눈짓 눈짓하면서 다른 사람들에게 더 이상 질문은 하지 못하게 했다. 더불어 봉길도 이귀의 장례를 치룬 전력이 잠시 거론되었지만, 모두들 개의치 않기로 했다.

김덕근이 공화의 세상에서는 다툴 문제가 아님을 강조했다. 그런데 안귀생의 출신 문제가 잦아들 무렵 그를 아프게 한 것은 청년의 다음 말이었다.

하긴 조선이 어찌 우리만의 나라겠소? 나라를 지키는 데 귀천이 어디 있고 크기가 또 어디 있겠소?

위로인척 가장했지만, 조롱이었다. 그 말은 안귀생의 귀를 닫게 했다.

그는 서상석에게 배운 노래를 들릴 듯 말 듯 입안 소리로 흥얼거리며 그들이 옹잘대는 소리를 더 이상 듣지 않았다.

그들이 얼마나 이 나라를 사랑하는가를 말하지만,
나는 믿을 수 없다. 믿을 수 없다.
우리들 어리고 어리석은 백성의 소란으로
나라를 일으키는 일이 더욱 어려워진다지만
나라 걱정 백성 걱정에 잠 못 이룬다지만 나는 믿을 수 없다.
믿을 수 없다.
너희들은 오로지 너희들뿐이다.
나는 다만 우릴 위해 싸울 뿐이다.
살아남기 위하여
살아남기 위하여
우리 위해 죽을 뿐이다.

안귀생은 일행이 나올 때까지 그곳에 있었지만, 그 뒤로 금강산호에는 근처도 가지 않았다. 그에겐 편치 않은 곳이었다. 언젠가 태평촌에 와서도 금강산 호에 가끔 드나드는 봉길에게 그가 이런 질문을 했었다.

– 저들의 공화국에서 또 다른 제국주의가 자유와 평등을 앞세워 조선의 양반처럼 너의 이상을 짓밟지 않을까? 너의 등에 그런 자유가 업힌다 해서 그것이 새처럼 날개가 될 수 있을까? 너의 발등에 공화의 신이 신긴다 한들 그것이 이상과 꿀이 흐르는 대지에 데려다 줄 수 있을까? 너의 손

에 평등이 쥐어 준다고 해서 그것이 물처럼 형평을 이룰까? 그들이 세운 공화국에는 새처럼 자유가 날고, 물처럼 평등이 형평을 이룰까? 새가 나르려면 뼈의 골수를 빼야 하고, 물이 형평을 이루려면 모든 것을 눈처럼 덮어야할 텐데….

봉길이 금강산호로 나갈 때, 안귀생이 마뜩잖은 듯이 서상석을 붙들고 하던 공부나 계속하자던 그 책을 든 채로 봉길 앞으로 다가왔다.

- 들어 보게. 지금 금강산호가 문을 닫고 있다니까.

- 그래?

안귀생도 봉길이 금강산호가 문을 닫고 있다는 소리에 귀를 기울였다. 심상치 않은 신호였다. 상해에 무슨 일이 벌어지고 있음이 분명했다.

서상석이 무슨 일인가 벌어지고 있다는 것을 직감하고 눈을 곧추세우고 물었다. 그는 상해에서 벌어지고 있는 일에 매우 민감했다.

- 그래 무슨 일인데? 무슨 기회가 왔다는 거네?

- 지금 왕웅이… 왕웅 알지? 김홍일이라는 사람? 상해 19로군 병기창에 근무한다지. 그 사람이 거사를 하나 꾸미고 있는데, 사람을 모집한다는군.

김홍일이 비록 국적을 바꾸고 이름도 왕웅으로 바꿨다고 하더라도 그는 여전히 조선인이었다. 국적을 바꾸거나 이름을 바꾼 것은 상황에 맞춘 것이었을 뿐이었다. 그것은 어지간한 상해 한인들은 모두 알고 있었고 인정한 바가 있었다. 그래서 그가 금강산호에 나타나는 것도 자연스럽게 받아들였다.

봉길의 호들갑에 기대를 했던 서상석이 무덤덤하게 다시 제자리로 돌아가며 말했다.

- 음, 그래. 그것은 이미 알고 있다야. 내가 얘기하지 않았지만. 일본 비행기 격납고 폭파하자는 거라. 이미 공론이 돌았어. 우리가 참견할 일이 아니라께니.

전쟁의 전세가 19로군 쪽으로 기울어지자 일본군의 공격이 갑자기 중단되고 움직임이 보이지 않았다. 중국 국민당의 상해 19로군이 초긴장 상태로 일본군의 움직임을 주시하고 있었다. 일제가 상해 침공이 마음먹은 대로 되지 않고 어렵게 되자 시라카와를 육전 대장으로 삼아 대폭적인 침략을 준비하고 있다는 정보가 19로군에 입수되었기 때문이었다.

이에 채연해는 그들의 침략전쟁에 심각한 타격을 주기 위해 비행기 격납고와 함정을 폭파할 거대한 계획을 세우는 데, 왕웅을 실무진으로 배치했다.

이때 왕웅은 백범을 찾아가 이번 거사 계획을 알렸다. 거사 계획이 엄청나 자신이 거느리고 있는 폭파 전문가만으로는 역부족이었던 그가 백범에게 거사에 참여를 제안했다. 때마침 임시정부로써는 장개석 정부의 지원이 절실할 때였으니, 만약 이번 거사가 성공하면 장개석과 만날 기회가 만들어질 것이라고 설득했다. 임시정부의 미약한 존재감을 부각시킬 기회를 백범은 놓치지 않았다. 백범은 쾌히 승낙

하고 준비에 들어갔다.

이로써 상해에서의 한중 연합이 이뤄지고, 드디어 고대하던 첫 사업이 시작되었다. 백범으로서는 좋은 시작이었다. 폭파단 구성과 폭탄 수급은 김홍일이 하고 부족한 폭파 전문가는 백범이 채우기로 했다.

그들의 연합이 일사천리로 이뤄지자 백범은 수소문 끝에 폭파 전문가를 일본에서 데려오기로 했다. 왕웅은 전문가의 안전을 위해 몇 점의 수류탄과 권총을 백범에게 주었다.

한편 왕웅은 단원들을 모집하기 시작했다. 폭파 계획이 워낙 크고 대단하여 그는 중국인과 조선인을 혼합하여 폭파 단원을 스무 명 정도의 대규모로 꾸리기로 했다. 그는 이 한 방이 일제에게 결정타가 될 것이라 내다봤다. 그는 이 소식을 금강산호에 알리고 청년들을 모집하기 시작했다.

봉길이 금강산호에 나타났던 그날은 단원이 거의 모집되자 금강산호의 문을 닫을 준비를 할 때였는데, 마침 봉길이 도착하여 이 소식을 들었다.

왕웅은 종품 공장에서 쫓겨난 것이 이미 온 상해에 알려진 상태의 봉길에게 폭파 거사의 참여 의사 여부를 거침없이 물었다. 비록 그가 종품 공장의 파업을 주도했다고 하더라도 그의 혈기는 그 사건으로 점점 상해에 알려지는 계기가 되었다. 왕웅이 봉길을 주시한 것도 이때였다. 때 마침 그를 추천하는 인물도 있었다.

– 당연하오, 내가 독립단에 도움이 되는 일이라면 무엇인들 탓하겠소.

청년 봉길은 선뜻 대답했다. 왕웅의 주변에서 봉길의 종품 공장의 파업 전력이 거론되기는 했으나 그의 혈기에 왕웅은 매우 흡족해 하며 다시 거론하지 말기를 부탁했다.

봉길이 선뜻 왕웅의 전사로 뽑히자 결의를 나누기 위해 남은 돈을 탈탈 털어 두툼한 만두를 사가지고 들어온 것이었다. 그의 이야기를 들은 서상석과 안귀생이 차분히 이야기하자며 그를 앉히고 흥분을 가라앉혔으나 봉길의 결심은 이미 굳은 듯했다.

    – 난 가봐야겠네. 이것은 내겐 기회일세. 절호의 기회임에 틀림이 없네.

봉길은 서상석의 만류에도 아랑곳하지 않았다.

    – 무슨 기회?

안귀생이 되물었다. 그에게는 기회라는 단어가 생소했다. 기회란 이렇게 갑자기 오는 것이 아님을 알고 있었다. 기회란 발걸음이 쌓이고 또 쌓여 땅이 굳었을 때, 잠깐 놓이는 디딤돌이라는 생각이었다.

    – 독립단에 들어갈 수 있는 기회일세.

봉길이 자신이 원하던 바였음을 단호하게 내비쳤다.

    – 너무 충동적 아니간?

안귀생은 기회가 오지 않았는데 움직이는 것은 충동적이라 생각했다.

– 좀 더 신중한 생각이 필요한 시길세.

서상석이 안귀생과는 다른 이유였지만 안귀생의 의견에 동조했다. 서상석은 자신의 행로에 결정이 있기까지 다른 일은 벌어지지 말았으면 했다. 그는 그때 새로운 진로를 모색하고 있었다.

– 지금 우리가 이 자리에서 할 수 있는 일이 무엇이란 말인가? 고작 나 하나 먹고 사는데 매달리고 있질 않나? 그럴 거면 집을 나오지도 않았네. 내가 먹고 사느라 왜 사는지를 잠시 잊었네.

봉길이 말했다. 그는 가끔 먹고살기 위해 하루 시간을 매달리는 자신이 굴욕적이라 생각했다.

– 맞아. 자네가 집을 나온 이유가 바로 이상국을 만들고자 한 것이 아니었네? 이상국은 버렸네? 아니면 포기했네? 폭발 한 방으로 이상국이 건설되간? 오히려 네 전부가 날아갈 수가 있지 않간?

안귀생이 이렇게 집요하게 봉길의 결정에 이의를 다는 것은 처음이었다.

– 아닐세. 그 길로 가는 길이지. 이상국은 해방과 함께 가는 동무일세. 지금 현실을 보게. 이상국으로 가는 길이나 조국이 해방되는 길이나 모두 일제 주구들이 막고 있네. 지금은 일본제국주의의 주구들을 치우는 게 우선 아니겠나? 세상의 어느 곳을 가든 제국주의의 손을 벗어날 수는 없네. 이미 그들의 손아귀에는 조선을 포함하여 중국을 쥐었고, 그들의 외교력은 군사적 힘을 넘어서 세계의 호응을 얻고 있네. 이 상황에서 우리가 발

붙일 곳은 없네. 제국주의는 조선 인민에게 씌운 독충의 끈적이일세. 이상국의 건설은 그들의 방해에서 벗어나지 않는 이상 무의미하네. 이상국을 위해 다만 난 지금 잠시적 역행을 할 뿐이네. 안 선생도 알고 있지 않간?

 - 너무 잘 알고 있으니 지금 말하는 거 아니갔어?

 - 지금 우리 조선의 힘만으로는 역부족이란 걸 모르나. 그러나 지금은 중국과 함께 싸운다고 안 하는가? 중국이 조선과 함께 일제에 대항하여 싸운다는 게 무슨 의미인가? 이것은 기회일세. 그 기회를 내가 가는 게 또한 내 기회일세.

그 말은 그의 생각을 더욱 확고하게 했다.
안귀생도 그것을 모르고 한 말이 아니었다. 봉길과 숱한 토론을 벌였던 내용이었다. 다만 그의 딴지는 조직적이지 않고 충동적인 참여가 자칫 그의 노력과 생각이 헛되이 끝날지 모른다는 염려였다.

 - 그래도 혁명은 대중과 함께 해야디. 안 그렇간? 서 선생?

안귀생이 혁명 선생인 서상석에게 동의를 구했다.
 - …

서상석은 말이 없었다. 그는 늘 안귀생의 질문이 옳다는 것을 알았지만, 실천해야 하는 단계에서는 답을 하지 못했다.

 - 이 단순한 행동가 같으니…

봉길은 아직 현장보다는 이론에 치우치고 있는 안귀생에게 책망하듯 설득하고 있었다.

  – 윤 선생? 혹시 종품 공장 소문이래 나쁜 거 만회하려고 그러는 거 아니지?

힐난이라기보다는 혹시 하는 또 한 번의 경계의 표시였다. 봉길이 그의 의미를 알고 입 꼬리를 올리고 웃었다. 안귀생은 이미 봉길의 결심이 섰다는 것을 알고 있었다.

그러나 그의 폭파단 참여는 박진에게는 더욱 위기로 받아들이게 되었다. 봉길이 다녀간 바로 직후 박진도 이즈음에 이상한 낌새를 확인하기 위해 금강산호에 왔었다.

봉길이 북영길리를 떠난 뒤 이들과 함께 공장을 나온 사람들이 박진의 행태를 꼬집고 다녔고, 그가 마치 임시정부의 뒷배를 가진 양 떠들어 대며 사람들에게 함부로 한다는 이야기가 상해에 돌기 시작했다. 박진의 나쁜 소문이 바닥에서 움직이기 시작했다.

이런 이야기는 상해 어른들에게는 민감했다. 자칫 그 소문의 일부가 자신과 연계되었다는 말이라도 나면 곤란해지기 때문이었다. 그렇지 않아도 예민한 한인 망명객들에게 빌미를 제공해서는 지도자로써 위신이 깎이는 일이었다.

그들은 종품 공장에 발걸음을 뜸하게 했다. 춘산은 물론 도산도 자신들의 타협안이 받아들여지지 않고 봉길 일행이 홍사단에 계속 머물자 더 이상 관여하지 않았고, 백범도 잠시 추이를 보며 발걸음에 뜸을 들이고 있던 중이었다.

이러한 분위기가 신천지에 퍼지면서 종품 공장 사태가 서서히 박진에게로 화살이 돌아가기 시작했다. 그는 자신이 신천지 한가운데 외로운 섬이 되어가고 있다는 것을 피부로 느낄 무렵 그가 금강산호에 상황을 살피기 위해 나타난 것이다.

그가 도착했을 때 더 놀란 것은 금강산호의 문이 빨간 붓글씨로 쓴 '당분간'이란 쪽지만 붙인 채 닫혀 있었다는 것이었다. 그것은 무슨 일이 일어나고 있다는 주의 신호였다. 김문상회에 확인하고 싶었으나 참았다. 다른 때 같으면 그 이유를 그도 알았을 테지만, 이번만 모른다는 것이 자신만이 그 일에서 빠진 채 모르는 무엇인가가 벌어지고 있다는 것이었다. 굳이 그것을 소문이 빠른 김문 공사에 알리고 싶지 않았다.

그는 직감했다. 신천지에서 벌어지는 일에서 자신이 빠졌다는 것을 알았다. 그러니까 금강산호에서 벌어지고 있는 일은 한인 사회의 3급 비밀쯤 되었다. 임시정부의 1급 비밀 사업은 요원 몇몇만 아는 것이었고, 때가 오면 금강산호의 자전거 부대가 사람들에게 통문을 전달했다. 2급 비밀은 인성학교 학생들이 보내는 전언이었다. 뭔가 벌어지고자 하는 전주였다. 사람들은 준비를 하고 있어야 했다. 그리고 3급 비밀은 어느 정도 공론화된 것으로 웬만한 사람 정도면 알 수 있는 일이었다. 예를 들어 도산의 연설이 있을 예정이라든지, 한인들이 모여 친목회를 한다든지, 때에 따라서는 주요 인사의 장례식 정도가 3급쯤에 속했다.

3급 정도의 일에도 금강산호가 문을 닫고 일체 공론을 하지 않았다. 금강산호는 임시정부를 비롯한 마당로 일대의 한인들에게는 매우 민감한 곳이었다. 그것은 이곳에서 괜한 빌미를 주어 프랑스 경찰이나 일본 풍기계에 엮이지 않기 위해서였다.

그러나 박진은 이런 정도의 일에서 자신이 빠졌다는 것에 매우 예민했다. 그는 급하게 발길을 돌려 어디론가 갔다.

봉길이 참여한 폭파단은 예상보다 인원이 많았다. 19로군에서 경험 많은 군인들을 선발해 합류 시켰기 때문이다. 두 반으로 나누어서 움직였다. 보고 탐색해야 할 것이 있으면 낮에, 은밀한 곳에 폭탄을 설치해야 할 곳이 있으면 밤에 격납고와 함정을 탐색했다. 주로 주도면밀한 군인들이 앞장서서 움직였다. 서서히 폭탄을 장착해야할 곳이 정해지면서 폭탄이 공수되기 시작했다. 폭탄은 전적으로 왕웅이 맡았다.

이제 폭파 전문가만 오면 모든 것이 끝이었다. 왕웅은 이것이 성공하면 일제가 중국 침략 이래 최대의 피해를 당할 것이라 장담했다. 그런데 문제는 엉뚱한데서 터지기 시작했다. 시라카와가 생각보다 일찍 공격을 해왔다.

시라카와를 앞세운 육전대의 기세는 상상보다 강력한데다가 중국내 자신의 입지를 더욱 공고히 해야 할 때라고 판단한 장개석이 모든 전투는 중지하고 19로군의 상해 퇴각 준비 명령을 한 것이다. 채연해가 반발하고 명령을 받지 않고 계속 작전을 개시하며 저항했다. 장개석은 모든 보급로를 차단함으로써 채연해와의 인연도 끊었다는 것을 대내외적으로 선포했다.

백범이 주저했다. 왕웅은 백범에게 재촉했다. 기회의 시간이 지나고 있었다. 마침 폭탄 설치 전문가가 왔으나 백범은 망설이고 쉽게 보내지 않았다.

왕웅이 백범을 설득했다. 그러나 오히려 백범이 김홍일을 설득했다. 만약 이 작전이 속개된다면 일제에게는 타격을 줄 것이 분명하네. 그렇다고 그들의 침략을 끝낼 수는 없지 않겠나. 뿐만 아니라 장개석은 영영 우리를 만나려고 하지 않을 것이네. 그의 명령을 거부한 채 연해의 편에서 작전을 수행했으니 누가 우리의 말을 듣겠는가?

결국 백범이 한 발을 빼면서 작전이 자연스럽게 소멸됐다.

참여한 요원들이 반발하자 왕웅은 이 작전에 목숨을 건 동지들에게 솔직하게 말을 할 수가 없었다. 그는 밀정이 우리 계획을 미리 일본 측에 알려 사전에 발각이 됐다며 간신히 단을 해체했다.

박진도 이 소식을 들었다. 박진을 비롯한 상해 한인과 중국의 편의대가 모두 이 말을 믿었다. 그러나 왕웅은 자신의 피치 못할 위로의 핑계가 후에 봉길에게 화살이 될 줄은 미처 생각도 하지 못했었다.

- 하, 하, 하

빈손으로 봉길이 돌아오자 서상석이 안심하고 크게 웃었다. 안귀생이 그의 손을 잡고 킁킁 거리며 화약 냄새를 맡는 시늉을 했다.

- 정치란 그런 것이네. 싸움도 정치적으로 하는 싸움이 있는가 하면, 정치도 싸움처럼 하는 정치가 있지. 싸움을 정치적으로 하는 싸움은 왜놈들하고 하고, 정치도 싸움처럼 하는 정치는 임시정부 안에서 하지.

이 거사가 시작도 하기 전에 미수에 그쳤지만, 한인 사회의 여론에 전환점이 필요했던 위기의 박진이 왕웅의 잘못된 핑계를 넙죽 받아 퍼트린 봉길에 대한 석연찮은 소문이 조금씩 돌기 시작했다.

공화의 주막

그해 겨울, 100년 만에 닥친 추위는 상해를 꽁꽁 얼게 만들었다. 갑자기 몰아친 한파는 상해 사람들을 당황시켰다.

상해는 더 가난한 사람이 가난한 사람보다 훨씬 많았다. 계절도 가난한 사람들만 따라 다니는 듯했다. 바람이 얼마나 세던지, 바람은 땅에 닿지 않고 바람부리를 독사처럼 바짝 쳐들고 농당 골목을 따라 불고 있었다. 혹여 바람부리에 채어 흩어오는 모래바람에 볼 따귀라도 맞는 날이면 어김없이 모래 자국에 핏빛이 맺혔다. 전쟁에서 죽는 사람만큼이나 밤에 따뜻한 곳을 찾지 못한 사람들 중에 부지기수가 얼어 죽었다. 이 추위의 여파는 3월이 돼도 가시지 않았다.

3월에 접어들자 전쟁은 이제 막바지로 치닫고 있었다.

장개석은 내부 권력을 잡기 위해 확전을 피하자는 속셈으로 급기야는 잘 버티던 19로군의 철수를 명했다. 장개석의 퇴각 명령 이후 급격하게 진행되는 정전협상과 이를 유리하게 이끌려는 시라카와의 파상적인 공격이 시작되었다. 장개석의 내부 사정을 간파한 일본 군부가 다시 한 번 상해를 위협하며 전쟁을 독려한 것이었다.

후발주자 일본제국주의자들은 자국의 내부 자본도 다스리지 못한 채 욕심 많은 고양이가 밥상을 기웃거리듯 서구 제국주의들의 자본판에 한 발이라도 올려놓기 위해 상해로 거칠고 다듬어지지 않은 군대에 시라카와를 앞세워 진격해 왔다. 그러나 장개석의 퇴각명령에도, 시라카와의 파상적인 공격에도, 100년 만에 닥친 추위에도 채연해는 꿈쩍도 하지 않았다. 그러자 일제는 전일본의 전력을 쏟아 부었다. 파상 같은 시라카와의 전투력은 상상을 초월했다. 시라카와는 토끼몰이 하듯이 채연해의 군대를 의도적으로 조계 쪽으로 몰아붙였다.

이에 점차 힘에 부친 채연해의 군대는 조금씩 밀리기 시작했다. 장차 정전협정에서 유리한 고지를 점하기 위하여 시라카와의 군대는 점차 조계의 유럽 사람들까지 위협했다. 가끔 오발탄이란 핑계로 조계에 폭탄을 투하하기도 했다. 이에 따라 한인들의 안전은 한 치도 내다볼 수 없었다.

그 틈에 죽는 것은 불쌍한 평민촌 사람들이었다. 점점 조여 오는 일본군의 공격에 피할 곳이라고는 조계밖에 없었다. 오갈 데 없는 패잔병이나 그 경계에 낀 유랑자들은 갈 곳이 없어 죽음을 피해 조계로 들어올 수밖에 없었다.

그러나 조계 측에서는 장개석과 맺은 조약을 핑계로 이들을 난민이라 하여 조계 유입을 막기 위해 경계선에 철조망을 쳤다. 유랑인들이나 전쟁에서 쫓긴 부상당한 군인이 조계 경계를 넘어오면 이들을 과감히 사살했다.

그곳에서는 경계를 넘고자 하는 자와 넘지 못하게 하는 자 간의 또 다른 전쟁이 벌어졌다. 사상자와 부상자가 속출했고, 그 부근에서 사는 한인들의 안전도 장담하지 못했다.

밤이면 콩 볶아대는 총 소리에 잠을 잘 수 없었다. 조계 공보국에서는 안심하라고 연신 삐라를 뿌리며 사람들을 안심 시켰지만 불안을 가라앉히지는 못했다.

열 시가 넘어 불안한지 서상석이 봉길을 찾아왔다. 곧이어 안귀생도 도착했다. 통행금지 시간이었으나 용케도 프랑스 경찰의 눈을 피해온 것이었다.

그들은 격납고 폭파 사건이 미수로 그친 뒤 한 겨울을 맨 몸으로 버티고 있었다. 함께 지낼 곳이 없어 반 칸씩 나뉜 쪽방으로 각자 흩어졌다.

그들은 운으로 버텼다. 운이 좋아야 일을 할 수가 있었다. 최소한 사흘에 한 번은 재수가 좋아야 셋이 버티고 살 수 있었다. 셋 중 한 사람이 하루를 벌어야 셋이 간신히 버텼다. 또 사흘 중 한 사람이 더 벌어야 간신히 새벽녘의 방에 온기를 넣을 수 있었다.

다행히 그해 겨울을 버티게 해 준 것은 도산과 우당을 만났다는 것이었다. 도산은 그가 물은 질문에 답을 주었고, 우당은 그에게 스스로 질문하게 했다. 그래도 함께 버틸 수 있는 사람이 곁에 있는 그들은 운이 좋은 편이었다. 그해 겨울 그렇지 못한 많은 사람들이 상해를 떠났다.

– 와! 이거이 잠을 잘 수가 없어야.

서상석도 자신처럼 밤이면 더욱 거세지는 공세 때문에 잠을 자지 못해 세상 물정에 밝은 고영희에게 돌아가는 형세를 알아보기 위해 와 있다는 것을 알고 안귀생이 안부 대신 한 마디 했다.

– 이러다가 전쟁이 여기까지 닥치는 거 아니 갔소?

서상석도 고영희를 보면서 은근히 정세를 물었다.

– 걱정마라우.

고영희가 안심시키고 나섰다. 봉길은 흥사단 건물에서 나와 고영희 집에 기거를 하고 있었다. 고영희는 흥사단원으로 평북이 고향이었다. 상해 한 곳에만 있는 것이 아니라 중국 전역을 돌아다니며 혁명운동을 하는 사람이었다. 그래서 그런지 세계 곳곳의 정세를 꿰뚫고 있었다.

그가 남경에서 막 돌아와 도산 선생에게 인사 차 들렀을 때 봉길을 흥사단에서 만났다. 그렇지 않아도 마냥 흥사단에서 난민처럼 공짜로 머무를 수 없어 기거할 방을 알아보려던 참에 마침 고영희가 쪽방 반 칸을 내주어 그와 함께 살게 되었다.

– 패잔병들이 여기 들어올까 봐 그렇지 않소? 유랑민들이 밀려들어오면 프랑스 경찰 애들이 이국민을 단속한다잖소…. 심지어 죽이는 것에 죄의식조차 없다니께니.

서상석이 이르듯이 고영희를 향해 말했다. 그러자 고영희가 다짐하듯 서상석의 우려를 눌렀다.

– 걱정 마라우. 저들은 싸움을 여기까지 확대하진 않을 거요.

– 그게?

– 속셈이 같거든.

그것은 고영희의 말이 맞았다.

일제가 상해를 쳐들어 온 것은 단순히 땅을 차지하겠다는 이유는 아니었다. 조계의 일부를 자신들의 조계로 만들어 유럽의 자본에 편승을 해보자는 속셈이 더 컸다.

상해는 이미 오래전부터 서구 제국주의들이 먼저 판을 잡고 공통의 목표를 가지고 먹잇감이 된 거대한 중국의 살점을 서로 나눠 먹고 있었다. 그들의 천박하고 공평하지 않은 자본은 이미 인간성을 넘어 선지 오래였다.

대부분의 중국인들은 원구圓區로 축소된 외곽에 미개한 채로 어둡게 살고 있었다. 그 외곽을 경계로 모든 지역을 유럽인들이 향유하고 있었다. 그들은 중국인을 일러 '겸손한 향응자' 라 부르며 조롱을 하고 있었다. 그들이 공통의 먹잇감인 조계로 쳐들어올 리가 없었다.

– 저걸 보라.

그때 서상석과 안귀생을 다독이며 봉길이 허공을 보며 말했다. 그에겐 서상석이 하는 걱정 따윈 없었다. 부러움이 그가 가리키는 손끝에서 묻어났다.

– 뭘 말이가?

– 저 소리가 안 들리나?

– 왜, 안 들리간? 그것 때문에 잠을 잘 수 없어 예까지 온 게 아니니?

- 아니. 저 총소리 뒤에 있는 힘을 보라. 지금 들리는 저 소리는 단순한 총소리가 아니지. 저 소리는 민족의 힘의 발현이지. 민족의 힘과 힘이 마주치는 소리 아니겠나?

- 그야 그렇지. 그러나 무력한 우리 민족이 무엇을 할 수 있겠나. 하루 빨리 싸움이 끝나서 상해가 안정이 됐으면 좋으련만….

서상석이 주고받는 말 속에서 자못 봉길의 뜻을 못 들은 체하다가 자신의 속셈을 드러냈다. 봉길이 서상석을 지긋이 바라보며 말을 받아쳤다.

- 나는 저 싸움이 끝나길 바라지 않네. 이제는 더 이상 밀리면 대국인 중국도 끝이네. 바로 이곳이 두 민족 간의 사생결단이 마주친 결단의 장소지. 누구 하나 밀리면 끝일 걸세. 그래서 모든 힘을 쏟아 불 걸세. 근데 말야. 그 뒤에 숨은 우리 조선의 이득을 보라고. 저들이 싸우다가 지쳐 제 풀에 지치지 않겠나? 그 끝에 우리에겐 기회가 올 거야. 우리도 저렇게 민족의 힘을 발현할 수 있는 계기가 오기를 고대하겠네.

- 자네가 모르는 게 있네.

고개를 돌려 고영희가 의외인 듯 봉길을 책망했다.

- 뭘 말이오?

- 지금 장개석이 퇴각명령을 내린 지가 오래됐네. 전투는 끝난 것이나 진배없네.

- 뭐라?

봉길이 되물었다.

- 이젠 19로군도 끝이란 말일세. 곧 전투는 끝날 걸세. 자네의 바람은
장개석이 날려 버렸네. 장개석은 간신히 정전이란 이름으로 시라카와를
저지하고 있다네.

- 비겁한 장개석 같으니! 조선에게는 점점 기회가 없어지는군요.

그가 충격을 받은 듯이 고개를 비틀며 눈을 찡그렸다. 그 소리는
봉길에게는 큰 실망이었다. 강한 두 민족 간의 부딪침 틈 속에서 찾을
기회가 무너지고 있었다. 고영희가 그의 실망을 다른 쪽으로 받아들
였다.

- 지금은 싸움의 막바지에 이르렀네. 조심해야 할 땔세. 조계 경계에선
사람들이 부지기수로 죽어나가고 있어. 그중엔 한인들도 있지. 하루 빨리
정전이 마무리돼야 할 텐데.

고영희가 다시 한 번 겁먹은 그들을 다독이고 있었다.

- 지금 태평촌에서는 패잔병과 부상병들을 도우러 떠나고 있다 하니
우리도 갈까?

안귀생의 제안이었다. 그의 제안은 뜻밖이었다. 서상삭이 깜작 놀
라 말렸지만, 그도 어쩔 수 없이 따랐다. 봉길이 선뜻 안귀생의 제안

에 동의했기 때문이다.

- 그러자!

고영희가 안귀생의 제안을 부추겨 사람들을 몰고 태평촌에서 비교적 가까운 조계를 벗어났다.

그들이 조계 경계에 도착했을 때는 거의 새벽이 다 되어서였다. 한마디로 아비규환이었다. 부상자는 일본군이나 중국군이나 가리지 않았고, 그들은 안전한 조계로 넘어오고자 했다. 그러나 조계 경찰의 거센 저지는 이들을 더욱 궁지로 몰고 있었다.

뒤에서는 언제 터질지 모르는 포탄의 공포가 몰려오고, 앞에서는 총을 겨누고 쏴대는 공포가 그들을 부들부들 떨게 하고 있었다. 추위에 떠는 것은 공포에 떠는 것에 비하면 오히려 따뜻한 겨울이었다.

태평촌 젊은이들이 겨우 조계 경찰들과 협상하여 조계의 일부 구간을 열고 들어가 부상자들을 돌보았다. 그들이 가지고 있는 것은 약간의 비상약과 물 밖에 없었다.

새벽이 돼서야 총이 멎었고 군인들은 부상자를 찾아 원대 복귀했고, 유랑자들은 언제 올지 모르는 공포 속의 평민촌으로 다시 돌아갔다.

외곽이긴 했지만, 전쟁을 직접 눈으로 확인한 청년들이 잔뜩 겁을 먹고 조계로 되돌아오고 있었다. 가끔 무용담을 자랑하기도 했지만 대부분 겁을 먹고 있었다. 함께 간 사람들끼리 함께 돌아오고 있었다. 가끔 함께 간 사람을 찾지 못한 사람들은 앞으로 갔다가 뒤로 갔다 하면서 함께 간 사람을 찾고서야 안도의 숨을 내쉬었다. 길을 모르는 것도 아닌데 누군가 앞에서 그들의 길 안내를 맡고 있었다. 봉길의 일행도 무사히 돌아왔다. 그러나 그들은 집으로 돌아가지 않고 청년 군중들을 뒤따라 공화의 주막으로 갔다.

공화의 주막은 밤새 불을 켜놓고 있었다. 전투가 벌어진 이래 가장 가까이에서 총소리가 들렸다. 낮에는 비행기가 추락하더니 오발탄으로 많은 조계 사람들이 죽거나 다쳤다. 점점 커지는 불안의 그늘이 주막 천정에 매달린 낮은 촉수의 전등을 더욱 침침하게 만들었다.

아침이 밝기 전에 다른 곳으로 간 사람들도 공화의 주막에 모여들기 시작했다. 그들이 집으로 가지 못하고 공화의 주막으로 오는 것은 그 두려움이라도 함께 해서 조금이라도 누그러트려 볼까 하는 심사였다.

공화의 주막은 그들에게 그런 역할을 했다. 두려움을 함께해서 안심을 하는 곳, 함께 분노해서 가슴을 폭발하는 곳, 과격한 말로 어눌한 행동의 비겁함을 보상 받는 곳이었다. 행동하지 못하는 양심들이 모여 자신의 부끄러움을 감추기도 했다. 공화의 주막은 나라 잃은 젊은이들의 우울함이 만들어 낸 함지였다.

공화의 주막은 하비로 외곽에 태평촌이 성립되면서부터 생겨났다. 이 이름엔 그들의 염원이 담겨 있었다. 도산이 이루지 못한 이상촌의 향기가 났고, 우당이 만들지 못한 양타오촌의 자유로운 여지가 남아 있는 공간이었다.

태평촌은 전차 역 종점인 정안사 공묘에서 얼마 떨어져 있지 않은 곳에 있었다. 전차 역 정면에 삼거리가 있는데, 그 정면으로 난 도로를 따라 조금만 가면 태평촌이 나온다. 정안사 공묘부터 태평촌까지는 가로수가 향장나무여서 봄이면 그 향기가 좋아 젊은 사색가들의 산책로로 애용되었다.

그 태평촌에 들어온 사람들은 대부분 흥사단 출신으로, 젊은 청년들을 중심으로 노동자부터 인테리겐챠까지 스스로 양식을 채운 신지식인들이 꽤 많았다. 그리고 흥사단이 토론을 중시하는 단체이다 보니 자연스럽게 주막 하나를 정해 자유 토론을 벌이곤 했다. 그 주막은 처음에는 중국인이 운영했는데, 지금은 아주 한인이 그 주막을 인수하여 운영하면서 그들에게 토론의 장을 제공하고 있었다.

전해오는 말에 의하면, 하비로 신천지에 금강산호를 만든 도산이 임시정부와 일정한 거리를 두면서 태평촌으로 거점을 잡았다. 이곳에 와서 고국과의 연결, 미국과의 연결을 원활하기 위해 금강산호와 비슷한 공간을 만들었다는 이야기가 있었다. 그래서 조선의 서북 사람들이 상해로 망명을 할 때는 이곳을 이용했고, 국내와 연락을 할 땐 이곳을 이용하고 있었다. 서상석도 오래전부터 도산을 통해 미국으로 갈 생각을 갖고 있어서 태평촌으로 오는 것에 동의를 했다.

중요한 토론이 있는 날은 주막보다는 토론장으로 아예 의자 구조를 바꾸곤 했다. 침침했던 주막에 그들이 들어와 김이 서리자 자욱한 안개가 낀듯했다. 누군가는 난로에 장작을 넣고 조개탄을 올리며 불을 돋우었고, 누군가는 독한 중국술을 병째 들고 술잔을 돌리며 열을 올라오게 했다. 아직 순번이 오지 않은 사람은 저마다 추위를 이기는 방법으로 언 몸을 녹이고 있었다.

누구 없소?

태평촌 주변에는 혈기 왕성한 젊은이들이 모여 들었다. 태평촌은 사람을 가리지 않고 받아들였다. 태평촌과 신천지의 분위기는 매우 달랐다. 독립운동 희망자들의 집합소요, 일종의 인력 시장 같은 곳이었다. 이곳에는 독립운동가와 밀정이 함께 있어도 누구도 간섭하지 않는 비무장지대였다.

신천지가 매우 관료적이었다면 태평촌은 자유로운 마당이었다. 신천지가 격식에 맞는 양복 같았다면 태평촌은 자유로운 한복 같이 폭이 넓었다. 신천지가 주류라면 태평촌은 비주류였다. 신천지가 고인 연못 같다면 태평촌은 흐르는 강물 같았다. 이들의 가슴은 늘 뛰었고 자유로웠기 때문에 쉽게 신천지에서 받아들이지 못했고, 그들도 신천지로 가기를 원하지 않았다. 임정은 또 이래서 태평촌이 마땅치 않았다.

거기까지였다.

그들은 늘 토론했고, 갈 길을 정했다. 그러나 아무도 나서지 않았다. 금강산호는 토론도 없이 나서지 않았고, 공화의 주막은 토론을 하고도 나서지 못하고 있었다. 준비를 핑계로 나서지 못하는 태평촌에는 상해 한인 사회의 혈기 왕성한 루저들이 모여 있었다. 자신이 직접 나서지 못하면서 다른 혁명가들의 투쟁에 대해 차가운 평가만 했다. 그들은 늘 냉평가로 머무를 뿐 실천하지 못하는 행동가들이었다. 그들은 조직되지 않은 군중이나 마찬가지였다.

봉길 일행이 공화의 주막에 왔을 때는 이미 주막에 겁먹은 사람들로 꽉 차있었다. 사람만큼 분노도 차 있었다. 두려움이 모이니 분노가 되었다.

그날도 마찬가지였다. 말 많은 혁명가들은 울분을 값싼 술로 풀고 있었다. 꿈꾸는 혁명가 최석순, 임득산, 이두섭, 홍재형, 구익균, 김태림 등도 눈에 띄었다. 그들은 거침없는 일본 제국주의자들의 무차별한 공격을 막을 수 없는 민족의 힘에 대해 슬퍼했다. 전선이 무너진 만주로 돌아가지 못하는 의열단이나 전장을 떠나온 독립군들은 전선을 잃고 밭을 가는 장수들처럼 무기력한 술주정으로 토론에 참여하고 있었다.

대중을 잃은 공산주의자들은 그 탓을 공화주의자의 자유와 자본을 탓하다가 눈앞의 적이 일본제국주의인지조차 잃어버렸고, 임정의 정치물을 먹은 사람들은 무기력한 권력을 위해 몸을 바칠 것을 호소했다. 행동으로 표시하는 아나키스트들은 아예 언제부턴가 이 토론회에 몸을 나타내지 않았다.

　　－ 이게 말이 되오? 저들의 공격에는 자비란 없군요. 왜군들의 공격이 이제는 이곳까지 삼킬 태세 아니오?

- 이게 다 민족의 힘을 키우지 못한 대가가 아니겠소? 저들의 힘은 구르는 눈덩이 같아 구를수록 커져만 가오. 이제 중국의 힘으로도 정녕 막을 수 없단 일인가?

- 왜놈들은 앞으로는 정전을 이야기하며 뒤로는 공격을 멈추지 않고 있소. 무자비한 공격은 아무 죄 없는 인민들의 살상의 장으로 만들고 있질 않소? 악랄한 놈들 같으니라고!

- 맞소. 조계 정부는 하루 빨리 정전을 마감할 수 있도록 조치를 취해야 하오. 정전은 중국 인민들의 안전만 보호하는 것이 아니라 한인들의 안전하고도 직결되어 있소.

임득산, 홍재형, 김태림 등이 돌아가며 토론을 주도하고 있었다. 그들은 공화의 주막 연설가였다. 말을 잘했고 설득력 있는 목소리를 가지고 있었다. 전선에서 벌어지는 많은 일에 대해 옳고 그름을 냉정하게 평가할 줄 알았다. 벌써 몇 년째 태평촌에 남아있었지만, 언젠가는 총을 들고 전선으로 갈 것이라 믿고 있었다.

듣고 있던 봉길의 눈썹이 씰룩였다. 말리는 안귀생을 뒤로 하고 봉길이 일어섰다. 신천지를 떠나면서 특히 말조심을 하던 봉길이었기에 안귀생이 걱정스런 듯이 그의 팔 한쪽을 잡고 있었다.

주막에 모인 사람들의 분노는 봉길이 느낀 분노와 조금 달랐다. 그들이 느끼는 분노는 힘없는 민족에 대한 분노가 아니라 격식과 도리가 없이 무자비하게 쳐들어오는 일제에 대한 분노였다. 또 일제의 말발굽에 쓰러지는 조국과 인민에 대한 연민이었다. 그 연민에 대응하지 못하는 자신의 처지에 대한 분노였다. 그들은 행동 없는 차가운 평론가에 불과했다.

그러나 봉길의 분노는 조계 경계에서 전쟁으로 죽어가는 사람들에 대한 인도주의적 연민이 아니었다. 이 강렬한 전쟁에서 발현되지 못한 민족의 힘에 대한 분노였다. 자칫 냉평가들 앞에서 또 구설에 오를지도 모른다고 생각했다. 안귀생의 걱정이 아직도 젖은 그의 팔에서 나는 짙은 김을 타고 올라갔다. 봉길은 이미 높은 곳에 있었다.

봉길이 그 냉평가들에게 분노를 터트렸다. 그것은 자신의 무기력을 향한 반성이기도 했다.

　– 무엇이 그리 그대들을 화나게 하는가? 나갈 전선이 없음에 화가 나는가? 전선에 나가지 못하는 나약함에 화를 내는가? 그도 아니면 굴복의 정전조차 그대들의 안전을 보장받지 못함에 대한 불안인가 묻고 싶소?

젖은 김 사이로 그이 눈빛이 빛났다. 안귀생이 그의 결의를 눈치 채고 잡았던 소매를 놓았다.

그들의 울분이 하나로 모아져 있는 곳에 그가 돌을 던진 것이었다. 사실 그들은 밤새 울분을 토로하다가 다음 날이면 다시 각자의 일터로 돌아가 일상을 찾는다. 그가 공중에 던진 묵중한 물음에 삼삼오오 모인 탁자에서 나던 소리가 잠잠해졌다. 잠시 고요함이 주막을 감쌌다.

침묵을 깬 것은 홍사단의 청년 단원 홍재형이었다.

　– 그렇다네. 모두 다 망설이고 있지. 상해는 안전해. 상해는 유복해. 안전과 유복이 바로 전선으로 가는 길을 막고 있네.

그가 봉길의 분노에 답을 내놨다.

– 그렇다면 지금 우리가 떨고 있는 것이 혹시 그 안전이 깨질 것을 두려워해서는 아니요?

봉길이 홍재형에게서 눈을 돌려 주막을 한 바퀴 둘러보았다. 그리고 다시 홍재형에게 물었다. 그것은 그가 둘러본 모든 사람에게 하는 질문이었다.

– 부정은 못하겠네. 우린 불조계란 계란 속에 안전하게 숨어 있는 것이지. 그래서 하루 빨리 정전이 오길 바랄 뿐이네.

홍재형이 마지못해 질문의 요지를 파악하고는 대답하자, 다른 쪽에서 푸념하듯 답이 터져 나왔다.

– 어느덧 우리도 진흙더미가 되어 이곳 불조계에서 굴러가는 자본의 수레바퀴에 들러붙어 같이 굴러가는지도 모르지.

태평촌의 사회주의자 김태림이었다. 그는 유명한 사회주의 이론가이자 중국 청년 공산당과도 매우 밀접한 사람이었다.

– 계란 속이 안전하다 한들 어찌 계란을 깨지 않고 닭이 새 세상을 보겠소?

봉길이 김태림의 반성에 허를 찔렸다.

– 맞소. 만주와 조국에서는 동지들이 피를 토하며 싸우고 있다 들었소. 우리가 돌아가야 할 이유이기도 하오. 전선은 그곳에 있지 않은가 말

이오. 이제 상해의 유복함에서 벗어나 전선으로 돌아갈 용기가 필요할 때가 아닌가 묻소?

뒤이어 잠잠하던 안귀생이 갑자기 토론에 끼어들었다. 안귀생이 말문이 트이고, 그의 말문으로 사람들의 생각이 드나들면서 그는 점점 혁명전사가 되어 갔다. 서상석의 손 밖으로 점점 벗어나기 시작한 것도 그들이 공화의 주막을 드나들면서였다. 점차 서상석은 말수가 적어졌고, 특히 안귀생에게는 혁명에 관하여 말을 튼 적이 근래에는 없었다.

－ 그렇소! 그렇다고 조국의 달빛 아래엔 피를 토하는데 상해 하늘 아래에선 단지 울분만 토하고 있을 것인가 묻지 않을 없소? 우리가 전선으로 나가야 할 것이오.

봉길이 안귀생의 말에 맞장구를 쳤다.

－ 맞네, 우리들은 조국의 아픔에는 피를 토하지만 이미 떠나와 멀리 있고, 왜놈들은 코앞에 와 있지만 상해의 유복함 속엔 전선에 나가지 못하는 나약함이 있지. 그러니 우리가 가진 것은 단지 울분 밖에 없다네.

또 다른 청년이 구석에서 일어나더니 안귀생의 말에 동의를 보냈다. 술꾼 임득산이었다.

－ 전선과 부대는 모두 밖에 있고 여긴 알맹이 없는 정치만 남아 있다는 뜻이네.

친구 구익균이 임득산을 거들었다.

　- 그런 우리가 여기서 울분이라도 하지 않으면 무엇을 할 수 있단 말인가?

이미 취한 듯 구익균의 옆자리에 앉아 있던 최석순이 채 일어나지도 못하고 주정하듯이 말을 하고는 또 다른 술잔을 집어 들었다.

봉길이 말없이 그를 한참을 빤히 쳐다보았다. 사람들이 다시 조용해졌고 그도 조용한 분위기에 밀리자 몸을 추스르고 봉길을 바라봤다. 봉길이 다시 고개를 돌려 안귀생을 바라보았다.

　- 전선은 이곳에도 있소! 지금 일본 제국주의가 우리 코앞에 와 있는데, 이미 전선은 우리 앞에 와있질 않은가. 저 왜놈들은 한발은 화살처럼 인민들을 유린하면서 한 발은 정전을 한다고 하오. 장개석은 한 발은 인민을 위한다며, 한 발은 인민을 적진에 남겨둔 채 정전을 한다고 하고 있소.

봉길이 아예 술집의 가운데로 나갔다. 봉길이 작은 의자 위로 올라섰다.

　- 상해는 전선이 코앞인데 여기엔 지금 말만 하는 정치인과 분노만 하는 운동가들뿐이오. 그러나 정작 전선으로 나가야 할 군대도 없소. 오직 있는 것은 상인들과 정치인, 그리고 여러분이 있을 뿐이오. 정치인들은 절대로 총을 들지 않소. 그들이 총을 들지 않는 것을 탓하지 말고 누가 군대가 되어야 하는가를 생각하길 바라오. 이곳은 전선이 아니라는 생각이 지배적이오. 그러나 상해도 최전선이오. 우리는 불란서 국민이 아니오.

이곳은 다만 숨어들어온 숲일 뿐이오. 숲이 전장이 아니라고 누가 말할 수 있겠소?

잠시 그가 시간을 끊고 주막을 훑어봤다. 그리고는 다시 입을 열었다. 아무도 그의 말을 끊지 못했고, 아무도 그의 호흡을 막지 않았다.

– 지금 만주를 보시오. 그 만주에는 그 숫자가 천인 곳도 있고, 백인 곳도 있소. 나는 만주 지역을 편력하며 이들을 둘러 볼 기회가 있었소만 때론 대장 없이 독립군 병사들만 있었소. 그러나 그 숫자가 천이든 백이든, 그들이 장군이든, 병사이든 모두 힘이 모두 소진될 때까지 싸우고 있소. 난 그때 함께하지 못함을 부끄럽게 여기고 있소. 어느 역사에 정부가 있는 곳에 군대가 따르지 않은 적이 있소? 그러나 지금 상해 정부에는 군대가 없소. 이제 적들이 우리 코앞에 있소. 이럴 땐 누가 군대여야 하는가 묻고 싶소? 우리는 개개인이 하나의 군대요. 우리가 있는 곳이 전선 아니겠소. 우리는 송곳이오. 우리에겐 강철 한가운데를 뚫는 송곳 같은 힘이 발산하오. 군대는 전선이 있는 곳이면 어디든 가는 것이요. 적이 강할 때는 강해서 가야 하고, 약할 때는 약한 곳을 부수러 가야 하오.

– 백범 선생도 군인 소집에 실패를 했소. 그것은 도산 선생도 마찬가지요. 그런데 당신이 군대라뇨?

다시 홍재형이 일어나 놀란 듯 봉길에게 말했다. 그들의 울분이 한꺼번에 무너졌다. 그들의 울분에 명분이 무너지는 소리였다. 모두가 홍재형의 의문에 동의하는 듯했다.

– 아니오. 백범 선생도 말씀하셨소. 나는 오늘 공화의 주막에서 선언

하오. 내가 군대요, 내가 군인이오. 당신들도 모두 군인이오. 다만 움직이지 않는 군인일 뿐. 안 그렇소? 우리의 적은 일본제국주의요. 적을 향해 싸우는 것이 바로 군인이오. 군대가 무엇이오? 독립군 하나가 모이면 열이 되고, 열이 모이면 백이 되는 게 군대요. 저 강한 두 민족의 부딪힘 속에 반드시 일제가 지치는 날이 올게요. 난 그 틈을 찾아 하다못해 왜놈의 고관을 한 놈이라도 죽이는 쐐기를 꽂아 그 틈을 벌릴 것이오.

- 지금 장개석도 19로군을 포기한 마당에 그대는 참말로 용감하오. 죽음이 두렵지 않소?

술이 깬 최석순이 그 앞으로 나왔다. 그의 낯빛이 빛났다.

- 언제고 내 한 목숨은 부질없소. 어느 날 배고파 죽을 수도 있고, 어느 날 아파서 죽을 수도 있소. 어느 날 추운 새벽 수시반의 수레에 실려 나가 누구도 찾지 못할 수도 있소. 우리는 관창을 기억하오. 관창이 스스로 자신의 목숨을 부지하려고 나섰겠습니까? 앞의 화랑들이 추풍낙엽으로 떨어지는 전장 속에서도 그가 분연한 것은 잊어버린 전운을 찾기 위함이오. 내가 한 번이 아니면 열 번이라도 나가 부질없는 목숨 하나 버려 새로운 전쟁을 하게 함에 무엇의 부질없음을 탓하겠소? 뜻을 이루지 못한다 한들 그 죽음에 부끄러움이 있겠소? 이제는 우리가 나가야겠소.

- 그 말은 맞소. 저 추악한 자본이 우리 조선을 갈취해가는 데 그것을 격파하는 데 무슨 이의가 있겠소? 제국주의는 군대로 파괴해야 하고, 군부를 앞세운 추악한 자본주의는 그 앞에 선 군대를 섬멸하면 풀 죽은 핫바지에 불과하오.

안귀생이 그의 말을 동조하고 나섰다. 늘 봉길의 급한 성질을 잡아주고, 다른 사람의 생각을 앞서가고, 생각한 바를 너무 일찍 내보이고, 자신이 생각한 바를 거침없이 반복하는 봉길을 누그러트리다 보니 반대하는 것으로 비쳤던 안귀생이었다. 봉길이 안귀생을 힘 있게 바라보더니 말을 이어갔다. 다른 사람들이 다시 그를 주목했다.

모두 울분의 술에서 깨어나고 있었다. 그때 한 청년이 일어섰다. 겁쟁이 홍재형이었다. 그는 자신의 비겁함을 늘 평화라는 말로 덮었다.

– 이것은 다른 민족의 전쟁이오. 왜 우리가 끼어들어야 하오? 이미 정전 협상을 하고 있다고 하지 않소? 지금 상해엔 평화가 오고 있소.

– 맞소. 지금 전장이 기울고 있는 것은 사실이오. 그래서 나가자는 거외다. 평화라 했소? 그 평화는 가짜요. 그 가짜 평화가 얼마나 많은 사람들을 안주하게 만드는지 아오? 우리에게 평화란 지금의 가짜 평화가 아니라 독립 그 이후에나 찾아야 할 열매란 말이외다. 지금 저기 민족의 힘의 발현이 나는 소리가 들리지 않소? 강과 강이 만나 불꽃을 튀기고 있소. 이것은 우리 같은 약소민족에겐 다시없는 기회요. 전장의 비정함 속에 작은 희망을 보이지 않소? 이것은 기회요. 이런 기회에 피 끓는 청년 제군들은 잠자는가? 동천의 서색은 점점 밝아 오는데 종용한 아침에 광풍이 일어날 듯 피 끓는 청년 제군들아! 준비합시다. 지금은 군복 입고 총 메이고 칼 들며 군악 나팔에 발맞추어 행진해야 할 때요. 누구 같이 갈 사람 없소?

봉길이 공화의 주막에서 군인임을 선언했다. 전선으로 나가 싸울 것을 결심했다. 태평촌의 말 많은 혁명가들이 그의 열정을 이끌어 냈다. 그의 답답함을 이끌어 냈다. 말보다는 행동이 더 빠른 그였다. 정립된 이론보다는 꿰뚫어보는 직관이 더 발달한 그였다. 그러나 그 직관은 언제나 이론가들을 당황 시켰다. 정리된 것은 완벽하지 않아도 그 결론은 항상 명쾌하고 명료했다.

그가 결심을 섰다는 소문은 상해 한인촌 속으로 늦 가뭄에 뻗어나가는 띠 뿌리처럼 비늘을 덮은 채 사방으로 퍼져나갔다.

그러나 물속의 기름띠처럼 띄엄띄엄 뭉쳐 사는 한인촌 골목에 윤봉길로 오르내리기 시작한 것은 종품 공장 파업 사건이 고작이었기 때문에 이 선언을 매우 의외로 여겨 곁들지 않는 사람들이 많았다.

3
chapter

22일

낯선 곳에선 별이 떠야
방향을 알 수 있다

겨울냉면

공화의 주막 선언 이후에도 그의 삶은 달라진 것이 없었다. 여전히 유랑자였고, 그의 결기를 알아주는 사람은 없었다.

그는 농당의 좁은 골목에서 그 찬바람을 돌려세우고 새벽이면 숨을 멎는 연습을 했다. 숨을 멎으면 추위는 더 강하게 몸속으로 파고들었다. 시간이 지날수록 점점 근육의 물기가 마르는 것 같이 조여든다. 조금 더 지나면 부풀어서 폭발하는 것이 아니라 오그라들어 폭발할 것 같은 기분이 들어 더 이상 참을 수가 없었다. 매번 그쯤에 가면 숨을 몰아쉬고 안정을 찾았다.

그 연습은 묘하게 그를 매료 시켰다. 그리고 그를 집중시켰다. 처음에는 그저 우당이 하는 말이거니, 아니면 죽을 각오를 가져야 하거니 생각했던 행위였다. 그래서 그러려니 하면서도 계속했던 것이 이제는 더 이상 해볼 것도 해야 할 것도 막막하던 때여서 마치 걸음마처럼 막연히 따라 했다.

그런데 하면 할수록 잡념이 없어졌다. 상해에는 왜 왔던가 하는 자

조감도, 오늘은 또 무엇을 먹고 살아야 하는지에 대한 불안감도, 무엇인가 해야 한다는 강박도, 일제에 대한 분노도, 턱없이 날뛰는 자본에 대한 굴욕도 잊을 수 있더라는 것이다. 더 그를 달래준 것은 불같은 그의 성격이 점점 차분해진다는 것이었다. 죽음이라는 게 이런 것이구나! 라는 생각이 그의 자각을 턱까지 끌어 올렸다.

시간이 갈수록 점점 전쟁은 시라카와의 계산대로 끝나가고 있었고, 무기력한 장개석은 상해를 버렸고, 더 무기력한 봉길도 태평촌의 냉평가들처럼 기회를 버리고 있었다.

그렇게 늦겨울이 거의 갈 무렵, 그의 선언이 있은 후 제일 먼저 그에게 다가온 사람은 춘산 이유필이었다.

하루는 태평촌 젊은이들에게 음식 초대장이 날아왔다. 늘 있는 일은 아니었지만, 가끔 상해의 유력 인사나 상업으로 돈을 모은 사람이 주변 사람들을 초대하여 음식을 나눠 먹었다. 타국에서 가끔 서로 얼굴이라도 보자는 의미도 있었고, 배고픈 사람들을 위하여 내주는 선심의 의미도 있었다.

이번에 날아온 음식 초대장은 춘산 댁이었다. 춘산 이유필은 신간회 출신 독립운동가로 상해의 대종교 단체를 맡고 있었고, 한인거류민단장도 했던 유력한 집안으로 가족이 모두 상해로 망명해 살고 있었다. 그 집은 냉면으로 유명했는데, 특히 부인의 평양냉면은 일품이었다.

춘산의 집은 하비로 김문 공사의 뒷골목 보강리에 있었다. 금강산 호와도 지척이었다. 보강리는 임시정부의 주요 인사들이 많이 사는 곳으로 그의 집은 사람들로 늘 북적거렸다.

초대장은 주로 선천지방 청년들에게 전해졌지만, 함께 사는 고영희가 같이 가자고 봉길에게 초대장을 전해 주었다.

춘산이라면 봉길도 일면식이 있던 어른이었다. 특히 그가 종품 공장에서 쫓겨나 홍사단에서 일을 찾지 못하고 있을 때, 도산과 함께 박진을 만나 복직을 추진해주었던 사람이었다. 비록 가혹한 박진이 더욱 까다로운 조건을 내세워 더 이상 진척을 보지 못하고 그대로 무산된 적이 있었지만, 그 은혜에 대해 인사도 드릴 겸 길을 나섰다. 그의 초대에는 도산이 고영희에게 특별한 부탁이 있었다는 것을 나중에 알았다.

안귀생과 서상석도 따라 나섰다. 도산도 올 것이라는 말에 함께 길을 나섰다. 모처럼 팔선교 목욕탕에 가서 때라도 밀고 오자는 서상석의 제안이었다.

그들이 도착했을 때는 벌써 사람들이 줄지어 있었다. 사람들은 춘산 어른이라 부르며 그에게 인사를 했다.

춘산은 아들과 대문 밖에 서서 일일이 오는 사람들을 반갑게 맞이했다. 그는 늘 창파오를 즐겨 입었다. 수염까지 잘 다듬어서 처음 보는 사람은 중국인으로 착각할 정도였다. 창파오를 가볍게 들면서 소찬이지만 맘껏 먹고 맘껏 즐기다 가라는 말도 잊지 않았다. 인사가 끝나면 아들을 소개하고 아들에게 잊지 않도록 당부하면서 인사를 시켰다. 그러느라 시간이 걸려 줄이 길게 늘어섰지만 그는 그 순서를 하나도 빠트리지 않고 지켰다.

기다리던 줄이 다가오자 안귀생과 서상석을 먼저 들여보내고 봉길이 인사를 했다. 뒤에 서 있던 고영희가 소개하듯 앞으로 나섰다.

　－ 이 청년이 윤봉길입니다.

- 윤봉길이라 합니다. 초대해주서서 감사드립니다. 불청객입니다.

- 아닐세. 자네, 오랜만이군. 잘 지내는가?

그가 봉길을 아는 것은 종품 공장에서 만났기 때문이었다. 종품 공장 해결을 위해 그가 왔었지만 정식 인사는 하지 못했다. 그의 인사에 잠시 대답하는 데 시간이 걸렸다. 안귀생과 서상석이 들어가지 않고 뒤돌아보고 기다리고 있었다. 봉길로써는 당시 분쟁조정위원들에게 서운한 면이 많았다. 그래서 인사치레로 포장할 수 있는 '덕분'과 '연명'이란 단어를 찾았다.

- 네. 덕분에 그럭저럭 연명은 합니다.

서운한 것은 서운한 것이고 감사한 것은 또 감사한 일이었다. 이곳에 온 목적도 그중 하나였으니 인사를 하고 넘어가고자 먼저 들어가던 서상석과 안귀생의 옆에 섰다.

- 저희들의 복직을 위해 애써주신 것에 대해 다시 한 번 감사드립니다.

아직 들어가지 않고 기다리던 서상석과 안귀생이 함께 고개를 숙여 목례를 했다.

그는 인사치레 예의만 차리고 들어가려 했다. 그런데 인사가 좀 길어지고 있었다. 이런 저런 안부를 묻고, 태평촌의 사정을 묻는 등 뒷줄에 밀려서 들어가려는 봉길과 이야기하느라 돌아선 춘산과 방향이 바뀌자 춘산이 정답게 그를 보냈다.

– 아닐세. 그건 인사를 받을 일이 아니네. 이따 봄세.

뜻밖의 답례에 놀랐지만, 그는 다음 손님을 받느라 정신이 없었다.

집은 2층이었지만, 3층에 작은 옥탑이 있는 꽤 규모 있는 농당이었다. 방이 여러 개 있었고, 손님 맞는 거실도 제법 널찍했다. 초대된 손님도 규모에 맞게 무척 많았다. 이미 많은 사람들이 와 있었다.

그러나 먼저 왔다고 순서대로 먹는 것이 아니라 아래위 방에 손님이 모두 자리를 잡자 다시 춘산과 도산이 들어왔다.

박수가 쏟아졌다. 다들 도산의 명연설을 기대했지만 덕담을 하는 것으로 끝냈다. 사람들이 원하자, 그들은 시국 이야기와 그에 대처해야할 한인들의 자세에 대해서 간단히 얘기하고 다른 방으로 갔다.

덕담이 끝나자 냉면이 나왔다. 냉면은 2층 윗방부터 시작됐다.

춘산 댁의 냉면은 특히 선천지방 출신을 중심으로 한 평안남북도 사람들에게는 하나의 추억이었다. 추운 겨울의 찬 냉면은 그들에게 고향이었고, 망명자를 위로하는 시였다. 거친 사내들을 부드럽게 해주었고, 다툼을 멈추게 해주었다.

기름진 중국 음식 속에 시원하고 칼칼한 냉면이야말로 그들에겐 고향을 기억하는 추억바지였고, 마치 답답한 속을 뚫어주는 가스 활명수 같았다. 온 사람이 대부분 두 그릇씩은 먹었는지 아들은 김문공사에서 냉면을 더 가지고 와 삶는 것을 도왔다.

반주를 곁들인 식사를 마치자 사람들의 분위기가 조금씩 흩어지기 시작했다. 이미 한 패는 마당에 판을 깔고 윷놀이를 시작했다.

모처럼 조선의 윷판이 준비되었다. 마당에서는 조선 윷판이 벌어졌고, 방 안에서는 팥 윷판이 열렸다. 춘산의 아들들이 놀이판을 깔고 놀이 심부름을 하는 것이 춘산의 지시가 있음이 분명했다. 방에 있는 사람들은 군데군데 둘러앉아 마작을 시작했다.

모처럼 보강리에 활기가 보였다. 서상석은 마작을 즐겼다. 봉길은 끝 윷놀이를 즐기는 안귀생의 뒤편에 서서 구경했다. 그때 춘산의 아들이 다가와 그를 끌었다. 그는 3층으로 가는 좁은 계단을 가리고 있던 작은 병풍을 치우고 봉길을 데리고 3층의 좁은 방으로 갔다.

그곳에는 도산과 춘산이 막 냉면 그릇을 비우고 있었다. 그를 보자 들어오라는 손짓을 하면서 아들에게 상을 내어주었다. 그는 다시 계단의 병풍을 제자리에 놓고 상을 갖고 내려갔다. 그들은 이미 나무로 만든 동그랗고 조그마한 탁자에 의자를 세 개 준비해놓고 있었다. 크기가 아주 작아 고개를 숙이면 서로 이마가 맞닿을 정도였다. 탁자 위에는 중국제 모조지와 도산의 만년필이 놓여 있었다.

– 난 도산일세. 반갑네.

– 아, 네. 반갑습니다. 선생님과 친견을 다 합니다. 봉길이라 합니다.

그가 자리에 앉자 춘산이 직접 미리 준비한 차를 내왔다. 봉길은 흥사단 건물에 들어와 살긴 했어도 도산을 이렇게 가까이 마주한 적은 없었다. 도산의 사무실과 그가 사는 곳은 비록 한 채이긴 했지만 마주칠 일이 많지 않았다. 다만 흥사단에서의 토론이나 강연이 있을 경우면 발치에서 그에게 질문을 하고 그가 답을 한 것이 전부였다. 서로 질문을 하고 답을 듣기 위해 아우성이어서 마침 그에게 질문할 기회가 온다는 것이 행운일 정도였다. 그것만으로도 그를 버티게 해준 도산이었다. 대세계 침례교회에서 들은 바 있는 그의 연설에서 받은 감동이 아직 가슴에 트림처럼 서리고 있는데, 그와 마주한다는 것이 어떤 의미인지 분간이 안 갔다. 그는 제대로 자기소개도 하지 못했다.

- 앉지. 난징에 가고 싶어 했다고?

도산이 앉자마자 앞뒤 말 자르고 먼저 물었다. 춘산은 주선자로써
이 대화에 끼고 싶지 않은지 찻잔을 들고 창가에 가서 아래층 윷놀이
를 물끄러미 바라보고 있었다.

역시 그는 멋쟁이었다. 콧수염은 언젠가 한 번은 저렇게 길러보고
싶었다. 말투도 그랬다. 선천의 사투리에 학식이 묻어나는 매끈하고
굵직한 세련된 어투와 섞여 봉길을 끌어 당겼다.

- 예?

봉길이 고영희에게 한 말이었다. 그와 함께 봉길의 이상국에 대해
얘기할 기회가 있었는데, 그는 도산의 준비론과 자치론을 비난하는
사람들의 얘기를 전해주자 흥분해서 봉길에게 도산에 대해 자세히
설명해 주었다. 이때 난징에는 도산이 건설하려 했다는 이상촌이
있다는 소리를 듣고 봉길이 흥분해서 한 번 가보고 싶다고 한 적이 있
었다.

- 시국이 그렇게 호락호락하지 않아 이상국에 대한 전진을 접고 잠시
적 역행을 결심하고 상해에 왔으나 내 몸 하나 뉘일 자리가 없어 태평촌
에 오니, 선생님의 이상촌이 보이고 우당 선생님의 양타오촌이 보이지 않
겠습니까? 뛸 듯이 기뻤습니다. 그래서 난징에 가보고 싶었습니다.

- 자네의 이상국에 대해서도 이야길 들었네. 자네가 집을 떠나 여기까
지 온 것도 그 목적이 이상국을 향해 온 것이라고?

봉길은 도산이 자신에 대해 생각보다 많은 것을 알고 있다는 것에 놀랐다. 고영희에게 한 이야기가 고스란히 도산에게 전해진 것으로 보아 사전에 고영희와 내밀한 만남이 있음이 분명했다. 상해에 도착하여, 아니 그의 스물다섯 해의 삶이 도산에게 고스란히 전해졌음을 알 수 있었다. 그것만으로 이미 그들은 이상국의 오래된 동지인 듯했다.

울컥했다. 도산의 작은 위로가 그를 울컥하게 만들었다. 벌써 그리움이 돼버린 이상국이었다.

— 헛된 이상을 내세운 조선은 맥없이 무너지고 나라 없는 나라에서 새로운 이상국이 내 속에 자리 잡기 시작했습죠. 새로 들어선 일본은 조선을 개화한다고 하지만, 세상은 점점 어두워 앞을 내다볼 수 없는 동굴로 가는 듯했습니다. 조선의 인민은 조선인이 아니고, 조선의 땅은 조선의 것이 아니었습니다. 인민들의 삶은 점점 피폐해져가고 인심은 날이 갈수록 더욱 사나워지고 있었습니다. 이때부터 이상국에 대한 동경이 일었고 실현시키기 위해 노력했습죠. 그때 만든 것이 월진회입죠. 그러나 제가 간과한 것은 지금 우리가 처한 현실이 제국주의라는 커다란 먹구름 아래라는 사실입니다. 그것은 더욱더 그들의 모순을 고착화시킬 수밖에 없었으니 그 모순은 우리 스스로 깨지 않으면 결코 벗어날 수 없을 것이라 생각했습니다. 이럴 때 개량은 하면 할수록 더욱 제국주의의 천한 자본과 규율에 빠져들 수밖에 없다는 것을 알았습니다. 개량주의는 헤어 나오지 못하는 늪과 같다고 생각했습니다. 그곳에서는 더 이상 이상국을 실현하기 어렵다는 것을 깨달았습니다.

봉길은 참으로 오랜만에 속 있는 이야기를 꺼낼 수 있었다. 그가 계면쩍은 상해 사회를 향하여 웅웅거리고 절렁대며 떠들던 소리들은 속이 비고 허해질수록 커질 수밖에 없었다. 빈 속의 체증이었다. 그는 막히고 막혔던 체증을 한꺼번에 쏟아냈다. 도산이 그의 등을 토닥거리는 듯했다.

─ 그래서 월진회를 떠났나? 월진회로는 자네의 이상을 실현시키기 어려웠나 보군.

도산의 몸이 그에게로 슬그머니 쏠렸다. 의자를 바짝 잡아당기고 머리를 그에게로 맞대었다. 윷놀이 하는 밖의 풍경을 바라보던 춘산도 몸을 돌려 도산을 바라봤다. 춘산은 늘 함께할 수는 없었지만 도산이 하는 일이 잘 되기를 진심으로 바랐다. 이렇게라도 그의 곁에서 도울 수 있다는 것이 즐거운 일이라 생각했다.

─ 월진회는 이상국의 문이라 생각했습죠. 그러나 문은 좁고 튼튼하지 못한데다가 아시다시피 일제의 간교하고 교활한 계몽운동은 또 다른 문을 만들어 저의 이상국의 목표를 흐려놓을 뿐이었습니다. 거기에 그들의 탄압은 험난하기까지 했습죠. 그곳을 통한 이상국의 여정은 힘들다고 봤습니다. 저 제국주의로부터 벗어난 곳의 이상촌을 상상했습죠. 그것이 일착으로는 만주로 생각했습니다. 그곳에 이상촌이 있다고 들었습니다. 그러나 칼날 같은 제국주의는 어디에 가든, 무엇을 보든 내 앞에 있었습니다. 만주와 청도를 거치면서 이렇게 철저하게 인위적으로 전도된 사회현상에서 과연 이상국을 향한 내 생각이 옳은지 생각하기 시작했습니다. 그럴 즈음에 선생님의 이상촌을 들었던 것입니다.

─ 자네는 지금 나의 이상촌이나 우당의 양타오촌이 원하는 방향으로

갈 수 있다고 보는가?

봉길의 눈에서 빛이 났다. 그의 눈빛이 한 길을 통해 도산을 비쳤다. 그러나 봉길의 열정을 들으면 들을수록 깊은 시름이 도산을 어둡게 했다. 이상촌 건설의 실패가 모두 자신만의 탓 같았다. 새롭게 되새기는 그리움을 꺼야 한다는 것이 아려와 도산이 봉길의 빛을 비켜 앉았다.

- 지금 건설 중에 있는 것 아니었던가요?

- 아니네. 고백하건데 지금 수많은 시도를 해보고 있지만 번번이 실패하고 있다네. 그것이 모두 제국주의의 농간이란 것을 절실히 깨닫고 있네. 그것은 자네와 마찬가지일세.

- 아, 그러셨군요. 아쉽고 애석합니다. 이리 높고 깊으신 분도 제국주의 벽은 높기만 하군요.

- 자네의 그 이상국을 가로막고 있는 게 무엇이라 생각하는가?

- 일본 제국주의가 총칼로 뒤바꿔 놓은 사회 전도 아니겠는지요?

- 그것을 바로잡는 것이 자네의 사명이라 했던가?

- 이젠 역행을 하지 않으면 안 되는 상황을 맞닥트려 잠시적으로 발을 돌리고 있습니다만.

- 그럼 이상국을 향한 자네의 목적은 버렸는가?

- 그럴 리가요. 다만 여기 와보니 이미 도산 선생님도 체험한 바 있듯

이 여기서도 이상국에 대한 실현은 불가능하다는 것을 깨달을 뿐입니다.

– 음. 그것이 자네를 역행으로 이끌었나?

– 맞습니다.

– 그래서 공화의 주막에서 선언을 했는가?

– 예. 저의 발걸음은 이상국을 향한 잠시적 역행일 뿐입니다.

– 지금 우리도 자네처럼 실패자들의 새로운 길을 향해 나서고 있다네. 그 길에 자네와 함께 서려고 하네. 그 역행에 나도 동석함세.

– 그것이 어떤 길이든 일본 제국주의를 무너트리는 일이라면 마다 하겠습니까?

– 장부출가생불환이라… 그 의기가 높더군.

장부출가생불환. 집을 떠나와 선천에 머무를 때였다. 만주 출신 김태식과 이상국에 대한 이야기를 나눌 때였다. 그가 만주지역의 무너진 이상촌을 거론하며 봉길에게 귀향할 것을 종용하자 봉길이 전에 지은 시구를 따와서 한 말이 그 말이었다. 그리고 고영희가 힘든 지경에 빠진 도산의 이상촌에 대해 이야기하며 군이 독립운동이 아닌 배고픔으로 생사를 넘나드는 상해 생활을 접고 귀국을 청했을 때 마찬가지로 봉길이 그에게 한 말이었다.

– 아닙니다. 객기였습죠. 그러나 그 제국주의의 늪을 빠져나오지 못하면 집에 돌아온들 산목숨은 아닙죠. 그렇다면 살아도 죽은 것이니 어찌됐

든 살아 돌아가지 않겠다는 것은 허언은 아닌 셈이죠.

그러나 봉길의 각오를 바라보는 도산은 진심이었다. 그것을 말하는 봉길의 반성 또한 진심이었다.

– 혹시 흥사단 원동대회에 대한 이야기는 들어 보았는가?

– 네. 고영희 형을 통해 잘 알고 있습죠. 저도 그 대회의 결정에 대해 환영하는 입장입니다. 당연히 지금 시국에서는 무장투쟁을 벌여야 한다고 생각합니다. 반제국주의 타도가 우선으로 둠은 당연하다고 봅니다.

– 우리 계획을 들어볼 생각은 있나? 지금 자네와 그 결의 이후 첫 번째 사업을 말하려고 하네.

이즈음에서 춘산이 끼어들었다. 춘산이 다시 탁자로 다가왔다. 그리고 빈 의자에 앉았다. 아래에서는 어둑해졌는데도 아직도 윷놀이와 마작이 끝날 줄 몰랐다. 저녁마저 먹고 갈 심사를 알았는지, 춘산댁의 부엌에서는 김이 다시 모락댔다.

– 우린 중국과 연합하여 저들의 심장에 타격을 줄 생각이네. 그러기 위해 두 가지 일을 계획하고 있네. 우선 병인 의용대를 재건하려 하네. 이들을 중심으로 상해에서 군대를 양성할 계획이네. 그 일환으로 4월 24일 칙어반포일에 유력 일본인들이 모이는 데 이곳에 폭탄을 투척하여 그들에게 침략의 경각심을 깨우치고자 하네.

– 당연하고도 당연합니다. 제게 폭탄을 주십시오. 내게 폭탄이라도 있으면 단 주먹으로 저들의 심장을 깨부술 수 있습니다.

– 함께 궁리해봄세. 또 다른 한 방안을 들어보게. 지금 상해 사변은 일본의 승리로 끝날 것이네. 그러나 이 전쟁은 쉽게 끝나지 않을 걸세. 중국이 양보를 통해 설령 물러난다 해도 일본이 여기서 멈추지는 않을 것이네. 이들이 싸우는 한 우리에게는 기회가 올 것이고, 그 기회를 괴물을 쓰러트리기 위해서는 안팎으로 공격해야 한다고 보네. 한쪽에선 심장을, 또다른 한쪽에선 육신을 자르는 양방 공격으로 하지 않으면 쓰러지지 않을걸세. 우리는 이것을 준비하기 위해 일본으로 동지들을 보낼 계획일세.

– 지당한 과업입니다. 무엇을 마다하겠습니까?

– 과연 듣던 대로 호연지기군. 조국의 앞날이 밝군.

도산은 탁자에 놓인 모조지와 만년필을 들고 봉길에게 자세한 앞으로의 계획과 사업에 대해 설명하기 시작했다. 춘산은 듣기만 했지만, 봉길은 연신 고개를 끄덕이며 눈이 빛났다. 도산도 이번에는 그의 눈빛을 비키지 않고 마주쳤다. 봉길이 흔쾌히 수락했다. 두 사람의 눈빛이 하나의 길을 내고 있었다.

그러자 춘산은 봉길과 악수를 하고 다른 한 손으로 도산의 손을 잡았다. 그리고 똑같은 힘으로 그들의 손을 잡고 작게 두어 번 힘줘 흔들었다. 도산이 그와 눈을 맞추고 고개를 끄덕였다.

– 봉길이라 했던가? 자네를 지금부터 남산으로 명명하세. 역행 길에 잠시 빌려 쓰는 이름일세. 다시 우리 꿈이 이뤄지고 이상의 길을 갈 때 봉길이란 이름을 찾도록 하세.

– 좋습니다.

– 남산! 그러고 보니 우린 삼산이군. 삼산이 다 모였어.

– 그렇군. 하, 하, 하

– 기회를 봐 다시 연락을 취함세.

　그날 춘산은 생활에 귀속되지 말라며 그에게 여비 200원을 주었다. 봉길은 아직 마작에 손을 떼지 못한 서상석과 안귀생을 데리고 춘산 댁을 나와 팔선교의 목욕탕에 함께 들어갔다.
　이렇게 한 삼산三山의 결합이었다.

정리 定離

벌써 22일 새벽이 밝았다. 국수로 끼니를 때웠지만 배고픔을 잊었고, 밤을 지새우며 시간을 멈추려 했지만 이별의 시간이 다가왔다. 모롱 소리가 요란하게 상해의 새벽을 깨우고 지나갔다. 그동안에 새벽이면 어김없이 들어 온 이 모롱 소리가 그들의 삶의 소리였다면 오늘은 이별의 시간이었다.

누구랄 것도 없이 자리에서 일어났다. 집을 나왔다. 아무도 짐은 없었다. 어깨에 걸친 작은 가방뿐이었다. 봉길은 굳이 짐이 필요 없었다. 춘산이 준 자금을 넣은 전대를 허리춤에 차고 가급적 나들이 하듯이 간편한 차림을 했다. 이것저것 챙겨서 짐 조사에 시간을 보내며 그들의 경계에 힘을 보낼 필요가 없었다. 안귀생은 더 했다. 그는 자신이 조선을 떠날올 때 빈손이었듯이 들어갈 때도 빈손으로 가는 것이 맞다며 가지고 있던 물건은 버리거나 쓸만한 것은 옆 사람에게 주었다. 그것은 서상석도 마찬가지였다.

한 사람은 상해 12년을 정리하는 것이었고, 한 사람은 5년을 정리하고, 한 사람은 1년을 정리하는 것이었지만, 그 감회는 매한가지였다.

서로가 서로에게 서로의 길로 가지 않았으면 했다. 서상석은 안귀생이 위험한 조선으로 가는 것을 바라지 않았고, 안귀생은 봉길이 인민이 없는 일본으로 가는 것을 바라지 않았다. 봉길은 서상석의 혁명이 없는 미국행이 옳지 않다고 다른 길을 택하길 바랐다. 그러나 서상석은 끝내 일본에서 전선을 형성하려는 봉길을 말리지 못했고, 안귀생은 전선을 놔두고 미국으로 도피하듯이 가는 서상석을 말리지 못했고, 봉길은 목전에 죽음을 끌어안고 가는 안귀생의 조선 행을 말리지 못했다. 가고자 하는 곳에 각자의 이상이 있는 한 그들은 서로의 길을 막을 수는 없음을 알고 있었다. 한날한시에 떠날 수 있다는 것만이라도 다행이라 여겼다. 누가 누구를 배웅하는 것이 아니라 모롱 소리에 흩어졌다가 저녁이면 다시 만나듯이 이상의 밥상을 차려놓고 한자리에 만나기 위해 동시에 나가는 것이라 생각하자고 다짐했다.

그들의 진로에 대한 고민은 봉길의 공화의 주막 선언이 있은 직후 갑작스럽게 화두로 떠올랐다. 사실 그동안 그런 고민은 하지 않고 있었던 것은 아니었지만, 각자가 다른 생각을 하고 있다는 것을 직감하면서부터 먹고 사는 문제로 애써 덮으면서까지 서로 말을 아꼈기 때문에 겉으로 나타나지 않았을 뿐이었다. 따지고 보면 밀정 임달호의 주검 앞에서부터 그들은 서로 다른 길을 바라보고 있었다.

안귀생의 진로는 자연스럽게 어느 정도 정리가 되어 갔다. 서상석의 표면적인 지도가 있었지만, 서상석의 지도가 무의미해진지 오래였다. 서상석은 자신의 진로에 대해 나약함을 보였었다. 그 나약함은 행동을 하지 못하는 양심에 대한 자책이었다. 그러나 그것보다 안귀생의 혁명 선생으로의 자책이 더 컸다. 봉길의 선언이 한인 사회에 충격을 준 것은 사실이었지만. 도산을 만나기 전까지는 막상 봉길의 진로가 가장 막막했었다.

제일 먼저 진로를 밝힌 것은 의외로 서상석이었다. 모두 안귀생이 제일 먼저 말할 것으로 짐작했었다. 춘산 댁에서 겨울냉면을 먹은 후 봉길이 도산과의 만남이 길어지면서 조금 늦은 시간에 팔선교 목욕탕에 들러서였다.

욕탕에 들른 세 사람은 모처럼 뜨거운 물에 몸을 담갔다. 도산을 만나고 나온 봉길은 말이 없었고, 뭔가 눈치를 챘는지 안귀생도 내내 말없이 몸만 데웠다. 말 못하는 사정이 생겼을 것이라는 것을 직감했다. 그렇구나. 뭔가 윤 선생이 바라던 것이 이뤄졌구나. 안귀생은 봉길의 표정만 보고도 알았다. 작은 변화 하나라도 표시 날 정도로 봉길은 그동안 정신적으로 굶주려 있었다. 그들은 그 사정이 곧 자신들의 이별이 될 것이란 것을 알았다. 안귀생이 제일 먼저 눈치 챘다. 이별은 곧 봉길이 그의 꿈에 대한 첫발을 떼야 할 순간이 왔다는 것을 의미했다. 안귀생도 서둘러 이별을 준비했다.

안귀생은 어쩐 일인지 춘산과의 만남을 달가워하지 않았다. 춘산이 주인 이귀와의 인연은 조선부터 있었기 때문에 가끔 심부름을 오가며 본 적이 있었다지만, 지금 춘산은 상해에서 전혀 다른 삶을 살고 있었다. 그러나 안귀생은 임정에서 춘산이나 백범이 꿈꾸는 공화국에 대한 회의는 여전했다.

안귀생의 짐작 속에서는 다시 춘산을 만나고 나온 봉길에게 그렇지? 하며 다시 무언의 질문을 던지고 있었다. 그러나 뜻밖에도 그들 속의 심상치 않음에 대한 계산을 서상석이 제일 먼저 했다. 서상석이 먼저 어렵게 말을 꺼냈다.

- 윤 선생. 영어책 잘 봤네.

봉길의 방에서 내팽개친 영어책을 발견하고는 빌려간 책이었다. 군이 돌려주지 않아도 되는 책이었다. 봉길이 미국에 갈까 하고 공부하던 책이었다. 애저녁에 포기하고 내박친 책이었다. 군이 그 책 이야기를 꺼낸다는 것은 결심이 섰다는 이야기였다.

서상석이 태평촌으로 함께 온 가장 큰 이유가 도산을 만나기 위해서였다. 도산은 미국행을 제일 잘 알고 있는 사람이었다. 그는 마침내 꿈을 이룬 듯했다.

- 그래, 결국 가기로 했나?

봉길이 물었다. 그들은 서로 이미 눈치 채고 있었던 것을 드러냈다.

- 그래. 이제 절차만 남았네. 나성으로 갈 거야.

- 서 선생, 꼭 가야 하간?

안귀생이 물었다. 그는 수차 미국행을 반대했다. 기회주의고 당신이 가르친 혁명이 아니라고 나댔다.

- 그래, 안 선생에겐 미안하이. 그래도 희망이 있는 곳으로 가야 한다는 것을 이해해 주게. 여기서나 조국에서나 내가 할 일은 없어. 내가 딛고 서야 할 희망이 조국엔 없다네.

그는 힘없이 말했다.

- 미국도 제국주의 아니네? 희망이레 만드는 것이지 들판 어딘가 말뚝처럼 박혀있는 게 아니지 않간?

- …

- 윤 선생이 그 공허한 공화의 주막에서 왜 그만 선언이래 했네? 일제와 싸우자는 거 아니네? 군인이 되자는 게 아니간? 중국이 포기하면 우리라도 싸워서 인민들에게 조국을 돌려줘야지 않간? 그런데 서 선생은 미국에 왜 가네? 미국의 심장을 깨부수러 가는 거이 아니잖네? 네래 편한 곳에 가서 살자고 가는 거 아니네? 그걸 희망이라고 포장하는 거, 그거이 비겁하지 않네? 우리 모두 민족의 이상 국가를 만들자고 이러는 게 아니었네?

안귀생은 서상석이 답할 여지도 없이, 답을 들을 필요도 없다는 듯이 질문을 쏟아 부었다. 서상석이 겨우 그의 질문을 벗어나 변명할 기회를 얻자 스스로 무너져 안귀생에게 자신을 반면교사로 삼아 세상을 살아갈 법을 이끌고자 했다.

- 맞네. 나는 겁쟁이야. 내 머릿속에는 온통 계산밖에 없네. 아마 종국에는 그 계산 땜에 망할 거야. 어찌 신이 만든 세계를 계산할 수 있겠나. 그러나 배운 사람들이 가장 교만한 것이 그걸세. 자신의 머리로 세상을 계산한다는 것. 이론가는 혁명의 엄중한 전진 앞에서는 늘 뒤로 빠졌다가 그들이 혁명을 차지하면 다시 나타나는 법이지. 앞으로 나 같은 이론가를 조심하게. 난 교만한 겁쟁이일세. 그걸 알면서도 내겐 희망이 없네. 윤 선

생처럼 싸우러 갈 전선도 없고, 안 선생처럼 같이할 인민도 없네. 내겐 독립이란 나 하나 독립하기도 버겁네. 미안하이.

　－가라우. 난 조선으로 간다야. 윤 선생, 우리 같이 조선으로 가자우! 저 서 선생이래 떼 놓고서리.

　안귀생이 서상석에게 화내듯이 조용히 정리해오던 자신의 결정을 내박치듯이 말해버렸다. 뒤집을 수 없는 말인 줄 알면서 봉길을 자신의 의중으로 끌어들였다. 안귀생이 조선으로 돌아간다는 소문은 그가 종품 공장에서 권고사직을 당한 후부터 떠돌던 이야기였다. 그러나 그것은 어디까지나 종살이를 면한 후 배가 고파서 하는 수 없이 돌아간다는 소문이었다. 그러나 그는 혁명적 결단을 하고 있었다.

　얼떨결에 서상석에 대한 화풀이하는 말처럼 들렸지만 봉길에게 하는 강한 권유였다. 그는 끊임없이 인민들이 고통 받는 조선 내에서의 독립투쟁을 쟁취해야 인민을 설득할 수 있다고 주장했다. 그러나 그동안 봉길에게 같이 가자고 차마 말하지 못했었다. 이상을 찾아 조선을 떠나온 봉길에게 할 말이 아니라고 생각하던 차였는데, 마침 서상석의 비겁한 결정이 그에게 빌미를 준 것이었다.

　춘산 댁을 나온 뒤 심상치 않은 봉길에 대한 지레짐작을 자신의 기우로 덮고자 했다. 봉길이 떠나면 자신도 이곳에 있을 더 이상의 이유가 없었다. 더구나 춘산과의 만남이 마뜩잖아 했던 참이었다. 아무리 상해에서 다른 삶을 살고는 있다 하더라도 그가 조선에서 본 춘산은 조선의 양반 이귀나 다름없었다. 이참에 자신의 속내를 봉길에게 내비쳤다. 그러나 그것은 자신의 욕심이란 것을 알고 있었다. 늘 함께하고 싶었던 사람에 대한 애착일 뿐이었다.

다행히 서상석이 안귀생의 비난을 계속 눙치고 들어왔다.

- 뭐라. 거긴 아닐세. 너무 위험하지 않간?

서상석은 안귀생의 결정을 걱정하며 자책했다. 사실은 그도 자신이 말한 혁명에 대한 길에 자신이 없었다. 그러면서 그에게 혁명을 가르친 자신이 그를 사지로 몰고 있다고 자책했다. 그가 이런 위험한 결정을 하리라고는 생각하지 못했다. 늘 봉길과 함께하길 고대했던 마음이 그렇게 자리 잡고 있었다.

안귀생은 서상석의 자책에 대해 자신을 모욕하는 것이라며 화를 몹시 냈다.

- 모욕하지 마라우. 와? 미국으로 가니께니 내가 죽으러 가는 거 같아 보이네. 난 인민이 있는 곳으로 돌아갈 게야. 내 조국으로 가는 게이지. 당신네들이 버리고 나온 조선으로 가는 게라우. 인민이 없는 곳에서의 독립도 무의미하고, 인민이 없는 곳에서의 혁명은 더욱 무의미하다고 서 선생 당신이 말하지 않았네? 자유도, 평등도 모두 인민에게서 나와야 제대로 서는 거 아니네? 그래, 윤 선생은 정했어야?

그날 안귀생은 서상석의 결정에 슬쩍 업혔지만 자연스럽게 자신의 결정을 알리며 봉길의 결정을 가볍게 했다. 사실 공화의 주막에서 군인이 되고자 선언은 했지만 도산을 만나기 전까지 단 한 발자국도 나가지 못했던 그였다. 안귀생은 진작부터 김태림을 따라 조선으로 돌아갈 결심을 하고는 있었지만 자꾸 미루고 있었던 것도 따지고 보면 봉길 때문이었다.

– 미안하이. 난 이곳에서 할 일이 있네. 조선에서는 혁명이고 이곳에서는 전쟁일세. 난 전쟁을 선택했네. 도산 선생과 함께할 걸세.

봉길의 진로는 도산과의 회동 후 4·24 칙어반포일 거사가 결정되면서 자연스럽게 결정되었다. 그 후 그의 일본행은 4·24 거사가 포기되면서 급진전되었다. 그의 일본행이 결정되자 셋은 빠르게 이별을 준비하기 시작했었다.

이미 상해는 봄이 다 지나가고 있었다.
그들은 집을 나서는 내내 말이 없었다.
서상석은 끝내 안귀생을 설득 시키지 못했으니 말이 없었고, 안귀생은 봉길의 엄중하고 냉혹하게 선택한 길에 사족을 얹을 필요가 없었다. 봉길은 안귀생의 선택도 자신처럼 살기 위한 것이 아님을 잘 알고 있었다. 봉길은 새 세상에서 태어나 재회를 한 후 반갑게 포옹의 키스를 나누자는 말 말고는 달리 할 말을 찾지 못했다.

그들은 대세계에서 전차를 내렸다. 갈림길이었다. 한 사람은 양수포로, 한 사람은 16포로, 한 사람은 회산항으로 가야 했다. 앞서 가던 안귀생이 뒤돌아서서 둘을 불러 세웠다.

– 어째, 팔선교는 한 번 갔다 가볼 거네?

팔선교는 이들이 자주 이용하던 곳이었다. 각별한 곳이었다. 팔선교는 그들이 힘들고 어려운 일이 부딪힐 때마다 들러 그들이 안고 있는 문제들을 모조리 눙치기 위해 찾던 곳이었다. 안귀생은 이곳이 인민들의 총기가 모인 곳이라고 좋아했다. 팔선교를 넘으면 와이탄의 신세계가 펼쳐진다. 사람들은 이곳을 와이탄으로 가는 중간 정거장으로 생각하고 있어서 이곳은 늘 북적거렸다.

그들에겐 화해의 장소였다. 이곳에서 진탕 놀아 부치며 맺힌 매듭을 푸는 곳이었다. 각자 떠나는 길에 친구들이 지고 갈 짐을 없애자는 안귀생의 속내가 담긴 제안이었다.

이귀의 장례식에서 만나 종품 공장을 거쳐 가장 힘든 시기를 보낸 태평촌의 무위도식까지 함께한 세 명의 조선 청년들이 한 명은 일본으로, 한 명은 미국으로, 그리고 한 명은 다시 조선으로 돌아가기 위해 팔선교 다리 위에 섰다.

- 때론 숨어 있는 얼음보다 눈이 더 안전할 때가 있다는 걸 늘 명심했으면 좋겠네.

마지막까지 서상석의 자책은 친구들의 안위를 걱정하는 것으로 덮고 있었다.

- 안전한데만 찾으면 강물을 어케 건너니?

사거리에 이르렀다.

팔선교에서 남쪽으로 가면 16포로 가고, 곧바로 가면 회산항이 나오고, 조금 북쪽으로 가면 양수포로 가는 길이었다. 봉길은 회산항으로, 서상석은 양수포로, 안귀생은 16포로 가는 길이었다.

상해의 사내들이 사거리 한복판에 서서 이별을 하고 있다.

셋은 굳게 악수를 했다.

- 어디에 있던 왕손으로 만나자우.

봉길이 굳게 다문 입술을 열었다. 셋은 서로 서로 고개를 끄덕였다. 그리고 각자 자신의 길로 가기 시작했다. 안개가 짙어 마치 하얀 밤 같았다. 백보만 가면 서로 보이지 않을 것을 알고 있었다. 그들은 각자의 안갯속으로 걸어가고 있었다.

그들이 헤어질 무렵 상해의 아침은 밝아오기 시작했다.

편의대

　19로군의 편의대 사무실은 공동조계와 프랑스 조계의 경계인 16 포구 근처 건물에 있었다. 상해 원구와도 가까웠다. 이 빌딩은 중국인의 요청에 의해 러시아의 건축설계자 쿠넥이 지은 6층짜리로 매우 아름답게 설계한 건물이었다. 그 중국 건물주는 유럽인들이 몰려들면서 엄청난 부를 거머쥐었지만 내부에는 민족주의적 분노가 가득 차 있었다. 그가 민족을 위해 무엇을 할 것인가를 고민할 때 19로군의 편의대가 건물 지하를 사용하자는 제안을 하자 반갑게 수락했다.

　그들은 보선산장이란 간판을 걸었다. 겉으로는 청소대행업체를 차린 후 중국인을 고용하여 와이탄의 건물 청소를 돕거나 인력거꾼들을 부렸다. 요원들을 수시반에 투입하여 정보를 얻거나 밤에 할 일을 처리했다. 보선산장이란 간판을 단 이유도 여기에 있었다. 원래 보선산장은 왕아초의 부하들인 부두회가 운영하는 수시반이었다. 그곳에 요원을 파견하여 과업을 수행하며 왕아초와 서로 뒷배를 맞췄다. 상호 보완적인 관계였다. 왕아초의 묵인 아래 간판을 달았고, 사람들은 보선산장이란 간판을 보면 두려워 다른 궁금증을 갖지 않았다. 간판이 편의대의 비밀 업무를 보호해주고 있었다.

그들은 매우 떳떳하고 공개적이어서 앞쪽 출입구를 이용했는데, 대부분 일처리는 밖에서 하기 때문에 이곳은 주로 사무적인 연락 업무만 담당했다. 사람들은 이곳이 보선산장보다 더 무섭기로 소문난 편의대라는 것을 알지 못했다.

이 편의대를 사람들이 무서워했던 것은 바로 독립 판결기구였기 때문이었다. 이들은 스스로 판단하고 스스로 행동해서 이들의 망에 한 번 걸려들면 달리 구제할 방도가 없었다. 주로 중국인들의 밀정이나 첩자들을 처단했지만, 조선인들이나 심지어는 일본인들까지도 자신들의 적을 처단하는 데 이들을 이용하기도 하였다.

새벽이 오기 전에 16포구 편의대 사무실에 사내 둘이 들어섰는데, 한 사람은 중국인이었다. 그는 이곳 사람들과 평소 안면이 있는 듯이 살갑게 인사를 했다. 또 한 사람은 조선인이었는데 주뼛대며 들어오는 것이 영 어색했다. 그들은 바로 종품 공장 사장 박진과 동업자 중국인 장張이었다.

장은 자신이 아는 사람을 찾기 위해 사무실을 기웃거렸다. 아무도 그의 행동에 관심을 두지 않았다. 어디에도 장이 찾는 사람은 없었다. 약속은 했지만 그는 나타나지 않았다. 장의 얼굴이 경색이 될 무렵 누군가 뒤에서 어깨를 툭 쳤다. 그는 왔느냐고 지나치듯 묻고는 장이 주저하는 빛이 보이자 또 아무 일 없다는 듯 볼일을 보러 자리를 떴다.

어색한 모습으로 그렇게 서성이며 얼마간의 시간이 지나자 박진이 장에게 눈치를 줬다. 그는 이곳에 잘못 왔다고 생각했는지, 아니면 이곳에 온 이유가 없어졌는지 나가자고 보챘다. 막상 와 보니 마음이 바뀐 듯했다. 그가 재차 보채자 장도 할 수 없다는 듯이 밖으로 발길을 돌리는 데, 언제 나타났는지 그 사내가 또다시 어깨를 잡아챘다.

그들의 행동과 과정은 마치 훈련이 된 하나의 과정인 듯했다. 이미 두 사람은 이곳에 들어온 것을 후회하고 있다는 것을 알고 있었다. 유난히 큰 입술을 가진 사내였다. 그가 씨익 웃으며 말했다.

– 앉아

사내는 앉으라고는 했지만 사무실 의자가 아니라 그의 소매를 잡아끌고 작은 공간이 있는 다른 사무실로 데리고 들어갔다. 그곳은 담배 냄새에 찌들어 있었다. 보아하니 그가 사라졌다 나타났다 한 것이 모두 이 사무실을 드나들었던 것이었다. 방금 전까지 누군가 이곳에 있었음이 분명했다. 담배 냄새도 그렇지만 싸한 기분이 박진을 움츠리게 했다.

– 응. 좀전에 여우가 한 마리 설친다고 해서 사냥꾼을 보냈어.

이런 분위기를 알고나 있다는 듯이 사내가 말했다. 여우란 밀정을 말하는 그들만의 은어였다. 그가 여유 있게 말을 이어 갔다.

– 여우가 나타났는가? 확실해야 돼. 저번처럼 헛 정보면 괜한 사람만 다쳐.

– 그럼. 당연하지. 근데 조선인이라서…

장은 좀 전의 친절한 익숙함과 자신감과는 다르게 말을 조신하게 내려놓으며 조건을 다는 것이 뭔가 부탁이라도 하려는 의도를 보였다.

– 그야 상관없어. 조선인도 일본 놈 앞잡이면 처단해야지. 일제는 조선과 중화의 공동의 적이잖아.

그도 그 의도를 알아차렸는지 명쾌하게 답했다. 서로 주고받는 폼으로 보아 그들의 거래가 처음은 아닌 듯했다.

– 죽이기까지 합니까?

박진은 처단이란 단어에 움찔했다. 들어서면서부터 내내 자신이 생각했던 것하고는 다른 곳이라는 것에 께름칙했다.

– 봐서요. 데려다가 취조해봐야죠. 확실한 놈이면 그 자리에서 척결하기도 하죠. 어디 얘기 해보시죠.

박진은 떨고 있었다. 아니 아까부터 떨고 있었다. 장이 자신의 의도를 잘 조절해주길 바랐지만, 오히려 편의대 삶을 알고 있는 것이 큰 자랑인 양 둘을 번갈아 보면서 이야기를 일사천리로 끌어갔다. 편의대 사람도 장이 떠벌리는 소리를 매우 흥미롭게 듣고 있었다. 박진이 의도했던 것보다 일이 커져가고 있었다.

박진의 의도는 상해의 여론을 돌리는 정도면 충분했다. 많은 시도를 해봤지만 별무 소용이 없어 중국인 동업자의 제안으로 편의대에 온 것이었다.

요즘 박진을 불안하게 한 것은 바로 한인 여론이었다. 특히 신천지에서 사업을 하고 조선인을 상대로 사업을 하려면 임시정부의 뒷배가 절대적이었다. 그래서 많은 후원금도 냈고, 백범 선생과도 아주 긴밀하게 지냈다.

항상 숨어 다니는 백범 선생의 동선을 알고, 언제 어디든 백범 선생에게 연락할 수 있는 사람은 엄항섭, 안공근을 제외하고는 사실 몇 없었다. 그중에 박진은 안공근을 통하여 항상 백범의 소식을 알 수 있는 사람 중 하나였다. 가끔 마당로 거리를 백범 선생이 돌아다닐 때 옆에서 한 번 수행하는 모습을 보인다는 것 자체가 그에게는 커다란 위세였다. 때로는 백범 선생이 그에게 소소한 부탁을 하는 것도 그에게는 영광이었고, 어느 때는 일부러 자신에게 들어온 부탁을 안공근을 통해 백범의 부탁으로 만들어 버리기도 했다.

안공근과 엄항섭이 자신을 정치적 동지로 생각한다면서 자신의 작은 공장을 민족 자본의 씨앗이 될 수 있다고 말 한 마디 건넨 것도 그에게 커다란 힘이 되었다. 박진은 백범이 만든 공화국의 경제적 기틀을 만드는 것이 꿈이었다. 지금 상해에서 한인들이 하고 있는 상업을 장차 민족 경제의 기틀로 만드는 데 자신의 몸을 주저 없이 바치겠노라 생각했었다.

그런데 요즘 상해의 여론이 심상치 않게 돌아가고 있었다. 여론이 심상치 않자 백범 선생은 발걸음을 뜸하게 떼었고, 시국 강의 요청도 피신을 핑계로 와주지 않았다. 답답하여 그동안 임시정부에 내는 후원금도 특별히 안공근을 통해서 보냈지만 주저하며 그가 거절했다. 임시정부의 궁한 살림살이로 보면 자신의 후원금을 받지 않는다는 것은 그 돈에 대한 신뢰가 깨졌다는 것을 의미했다.

다른 것은 없었다. 아니 다 잘 되어 갔다. 한인 신문도 자신의 편이었고, 한인의 유력 인사들도 그깟 유랑자들의 편은 아니었다. 아무리 생각해도 잘못한 것은 윤봉길과 안귀생과 서상석을 공장에서 배제한 것밖에 없었다.

그런데 그것은 정말 어쩔 수 없었다. 그들이 공장 분위기를 바꿨을 뿐 아니라 그들이 남긴 것은 좌익분자들이 주장하는 권리만 있었다. 그것은 백범의 공화정에서도 꺼리는 것이었다. 엄연히 자본과 노동이 구분돼야 한다는 것은 익히 백범 선생도 인정한 바 있었다.

그분들이 권고한 것은 모두 받아들였다. 일감도 주었고, 노동 단가도 원래대로 돌려놓았다. 그러나 그들의 처분은 고용주인 자신에게 맡기는 것이 당연하지 않았던가. 그들의 권고사직 정도는 충분히 이해해줬어야 했다. 아니 처음에는 이해하고 넘어가는 듯했다.

그러나 요즘은 그들이 권고사직을 당한 후, 종품 공장의 소요를 주도했던 봉길의 여론이 악화되던 그 전하고는 상반되게 흘러가고 있었다. 처음엔 윤봉길에 대한 비난 여론이 좌우익의 양쪽에서 들끓었다. 기업이 살아야 노동자가 산다는 기본 법칙을 어겼다는 것과 책임 못질 노동 운동을 했다는 것이었고, 적당한 타협으로 애매한 사람들이 권고사직 당했다는 비난이 있었다. 오히려 박진의 타협안 수용이 대승적이었다는 평가가 우세했었다.

그러나 그들이 태평촌으로 가고 종품 공장 노동자들이 활기를 잃자 빈 마당로 거리에 서서히 그들에 대한 동정론이 일기 시작하면서 분위기가 바뀌기 시작했다. 특히 춘산의 중재로 다시 복직이 거론되었으나 가혹한 조건을 들고 나온 박진에 의해 그들의 복직은 물론 다른 사람들까지 공장을 나오는 사태가 벌어지자 여론은 걷잡을 수 없이 박진 곁을 떠났다.

그것이 미수에 그쳤지만, 격납고 폭파 사건에 봉길이 참여했다는 소식이 전해지며 호의적으로 여론이 바뀌더니 결정적으로 공화의 주막에서의 선언은 신천지의 옛 선비들을 충격에 빠트렸다.

더욱이 더 이상 상해에서 살기 힘들어 조선으로 돌아가고자 한다는 안귀생의 소문이 상해의 여론을 급격히 악화시키기 시작했다. 그의 조선에서의 종살이 삶을 알기 때문에 상해 한인들의 마음을 더욱 아프게 했다. 임시정부의 거류민 보호의 실패로 보는 시각도 많았다.

이는 처음에는 동족에게 심하게 했다는 박진에게로 비난 여론이 들끓었지만, 그 뒷배에는 백범이 있다는 소문이 돌면서 점차 백범에게로 그 원망이 쏠리고 있었다. 특히 백범과 정치적 대결을 벌이는 김철에 의해 백범은 더욱 구석으로 몰리기 시작했고, 임시정부의 재정위원을 맡고 있는 백범을 공격하는 데는 좋은 먹잇감으로 사용됐다. 백범은 비난받기 시작했고, 백범은 엄항섭 등과 그 대책을 세워야 했다.

엄항섭은 백범에게 박진과의 결별을 요구했고. 그를 희생양으로 삼지 않으면 상해 여론의 향방을 알 수 없음을 알렸다.

백범은 고민이 많았다. 그동안 백범이 박진의 공장에서 매주 시국 강의를 하거나 독립운동 투사들을 길러냈던 것이 모두 허언으로 그에게로 되돌아오고 있었다. 그의 정당성이 박진과 함께 흔들리고 있었다. 백범은 엄항섭의 충언을 받아들였다.

박진은 고립되었다.

박진은 최소한 자신의 결정이 잘못되지 않았다는 것을 밝히기 위해서는 확실한 계기가 필요했다.

어느 날 그의 귀에 들려오기를 윤봉길이 홍구로 가서 일본 이름을 쓰며 일본인 상대로 야채 장사를 한다는 소식이었다. 위기의 박진에게는 그것이 호재였다.

박진은 결심했다. 어쩌면 이 기회가 또다시 없을지도 모른다는 생각을 했다. 그래서 약간 과장 되게 흘러가고, 약간은 거칠게 흘러가고, 약간은 생각보다 일이 크게 벌어질지도 모른다는 생각을 하면서도 그는 중국인 동업자 장 씨의 편의대 계획을 두고 보고 있었다. 아니 오히려 그들에게 확신을 주기 위해 많은 정보를 그들에게 주고 있었다.

여기까지 온 바에야 이제는 더 이상 빠져나올 수가 없었다. 점점 봉길을 구석으로 몰아가지 않으면 자신이 몰릴 것이 뻔했다. 그는 단단히 결심하고 봉길의 궤적을 스스로 만들고 있었다.

　－ 그래서요. 누군가요?

　－ 그게… 조선인 윤봉길입니다.

　－ 증거라도 있나요?

　－ 있지요. 얼마 전까지 우리 공장에서 일했는데, 마치 그가 말하는 것이 공산주의자들과 같습니다. 뿐 만인가요. 우리 공장에서 쫓겨나더니 지금은 왜놈과 붙어먹고 있답니다. 홍구에서 야채장사를 열며 왜놈과 연락을 취하고 물건을 옮기는 척하며 태평촌과 신천지를 오가며 정보를 얻어가 홍구로 퍼 나르고 있습니다.

　－ 그것만 가지고는 밀정이라고 보기엔 좀 그러네요.

사내가 한발 물러났다. 그것만은 하고 싶지 않았지만 박진이 다시 나섰다. 그대로 물러날 수 없었다.

　－ 결정적인 것은 그가 19로군 채연해 장군과 격납고와 항만 폭파 작전을 벌인 적이 있습니다. 그건 알고 있지요? 그런데 그 작전이 석연치 않게

실패했는데, 그 작전에 윤봉길이 참여했습니다. 실패 원인이 그 단원 속에 밀정이 있어 기밀이 누출됐다는 겁니다. 누가 홍구의 일본장교들에게 그 정보를 퍼갈 수 있었겠습니까?

– 조사가 필요한 대목이군요.

– 지금은 일본 간다는 소문이 파다합니다. 그렇다면 회선이 그려지지 않습니까? 천지간에 근본도 없던 놈이 천둥에 개 뛰어들듯 상해에 나타나더니 잘 나가던 중국 공장 말아먹고 조계의 정보를 홍구에 팔아먹더니 한중 합작의 격납고 파괴 공작을 방해하고 이제 점점 조여오자 일본으로 들어가는 겁니다. 밀정이 아니라면 이런 행동이 가당키나 하겠습니까?

결심이 선 모양이었다.

– 지금 그가 어디 있죠?

– 아마 회산항에 가고 있을 겁니다.

– 여우가 떴다!

그는 아까처럼 들어온 문이 아닌 다른 문을 반쯤 열고 엄지손가락으로 원을 그렸다. 그러자 문 밖에서 몇몇이 뛰는 소리가 들렸다.

회산항의 안개

짙은 안개가 항구에 갈수록 더 짙어졌다. 이미 안귀생이나 서상석의 모습은 사라진지 오래였다. 혹시 그들의 여운이라도 남아있을까하고 뒤를 돌아보지만, 뒤에도 앞처럼 여전히 보이지 않는 안갯속이었다. 그는 간신이 자신의 앞만 볼 수 있을 뿐이었다.

일본행을 택한 것은 봉길에게는 공화의 주막 선언 이후 제일 커다란 변화였다. 도산과 함께 하기로 결심하고 얻은 남산이란 이름으로 결행하는 첫 사업이었다.

그는 매사에 자신이 있었다. 춘산이나 도산의 마중도 필요 없었다. 이미 모든 것은 그들의 계획 속에만 있을 뿐이었다.

하얀 밤의 미로를 뚫고 가벼운 차림으로 회산항에 도착했다.

회산항은 일본 영사관과 붙어 있었다. 외탄지역 항구였지만, 일본인 전용으로 쓴다고 해도 과언이 아닐 정도로 일본 배가 많이 오갔다. 황포강에는 온통 크고 작은 일본 군대의 함대로 강물을 덮고 있었다.

상해로 들어온 지가 벌써 1년이 무심스럽게 지나버렸다. 정부에 군대가 있는지, 남의 주머니에 똥이 들었는지, 돈이 들었는지도 모른 채 어떻게 싸울지, 어떻게 먹고살지를 궁리하지 않고 무작정 들어 왔던 상해였다. 이제야 비로소 길이 잡히고, 나무를 올라가듯 외길의 첫 돋움을 할 수 있는 곳에 도착했다.

봉길이 회산항에 도착할 무렵 마중은 하지 않겠다던 도산과 춘산이 일본으로 떠나는 윤봉길을 보이지 않는 곳에서 배웅하기 위해 건너편 건물에 나와 있었다.

황포강과 오송강이 만나는 삼각주에 마주한 두 건물, 한 쪽은 커피숍이었고, 한 쪽은 프랑스 공부 우편본국이었다. 프랑스 계열 신축 건물이었다. 그곳에서 두 신사가 이별을 준비하고 있었다.

도산으로써는 새로운 방향을 모색하는 첫 사업이었다. 그에게 쏟아진 좌·우익 독립운동 계열의 비난은 도를 넘었다. 홍사단이 독립단체가 아니라 단순 수양단체라는 비난이 빗발쳤다. 개량주의자와 준비론자라는 비난은 더욱 그를 모독하고 있었다.

특히 이승만을 비롯한 기호학자들과 언론들은 마치 그가 지방색의 화신인양 떠들었을 때는 치욕적이었다. 그래서 대내외적으로 홍사단이 독립단체임을 명백히 밝히기 위해 결정한 것이 1월 원동위원부 대회였다.

1월은 이미 일본제국주의가 상해 침략을 준비하고 난징 살육의 배아를 시험하고 있을 때였다. 그의 이상국 건설은 너무나 이상적인 목표 때문에 준비론자의 이상으로 매도되었고, 그의 현실적인 대응은 그가 세우려던 이상 때문에 묻혔다. 또한 사사건건 일제에 의해 좌절되었고, 그가 나가야 할 방향은 당연히 일본제국주의를 타도하는 것이었음에도 많은 비난이 일자, 그는 원동위원부 대회를 통해서 정식으로 무장 투쟁을 선언하고 나섰다.

도산이니 봉길이나 모두 이상국을 향한 역행이 시작되었나.

황포강은 시간과 같이 흐르지 않는 듯 흐르고 있었다. 시간은 흘렀으나 여전히 그 시간이었고, 황포강은 흘렀으나 또한 여전히 그 강이었다. 변화가 없는 듯 변화가 있어 어느덧 그가 상해에 들어올 때의 모습과 지금 또 다른 번신鱗身한 모습으로 바라보는 것이 모두 하나인 것은 모두 시간의 덕이었다.

오송강은 수많은 지류가 있어 이 지류마다 마을이 들어서고 마을을 잇는 다리가 모두 무지개 모양의 다리를 가지고 있어 들려오는 전설과는 다르게 홍구라는 지명이 만들어졌다. 그 수많은 지류가 오송강을 이루고, 오송강과 황포강이 합치면서 삼각지 포구가 형성됐다. 그 포구에 항구를 만들었는데, 그것이 바로 회산항이었다. 주변에는 오송항이 옆에 있고, 조금 아래로 내려가면 양수포가 있어 둘 다 군항으로 쓰였는데, 오직 회산항은 여객선만 드나들었다. 주로 일본으로 왕래하는 여객선들이 이용했다.

일본인들은 자국의 정치 상황과 경제 상황이 점점 힘들어지자 조선과 상해로 진출하여 군대의 비호를 받으며 경제활동을 넓혀갔다. 조선에서는 주로 착취를 통해 돈을 벌었지만, 상해에서는 자본주의 문명국을 내세워 상업을 통해 돈을 벌고 있었다.

그러나 중국 국민들은 만주 침략을 항의하는 뜻으로 일제품 불매운동을 한창 벌이고 있어서 일본 상업은 뜻하지 않은 불황을 맞이하고 있었다. 이들은 오직 상해에 군대가 주둔하여 자신들의 막힌 곳을 뚫어주기를 희망했다. 시라카와가 이끄는 육전대들이 상해 침략 이후 중국 측과의 정전 협상 내용 중 중요한 과제였다. 그래서 그런지 이곳 회산항은 예전과 달리 나가는 사람보다 들어오는 사람들이 더 많았다.

회산항은 이미 일본의 포구가 되어 버렸다. 외국인들은 주로 16포구를 이용했고, 군대는 양수포를 이용했다. 그러다 보니 자연스럽게 회산항은 일본 차지가 되었다.

특히 회산항 옆으로 일본 영사관이 있어 주변에는 군 경비대가 늘 삼엄하게 지켰다. 영사관 경비의 삼엄한 분위기는 옆에 있는 항구까지 번졌다. 이 앞을 지나는 조선인들이나 중국인들은 괜히 숨죽이고 말소리를 낮추고 걸음을 조심스럽게 걸었다.

회산항은 풍기계와 군이 합동으로 경비를 섰다. 4·29 관병식을 앞두고 회산항의 경비가 강화되면서 군 헌병대가 추가 배치됐다. 풍기계는 우선 사전 모의하는 불량 선인들의 움직임을 책임진 상해 주재 경비대를 조직했다. 따라서 경비대는 조선인에 정통한 일본 순사들로 꾸려졌다. 다행히 봉길은 그들의 정보 밖에 있는 인물이었다.

회산항에는 풍기계의 실무책임자인 다카야마끼高柳 형사가 나와 있었다. 그는 매우 주도면밀하고 세심한 형사였다. 매우 노련하고 촉이 좋은 형사여서 검문에서 독립운동가를 한눈에 가려내기로 유명했다. 그래서 주로 항만이나 주요 행사의 의전 형사로 차출되어 검문이 필요한 곳을 순시했다. 상해에 들어오는 독립군들이 이런 사정을 모르고 회산항에 내렸다가 그의 색출에 힘도 써보지 못하고 붙잡히는 경우도 허다했다.

천장절 행사에도 외곽 경비 책임은 풍기계가 맡기로 했다. 그가 실무책임자로 뽑혔다. 관병식이야 군인 행사지만, 천장절 행사는 민간인 행사이니, 굳이 풍기계가 경비를 맡아야 한다고 사정하며 시라카와한테 허락을 받아낸 경비였다.

오늘도 그는 천장절 행사를 앞두고 조선에서 들어오는 독립군을 색출하기 위해 회산항에 나와 있었다. 이런 대규모 행사에서의 책동은 상해의 불량 선인만으로는 힘들다고 판단했기 때문에 반드시 외부의 책동이 있을 것을 내다봤다. 그는 그 길목을 지키기 위해 회산항에 나온 것이었다. 회산항은 작은 항이라서 출입국 장소가 가까이 있었다. 입국자 검문은 바깥쪽에서 했고, 출국자 검문은 안쪽에서 했다.

다카야마끼 형사는 입국 장소에서 검문하고 있었다. 그에게 중요한 것은 천장절 행사를 겨냥해서 들어오는 불량 선인들의 사전 검거였다. 그는 조선인에 대해서는 무차별하게 검거하기 위해 준비하고 있었다. 비록 프랑스 공부국의 협조를 얻었지만, 일단 프랑스 조계에 들어가면 일이 복잡해진다. 그전에 조금이라도 이상이 있는 사람이라면 검거하여 행사가 끝날 때까지 잡고 있겠다는 것이 그의 속셈이었다. 다카야마끼 형사가 입국 심사대에 있었던 이유였다.

이미 일본으로 나가는 출국장은 1·8일 이봉창의 앵전문 밖 일왕 시해 의거 이후 경비는 더욱 강화되었다. 특히 일본으로 가는 여객선인 상해환은 세 차례의 검문를 통과해야 배를 탈 수가 있었다. 1차에서 일본인과 외국인의 구별을 하면 2차에서 각각 짐을 검수하고, 짐이 안전한지 확인이 끝나면 3차로 넘어가는 데 이곳에서는 일본 풍기계 사복형사들이 수배된 범죄자나 일본으로 침투하는 독립운동의 요주 인물들을 가려냈다.

예상보다는 복잡한 단계였지만 봉길은 짐이 간단했기 때문에 1차만 통과하면 2, 3차는 수월해 보였다. 1차 통과도 아주 어려워 보이지는 않았다. 입국 심사는 매우 까다로웠으나 출국 심사는 검문 강화에도 불구하고 이미 일본의 항이 된 회산항의 검사원은 외관상으로 의심이 가는 사람을 골라 신분증을 확인하곤 했다. 사람들이 몰리면 사람들의 등을 슬쩍 밀듯이 앞으로 보내며 건성 확인하고 있었다. 봉길은 배 출항 시간이 다가와 사람들이 밀려 올 그 틈을 이용하기로 하고 기다렸다.

한참을 시간을 기다렸다. 그러나 일본으로 가는 사람들이 많지 않은지 겨우 한 사람이 와 기다려 밀리기 시작하면 또 사람이 끊겼다.

밀려들어가는 부산한 틈을 이용하기로 한 계획은 더 이상 미룰 수는 없었다. 배를 탈 사람인지, 내리는 누군가를 기다리는 사람인지 분명히 해야 했다. 어정거리며 의심만 키울 필요가 없었다. 그가 어정거리자 그렇지 않아도 입국 심사대의 형사가 의심의 눈초리를 보내고 있었다. 다행히 신분증보다는 얼굴로 확인하며 의심 없이 보내고 있었다.

그는 긴장을 풀고 검색대에 들어섰다. 검사원이 그를 제지하자 그가 유창한 일본어로 큰 소리로 외쳤다.

– 난 일본인이오!

자신만만하게 일본어의 왜곡된 발음까지 흉내 내며 사뭇 부드럽고 단호하게 말을 건넸다. 검색대 한 사람은 그의 소리가 워낙 깍듯한데다가 크고 우렁차 미소를 지며 보내주었다. 그는 당연하다는 듯이 고개를 끄덕였다. 그때였다. 다른 한 검사원은 웃으면서 그를 불러 세웠다. 지나는 길에 확인 한 번 해보자는 심사였다. 그가 보지도 않고 다른 사람과 농을 주고받으며 다른 한 손을 내밀었다. 신분증을 요구했다. 미처 생각하지 못한 검색이었다.

– 일본인이라니까!

그가 당연한 것을 물으니 귀찮다는 듯이 다시 소리쳤다. 호통에 가까웠다. 그의 소리가 호쾌하여 입국장의 낮은 천정이 울렸다. 주변 사람들이 그를 쳐다봤다. 그의 호통과 자신감에 검사원이 알았다는 듯이 밀어내는 듯 손짓을 하며 그를 통과시켰다. 안심과 서두름의 아주 짧은 순간이 흘렀다. 봉길은 흔들리던 눈동자를 한가운데로 잡아세웠다. 됐다!

그의 카랑카랑한 소리에 입국 검사대에 있던 다카야마끼도 이쪽을 바라봤다. 그에겐 좋은 감이 있었다. 봉길이 안도감을 뻐시면서 마지막 검사원을 막 벗어나고 있었다. 걸려들었다! 순간 그도 소리쳤다.

　　　－ 저 놈을 잡아!

이 소리를 듣자 1차 검사원은 상황을 예상 못해 어리둥절해 했으나, 상황을 인식한 풍기계 소속인 3차 경비대에서 먼저 튀어 나왔다.

후다닥!

순간 모든 것을 뒤엎었다. 사람도 물건도 그를 막는 것은 모두 엎었다. 그가 쓸 수 있는 모든 힘을 앞에서 걸리적거리는 것들에게 쏟았다. 4뭇은 넉넉히 넘는 힘이었다. 그의 앞이 가르마처럼 갈라졌다. 그리고 튀었다. 어림없는 짓이었다. 유창한 일본말 하나로 그들을 속일 수 있다는 생각은 어리석은 판단이었다. 사전에 일본으로 가는 검문이 심하지 않아 보인다는 판단이 잘못되었다. 그의 자만이 모든 것을 끝내버렸다. 도산의 말을 들었어야 했다. 자신만만함을 앞세우기 전에 조금 더 멀더라도 조선을 통해 일본으로 갔어야 했다.

한편 입국 심사대에 있던 다카야마끼도 자책했다. 봉길이 순간적으로 튀어나가자 자신의 예감이 확신으로 변했다. 그는 예감이 이상해 한 번 던져 본 말이었다. 아무 반응이 없으면 지나갈 일이었으나 상대가 민감한 반응을 보였다.

예감을 믿고 조금 차분히 정리했어야 했다. 뛰는 모양으로 보아 어쩌면 자신들의 정보망에 없는 대물이 걸렸을지도 모른다는 생각이 그의 머리를 지나갔다. 잡아야 한다!

마지막 검사원을 지나치게 내버려 두었어야 했다. 더 확실한 것은 배에 타게 내버려 두었어야 했다. 그는 늘 자신의 좋은 촉을 성급하게 사용하는 것을 자책했다. 얼떨결에 소리를 지른 것이 잘못이란 걸 깨달았으나 이미 늦었다. 지금은 쫓는 게 우선이었다. 다카야마끼는 다른 순사들을 지휘하며 봉길을 쫓았다.

그러나 그를 뒤쫓는 것은 풍기계 형사 다카야마끼만이 아니었다. 반대편 길에서는 편의대 사람들이 쏜살같이 같이 뛰고 있었다. 그들이 박진의 신고를 받고 도착했을 때는 윤봉길이 이미 검문대에 들어서고 있었다. 늦었구나 싶었을 때 그가 쫓기기 시작했다.

봉길은 자신이 달릴 수 있는 모든 힘을 다해 달렸다. 여기에서 끝낼 수는 없었다. 상해에 와서 한 것이라고는 굶은 것이 전부였다. 그리고 이제 겨우 뗀 역행의 첫발에서 무너질 수는 없었다.

길 건너에서도 그를 쫓는 다른 무리들이 있다는 것을 알았다. 큰길에서는 그들을 당할 수가 없었다. 이곳에서는 피할 곳이 없었다. 공동조계를 벗어나 프랑스 조계까지는 너무 멀었다. 어쨌든 이곳에서 피해야 했다. 특히 저들의 공조가 본격화하기 전에 피해야 했다.

그의 경험으로는 중국의 골목은 막다른 외길이 없다는 것이 생각났다. 복잡한 골목은 뒤에 쫓아오는 것을 알 수도 없고, 앞의 길에서 오는 것도 알 수 없어 쫓기는 자도 위험하지만, 또한 쫓는 자도 알 수 없었으니 가장 안전한 길이 골목길이었다.

그는 폭 좁은 골목길로 접어들었다. 뒤에서는 호각 소리가 요란했다. 나행히 걷히지 않은 짙은 안개가 길을 안내해주고 있었다. 봉실의 달음박질은 짙은 안개의 시계視界를 앞서 달렸다. 그의 별명이 살쾡이라는 것은 사납기도 했지만 순간 속도가 남달랐기 때문이기도 했다. 짧은 거리는 숲에서라도 토끼를 능히 앞질렀다.

그 즈음에 풍기계는 쫓는 것을 포기했다. 골목 끝이 보이지 않을 정도의 안개는 그가 두 골목을 돌아 큰 길로 나오자 아무도 그를 쫓는 자가 없었다.

– 겁 많은 피라미군!

풍기계는 그 안개 때문에 더 이상 그를 쫓을 수 없었다. 다카야마끼는 그들 정보망에 걸려있는 불량 선인이 아니라 애송이 청년이겠지 하며 자신의 실수를 위로했다. 돌아서는 걸음엔 아쉬움이 컸지만, 언젠가는 걸려들 자신들의 촘촘한 정보망을 믿기로 했다.

그러나 봉길의 이른 안심은 더 큰 화를 낳았다. 봉길이 골목을 벗어나 사람들이 많은 큰 도로에 나와 겨우 안심하고 뒤를 돌아보는 순간 누군가가 회오리바람처럼 그를 낚아 올려 챘다. 건너편에서 뛰던 편의대 사람이었다. 그들은 봉길보다 골목을 잘 알고 있었고, 안개를 몰고 간 뜀박질의 숨소리를 들을 수 있었다.

봉길은 풍기계에게 붙들렸다고 생각했다. 그들은 다짜고짜 묻지도 않고 그를 차에 태웠다.

그를 차에 태우고 도착한 곳은 프랑스 조계의 부흥공원 남쪽 부근 살파사로의 외진 공우였다. 그곳에는 그들의 심문 아지트가 있었다. 도착하자마자 매서운 그들의 심문이 이뤄졌다. 거리낌 없는 질문이 쏟아졌다.

　– 우린 자네에게 몇 가지 확인할 게 있네. 간단하네. 자네 답이 우리가
바라는 답이 아니면 살고, 우리가 바라는 답이면 죽네.

편의대 중 유난히 입이 큰 사내가 물었다. 그는 항상 웃는 표정으로 물었다. 그들은 아주 능숙한 일본어를 쓰고 있었다.

그러나 그들이 묻는 심문 내용을 왜경의 심문 내용으로 알고 답하는 봉길의 답에는 묘한 어긋남과 일치가 있었다. 의당 편의대의 심문은 왜 일본으로 가는 배를 타려고 했느냐고 물었다면, 봉길의 답은 본심을 감추고 상업을 위해 간다고 답을 했고, 조선인이 왜 신분을 속였느냐고 물으면 끝가지 일본인이라 답을 했다.

그는 그동안 익혔던 일본에 대한 정보, 일본에서 생활할 때 필요한 일본인들에 대한 정보 등을 동원하여 일본인임을 증명하기 위해 노력했다. 그러나 이 증명이 많으면 많아질수록 그는 점점 구렁에 빠졌고, 편의대 사람들은 박진의 말대로 밀정으로 확신을 갖기 시작했다.

그들이 본격적으로 봉길에게 가졌던 의구심인 미수에 그친 일본 격납고 폭파 사건에 대해 취조가 시작되었다. 그러나 그에 대한 답은 봉길으로써는 할 수가 없었다. 참여한 것도 부인했고, 폭파해야 할 이유도 부인했다. 실제로 아는 것도 알 수 있는 위치에 있지도 않았다. 단원에 들었다가 거사가 포기되어 나온 것이 전부였다. 그 작전이 석연치 않게 실패로 돌아간 것이 사실이었는데, 당시 왕웅에 의하면 그 일원 중에 밀정이 섞여 있었다는 것만 알고 있었다.

그런데 취조를 풀어가는 방향이 시간이 지날수록 엉뚱하게도 그가 밀정으로 몰리고 있었다. 그의 답이 밀정이라는 결정적 판단 근거를

제공했다. 그때서야 자신을 취조하는 패가 왜경이 아니라는 것을 알았지만, 이미 늦었다. 그들이 밤이 되면 즉결 처리하기로 결정하기 직전이었다.

낭패였다. 그동안 유창한 일본어로 일본 정보에 대해 답했다. 그의 유창한 일본어와 방대하게 알고 있던 일본에 관한 정보가 오히려 그들에게 의심만 키워왔다. 그러나 이제는 조선인임을 밝혀야 했다. 그동안 일본인 행세를 하다가 또다시 조선인 행세를 한다는 것이 그를 더욱 의심하게 만들었다. 난감했다.

　　- 됐네! 더 이상 확인할 게 없네. 자네의 답은 우리가 바라는 답과 같네.

그들은 그때야 중국 말을 썼다. 그제야 봉길도 그들이 편의대라는 것을 알았다.

편의대는 처단에 관한 한 왜경보다 무자비했다. 그들은 자신들의 판단을 믿었다. 그들은 상해 사람들이 아침잠을 깨기 전에 밀정을 처리했다. 그러니까 왜경들은 합법을 가장한 무모한 살상을 저질렀으니 최소한 합법의 테두리 안에선 살아날 수 있었지만, 그들은 민족적 정의를 내세워 그 합법의 권한을 가지고 불법으로 사람들의 목숨을 판단한다고 알려져 있었다. 그들이 처리한 밀정들은 밤을 거치면서 유랑자로 바뀌었고, 그 유랑자는 편의대 소속 수시반들에 의해 새벽 동트기 전에 조계 밖으로 조용히 옮겨졌다. 그래서 평민촌과 경계에 있는 살파사로에 그들의 아지트를 두었다.

시간이 어느덧 점심이 훌쩍 지나고 있었다. 봉길은 급했다. 이곳을 빠져나가야 했다. 그들은 자신들이 가진 권한 때문인지 심문은 아주 간명했다. 입이 큰 사내가 그 앞에서 위협했다.

  – 간단해. 우린 자네가 밀정이 아니라는 것만 증명하면 되네. 우리에
게 자네가 밀정이라는 이유를 묻지는 말게. 우리도 묻지 않겠네. 왜냐면
자네가 증명 못하면 이미 우린 자넬 밀정으로 처리하기로 결정했네. 자네
에겐 단 하루의 시간도 없네. 이제 반나절의 시간을 자네를 위해서 써야
하네.

그는 매우 침착하고 능글맞았다. 상대를 괴롭히는 데 어떤 감정도
없었다. 그러나 어떤 허점도 없었다. 봉길이 오싹한 것은 그의 그런
모습이었다.

내가 누구라고 증명을 해야 할까? 내가 어떻게 대한민국 임시정부
의 국민이라고 설명할 수 있을까. 그는 간단한 증명서 한 장 없었다.
나는 국가를 위해 무엇을 했다고 할 수 있을까. 아니 국가는 나를 위
해 무엇을 해주었다고 말 할 수 있을까.

국가와 개인 간의 끈이 이토록 절망적이란 말인가. 내가 조선말을
한다고 조선인일까. 그렇다면 저들의 말도 틀린 말은 아니다. 내가
일본 말을 하고 있으니 일본 밀정이라는 논리가 맞지 않는가. 아니 내
가 대한민국 인민이라고 알아준들, 또 내가 밀정이 아님을 또 어떻게
증명할까.

봉길은 도산에게 갈 수도, 춘산에게 갈 수도 없었다.

오직 그 길은 임시정부 밖에 없었다. 신천지를 떠나온 뒤로 임시정
부로 가는 길은 김동우 밖에 없었다. 언뜻 떠오른 사람이 그였다. 아
니 그 밖에 없었다. 그는 임시정부 거류민 주무관이었다. 그가 증인
을 서주면 될 일이었다.

임시정부가 이럴 때 이렇게 자신의 앞에 설 줄을 또 생각지도 못했다.

그와는 세 번 정도 만난 적이 있었다. 한 사람을 두 사람에게 두 번 소개받았다는 것은 봉길에게 매우 이례적이었다. 맨 처음 우당 선생이 소개를 해주었다. 우당은 임시정부를 인정하지 않았지만 인민은 존중했다. 그 인민 중 한 사람이 바로 김동우였다. 우리와 뜻을 같이 하지. 지금은 임정에 있네. 주무관일세. 임정에 필요한 일이 있으면 도와줄 걸세. 또 한 번은 도산이 홍사단에 온 그를 소개해주었다. 만난 적이 있는가? 우리와 길이 같네. 지금은 백범과 일을 하고 있네. 상해에서 어려운 일이 있으면 말하게. 해결해 줄 걸세.

김동우는 상해의 정치적 마당발이었다. 백범과 일을 하고는 있었지만 우당의 비공식조직원이었고, 도산의 이상촌 건설을 적극 지지하는 홍사단원이었다. 그러나 이곳에서 저곳으로 퍼 나르지 않았고, 치우쳐 비난하지도 않았다.

누구에게나 매우 유연하여 다사스런 사람이었다. 그도 그럴 것이 두 번 밖에 본 적이 없는 봉길에게 데면스러움 없이 자기 집으로 안내했고, 도산이 그를 소개하던 그날 덥석 손을 잡더니 내 그대에게 감명받은 바가 크오 하면서 진지하고 친근하게 다가와 백범과의 만남을 제안했었다. 그는 매우 긍정적인 사람이었고, 때론 입바른 칭찬처럼 들렸지만 감동과 동감이 많은 사람이었다.

　- 난 대한민국 임시정부의 비밀 투사요.

　- 뭐이라? 이제는 대한민국 임시정부의 비밀 투사라? 좋네. 맞다고 치세. 그렇다면 또 그것을 어찌 증명할 것인가?

그는 이미 모든 것을 결정해 놓은 상태에서 밤을 기다리는 무료한 시간을 가지고 봉길을 조롱하고 있었다. 그의 자신만만한 말투가 조급한 봉길을 더욱 짓누르고 있었다.

최소한 대한민국 임시정부가 자신을 거류민으로 인정을 해준다면 가능할 것이라는 생각이 들었다. 급한 김에 그 말을 해놓긴 했으나 그를 절망시킨 것은 따로 있었다. 상해 1년 동안 대한민국 임시정부와 그 정부의 국민이라는 관계를 가져본 기억이 없었다. 가장 가까웠던 관계가 그나마 박진의 공장에서 일을 할 때, 의경대 김덕근에게 세금을 낸 것을 빼고는 어떤 관계도 갖지 못했음을 깨달았다. 그는 가장 곤경에 처했을 때 스스로 임시정부의 국민이 되었다.

– 그렇소. 그건 임시정부 김동우라는 사람에게 알아보면 될게요.

그에게 김동우는 마지막 끈이었다. 그는 자신이 대한민국 정부의 요원임을 주장했다. 자신이 임정정부에 속해있고, 그 임시정부의 일을 하기 위해 지금 일본으로 가는 길이었다고 둘러댔다. 자신의 상급자는 김동우요, 김동우의 지시를 받는 사람이니 확인해보면 알 수 있다고 둘러댔다.

– 좋네. 가보세. 직접 가서 대질해보고 처리하겠네.

그들이 봉길을 끌고 김동우의 집으로 향한 것은 늦은 오후 시간이었다. 김동우는 살파사로 188호에 살고 있었다. 김동우의 집은 본래 태평촌 상숙로의 조계 경계에 있었지만, 그는 거의 그곳에서 살지 않아 집이 없는 사람에게 빌려주고 자신은 임시정부와 그나마 가까운 거리의 살파사로에서 기거했다.

그 집에는 유진식과 또 다른 아니키스트인 유창하가 함께 살고 있었다. 유진식은 임시로 유창하와 기거하면서 이미 다른 임무를 수행하고 있었다.

그들이 도착했을 때는 김동우와 유창하는 집에 없었고 유진식만이 있었다. 다행히 유진식과 봉길은 구면이었다. 그는 아주 전진적인 혁명가였다.

봉길이 그를 만난 것은 포석리에서였다. 그가 침 튀기는 열정을 가지고 다물단원들에게 역설했던 것이 가장 인상 깊었다.

혁명은 인민의 각성과 지지를 필수조건으로 하노니 목적을 달성하려면 좀 더 선전에 주력을 기울여야 한다. 그러려면 인민 속으로 들어가 인민의 각성을 일으키고, 각성한 인민의 명을 받아야 한다. 조직은 대중의 명령을 인수함과 함께 자치적 정신 하에 단체적 훈련을 도모해야 한다는 그의 주장이 봉길에겐 작은 충격이었다.

그 후부터 그의 열정에 감명 받은 안귀생과는 매우 자별하게 지냈으므로 자연히 봉길과도 친하게 지내는 사이가 됐다. 그는 매우 전진적인 농민 혁명가였다.

봉길이 그에게 그간의 사정을 이야기하고 김동우를 만나야 하는 이유를 설명했다. 자초지종을 들은 유진식이 사정이 급함을 인식했다. 그는 편의대를 진정시키고 김동우에게 전언을 보낼 방법을 찾느라 분주했다.

고맙게도 당혹한 사정을 파악한 유진식이 재빠르게 수습하고 있었지만, 봉길은 엉뚱하게 흘러가는 하루가 어안이 벙벙할 뿐이었다.

상해 우편국 전보실

상해 우편국 사무원 민필호는 아침 일찍 우체국으로 나섰다.

상해 우편국은 하비로와 패륵로가 만나는 사거리 못 미쳐 모퉁이에 있었다. 이층짜리 건물이지만 대부분 업무는 일층에서 보았고, 이층은 우편국장실과 귀빈 대접실로 쓰였다.

그는 전보실에서 벌써 2년째 전보 담당을 맡고 있었다. 상해 우편국에 들어간 뒤 잠시 상해를 떠나 있다가 천신만고 끝에 다시 돌아온 곳이었다. 전보 담당은 매우 힘든 일이라 서로 맡지 않으려 하는 기피 보직이어서 그가 다시 손쉽게 맡을 수 있었다. 편지를 기다리거나 급한 사람들은 직접 우편국에 찾아왔지만, 대부분 긴급을 표시한 전보는 직접 전달해주어야 했기 때문이었다. 유럽인들은 혹여 전해주는 시간이 그들이 바라던 업무와 시간이 맞지 않기라도 하면 대뜸 혼부터 내거나, 심하면 매질을 하기도 했다.

그러나 그는 술을 사주면서까지 그 자리를 고수했다. 한쪽에서는 이상한 조선인이라고 수군거렸지만, 대부분의 프랑스인들은 낯선 동양인이 우편국에서 계속 일을 하려면 이 정도는 감수해야한다는 생각들이 더 많았다. 그래서 수월하게 그 보직을 유지할 수 있었는데, 그가 그렇게까지 그 보직을 유지하려 했던 것은 조선으로부터 오는 전보를 빠짐없이 임시정부나 다른 독립운동 단체의 주요 인사에게 재빨리 전달해줄 수 있기 때문이었다.

그렇다보니 상해에서 벌어지는 일을 가장 먼저 알고 있는 사람이 바로 민필호였다. 백범의 입장에선 그를 조력자로 두고 있다는 것은 정보원 수십 명보다 이로웠다.

백범에게 민필호는 거대한 정보원이었고, 상해로 들어오는 관문이었다. 여타 독립 운동가들의 상해 입성을 알 수 있었고, 타 조직의 흐름도 어느 정도 알고 있었다. 특히 비밀을 유지해야 하거나 중요한 거사가 있을 때는 가급적 아무도 모르게 전보를 전달해주어야 했다.

민필호가 중간에 안공근을 다리로 놓고 있었는데, 민필호가 드러나지 않은 통로였다면 안공근은 통신에 관한 한 한인들에 공개된 인물이었다. 그들은 몇 가지 전달 방법을 고안해 내 비밀을 유지했다. 각 단체마다 조금씩 다른 전달 방식을 썼다. 늘 긴장할 수밖에 없었다.

어쩌면 국내외와 연결하여 비밀리에 성사되어야 할 거사는 모두 그의 손에 달려 있다고 해도 과언이 아니었다. 특별한 독립운동을 한다거나 목숨을 걸고 총을 드는 것은 아니었지만, 그는 자신의 일에 꽤나 자부심을 가지고 있었다.

임정의 백범이나 춘산, 특히 한국과 편지 왕래의 책임을 지고 있는 안공근은 그의 공을 인정해주어 어린아이 취급을 하지는 않고 제법 어른 취급을 해주며 예의를 갖췄다.

민필호는 오늘따라 아침 일찍 출근을 했다. 요즘 들어 자주 사무실을 비워 윗사람들한테 눈치도 보이고, 자꾸 자신이 전보를 빼돌린다는 것을 눈치라도 챘는지 어제부터 개인적인 전보 업무 금지령을 내렸다. 어제도 백범에게 오는 전보를 빼돌리느라 진땀을 뺐다. 더구나 일제의 전보 감시 또한 더욱 심해져 언제 닥칠지 모르는 위험을 감수해야 했다.

– 니하오.

– 봉쥬르.

그는 돌아가며 자기보다 먼저 나온 우편국 사람들에게 돌아가며 인사를 했다. 중국인도 있고 프랑스 사람들도 있었다. 우편국에도 마치 상해처럼 다국적인 사람들이 근무하고 있었다. 얼마 안 되었지만, 대부분 민필호보다는 고참인데다 윗사람들이라 일찍 나왔다는 것을 일부러 표시 내듯 당당하게 인사를 했다. 그는 사무를 보는 전보 통으로 간 것이 아니라 청소 도구함부터 찾았다.

– 어이, 청소보다는 내일이 토요일이니 전보 정리를 먼저 해!

– 예. 잠깐이면 됩니다. 후딱 해치우고 금방 하겠습니다. 늘 하던 일인 뎁쇼.

그는 청소도구를 놓지 않고 손 빠르게 바닥을 쓸고 닦았다. 이리저리 돌아다니며 다른 사람들이 출근을 했을 때 기분 좋을 만큼 재빨리 청소를 해나갔다. 하나 둘 직원들이 출근하여 자리를 차지하고 있었고, 조금 늦은 시간에 민필호의 중국인 동료 왕이 느릿느릿 출근하고 있었다.

이왕 그가 왔으니 청소를 좀 더 하고 자리에 돌아가려는 데 왕이 사무실을 이리저리 도리반거리며 그에게 눈짓을 보냈다. 그는 눈치 없이 턱 걸린 사람처럼 고개를 반쯤 튕기며 그를 불렀다. 그러면서 민필호가 쳐다보길 바라며 검지 손을 책상 아래로 자꾸 가리켰다.

민필호는 직감했다. 중국인 왕은 조선에서 전보가 오면 우선 민필호에게 넘겼다. 그는 민필호가 왜 조선 사람들 전보를 챙기는지는 알려고 하지도 않았지만, 그것이 중요한 일 중에 하나임은 알았다. 가끔 저녁도 사주고 그의 잔 부탁을 잘 들어주는 게 그저 쓸데없는 일은 아닐 것이라 짐작만 했고, 그도 윗사람들에게 비밀로 해주었다.

민필호가 재빨리 청소 도구를 제자리에 돌려놓고 전보 통에 왔다. 왕이 순서를 기다리고 있던 전보를 슬쩍 빼주었다.

길이 끊겨 소풍은 가지 못한다. 건너야 할 강이 너무 깊으니 당신도 조심해서 건너길 바란다.

— 이웅 —

청천병력 같은 소식이었다. 바로 어제 김홍일 선생께 소풍갈 도시락을 구한다는 전언을 했는데, 바로 오늘 도시락을 가지고 갈 학생이 못 온다는 것이었다.

그는 직감했다. 뭔가 일이 잘못 돌아가고 있는 것이 분명했다. 그는 잽싸게 잡아채어 전보를 호주머니에 넣었다. 그의 손이 더 없이 빨라졌다. 중국인 왕도 뭔가 눈치를 챘는지 더불어 손이 빨라지고 있었다. 순식간에 그들 앞에 수북이 쌓인 전보더미를 처리했지만 더 이상 지체할 수가 없었는지 전보 분류도 하지 않은 채 다른 한 뭉치를 집어

들고 전보국을 뛰쳐나갔다. 중국인 왕이 아무 일 없다는 듯이 그의 뒤를 따라 나갔다.

　- 사해 다관!

　그는 손을 번쩍 들어 인력거꾼을 불렀다. 그 소리는 중국인 왕보고 사무실 일을 끝내고 사해다관으로 오라는 소리이기도 했다. 사해다관은 그들이 늘 이용하던 마당로와 서문로가 만나는 사거리의 찻집이었다. 거의 한인들만 이용해서 전보국 직원들에게 그들의 미룬 업무를 들키지 않을 수 있었다. 거기서 다시 분류하여 지역별로 나누어 가지고 가자는 이야기였다. 헹, 오늘도 발에 불이 나겠군. 그가 중얼거리며 한가한척 우편국으로 걸어 들어갔다.

　민필호의 인력거는 마당로 사해다관을 거쳐 신천상리 안공근 집으로 달렸다. 그러나 그곳에도 안공근은 없었다.

　그는 결심했다. 금기의 길을 가야 했다. 그는 다시 환룡로로 인력거를 되돌렸다. 이 길은 함부로 가서는 안 된다는 것을 그는 알고 있었다. 한 번도 전보를 들고 가보지 않은 곳이었다. 아무리 급해도 그곳에 가서는 안 되었다. 안공근은 그에게 백범이 피체되는 일이 아니면 어떤 일이 있어도 와서는 안 된다고 하면서 가르쳐준 길이었다.

　그러나 민필호도 백범이 정확히 어디 사는 지까지는 몰랐다. 그곳에 와서 몸자처럼 생긴 농당을 계속 돌고 있으면 누군가 데리고 들어갈 것이라 들었다. 그곳이 백범의 임시 거처이자 한인 애국단의 비밀 사무실이었다.

　그는 무조건 달렸다. 그리고 안공근의 말대로 들어가는 골목과 나오는 골목이 다르고, 들어가다 돌아 나오면 뒤에 오는 사람의 뒤에 설

수 있는 환룡로 농당을 무조건 돌고 돌았다. 서너 바퀴를 쉼 없이 돌았을 때는 주머니의 전보가 땀에 홍건히 젖어있었다.

이 모습을 한참 내려다보던 안공근이 근심스런 얼굴로 김동우와 엄항섭을 불렀다. 김동우와 엄항섭이 불길한 예감을 직감하고 머뭇거리며 함께 밖을 바라봤다. 밖에서는 민필호가 농당 주변을 계속 돌고 있었다.

– 몇 바퀴째요?

– 세 바퀴!

– 민필홉니다. 잠시만요. 잠깐 나갔다 와야겠습니다.

세 바퀴 정도 돌았을 때 안공근이 백범에게 보고했다. 백범이 허락했다. 안공근은 민필호가 농당을 지나자 한참을 뒤쫓아가다가 제자리에 왔을 때 그의 어깨를 쳤다. 민필호는 그제야 안심하고 가쁜 숨을 내쉬며 말보다 먼저 땀에 찬 전보문을 손에서 났다.

– 뭐지?

– 전봅니다. 급히 보셔야 할 것 같아서.

그는 얼른 전보를 그에게 건네주자 급한 것을 눈치챘는지 안공근이 얼른 뜯어보고 긴 한숨을 내쉬었다. 전보를 쥔 손으로 걱정하는 민필호의 어깨를 두드려 위로했다.

– 알았네. 고맙네.

그는 태연하게 민필호를 보내고 다시 한 바퀴를 돌아 멀리 민필호의 등이 사라질 때 한 바퀴를 더 돌아 사무실로 들어갔다. 사무실은 이미 분위기가 싸하게 식어 있었다. 직감한 백범이 물었다.

– 무슨 일이던가?

안공근이 잠시 머뭇거렸다. 그러나 이내 자세를 바로잡았다. 이웅이 포기한 사실이 절망적이었지만 대책이 더 중요했기 때문이었다. 안공근이 무겁게 입을 뗐다.

– 이웅이 포기했답니다.

– 뭐라!

백범이 의자에서 벌떡 일어났다 다시 앉았다. 뭐라고? 뭐라! 탄식에 가까운 되물음만 했다. 그들은 그 후 한참동안 아무 말도 하지 못했다. 백범은 넓적한 두 손으로 얼굴을 감싸며 아무도 듣지 못하는 신음 소리를 삼켰다.

죽음의 길에 대한 용기와 전투의 길에 대한 용기는 달랐다.

이웅의 거사 참여는 만주 독립전쟁의 실패로부터 한 결심이었다. 그는 만주 독립군이 일제의 만주국 건립으로 존재 자체가 점점 힘들어지자 잠시 방황을 했다. 군대는 뿔뿔이 흩어지고, 자신이 지휘하던 부대원은 모두 떠났다. 지휘관으로서는 치명적이었다. 군대가 없는 장군이 생각한 것은 명예로운 죽음이었다. 명예로운 죽음을 생각할 무렵 백범으로부터 제안이 왔던 것이다. 그러나 지금에 와서 왜 포기했는지, 그의 죽음을 미룰만한 것이 무엇이었는지 그는 어떤 말도 없었다.

당장 불이 떨어진 발등은 애국단이었다. 사실 이웅이 포기하는 순간 애국단은 아무것도 준비되지 않은 것이나 마찬가지였다. 이웅 하나로 버티면서 모든 것이 준비됐음을 선언할 수 있었다. 그는 준비의 시작이었고 마감의 존재였다. 화암에게도 자신 있었고, 소앙에게도 의기를 보였었다.

백범이 그들을 제일 먼저 떠올렸다.

거사를 제안했을 때 그의 호쾌하고 명확했던 장담은 백범을 적이 안심시켰었다. 이웅은 막혀있던 백범에게 천군이고 만마였다. 그런 그가 포기를 선언한 것이었다.

이것은 마치 의도적으로 거사를 망치려는 계획의 일부가 아니고는 설명할 수 없었다. 지금에 와서 포기라니! 백범은 분노했다. 수습을 해야 할지 다른 대안을 찾아야 할지 얼른 답이 떠오르지 않았다.

아무도 입을 열지 못했다. 입을 연다는 것은 바로 책임이었기 때문이었다. 때로는 방향 제시가 실천의 길로 가야할 때가 있었다. 그럴 때는 실천을 담보하지 못한 누구도 쉽게 방향을 제시할 수가 없었다.

그렇다고 다른 누구를 추천하기도 힘들었다. 이미 기존 애국단에게 기회를 주었었다. 그러나 그들에게는 거사에 참여 못하는 많은 이유가 있었다. 그런 면에서 백범은 화암이 부러웠다. 그들은 서로 가려고 경쟁한다고 하는 데, 애국단은 설득을 해야 했다. 죽음을 설득하기란 쉽지 않았다. 사상은 죽음을 담보할 수 있었지만, 말이 없는 조국이 죽음을 담보할 수는 없었기 때문이었다.

모든 것이 포기였다. 새로운 계획은 없었다. 애초에 제 2의 계획까지는 여력도 없었다. 어쩌면 당위성에 묻힌 무모한 계획이었을지도 모른다. 엄항섭만이 예측하고 있었지만, 그는 그때나 지금이나 백범에게 반하는 것에는 자신이 생각한 바를 말하지 않았다.

모두가 고요했다. 그 고요가 그들의 하루를 지배했다.

그때 또 누군가 밖에서 꼬리 잘린 강아지처럼 농당 주변을 뱅뱅 돌고 있었다. 이 배회가 그들의 어정쩡한 고요를 깼다.

이웅의 포기보다 그들을 더 놀래게 할 또 다른 전보는 있을 수 없었다. 김동우가 알아봤다. 자신의 집에 사는 유진식이었다. 자신에게 온 급전임이 확실했다. 김동우가 같은 방식으로 밖으로 나갔다.

예상대로 김동우에게 온 전언이었다. 김동우는 전언을 자세히 듣더니 자초지종을 파악했다는 듯이 알았다며 금방 가마하고 유진식을 돌려보냈다.

다시 들어온 김동우가 문을 나서기 위해 사정을 이야기했다.

– 같이 살고 있는 유진식의 전언입니다. 일전에 말씀드렸던 윤봉길에 대한 전언입니다.

– 윤봉길?

– 예. 들으셨겠지만 윤봉길의 공화의 주막 선언을 아시는지요? 그의 선언은 말 많은 태평촌 사람들을 놀라게 했습니다.

김동우가 스치는 예감을 정리하고 백범의 기억을 상기시키기 위해 덧붙였다.

그 선언을 듣는 순간 김동우는 자신이 아는 최적의 혁명전사라는 것을 첫눈에 알아보았다. 상해에는 이상향에 대한 분명한 확신과 더불어 목표가 있는 분노를 가지고 있는 그만한 사람이 없었다. 그의 추천은 이런 확신에서였다.

백범이 김동우를 말없이 바라보았다. 김동우도 지금 그럴 때가 아니란 것쯤은 알고 있었다.

이미 그의 선언 내용은 태평촌의 소문의 길을 통해 상해 한인들에게는 모두 알려진 바였다. 딱히 누가 백범에게 따로 보고하지 않아도 다 알고 있는 터였다. 지금은 이웅의 포기로 그 문제를 시급하게 해결해야 했다. 그렇다고 또 마땅히 무엇인가 할 수 있는 방법이 있는 것도 아니었지만 백범은 김동우가 지금 이 국면에서 다른 일에 신경을 쓴다는 게 못마땅했다.

엄항섭이 대신 물었다.

– 무슨 내용이오?

– 지금 윤봉길이 중국 편의대에 잡혀 곤란을 겪는다 하니 임정에서 보증이 필요하답니다. 잠시 다녀와야겠습니다.

엄항섭의 물음에 김동우는 백범에게 답을 했다.

허락은 없었지만, 그가 가볍게 인사를 하고 나서는 데 엄항섭이 다시 제지하고 나섰다. 백범의 의중을 꾀고 있는 엄항섭이었다. 지금은 이웅이 포기한 마당에 쓸데없는 대안이라도 쏟아놓더라도 뭔가 방안을 찾아야 할 때라고 여겼다. 지금 객기 어린 청년 하나의 문제에 매달릴 때가 아니라고 생각했다.

엄항섭도 급한 와중에 뭔가 떠올랐다는 듯이 물었다.

– 잠깐, 윤봉길이라 했소?

뭔가 골똘한 생각을 마쳤다는 듯이 그는 손바닥을 들어 그를 제지했다. 엄항섭은 봉길의 동태를 알아보기 위해 자신이 보낸 의경대 청년들로부터 아직 보고된 것이 없던 차에 문득 그의 소식이 이렇게 들어온 데 대해 놀랐다.

나가려던 김동우가 멈칫하고 뒤돌아 봤다. 안공근도 엄항섭의 생각을 읽었는지 그의 옆에 다가가 섰다.

　- 그렇소만.

　- 윤봉길이라 하면 도산 측에서 칙어반포일에 투사로 보낼 가능성이 있다 하지 않았소?

그 말은 봉길과 함께 사는 고영희를 통해 엄항섭한테 전해진 정보였다. 신천지를 떠나 태평촌에 들어간 윤봉길의 변화가 눈에 띄게 달라졌고, 포석리 사람들과 태평촌 냉평가들과 자주 토론하면서 도산과 선이 닿았다는 이야기와 함께 귀띔했었다. 고영희는 상해에서 안귀생과 서상석을 제외하고는 윤봉길에 대해서는 제일 많이 알고 있었다. 그의 귀띔은 엄항섭이 봉길을 경계하는 데 일조했었다.

엄항섭이 제일 민감했던 부분이었다. 상황이 긴박해 잊고 있었던 인물이었다.

　- 그렇지. 도산의 원동대회 선언과 그의 공화의 주막 선언이 만날 수도 있지.

안공근이 거들었다. 백범의 눈치를 살폈지만, 아직도 백범은 명확한 답을 내주지 않고 있었다. 아직 복잡한 셈법과 해법이 끝나지 않아

보였다. 실타래를 하나씩 풀어야 하다면 엄항섭 이야기가 맞았다.

– 그래요. 그냥. 놔둡시다. 한 가지 걱정은 없어지지 않을까 하는데.

엄항섭이 제안했다. 만약 봉길이 도산의 혁명투사로 나서 칙어반포일에 가는 것이 맞는다면 오히려 편의대에 며칠 동안 묶어두는 것이 일을 복잡하게 만들지 않을 것이란 판단이었다. 지금 풀어줬다가 만에 하나라도 칙어반포일에 그가 거사를 일으킨다면 천장절 거사는 해보지도 못하고 봉쇄될 것이 뻔했다.

– 그건 확인이 안 된 사항이라서…

– 그러니까. 확인해볼 기회가 아니겠소. 두 가지 걱정보다 한 가지 걱정이 덜 복잡하겠지요.

엄항섭은 이미 진행되고 있는 칙어반포일 거사 저지 계획에 대해 김동우에게 자세히 말하지 않았었다. 김동우가 엄항섭의 제안을 두고 정색을 했다.

– 엄 동지, 그거 생각해 봤소?

– 뭘 말이오?

– 상해에 오는 젊은이들이 느끼는 참담함과 좌절에 대해서. 아직 우리 정부는 그들의 분노를 담을 만큼 그릇이 크지 않소. 그래서 수많은 조직들이 생성되고 명멸하고 있지만 그 청년들에게 누구도 방향을 제시하고 있지 않소.

– 김 동지, 지금은 개인의 좌절보다는 좀 더 큰 그림에서 봐야 하지 않을까? 윤봉길 개인 때문에 큰 일이 허무하다면 그 이로움이 어디에 있을까?

안공근이 거들고 나섰다.

그도 김동우가 봉길을 백범에게 추천했었다는 것을 잘 알고 있었다. 그러나 그는 아직 때가 아니라고 생각하고 있었다.

– 신뢰의 문제가 아니라 우리는 모두 미안함을 가지고 있어야지요. 목표는 있는데 가는 길이 없다는 게 얼마나 참담한지 동지들은 알지 않소? 최소한 정부가 길 없는 길을 가는 그들에게 방해는 되지 말아야 않겠나 싶소만?

– 아닐세. 그냥 가서 확인해 주고 오시게.

논쟁이 길어지자 백범이 답을 내놨다. 되돌아오는 김동우의 걱정스런 발걸음이 내내 안쓰러웠는지, 아니면 그의 제안을 확인하고 싶었는지 백범이 답을 내놨다. 김동우의 다사스러움은 천성이었다. 백범은 그의 천성을 이해했다. 또 그것 때문에 얻는 게 더 많았다.

– 네. 제가 가서 확인해 보겠습니다.

김동우가 나가자 사무실에는 또 다시 적막이 흘렀다. 아무도 백범의 지시에 이의를 달지는 않았다.

백범이 또 깊은 상념에 들었다. 백범은 처음으로 윤봉길에 대해 깊게 생각을 해 봤다.

그의 공화의 주막 선언 이후 4·29 천장절 거사를 처음 계획할 때 김동우가 봉길을 추천한 적이 있었으나 백범이 단호하게 거절했었다. 객기에 가득 찬 초보보다는 마침 전장에서 몸을 단련한 노련한 이웅이 적격자로 부상했기 때문이었다.

백범에게 윤봉길이란 달가운 인사는 아니었다. 열정과 의기는 있었으나 다루기 힘든 살쾡이 같았다. 종품 공장에서 보았듯이 언제든 나서고, 언제든 덤비는 그의 성격은 고분고분하지 못했다. 이번 사안은 혈기만 믿고 맡길 거사가 아니었다.

엄항섭이 김동우의 추천을 반대하며 말했었다.

- 새가 운다고 알이 있다는 것을 어찌 믿소?

또한 윤봉길의 사상에 대해서도 믿기지 않는 부분이 있었다. 자칫 그가 다른 생각을 하면 이것은 이 거사의 실패보다 훨씬 큰 후폭풍이 올 것이었다. 그러나 상해의 모든 청년이 그렇듯이 그도 언젠가는 독립 혁명의 투사로 커갈 수 있다는 생각에는 변함이 없었다. 다만 확신이 없었을 뿐이었다. 백범으로써는 대사를 앞둔 조심스러움이었다.

또한 백범으로써는 사건 전후야 어떻게 됐든 윤봉길 때문에 박진과의 관계를 정리함으로써 좋은 초모단 하나를 잃었다. 좋은 인상으로 남아 있을 리가 없었다.

이웅의 답이 길어지면서 김동우의 천거가 다시 힘을 얻고 있을 때였다. 답이 늦어지는 이웅을 포기하기로 마음먹기 전 마지막으로 윤봉길에 대해 확인할 수 있었던 것이 천문태로 오풍리 부근이었다.

백범이 오풍리 부근을 걷고 있을 때였다.

앞서 가는 사람의 등이 눈에 들어왔다. 빈 지게를 지고 걷듯 경중대는 모습이 눈에 익었다. 어디선가 보았던 발걸음이었다. 그는 무엇이 바쁜지 가게에 들어가지도 않고 밖에서 커다란 만두 하나를 사가지고 나와 입에 물고는 뛰듯이 걷고 있었다.

종품 공장의 윤봉길이었다. 그가 바쁘게 걸을 때 보인 모습이었다. 얼마 전 김동우가 공화의 주막에서 선언을 했다는 윤봉길을 천장절 투사로 천거를 했었다. 마침 김동우의 천거에 답을 해야 했다.

그런데 백범이 망설였던 것은 천거와는 달리 또다시 좋지 않은 소문이 돌았다. 도대체 종잡을 수가 없는 사람이었다. 종품 공장에서 파업을 해 한인 사회를 발칵 뒤집어 놓더니 태평촌으로 가서 군인이 되어 나가 싸우자고 선언을 했다. 그런데 이번에는 왜놈들 소굴인 홍구에 들어가 비위 없이 물건이나 팔고 있다는 소문이 들렸다. 확인이 필요했다.

봉길이 아침을 대신해서 만두 한 개를 먹고 다시 한 움큼 입안에 넣고 나오는 데, 백범이 그를 불렀다.

– "어이, 키치! 히라누마 키치."

그의 등짐에는 일본인들이 좋아하는 프랑스제 물건들이 가득했다. 일본인들은 프랑스제 밀가루뿐 아니라 다른 물건을 좋아해 그가 오풍리에 와서 그들이 원하는 물건을 구매하여 되팔았다. 이익이 많았다.

또 그는 부업으로 홍구의 물건을 프랑스 조계 한인들에게 되파는 일도 했다. 홍구의 일본 준조계에는 한인들이 들어가기에는 께름칙하여 함부로 들어가지 못하는데다가, 그곳에는 조계의 살만한 한인들이 갖고 싶어 하는 물건들이 꽤 많았다. 그래서 봉길은 그곳의 물건을 떼다가 다시 한인들에게 약간의 이익을 남기고 되팔았다.

그러다 보니 프랑스 조계 한인 사람들 사이에 좋지 않은 소문이 돌았다. 그들은 자신들이 필요한 물건을 사다주는 봉길이었지만, 그것과는 별개로 그를 밀정으로 경계하는 사람들도 생겼다. 백범은 그 소문을 듣고 있었다.

히라누마, 백범은 일부러 홍구에서 쓴다는 일본 이름을 불렀다. 그가 일본 이름을 쓰고 다닌다는 소문이 사실인가 확인하기 위해서였다.

봉길도 그 이름을 듣자 잠시 머뭇거렸다. 그 이름은 홍구에서나 쓰는 이름이었기 때문이다. 혹시 홍구에 사는 일본인이 알아보고 부르는가 싶어 슬쩍 뒤를 돌아다보았다.

그는 그 앞에 서 있는 덩치 큰 노신사를 바라보더니 놀란 듯이 뒤로 물러섰다. 상해에서는 큰 어른으로 불리는 백범이었다. 세 번째 대면이었다. 그러나 여전히 낯설고 어색했다.

상해 도착 첫날 임시정부 청사에서 모르는 상태에서 지나치듯 인사를 했고, 종품 공장에서 본 뒤로 처음이었다.

봉길은 갑작스런 만남에 놀랐지만 인사는 해야 한다고 생각했는지 더듬거리면서 고개를 숙였다.

- 아, 안녕하십니까? 백범 선생님!

그는 백범이 왜 일본인 이름을 불렀는지 알지 못했다. 사실은 그 사실 조차 잊고 있었다. 백범 선생이 앞에 있다니. 그에겐 커다란 산이었다. 도산을 처음 만났을 때는 마을 앞 동구나무라 느꼈었다.

- 그래, 날세, 기억은 하는가?

그들의 어색한 세 번째 조우는 이렇게 시작되었다. 백범이 건물의 짧은 처마 밑으로 옮기자 길 복판에 서 있던 봉길도 이끌려 도로 한쪽으로 비켜섰다. 백범은 길 쪽으로 등을 보이고 봉길이 건물에 기대듯 서 있었다.

- 그럼요. 당연히 기억해야죠. 우리 한인들의 어른 아니십니까? 존체 무강하신지요?

봉길은 매우 공경스러웠다. 존경스러움이 배어 있었다. 때론 이 존경이 모든 것을 덮을 때도 있는 법이다. 그는 이미 개인이 서운함을 가질 대상이 아니었다.

- 그래, 지금은 어떻게 지내는가? 종품 공장은 그만두었다고 들었는데.

백범이 짐짓 모르는 체 물었다. 봉길은 그 앞에서 지금 홍구에서 장사하고 있다는 것을 말하고 싶지 않았다. 그럭저럭 연명은 합니다 라고 하려다 그것도 그만두었다. 있는 그대로 솔직히 말했다.

- 지금은 홍구에서 야채 가게를 돕고 있습니다.

- 용하군. 홍구까지 들어갔으니. 아무나 들어가기 힘들 덴데.

봉길은 백범이 일본 이름을 부른 이유를 그제야 깨달았다. 자꾸 꼬이는 느낌이었다. 한 번 엇나니까 외나무다리에서 마주 보고 같은 생각을 하고 있었다.

　— 아, 그건 계…

그는 말을 끝까지 잇지 못했다. 백범이 그것을 알고 있다는 듯이, 아니면 듣고 싶지 않다는 듯이 말을 끊었다.

　— 그래? 기분은 좀 어떤가?

아주 짧은 말이었지만 많은 뜻이 내포되었다. 백범이 아랫사람을 다루는 어투는 늘 생략되어 있었다. 그리고 은유적이었다. 상대가 알아듣지 못하면 그와의 말상대나 행동을 이어가기 힘들었다. 그런 면에서 엄항섭이나 안공근은 그의 생략과 은유를 잘 알아들었다.

김동우가 사람을 잘못 본 것이 분명해.

그러나 정작 기분을 묻는 것 같지 않았다. 약간은 조롱기가 있어 보였다. 왜 하필 홍구냐는 의미가 확실히 있었다. 그 홍구에서의 일이 마치 봉길이 가지고 있던 독립운동의 의지를 모두 버린 것처럼 물었다. 그렇게 들렸다. 변명과 설명이 필요했다.

　— 그렇지 않습니다. 독립운동의 목적은 내가 어디 있느냐에 따라 달라지는 것은 아니라고 봅니다. 내가 있는 곳마다 맘이 변한다면 어찌 의라 하겠습니까?

백범은 짐짓 그의 언변에 놀라는 듯했다. 그가 정색을 하고 언변을 늘어놓으면 마치 결의에 찬 기운이 뻗는 것 같아서 성질을 얘기할 때는 괄괄하다고 하고, 투쟁을 이야기하면 과격하다고 하고, 싸움을 이야기하면 혈기왕성했다.

　－ 자네는 소양이 좋군.

　－ …

　－ 언제 한 번 보세.

　봉길의 얘기를 들은 백범은 달리 할 말을 찾을 필요가 없었다.
　그게 마지막으로 그를 본 것이었다. 그리고 곧바로 이웅에게 연락이 왔으니 김동우도 더 이상 거론하지 않았고, 백범도 그를 잊고 있었다.
　윤봉길이라…
　재차 김동우가 그를 추천하고 나설 때는 나름대로 확신이 있어 보였다. 일단 김동우가 올 때까지 기다려 보기로 했다. 백범에게 지금은 어떠한 대안도 없었다.

낯선 곳에선 별이 떠야
방향을 알 수 있다

청년 봉길의 도일은 이렇게 허무하고 냉수스럽게 끝나버렸다.

모든 것이 순식간에 일어난 일이었지만, 모든 것이 자신의 탓만 같았다. 천장절 행사가 선포된 후 긴급하게 돌아가는 상해 풍기계들의 움직임, 특히 일본으로 가거나 일본에서 오는 사람들에 대한 검문이 심해진다는 것을 간과한 것이 큰 화근이었다.

거기에다 갑자기 튀어나온 편의대 사람들은 또 무엇인가? 홍구에서 장사를 한다는 것이 밀정으로 오인될 정도의 행동이라는 데는 어느 정도 감수할 상황이었지만, 격납고 폭파 사건의 실패 이유가 왜 자신에게 덮어 씌워졌는지 도무지 이해가 가지 않았다.

그는 다시 바다 위에서 앉지도 날지도 못하는 한 마리 새 같았다. 돌아갈 곳도, 돌아가 마땅히 한 뼘 몸뚱어리를 뉘일 만한 곳도 없는 새처럼 마냥 공중을 날다가 지쳐 땅바닥에 곤두박질할 지경이었다. 날개를 접지 못하는 새처럼 그는 상해의 한복판에서 홀로 떠 있었다.

죽지 않고 구태여 오늘까지 살아 왔는데, 소리 없이 통곡하는 이 인간아! 시간은 여전히 나를 붙잡고 이토록 무정하단 말인가. 내겐 기회조차 주지 않는구나.

도산에게 갈 수도, 다시 홍구로 갈 수도 없었다. 안귀생은 무사히 16포 항을 떠나 지금쯤 바다 한가운데서 자신의 꿈을 꾸고 있을 것이 분명했다.

전선이 그들 가까이에서 벌어지고 있어도 조계 사람들은 매우 평온했다. 이미 정전이 깊숙이 진행되고 있어 조계 사람들은 일본인들을 믿는 듯싶었다. 그들은 승리에 대한 예우만 해주면 조계에 대한 침입이나 불인정을 하지 않을 것을 알고 있었고, 프랑스 공부국도 매우 호의적이었다.

그들은 자신들이 관병식 행사에 초청받은 것에 대해 안심했고, 흥미로워했다. 그들은 상해에서 갖는 자신들의 권한만 인정되면 중국이 망하든, 중국이 누구의 지배를 받든 상관없는 국제 관계를 형성하고 있었다. 어차피 그들은 중국인의 입장에서 보면 모두 침입자였고, 그들의 입장에서 보면 모두 정복자였다. 그들은 정복자 간의 낮의 예의와 밤의 묵인이 원활해지기만 바랐을 뿐이었다.

그것은 중국인들도 마찬가지였다. 이미 프랑스 조계의 중국인들은 프랑스인들의 자본에 매달리고 굴복하기로 작정하고 조계를 넘어온 사람들이었기 때문에 굴종을 만끽하고 있어서인지 상해의 분위기는 그리 적대적이지 않았다.

많은 한인들도 그들의 자본의 텃밭만 무너지지 않으면 기죽은 것 빼고는 매우 한적했다. 대부분 정전에 호의적이었기 때문이었다. 가끔 일제의 풍기계로 보이는 사람들이 둘씩 짝지어 다니고 있었지만 아무도 그에게 관심조차 두지 않았다. 그러니까 지금 봉길은 자신만의 세계에서 스스로 고립되고 있는 듯했다.

그가 일본으로 가려다 실패한 것은 모든 한인이 알고나 있듯이, 아니 어쩌면 박진이 내일쯤이면 봉길이 일본으로 도망가려다 실패했다고 퍼트릴지 모르지만, 그는 스스로 자신의 실패를 과장하고 있었다.

4월의 상해는 매우 낭만적이기까지 했다. 그러나 그의 걸음은 낭만을 느끼지 못한 채 허우적거리고 있었다. 늘 어깨가 출렁일 정도로 경중경중 거리던 그의 걸음은 매우 잔잔해졌다. 늘 점잖지 못하다는 핀잔을 들어 고치려고 애를 써도 5리 밖에서도 그게 윤봉길인지 알 정도라던 그 걸음걸이가 아주 잔잔한 물결 파도 같았다.

혹여 지나는 사람들과 부딪쳐 시비를 붙어도 그의 우락부락한 눈이 상대를 말없이 제압했지만 오늘은 영락없는 어리숙한 내미손에 불과했다. 상대가 뭐라 해도, 욕설을 한다 해도 그는 전혀 말귀를 알아듣지 못하고 있었다.

망할 놈의 안귀생!

하필 같은 날 떠나다니. 늘 다부닐며 옆에 붙어 있던 안귀생이 웅크린 깍지를 풀더니 돌연 조선으로 돌아가겠다고 나선 그가 원망스러웠다.

그는 너름새가 좋아 사람들을 모으고 흩어지게 하는데 일가견이 있었다. 종품 공장의 파업도 그의 너름새가 없었으면 힘들었다. 그는 아무데나 머리만 들어갈 틈만 있으면 그 패에 낄 수 있었다. 이럴 때 그가 있었으면 쉽게 어디든 갈 수 있었을 것이다. 옆에서 툭툭 치며 앞으로 나가는 그의 너름새가 필요했지만 그는 가고 없었다.

망할 놈의 서상석!

하필 이럴 때 옆에 없다니. 그가 없으니 계산이 서지 않았다. 그라면 지금쯤 정확한 계산을 뽑아냈을 것이다. 그런 서상석이 나약한 생각을 하고 미국의 공화국이 부럽다며 미국으로 가버렸다.

상해에서 이 둘이 빠지면 그에게 남는 것이라고는 아무것도 없었다. 도대체 밀정이라니! 또 그것을 김동우에게 보증을 부탁해야 하다니. 봉길은 김동우가 보증을 서고 나서야 겨우 편의대로부터 벗어날 수가 있었다. 한밤중이 다 되어서야 김동우와 헤어졌다.

– 내 제안은 아직도 유효하네. 난 자네의 혁명적 소양에 동의하네.

헤어지면서 김동우가 말했다. 그러나 그 말도 그를 위로하지는 못했다. 그는 심신이 모두 노그라져 점점 주저앉고 있었다.

그나마 안귀생과 서상석이 없는 상해에서 노그라진 그를 지탱해줄 수 있는 곳은 태평촌 공화의 주막이었다. 김동우가 그곳까지 동행해 주었다. 소리를 지를 수도, 가슴이라도 찢어 거친 자갈길에 분탕질이라도 하고 싶었고 당장 황포 강가로 뛰어가 말 없는 강물에 애꿎은 분풀이라도 하고 싶었지만, 그마저 할 수 없었다. 그곳에서 냉평가들의 상실한 목소리의 외침 속에 자신도 묻히고 싶었다. 그곳에서 그들의 조롱이라도 들으면서 어리석음을 구정 물통에라도 던져야 했다.

젊은 청년들은 저녁이 되면 한 둘씩 태평촌에 모인다. 공화의 주막의 술 한 잔과 태평촌의 국수를 먹기 위해서다. 그나마 그렇게 배를 채운 허기를 다시 열성적인 토론으로 다 비워버린다. 그들은 낮에 일을 하는 것이 마치 저녁에 이곳으로 모이기 위한 준비운동을 하는 것 같았다.

태평촌의 논쟁은 항상 준비되어있지 않았다. 삼삼오오 찌그러진 의자에 앉거나 긴 의자를 서로 의지해 앉아 토론이 시작되다 보면 옆

자리에 휩쓸리든지, 아니면 옆자리가 휩쓸려 들어온다. 그렇게 한 팀 두 팀 합쳐지다 보면 어느새 전체가 하나의 이야기로 뭉쳐졌다.

때로는 바람난 밀정이 다물단에게 처형당한 이야기가 뿌연 주막을 채우는가 하면 어느 때는 왜놈을 때려눕히고 도망왔다는 사내의 용감한 무용담이 그들의 허기를 채우기도 했다.

이봉창의 이야기를 시작하면 이봉창을 처음 만난 사람의 이야기가 시작되고 그 영웅의 친구들이 줄줄이 꿰어 나온다. 그들은 영웅과 함께 영웅이 되고자 했다. 그들이 비겁한 현실에서 영웅의 삶 속으로 들어가는 방식이었다.

공화의 주막은 오늘도 평소처럼 와자지껄했다. 봉길이 도착했을 때는 어느 정도 토론이 진행되어 이미 주제가 한 곳으로 몰리고 있었다. 조선에서 폭탄 투척이 있었는데, 애매한 인민이 둘이나 희생되었고, 그로인해 또 다른 인민들이 엄청난 수난을 당하고 있는 상황을 유발한 폭탄 투척의 정당성에 대한 토론이었다.

득이 없는 폭탄 테러가 가져오는 후폭풍에 대하여 용기 없는 냉평가들의 비판이 이뤄지고 있었다. 이미 그들의 토론에서는 이제 정전에 대한 논제는 지나가 버렸다.

  – 그것이 테러란 말이 가당키나 하오. 조선의 인민들의 증오의 표출이란 말이오. 전투에 있어 적의 중요 인물을 암살하고 적의 행정기간을 파괴하는 것은 독립 전투를 대하는 기본 임무 아니겠소. 우리는 지금 적들과 싸우는 중 아니겠소. 적들의 논리에 동참 마오.

  – 맞소. 저들은 전쟁을 한다는데 우리는 테러라뇨? 그런 어폐 있는 말이 어디 있소? 저놈들이 죽으면 전사 대접을 받는데, 죽인 사람은 무모한

테러리스트라는 웃지 못할 일이 벌어지고 있소. 전쟁은 방식에 따라 달라지는 게 아니라 말 그대로 전쟁이오.

- 그러나 후방의 부분 전투는 정세가 대중적 투쟁의 전개를 바탕으로 해야 한다는 것을 간과해서는 안 되오. 이는 무장 폭동의 성숙 시기에 해야 그 효과가 배가 되오. 자칫 개인의 투쟁이 인민의 조직적 투쟁을 가로막는 일이 벌여져서는 아니 되오.

- 그것이 대중적 투쟁을 조직하고, 그 시기를 기다리자는 것이 당신들이 비판하는 준비론과 무엇이 다르오, 전투는 다발적으로 하는 것이오. 인민들을 조직하고 대중 투쟁을 하는 것도 전투요. 적들의 후방을 치고 요원을 암살하는 것도 전투요, 독립 군대를 앞세워 싸우는 것도 전투 아니겠소. 내가 나를 비판하고자 하는 것은 지금 우리가 여기서 말로 싸우는 것이 바로 준비론이요, 바로 친일이라는 것이오.

- 개량은 개량을 낳고 있소. 모순이 극대화했을 때도 개량은 또 개량을 선택할 수밖에 없소. 이것은 또 다른 지배를 뜻하는 것 아니오? 그러나 인민의 투쟁은 설사 모순이 극대화되더라도 또다시 선진 투쟁을 하는 것이오. 이것이 발전이오. 100년 후의 인민을 생각하고, 또 그 후 100년의 인민을 생각해봐 할 것이오.

다른 사람들의 과업에 대해 냉소적 평가를 하면서 떠든다는 것이 이렇게 위로가 될 줄을 몰랐다. 임득산이나 홍재형, 최석순 등이 이곳을 떠나지 못하는 이유를 알 것 같았다. 그들은 아무것도 할 수 없는 자신 스스로를 이해시키고 있었던 것이다.

그들이 매일 술에 취하지 않고도 이렇게 떠드는 이유를 알 것 같았다. 소리가 밖으로 나와 속이 비어 허하면 또 다른 소리가 들어와 허한 속을 채워주고, 빈창자에 술이라도 한 잔 들어가면 공허함의 찌꺼기들이 쏴하니 씻어 내려가는 그 시원함이 바로 소리 내어 떠드는 데 있었다. 쓸데없는 외침이 아니라 좌절한 젊음을 일으키는 방편이었다. 그렇게 그들은 위로를 받고 있었다. 봉길은 나라 잃은 사람들이 나라를 찾기 위해 허천난 듯이 떠들어대는 그들 모습 속에 자신의 모습이 보였다.

봉길은 두리번거리고 누군가 찾다가 문을 밀면 그가 보이지 않는 쪽에 숨듯이 자리를 잡았다. 들어오는 문의 오른쪽 작고 둥근 탁자였다. 그 자리는 백열전등의 불빛이 담배 연기에 가려 차마 미치지 못하여 어두침침한 곳으로 토론에는 참여하지 않고 술만 마시는 자리였다. 안귀생과 서상석이 없는 봉길은 짝이 없이 그곳에 혼자 앉았다.

그 실의 속에서 그가 생각한 것은 허리춤에서 그를 잡아당기고 있는 전대였다. 그는 그 자금이 어떻게 나왔는지 너무나 잘 알았다. 그보다 나을 것 없는 흥사단원들이 매달 조금씩 전입금으로 만든 자금이었다.

그의 주머니에는 200불이 짐으로 남아 있었다. 사업을 더 이상 진행할 수 없으니 춘산과 도산에게 돌려주어야 했다. 그것이 마무리였다.

봉길은 항상 자신이 어떻게 기억될 것인가가 두려웠다. 집을 떠나기 전 해인 기사년에 쓴 일기도 그 두려움에서 시작했고 그 두려움을 포장하기 위해 한 해를 성찰로써 살았었다.

사실은 그 두려움과 성찰이 집을 나오게 되었고, 개량적 월진회를 놓을 수 있었고, 월진회를 놓으니 그의 앞에는 새로운 국가가 보였다. 그는 스스로 장마처럼 밀려들어 오는 변화를 월진회의 방천으로는 감당하기 힘들었고, 그 변화를 담을 그릇으로 만주의 이상촌을 택했다. 그 변화가 또한 그를 밖으로 이끌었다. 이것은 유랑이었다. 이상국을 찾기 위한 유랑이었다.

그 유랑의 끝을 함께한 사람이 도산이었다. 끝내 함께 가야 할 이상국이 도산과 우당에게 있었다. 지금은 도산도 이상국을 건설하는 것을 가슴에 묻고 전선을 확대하고 있고, 우당은 일찍이 이상국을 핍박하는 일제에 피와 총으로 대항하고 있었다.

지금 신문지에 빳빳이 펴서 허리춤에 찬 전대 속에는 그에게서 받은 단순한 돈이 아니라 흥사단원들이 이상국으로 건너는 뱃삯이 있었다. 그래서 돌려주는 것이 마땅하다고 생각했다. 그러나 아직 그는 이 돈을 어떻게 돌려주어야 하는지 갈피를 정하지 못했다. 두리번거리는 그의 등을 누군가 살짝 두드렸다.

– 들을 만한가?

그가 움찔하고 뒤돌아보았다. 무의식중에 뒤로 흠칫 디뎠다. 또 한 번 늠씰했다. 예상하지 못한 노신사였다. 우당이었다. 봉길이 벌떡 일어나자 우당이 잔잔히 그를 앉히고 빈 옆자리를 차고앉았다.

– 지금은 듣는 것이 아니라……

예상치 못한 조우에 그가 얼버무리자 우당은 그냥 고개만 끄덕였다. 그는 언제나 편안해 보였다. 그래서 늘 곤궁했지만 곤궁한 티가 나지 않았다. 선비의 태가 아닌 묵직한 전사의 침묵을 가지고 있었다.

– 일본에 간다고 알고 있었는데, 잘 안 됐나 보군?

- 옛?

또 한 번 예상하지 못한 사실이 그를 놀라게 했다. 그 질문은 화살 같았다. 질문이었지만 봉길에겐 질책으로 들렸다. 그의 질책이 그에게 화살처럼 꽂혔다. 도대체 우당이 알고 있는 게 뭐지? 그는 마땅한 답 거리를 찾기보다는 우당이 그 사실을 알고 있다는 것에 더 당황했다.

우당이 그의 놀란 모습을 보면서 옅은 미소를 지었다. 사실은 우당도 편의대 속에 잠입한 왕아초의 부하 장레이〔張磊〕에게 윤봉길이란 한인 청년이 도일하다가 실패하여 편의대에서 고초를 겪다가 풀려났다는 이야기를 대충 듣고 혹시나 해서 공화의 주막으로 찾아온 것이었다.

장레이라는 사람은 북경의 빈민촌에서 태어나 상해에 와 왈패 짓을 하다가 왕아초에게 목숨을 맡긴 중국 사람이었다. 편의대에서 봉길을 심문할 때 옆에 서 있던 키가 작고 예쁘장하니 광대처럼 생긴 수시반 사람이었다. 그는 작은 입을 가지고 있었으나 그의 입술은 매우 탄력적이어서 웃을 때는 유난히 입이 크게 벌어졌다.

우당이 그의 답을 기다리지 않고 또 물었다

- 그런데 누굴 그렇게 찾나?

봉길은 답을 기다리지 않고 물어오는 우당의 또 다른 질문을 받고서야 비로소 대답을 할 수 있었다. 그는 찾고 있는 사람이 고영희라고 말했다. 우당이 고개를 끄덕였다.

우당이 두 가지를 연달아 묻고는 또 답을 듣기 전에 다른 것을 물어본 사이에는 이미 많은 것이 허락되고 이해되고 있었다. 그의 어이 없고도 허망한 실패에도 질책보다는 대수롭지 않게 포용되었고, 그의 헛헛한 좌절도 이해하고 있었다. 우당의 여유는 전장에서 수없이 많이 겪은 전사의 품이었다.

– 돌려줄 것이 있습니다. 지금 도산 선생은 남경으로 연설 차 떠나 상해에 없다고 들었습니다. 제게는 너무 무거워 견디기가 힘이 듭니다. 내게 주어진 기회가 없어졌으니 그 기회를 다른 사람이 사용할 수 있도록 하는 것이 지금 내가 할 수 있는 일이라 봅니다.

우당이 아주 작게 또 고개를 끄덕였다. 사실 그렇게 서두를 필요까진 없었다. 나중에 만나 자초지종을 설명하고 실패에 대한 책임을 지고 후사를 도모하면 그만이었다. 그러나 이것이 그의 성격 탓으로 돌리기엔 이해하기 어려운 측면이 있었다. 그의 성급함에는 성사시키지 못한 자신에 대한 분노가 다분히 섞여 있었다.

– 성격은 여전하군. 왜 돌려주려고 하는가?

– 제 것이 아니기 때문입니다.

우당은 그의 의미를 알고 있는 듯했다.

– 월진회비도 그런 의미에서 돌려주었는가?

우당이 갑자기 월진 회비 반납 이야기를 꺼냈다. 고영희에 의해 이미 널리 알려진 이야기였다. 돈에 관한한 그의 결벽증에 가까운 성격을 나타내는 일화였다. 그는 설령 굶어 죽어도 다른 사람의 돈을 빌리거나 의존하지 않았었다. 고영희가 그 이야기를 태평촌에 퍼트리고 다녔다.

- 그것은 꼭 그런 것만은 아니었습니다만…

문득 정한 바 있어 청도에서 상해 행을 결심하게 된 어느 날, 그날도 어김없이 전선에 나서자는 대종교의 연설회가 있었다. 숙소인 일본인 세탁소로 돌아온 그는 문득 집으로 가고 싶다는 생각을 했다. 아니 이제는 집으로 돌려보내야 하는 또 다른 자신이 있다는 것을 자각했다.

그 곁에는 늘 함께 있던 또 하나의 그늘 같은 자신이 있었다. 그것은 바로 아직도 이상을 꿈꾸며 비칠비칠 남아있는 계몽운동가인 또 다른 자신이었다. 그리고 그의 곁을 지켜온 월진 회비였다. 집을 떠날 때 이상국으로 가는 여정이었기에 경비로 쓰기 위해 떳떳하게 가지고 온 것이었다.

그는 상해로 떠나기 전에 월진 회비를 돌려보냈다. 그 돈으로 새로운 여정의 경비로 쓸 수는 없었다. 그리고 집으로 가고자 하던 자신과의 단절을 고했다. 성이불고省而不顧, 그것은 뒤를 바라보지 않겠다는 그의 의지요, 정리였다. 역행을 결심하고 보인 첫 걸음이었다.

우당은 이미 그 의미를 꿰뚫고 있었다.

- 월진 회비를 왜 그렇게 돌려주려고 했는지 생각해 보게. 그것은 곧 단절을 의미하네. 모든 것은 끊어지고 다시 생성되는 것이 아니라네, 모든 것은 이어져 있다네. 반성과 실천이 이어지고, 악과 선이 이어지고, 그

리고 과거와 미래가 이어지지. 다만 실천이 반성을 밀어내고, 선이 악을 밀어내듯이 미래가 과거를 밀어내는 것이 역사 발전의 순리일세. 월진회가 없었다면 어찌 자네의 성찰이 있었겠는가? 자네가 돈을 돌려준다는 것은 도산과의 단절을 의미하지. 새로운 기회가 있을 것이네. 그때 그 과업을 이어가게. 그래야 도산이나 춘산도 자네와 함께 했다는 것에 자랑스러워할 것이네.

— 저는 이제 무엇을 해야 하는지 당최 앞이 안 보이지가 않습니다.

— 그렇게 허위단심할 필요까지는 없네. 나가세.

그는 우당의 손 안내로 공화의 주막에서 나와 태평촌 거리를 걷고 있을 때 우당이 먼저 말을 이었다.

— 혹시 아는가. 그것이 타고 남은 억새의 재만큼이라도 끈을 잇고 있을지?

공화의 주막에서 포석리까지의 거리는 향장목으로 가로수를 조성했다. 중국인들이 좋아하는 나무였다.

향장나무는 사철나무였다. 상해의 특유의 날씨로 인해 활엽수이면서 사철나무처럼 내내 잎이 푸르렀다. 그 나무에서 피는 꽃의 향이 매우 독특하고 은은하여 사람들을 홀렸다.

향장목의 연붉은 꽃이 밤을 예쁘게 수놓고 있었다. 태평촌에서 포석리의 중간에 조성한 프랑스풍 공원은 전혀 다른 이국적 분위기가 풍겼다. 우당이 프랑스 공원을 돌아 다시 향장목 가로수 길에 접어들면서 물었다.

- 일본에는 왜 가려 했나?

프랑스 전원 주택단지를 지나면 고풍스런 포석리가 있었다. 우당의 느린 발걸음은 자연스럽게 봉길을 포석리로 이끌고 있었다.

- 그들의 심장을 파괴하러 가려 했습니다. 호랑이를 잡으려면 호랑이 굴로 가란 말도 있지 않습니까?

- 그렇지. 근데 지금은 그들의 심장이 상해에 있지 않나? 본토에는 빈 껍데기들이 군부의 총부리 아래서 파시즘의 단맛만 볼 뿐이지. 그래서 일본은 밖에서 무너지면 자연히 안에서 무너지게 되어 있네. 일본은 들판에 번지는 불과 같네. 들판의 불은 가운데는 꺼지고 밖으로 번져만 가지. 어찌해야 들불을 끌 수 있겠나?

- 아! 맞불이겠군요.

그가 깨달은 듯 순식간에 자기도 모르게 답을 내놓은 것은 이미 그런 얘기는 안귀생과 나눈 적이 있기 때문이었다.

- 자네의 도일은 왜 실패했다고 보나?

- 무모한 자신감이었습죠. 회산항을 상해로 착각했습니다. 그런데 막상 나가보니 회산항은 상해가 아니라 완전한 일본이었습죠. 유창한 일본어는 능히 그들을 속일 수 있다고 생각했습니다. 홍구에서도 그렇고 다들 내가 일본인으로 알고 있었습니다. 배만 타면 일본에서는 아무 걱정이 없었습니다. 객기였습죠. 왜놈들이야 한 줌 꺼리도 안 된다고 생각했습죠.

– 그들이 일본인이라고 다 믿는다고 보는가? 그들은 자신들만 믿네. 가지 못한 것이 실패가 아니라 주변 정세와 분위기를 간과한 것일세. 지금은 일본의 중심부가 상해로 이동하고 있네. 이 틈에 그들의 방어벽을 뚫고 움직인다는 게 쉬운 일은 아니지. 조선으로 돌아서 갔으면 좋았을 걸.

우당의 아주 조용한 추궁이 있었다.

– 네. 제가 좀 무모했습니다.

– 자책하지 말게나. 이 엄중한 시기에 무모함이란 없네. 옳은 방법과 그른 방법이 따로 없네. 무엇을 하지 않는 것이 죄악일 뿐일세. 모든 길은 하나다? 그 길은 처음부터 모두가 모여서 출발! 하고 떠날 수는 없네. 인류가 그렇게 해본 적은 한 번도 없지. 저 제국주의자들도 오직 하나의 대열로 침략을 해오는 것 같지만 그렇지 않다네. 그러니 대응하는 것도 각자 다른 대응일 수밖에 없지. 개인을 억압하는 쪽에서는 개인이 대응을 해야 하고, 군대가 밀고 오는 곳에서는 군대가 대응해야 하네. 무너지는 것도 마찬가지네. 한 사람을 무너트려 전체를 무너지게 할 수 있다면 한 사람만 무너트리면 되네. 그러나 한 사람을 무너트려 모두가 무너지지 않는다면 모두를 무너트려야 한다네. 제국주의자들은 다각도인데 우리만 하나의 대열로 모인다는 것은 그것도 커다란 오류 아니겠는가? 누구는 폭탄을 들고 적지에 뛰어들고, 누구는 총을 들고 저들의 소총수들과 싸우고, 누구는 후방에 들어가 적들을 돕는 자를 척결해야지. 다만 아무것도 하지 않는 것은 죄악일세. 앉아서 누가 무슨 일을 했는데 그것이 현 시국에 이러니저러니, 전략적으로 맞니 안 맞니 냉평만 하고… 행동하는 이론만이 옳은 걸세.

여전했다. 그가 자신을 바라보는 시선이 한결같았다. 좌절한 그를 당당하게 만들어 주고 있었다. 봉길이 그제야 조금씩 안정을 되찾아 갔다. 그러고 보니 우당은 그가 좌절할 때마다 그 이유를 무색하게 만들곤 했다. 종품 공장을 나올 때도, 신천지를 떠날 때도 그랬다. 그는 좌절과 포기를 당당한 선택으로 만드는 유연함이 있었다. 노전사가 엄혹하고 처절한 전선에서 평생을 버틴 힘이 그곳에서 나오는 듯했다.

봉길이 문득 따라가던 걸음을 멈추고 물끄러미 향장나무를 바라봤다. 그들 앞에 아직 시들지 않고 싱싱한 낙엽이 한 닢 떨어졌다. 앞서 던 우당도 뒤를 돌아다보고 봉길의 시선을 따라 가더니 슬며시 웃는다.

― 저 나무 좀 보십시오. 향장 나무입니다.

― 그래 자네는 저 향장 나무를 보면 무슨 생각을 하는가?

― 선생님의 말씀이 생각났습니다.

― 뭐라?

― 저는 처음 상해에서 향장나무를 봤을 때 저 나무는 무슨 팔자로 타고 나서 저래 사철 푸를 수 있단 말이냐. 낙엽이라고는 지질 않으니, 게다가 꽃도 피지, 향도 좋지, 마치 왜 놈들 팔자 같지 않느냐. 우리 조선은 왜 저렇게 되지 못했을까 생각했습죠.

― 그런데 지금은?

― 저 향장나무도 낙엽은 지고, 새싹이 솟는다는 것을 알았습니다. 헐겁

게 보면 안보이지만 자세히 보니 명년 봄 오면 꽃이 피고 잎이 지는데, 미물처럼 작은 새싹이 커다란 산 잎을 밀어내더란 말입니다. 사시사철 푸르른 저 향장나무도 세상 만물의 순환 순서는 바꿀 수가 없는 거더란 말입니다.

천지기회신절서天地幾回新節序. 하늘과 땅은 늘 새로운 질서로 돌아온다. 그가 좋아해서 늘 쓰고 암송하던 문구였다. 그 이치가 향장나무에 있었다. 봉길은 그 이치가 조선의 독립에도 있다고 믿었다.

- 그러다 보면 일제도 그 자연의 순환 논리를 벗어날 수는 없을 거라고 생각합니다. 조선의 독립은 그렇게 신질서로 돌아올 것으로 믿습니다.

- 하, 하, 하, 그것이었나? 그래, 자네는 그 순환을 돕기 위해 이제 무엇을 할 예정인가?

비로소 우당이 좌절한 봉길 앞에서 웃었다. 우당은 어느새 그를 새 길로 인도하고 있었다. 단 5리를 함께 걸었지만, 백 리를 함께 걸은 듯했고 천 리를 내다보게 했다.

- 일제를 내부적으로 무너트리는 데 실패했다면, 그리고 들불은 둘레에서 맞불로 꺼야 한다면 저는 주저 없이 맞불을 놓을 것입니다. 일본의 심장이 있는 곳, 민족과 민족의 힘이 발현되는 곳에 저를 놓고 싶습니다.

- 항상 전선은 내가 서있는 곳에 있다네. 전선은 자신이 만들고, 자신이 지키고, 자신이 싸우는 것이라네. 모든 것은 자신이 결정하는 것이지.

우당이 이야기를 멈추고 어느 골목 앞에 섰다. 골목을 끼고 쌀가게가 있었다. 창문이 넓고 컸다. 안에 훤히 들여다보일 정도로 깨끗한 유리창을 가지고 있어 안에서 무엇을 하는지 한눈에 볼 수 있었다. 유리창이 너무 커서 자칫 흔들면 깨질 듯했다. 가게 앞에는 아주 큰 향장나무가 있었고, 그 나무의 세력이 왕성하여 2층까지 뻗어 창문을 뚫을 기세를 하고 있었다.

봉길에겐 익숙한 거리였다. 예전에 살던 집이 근처였다. 우당 댁이 가까이에 있었다. 우당을 처음 만난 곳도 이곳에 살 때였다.

봉길이 헤어질 준비를 했다. 좌절한 청년에게 베푼 충분한 배려에 대해 깊은 인사를 드렸다. 그러나 인사를 나눈 뒤에도 둘은 골목 앞에서 한동안 이야기를 주고받았다. 조그만 가게치고는 밤인데도 사람들이 가끔 드나들더니 그들의 이야기가 끝날 무렵 문 닫을 준비를 하고 있었다. 몇 사람이 더 쌀가게로 들어간 뒤에 우당이 봉길의 손을 잡았다.

– 싸움은 무엇을 위해 싸우느냐? 모두가 자신의 이상을 위해 싸우는 것이라네. 많은 사람들이 이상국 건설이 좌절되는 것에 절망하곤 하네. 그 절망이 죽음보다 크다면 기꺼이 죽음을 택하지. 자네의 이상은 무엇인가? 그 이상에 대해 절망해본 적이 있는가?

– 네. 그 절망이 지금의 저를 이끌고 있습니다.

– 자신의 이상에 절망한 사람들이 또 있네. 그들에게 가 보세. 그들의 죽음은 다른 사람들의 이상을 지켜줄 것이네. 그것이 곧 자신의 이상을 지키는 것이지. 자, 가 보세.

그가 향장목을 한 번 아우르더니 쌀가게로 그를 이끌고 들어갔다.

그곳은 다물단의 위장 가게였다. 포석리에 잠시 기거할 때 그 부근 어디엔가 상해의 전설적인 혁명적 투사들이 드나드는 가게가 있다는 소리를 들어본 적이 있었지만, 봉길은 실제로 가본 적은 없었다.

제비뽑기

유리창처럼 약하고 말끔한 쌀가게와는 달리 커다란 자물쇠가 달린 두 개의 철문을 지나 좁은 쌀가마 틈을 비집고 나가니 2층으로 올라가는 계단이 있었다. 투명함을 가장한 견고한 공간이었다. 우당이 봉길을 데리고 간 곳은 쌀가게에 달린 뒷방 이층이었다.

봉길이 우당을 따라 쌀가게 2층에 갔을 때 그들만의 게임이 시작되었다. 거기엔 이미 많은 사람들이 모여 있었다. 그들이 들어갔으나 누구도 개의치 않았다. 우당에 대한 믿음이었다. 사실은 이미 밖에서 그들이 향장나무 밑에서 서 있었을 때 모두의 동의를 받은 상태여서 새로운 사람의 참여를 알고 있었다.

봉길이 처음으로 본 혁명가들의 모습이었다. 거리에서 쌀가게를 보고, 그 쌀가게를 통해서 2층으로 올라오는 길조차 그에게는 은유였다. 얼마나 투명해야 하는지, 얼마나 견고해야 하는지 그에게 말하고 있었다. 투명해야 적은 바로볼 수 있고 동지는 믿는 것이고, 견고해야 적은 들어오지 못하고 동지들은 지킬 수 있다는 것을 보여주고 있었다.

왜경들이 혼자서는 알고도 잡지 못한다는 서슬 시퍼런 아나키즘의 혁명동지들이었다. 만주의 전선에서 막 도착한 사람도 있었고, 상해에서 왜적의 틈만 노리던 사람도 있었다. 개중에는 아는 얼굴들도 있었다. 그러나 그가 모두 친근하게 느껴졌던 것은 공화의 주막에서 독립투사의 전설로 불리며 수없이 그들의 활약을 들어온 바가 있어 마치 언젠가 만난 듯한 착각이었다. 정화암, 이강훈, 유자명, 백정기, 원심창, 박기성, 엄형순, 김성수, 이달, 유기석 등이 모였다. 포석리 쌀배달꾼 백정기가 그를 아는 체했다.

아, 저들이 독립운동을 했구나. 저 남루한 옷으로도 저렇게 황홀한 투지를 감쌀 수 있구나.

그곳에는 일본인 사노와 종군 기자 이토가 있었으나 봉길에게 소개하지는 않았다. 사실은 아무도 서로 인사를 하지 않았다. 그것이 그들의 불문율이었다.

그들은 원탁을 중심으로 모두 긴장된 듯이 서 있었고, 원심창이 주머니를 들고 아주 조용히 흔들고 있었다. 달그락거리는 소리가 그들을 더욱 숨죽이게 했다. 그러기를 한참이 지났다. 의아해하는 봉길을 향해 우당이 귓속말로 말했다.

 – 제비뽑기일세.

그들의 제비뽑기는 곧이어 왕아초가 쌀가게로 찾아오면서 직감적으로 시작되었다.

그는 약속한 시간보다 조금 늦게 나타났다. 중국인들의 자신감의 표시였다. 그래서 그들은 이번에도 왕아초가 약속시간보다 늦게 오기를 고대했었다. 그가 나타나지 않을수록 그들의 원탁은 점점 흥분하기 시작했다.

드디어 그가 문을 박차고 들어오자 그들의 흥분은 절정에 다다랐다. 이번에는 수하들도 함께 왔다. 우당이 봉길과 밖에서 많은 이야기를 한 것도 그가 오기를 기다린 것이었다.

왕아초는 도착하자마자 혹시 자신의 능력을 믿지 못했을지도 모르는 사람들에게 의기양양하게 폭탄 제조가 시작됐음을 알렸다. 그는 놀란 표정과 하늘을 향해 벌린 손짓으로 그 폭탄의 성능을 표현했다. 모두가 환호했다. 사람들이 환호성을 질렀다.

– 야호!

– 정말이오?

– 그렇소. 내가 장담하지 않았소? 집채 하나 정도는 쉽게 날릴 수 있소. 모두를 박살낼 것이라 했소. 누구 하나 피해갈 수 없소!

– 야호!

그들은 누가 무슨 말을 했는지 모를 정도로 탄성이 원탁을 채웠다. 환호성이 끝나자 왕아초가 우당에게 다가와 슬쩍 포옹을 했다. 우당이 그의 등을 토닥였다.

폭탄은 그들에게 꽃이었다. 이번 폭탄은 아주 특별했다. 그 특별한 폭탄을 왕아초가 해냈다.

환호가 끝나자 이번에는 자신의 중국인 수하들을 소개했다. 서로 인사를 하지 않은 그들의 불문율에 어긋난 것이었다. 특별한 이유가 있었다.

- 이들이 여러분과 함께할 것이오!

왕아초가 중국인 동지 둘을 앞에 세우자 수하들이 나와 가볍게 인사를 하고 한 손을 들어 자신을 알렸다. 그중에 한 사람이 봉길을 바라봤다.

봉길이 잠시 당황했다. 왕아초가 소개한 사람 중에는 방금 전까지 자신을 독하게 심문했던 입이 큰 편의대 사람이 있었다. 그가 봉길을 보더니 살짝 미소 지으며 웃으며 인사했다. 두툼하게 다문 입 꼬리가 올라갔다.

그가 이곳에 속해 있었다니, 다물단은 그 속의 깊이를 알 수가 없었다. 놀란 봉길이 의아해하자 평소 그와 안면이 있던 백정기가 소개했다.

- 하하 구면이겠구먼. 걱정 말게. 이들은 제국주의라면 그것이 조국이
든 아니든 상관없이 무너트려야 하는 운명을 타고났다네. 내 폐병 동기이
기도 하네.

- 장레이요. 조선인 청년!

그가 악수를 청했다. 그는 백정기처럼 깊은 폐병에 걸려있었다. 듣고 보니 유난히 수척해 보였다. 그가 봉길을 보더니 악수를 청하고는 다시 씨익 웃었다. 그의 입이 더욱 커 보였다. 입 꼬리가 왼쪽 볼의 반까지 올라왔다.

- 그렇지. 다만 우리 조선인에게는 독립이란 큰 명제가 더 있을 뿐이
네.

원심창이 백정기의 말을 받았다.

　－이 둘은 부두회 회원일세. 부두회라고 들어는 봤는가? 알아두면 상
해에선 안전하게 돌아다니지. 그래도 목은 조심하게. 하 하 하.

그는 허리춤의 도끼를 흉내 내듯 주먹을 두어 번 흔들었다.

　－자. 그럼 다시 시작해볼까!

원심창이 원탁을 향해 다시 소리쳐 사람들을 집중시켰다.
　그들은 왕아초와 우당, 화암이 옆방 다실로 들어가자 이미 준비를
했다는 듯이 게임을 시작했다.
　제비뽑기의 방법은 늘 같았다. 그날은 게임 주도를 전선에서 막 돌
아온 원심창이 했다. 원심창이 책상 위에 놓여있던 마작 패를 들었
다. 그가 들어올린 주머니에는 중국인들이 좋아하는 골패 중에서
‘中’ 자를 새겨놓은 패가 있었다. 평소에는 이 글자를 조커처럼 썼다.
오늘은 적중했다는 뜻으로 주머니 속의 ‘中’ 자를 찾는 게임이었다.
　한두 번 해본 게임이 아니었다. 원심창이 ‘中’ 자 골패를 각자에게
돌아가면서 확인시켰다. 매우 능숙하게 그들은 돌아가면서 ‘中’ 자에
자신만의 표시를 해둔다. 누구는 입을 맞추고, 누구는 이마에 대고,
누구는 손안에 넣고 빌듯이 손을 비빈다. 각자의 숨결을 표시하고 보
자기 속에서 자신의 숨결을 찾아내는 간단한 게임이었다. 그러나 그
들의 긴장감은 말할 수 없이 높았다.
　원심창이 마작을 모아 작은 헝겊 주머니에 넣고 흔든다. 그가 뽑는
순서를 정했다. 원심창은 돌아가면서 한 사람 앞에 주머니를 내밀었

다. 돌아가면서 하나씩 집게 하는데, 집어든 사람들이 각자 자신이 표시해 놓은 숨결을 찾듯이 똑같은 방법으로 각자가 골패 하나씩 집어들었다. 원심창이 봉길의 앞을 그냥 지나더니 다시 돌아와서 주머니를 내민다.

- 하나 뽑아보련가? 청년!

사람들이 모두 봉길에게 집중했다. 원심창이 다시 한 번 주머니를 그의 가슴께에 내밀었다. 원심창이 슬쩍 웃었다. 그리고 고개를 끄덕이며 다른 동지들을 바라보았다. 다른 사람도 봉길이 뽑기를 고대했다.

- 예? 아닙니다. 제가 낄 자리가 아닌 듯싶습니다. 저는 놀이에는 영 재주가 없습니다.

- 그래도 뽑아 봐. 청년의 행운이 어느 정도인지 보게.

- 예?

- 그래. 청년은 뽑히는 게 행운일까? 아니면 안 뽑히는 게 행운일까? 뽑히면 죽음의 길이자 삶의 길이요, 안 뽑히면 삶의 길이자 죽음의 길인데.

그가 알 듯 모를 듯한 말로 그에게 골패 잡기를 권했다.

- 글쎄요?

- 자유일세. 그것을 뽑던 안 뽑던 모든 것이 개인의 자유일세.

그 모습을 지켜보던 우당이 턱을 들어 선택의 시간을 주었다.
봉길이 주저했다. 답을 하기도 주저했고, 뽑기도 주저했다. 다시 원심창이 주머니를 그의 굳은 손 쪽으로 내밀었다. 모두들 숨을 죽이고 그의 손에 집중했다.
봉길이 얼떨결에 뽑았다. 그의 골패는 검은색의 ‘發’이었다. 비로소 사람들이 긴 숨을 내쉬고 긴장을 풀었다.

- 아쉽네. 행운이 꽉 찼으나 이번은 아닐세. 하. 하. 하. 그래도 이번에 '발'을 뽑았으니 청년의 행운은 앞으로 활짝 필걸세.

그렇게 한 사람 한 사람 돌아가며 뽑기가 끝났지만 누구 하나 먼저 패를 펴지 않는다. 그들은 모두 흥분한 상태로 마치 보물이라도 찾았다는 듯이 살펴보면서 쉽게 손을 펴지 못했다. 마치 첫 글을 배운 아이가 글씨를 대조하듯 호기심과 기대감으로 각각 자신들의 투시를 자신했다.
누구도 쉽게 자신의 패를 열지 않자 원심창이 맨 나중에 남은 하나를 뽑아들고 제일 먼저 동지들에게 들여 보였다. 그의 골패에는 꽃이 있었다. 한가로이 꽃구경이나 하라고 사람들이 놀려댔다. 모두들 박장대소하며 그의 잘못된 투시력을 비웃었다. 사실 그는 막 전선에서 돌아와 이 게임에는 열외였는데, 만약 그가 뽑혔으면 다시 해야 해서 맨 먼저 보인 것이었다.

"쫑!!"

백정기였다. 모두들 원심창의 잘못된 선택을 비웃으며 그를 위로할 때, 백정기가 뛰쳐나오며 소리쳤다. 그의 손에서 진홍색의 '中' 자가 적힌 골패가 있었다. 중국어로 '中'을 나타내지만 쭝은 더 이상 애태우지 말고 끝내라는 뜻도 있었다. 그의 환호성이 밖으로까지 들렸다. 그는 호탕하게 웃고는 떠벌린다. 왕아초와 잠시 물러난 우당과 화암이 박수를 보냈다. 왕아초가 밖을 보며 자신감 있게 고개를 끄덕이며 밖으로 나왔다.

누가 볼까 봐 골패를 펴지 못했던 사람들이 혹시나 하고 패를 몰래 펴보고는 뽑히지 않은 것에 대해 실망감을 보였다. 누구는 골패를 던지면서 화를 내는 사람도 있고, 누구는 부정이 있다는 듯이 의심의 눈초리를 보내기도 했고, 누구는 다시 뽑기를 하자고 우기기도 했지만, 그것은 모두 아쉬움의 표현일 뿐이었다. 모두 백정기에게 다가가 결의를 다졌다.

백정기는 폐병이 깊어 북만주에서 호송되어 왔는데, 죽을 고비를 넘기자 다시 선봉에 나선 것이다. 원심창이 그에게 다가가 굳은살이 박인 백정기의 손을 잡았다.

　　– 내 그럴 줄 알았소. 동지가 뽑힐 줄 알았소. 이번 거사는 나 같은 조
　　무래기는 범접도 할 수 없을 게요. 자. 백 동지! 이제 함께 갈 동지를 뽑으
　　시오.

원심창의 부탁이 떨어지자 모두 그동안의 투정을 멈추고 숨을 죽인 채 그가 점지해주기를 학수고대한다. 뽑힌 사람은 자신의 파트너를 정할 권한이 있었다. 말은 하지 않았지만 서로 자신이 알맞은 파트너임을 힘주어 웅변하고 있었다.

그러나 그는 그들의 바람은 아랑곳하지 않고 장레이와 같이 온 또 다른 중국인을 뽑았다. 장레이가 손을 들어 화답을 했다. 모두들 의아해했다. 불문율을 깨고 소개한 이유였다.

　　　– 그렇소!

왕아초가 그들의 의아함에 답을 했다.

　　　– 이번 거사는 우리가 함께할 것이오. 연합이라 하지 않았소. 많은 사람이 필요한 것도 아니요. 백 동지 하나면 천만 왜놈들의 심장을 후벼 팔 수 있다고 들었소. 천만 왜군 앞에 떨지 않을 사람은 백 동지 말고는 누가 있겠소?

　　다시 백정기가 일본인 사노의 팔을 끌어 사람들 앞에 세우며 왕아초의 말을 받았다. 백정기와 장레이와 왕이라는 중국인, 그리고 사노가 사람들 앞에 섰다. 그 뒤에 왕아초와 우당, 화암이 손을 잡고 섰다.

　　　– 그렇소. 이번 거사는 우리 넷이면 충분하오. 이번만큼 안전한 거사는 없소. 방해자도 없소. 그저 표적만 보일 뿐이오. 나는 표적을 향해 달릴 뿐이오. 내가 곧 화살이오. 이토 기자가 밖에서 조력해 줄 것이오.

　　백정기의 말이 끝나자 다시 장내가 좀전의 분위기와는 다르게 숙연해졌다. 사노가 아주 깍듯한 감사 인사를 전했다. 그러나 항상 그의 눈빛은 차가웠고, 그 차가움은 웃음에도 묻어 나왔다.

　　　– 당연한 일이오. 우리 민족이 나쁜 방향으로 가는 것을 막는데 누가

주저하리오.

사노가 결의를 다지며 이토를 바라보자, 이토가 맺고 끊음 없이 고개를 끄덕였다. 사노는 항상 휴머니즘에 빠진 이토가 걱정이었다.

– 이토. 모두 조국의 미래를 여는 일이니 조금만 힘을 냅시다. 두렵거나 힘들 때는 어깨동무를 합시다. 내 어깨는 항상 이토의 것이오. 이제 곧 우리의 어깨동무를 풀고 인민들과 춤을 출 날이 올게요.

사노의 따듯함과 포근함은 오직 이토에게만 있었다. 왕아초의 허장성세에 놀란 이토를 격려하듯 다시 한 번 다짐했다.

– 무엇하는 건지요?

봉길이 우당에게 물었다.

– 보면 모르나? 저들이 죽는 방법일세. 저들은 이승과 저승을 오가는 게 마치 강을 건너듯 한다네.

– 네?

– 그렇다네. 지금 웃기 위해 놀이를 하는 게 아니라 싸우러 나가는 출정식을 치루고 있다네.

– 그런데 어찌 저리 즐거울 수 있습니까? 비장해야하지…

– 자네는 관창이 되길 원한다고?

- 네.

- 저들은 계백이 되고자 하지.

그로서 결정이 났다. 바로 죽으러 가는 사람이 결정이 난 것이다. 4·29 천장절 거사 투사가 결정이 난 것이다. 그들은 자신의 죽음을 이렇게 호탕하게 제비뽑기로 결정한 것이다. 그렇지 않으면 서로 간다고 나섰기 때문에 결정을 할 수가 없었다.

아, 죽음에 이렇게 호탕할 수가 있다니… 개인의 자유는 인민의 자유에서 나온다라는 말이 헛된 것이 아니었다. 봉길은 또 상해에서 역행의 발자국을 한 발 더 내딛고 있었다.

이 제비뽑기는 본격적으로 독립운동가로의 길로 접어든 봉길에게 환영식 같은 것이었다. 비록 실패했지만, 아니 실패는 독립운동에는 늘 따라다니는 개척자의 첫발 같은 것이었다. 독립운동가로의 삶을 시작한 그에게 죽음을 어떻게 대해야하는 지를 보여주는 환영식이었다.

임갈굴정臨渴掘井,
목마른 사람이 샘을 파다

다물단의 계획이 차질 없이 진행되는 동안 비상이 걸린 곳은 한인 애국단이었다. 확실하고 검증된 투사였던 이웅이 거사를 회피함으로써 모든 것이 물거품이 돼 버렸다.

밤이 되어 김동우가 돌아오면서 그들은 신천상리 애국단 사무실에 다시 모였다. 그곳에는 백범을 중심으로 이화림, 안공근, 엄항섭, 김동우가 있었다. 백범의 참모이자 애국단의 핵심 단원들이었다. 이화림은 백범의 부인이 죽은 뒤 모든 일을 뒷바라지하던 여비서였고, 안공근은 형 안중근이 죽은 후 각별히 백범의 보호를 받으며 상해의 통신과 정보를 관할하고 있던 참모였고, 엄항섭은 말 그대로 백범의 복심이었다. 그는 잘 드러나지 않는 백범의 복심을 겉으로 드러냈다. 그들의 관계는 깨질 수 없는 바위 같았다.

그러나 그들이라고 해서 거사를 며칠 남기지 않은 상태에서 포기한 이웅을 대신할 마땅한 대안이 있을 리가 없었다. 대안으로 의경대 유상근, 이성원 등이 거론됐다. 그러나 중국이 국제연맹에 일본의 만주침략을 제소하자, 이를 조사하기 위해 국제연맹조사단 리튼 일행이 다롄〔大連〕에 오기로 했다. 이때 환영 나온 일본의 관동군사령관·남만철도총재 등을 폭살하기로 계획을 짜고 이미 최흥식이 떠난 상태였다. 곧이어 폭탄 준비를 마치는 대로 한 팀이었던 이들을 뒤따라 보내기로 약속이 돼 있어 그 계획을 수포로 돌릴 수는 없었다.

새로운 이봉창도 없었다. 대안이 없는 모임이었다. 그들은 포기한 이웅에 분노했다. 그러나 그 분노가 얼마나 허위일 수밖에 없다는 것을 다 알고 있었다.

  - 저라도 가야겠습니다.

엄항섭이 마음에도 없는 허투의 말을 던지며 백범의 답답한 비위를 맞췄다. 그는 행동력이 강하고, 사상을 지키기 위해 죽음을 불사하는 강력한 무장 투쟁론자들인 아나키스트들을 부러워했다.

어쩌면 어정쩡한 공화정과 자본주의를 택한 임시정부가 나약한 선비들의 가장 안전한 사상적 피신처라는 안귀생의 비난이 맞는지도 몰랐다.

그러나 그들이 간과하고 있는 것은 투사 말고도 사실 따지고 보면 정작 아무것도 준비가 안 되었다는 사실이었다. 이웅이 온다 한들 그들의 분노가 어디로 갈지 알 수가 없었다.

김홍일과의 연합도 성사가 안 되었다. 그것은 결정적으로 원하는 폭탄을 구할 수 없다는 것을 말했다. 설령 폭탄을 구입하지 못해 성능이 약한 지금의 폭탄을 가지고 간다고 해도 출입증이 없이는 행사장엔 한 치도 들어갈 수가 없었다. 출입증은 엄항섭의 보이지 않는 태업이 있었다고 하더라도 누구 하나 손도 써보지 못하고 있었다.

다만 이런 문제가 처음에는 이웅의 참여로 묻혔지만, 지금은 이웅의 포기로 인한 허위의 분노로 덮이고 있었다. 어느 누구도 앞서 해결할 수 없었으니 모두가 비껴갈 뿐이었다. 거기에 백범의 엄중함까지 보태지면서 누구도 말을 꺼내지 못하고 있었다. 그들의 분노는 아무것도 준비되지 않은 자신들의 미숙함을 덮기 위함일 뿐이었다.

그들의 침묵을 깬 것은 김동우였다.

- 선생님, 윤봉길에게 기다리라고 했습니다. 어찌할까요?

그때 애국단에게 한 가지 뜻밖의 소식이 들려왔다. 닫힌 사진관 문이 거칠게 흔들리며 김동우의 말이 묻혔다. 그들의 조용하고 무거운 포기에 끼어든 사람은 다름 아닌 김홍일과 민필호였다. 재빨리 사무실을 정리하고 그들을 안으로 들였다.

- 됐습니다. 선생님!

김홍일은 백범의 연합 제안을 거절했지만, 마냥 모르는척 할 수는 없었다. 백범은 연합을 제안할 당시 그에게 신천상리의 안공근 사진관을 연락처로 삼았었다. 혹시 전할 말이 있으면 다른 통로를 통하지 말고 직접 해달라는 당부가 있었다. 김홍일은 그곳이 애국단의 비밀 사무실이라는 것까지는 모르고 있었으나, 조직 생활이 몸에 밴 김홍일은 그 공개에 매우 부담을 느끼고 있었다.

그는 진중한 중국 군인이었다. 그러나 그의 진중함도 민족 앞에서 여지없이 무너졌다. 그에게 백범이란 민족이었다. 백범은 늘 임시정부의 군대를 갖고자 했다. 군대를 조직해야 하는 당위성과 그 조직 방법에 대해 늘 자문해왔다. 임시정부로는 만주의 어느 부대도 지휘를 할 수 없는 상황에서 그 희망을 자신에게 걸고 있다는 것도 잘 알고 있었다. 그 군대가 형성되려면 중국의 힘이 필요했고, 지금은 중국의 신뢰가 필요한 시기였다. 중국에게 조선의 힘을 보여줄 필요가 있는 시기였다.

그가 뜻밖의 희소식을 가지고 백범을 찾아왔다.

　　– 그래?

　　– 예. 아침에 향차도한테 연락이 왔습니다. 송식마의 명령이 하달됐는데 비밀리에 폭탄을 제조하란 지령이 있었답니다. 어디에 쓰일 것인지는 말하지 않았지만, 그런데 놀랍게도 선생님이 구하고자 하는 폭탄과 같은 것입니다. 그야 뻔한 결론입니다. 송식마 위에는 왕아초가 있고, 왕아초는 다물단과 연합했습니다. 분명 4·29 관병식에 쓸 물건입니다. 자금과 물자는 묻지 말고 쓰란 명도 함께 왔답니다. 그 사람들은 거침이 없군요.

그는 사냥 나가는 거침없는 한 마리의 사자 같다고 할까 하다가 말을 잘랐다. 백범의 표정이 바라던 바와 같지 않았기 때문이었다. 그의 심오한 표정은 늘 사람을 주저하게 만든다. 그를 존경하지만 따르지 않는 이유였다. 김홍일은 젊고 유능한 군인이었지만 자유 분망한 조계의 분위기에 익숙해 있었다.

　　– 아, 잘 됐군!

그러나 예상대로 김홍일의 만끽한 기쁨보다 백범의 반응은 그리 커 보이지 않았다. 아주 짧고 엷은 반응이었다. 안공근, 엄항섭은 오히려 실망하는 눈치가 더 컸다. 둘은 동시에 아주 작게 입을 벌려 탄성을 속으로 삼켰다. 김홍일이 무덤덤한 반응에 주뼛거렸지만, 그도 이 기회가 어떤 기회인지 잘 알고 있었기 때문에 계속했다.

　　- 지금 강제리 주물 공장에서 작업이 시작되었습니다. 빠르면 사흘 내에 시험이 가능하리라 봅니다. 필요한 개수를 말씀하시면 제가 청을 더 넣겠습니다.

강제리라면 애국단 사무실에서 묵고 있는 곳에서 얼마 떨어지지 않은 곳이었다. 안공근은 하비로에서 대세계로 가는 마지막 사거리 모서리를 지나 커다란 철물 공장이 있었다는 것을 기억했다. 그곳이라면 그가 자주 다니던 곳이었다. 주변에 팔선교 시장도 있고 한인들이 자주 가던 목욕탕도 있었다. 상해라면 손바닥 위에 올려놓고 볼 수 있는 그였지만, 이렇게 가까운 곳에 그들의 비밀 장소가 있다는 것은 생각하지도 못했었다.

　　- 알았네. 고맙네.

백범의 대답은 고뇌 없는 낙타같이 뚜벅뚜벅 앞으로 걸어가고만 있었다. 답은 하고 있었지만, 감흥이 없다는 것을 진작부터 알았다. 그가 병기창까지 달려와 주변의 시선을 아랑곳하지 않고 덥석 잡은 손하고는 결이 달랐다. 격납고 폭파 사건을 떠올렸다. 김홍일이 군인답게 낙타의 고삐를 채 올리듯 안공근에게 턱을 받쳤다. 안공근이 한 발 물러섰다.

　　- 무슨 일이오? 제게 먼저 연합을 제의한 게 백범 선생 아니오? 그것

도 다급하게. 또 일방적인 파기요? 대체 애국단과 할 수 있는 일이 무엇이
란 말이오?

안공근이 말을 못하고 두 손으로 상기된 얼굴을 비볐다. 엄항섭도
마찬가지였다. 늘 백범 앞에서 백범의 길을 다지던 두 사람이었다.
그런데 이번 일만큼은 백범의 의지보다는 상해 한인들의 안전을 더
생각했던 그들이었다. 그러나 그들은 좌절하는 백범 앞에 고개를 숙
였다. 백범의 의지가 그만큼 컸다.

     – 소풍을 가겠다던 이웅이 못가겠다고 연락이 왔소.

단호한 설득이 필요했다. 그것이 함께 하기로 한 동지에 대한 예의
였다. 김동우가 나섰다. 약하고 허술함을 보이기 싫었던 안공근이나
엄항섭과는 달리 그는 계속 새로운 방법을 제시할 틈을 보고 있었다.
여기서 일단락을 짓고 새로운 방법을 찾길 바랐다. 그는 윤봉길에
게 나중에 연락할테니 기다리라는 백범의 허락 없이 저지른 일에 꽃
을 쐐기를 진작부터 찾고 있었다. 김홍일 일행이 갑자기 들어오면서
묻힐 뻔했던 자신의 제안을 오히려 그들이 북돋고 있었다.

     – 뭐요? 소풍 갈 사람이 이웅이었소? 이웅, 그 자는 믿을 자가 못되오.
좋은 집안에서 태어난 서생이 독립군에 들어가 대장이 된 자요. 만주나
연길에서는 아예 그와 일해서 성공한 예가 없소.

마침 김홍일이 그 틈을 내고 있었다. 김동우에게 힐책하고는 있었
지만, 백범에 대한 분명한 힐난이었다. 무릇 사람을 쓰는 게 만사의
시초라고 한참을 설명했다. 김동우가 그 책임을 그대로 몰 받고 있었

다. 김홍일은 쩔쩔매는 그를 보더니 격납고 폭파 사건에 김동우가 추천한 윤봉길이 떠오르자 한 마디 덧붙였다.

  - 차라리 신참이라도 윤봉길이 낫소. 젊고 패기 있고. 그는 신의라도 있소. 나와 함께 일한 적이 있소만, 그에게 분노와 급한 성격만 빼면 훌륭한 동지요. 그의 대의명분은 황포강에 찬 물과 같고, 그의 혈기는 태산과 같소! 장차 백정기를 능가할 것이 분명하오.

당신이 윤봉길을 어떻게 알고 있소?라는 듯이 백범이 김홍일을 쳐다보았다. 그러면서 그들은 동시에 같은 생각을 했다. 김홍일은 백범이 취소한 격납고 폭파 사건에서 분노한 윤봉길을 상기했다. 그러나 백범은 그것을 기억하지 못했다. 당시 누가 요원으로 가는지 까지는 몰랐기 때문이었다. 백범은 김동우가 추천한 윤봉길을 상기했다.
　백범의 표정을 본 김홍일이 김동우의 눈빛을 살폈다. 그의 눈빛이 흔들리는지, 아니면 빛이 나는지 살폈다. 옅은 등불 아래 동요하는 눈빛이 역력히 보였다.
　운명이란 얄궂은 것이란 게 맞구나. 이들이 또 만날 수밖에 없구나.
　그는 직감했다. 조선인이 중국 군인으로 살아남기 위해 터득한 직감이었다.
　당시 거사가 포기됐을 때 그의 분노란 참으로 인상적이었다. 내게 폭탄만 주어지면 왜놈들을 단칼에 날릴 텐데 말야. 기회가 없는 게 한이구나. 그때 김홍일은 그에게 또 다른 기회가 올 수도 있겠다는 생각을 했다.
　그는 짐짓 흔들리는 김동우의 눈빛을 피해 모르는 척 안공근에게

딴전을 폈다.

백범이 씨주머니 맺듯이 입을 다물고는 무릎을 치듯 고개를 한 번 끄덕였다. 그리고 김동우를 바라봤다.

— 가보게.

드디어 백범이 결정을 내렸다. 진즉에 묻혔던 김동우의 제안에 대한 답이었다. 더 이상은 엄항섭도 어찌할 바가 없었다. 이미 백범의 깊은 좌절을 봐왔던 터였다. 안공근은 무조건 따를 뿐이었다. 이화림은 내내 못마땅한 표정을 지었으나 안공근에 의해 제지가 됐다.

도대체 말이 안 되는, 상해 한인촌이 생긴 이래 처음이라던 그의 분노에 섞인 선언을 하고 난 후 도산과 춘산이 다가갔고, 그 다음으로 다가간 사람이 김동우였었다.

그는 백범의 한인애국단 초모책을 자처했다. 백범이 김홍일과 일제 격납고 폭파 사건을 계획했을 때 부족한 인원을 찾던 김홍일에게 봉길의 신원보증까지 하며 소개한 것도 금강산호의 김동우였다.

다롄으로 떠난 종품 공장의 최홍식을 찾아내 백범에게 소개한 이도 바로 김동우였다. 그는 사람을 찾는 귀한 재주가 있었다. 그는 상해의 유랑인 중에 의협심이 강한 사람을 잘 찾아냈다.

서자 출신으로 설움이 많던 최홍식은 애써 조선을 피해 상해에 와서 종품 공장에 취업하고 있을 때 백범이 그곳으로 강연을 나가며 동지들을 물색하던 시기에 만났다. 그에게 새롭게 건설될 공화국에 대해 설명했고, 그곳에서 살게 될 그의 삶에 대해 환상적으로 보여주었다. 그전까지는 분노한 조선의 제도와 관습이 막고 있었지만, 지금은 일제가 막고 있다. 관습은 무력으로 바꿀 수 없지만, 일제는 무력으로 바꿀 수 있다고 설득했다. 일제가 무너지면 모든 관습이 무너질 것이라는 확신을 심어 주었다.

그는 사람에 따라 다른 이야기로 접근했고, 사람에 따라 아픈 것을 잘 보듬어 주었다. 신분으로 아프면 신분으로 그 아픔을 치유했고, 자본으로 아프면 그 자본으로 치유했고, 노동으로 아프면 노동으로 아픔을 치유했다.

그는 전선의 혁명가보다는 초모단으로 제격이었다. 봉길이 독립운동 단체와 독립운동에 목마름을 하소연하며 공화의 주막에서 선언을 하자 그에게 다가간 사람이 바로 김동우였다.

김동우가 보기엔 봉길이 매우 좋은 소양을 가진 투사였다. 그래도 가까이에서 본 안공근의 말에 따르면 말은 많았지만, 꼭 지키려 애써 스스로를 힘들게 했고 성격이 괄괄해 스스로 말이 먼저 나오는 데, 그 소리가 신뢰가 가 덤벙대 보이지 않았다.

4·29 천장절 거사가 구체적으로 논의되면서 전보를 보낸 이웅의 답이 길어지자 그가 백범의 재가도 없이 백범과의 만남을 제안했었다. 흔치않은 일이었다. 그만큼 백범에게 위기가 오고 있었기 때문이었다. 4·29 거사의 성사에 따라 중국내 임시정부의 위치가 달라질 것이 분명했다. 만약 도산이나 춘산이 거사를 성공할 경우나, 다물단이 거사에 성공할 경우 임정의 명분은 주저앉고 앞마당에 내려온 사슴도 잡지 못하는 연약한 정부라고 비난이 쏟아질 것이 분명했다. 우당의 가치를 존경하고, 도산의 지향점에 동의하지만, 임정은 그에게 가치나 지향점이 아니라 존재 이유였다.

이 거사를 통해 일제를 괴멸시킬 수 없을 바에야 임정에게는 어디한 곳이든 성공한다는 것은 모두 실패하는 것보다 못한 결과였다. 특히 도산의 성공은 앞으로의 일을 아무도 장담하기 힘들게 만들 것이 뻔했다. 그의 조·중 연합은 분명히 임시정부에게 타격을 주어 대내 외적으로 그 대표성을 인정받기 힘들 것이었다. 차라리 다물단이라 면 중국 국민당뿐 아니라 타 정파도 아나키즘을 받아들이지 않고 있 기 때문에 한낱 일상으로 치부될 수 있었다. 조선이나 중국이나 일본 이나 무릇 정치하는 사람들은 무정부주의자들의 이상을 경멸했다.

그러나 도산을 달랐다. 그는 조선인으로 중국 국적을 가진 조선의 대표가 충분히 될 수 있는 사람이었고, 국제적 친구들과 국제적 감각 을 가지고 있는 사람이 국민당의 신뢰를 얻는다는 것은 국민대표회 의를 거절했던 백범에게는 치명적이었다. 그의 무력을 내세운 독립 운동 노선을 표방한 1월 원동 대회가 백범을 긴장하게 한 것은 어쩌 면 당연했다.

더구나 봉길 같은 사람이 도산의 조·중 연합을 대표해서 나간다 면 그의 성격상 어떤 결과라도 가지고 올 것이 뻔했기 때문에 그 파급 은 백범이 감당하기 힘들 것이었다.

지금 백범에게는 최대의 정치적 위기에 직면해 있었다. 백범이 이 웅의 포기 소식을 접했을 때 내뱉은 신음의 뿌리가 거기에 있었다.

그 중심에 봉길은 자신도 모르는 사이에 서게 됐다. 애국단원들의 반대가 심했지만 김동우가 재빠르게 움직였다.

그러나 결국 그를 먼저 알아본 도산과 손을 잡았다. 도산과 함께 일을 도모하는 봉길이나 마침 이웅의 참여 의사가 확실해진 백범이 나 모두 단칼에 김동우의 제안을 거절했었다.

김동우가 결국 한발 늦기는 했지만, 그를 긴장 시킨 것은 그가 소 문대로 24일 칙어반포일 거사를 한다는 것이었다. 그것은 백범에게 는 최악의 결과를 가져올 것이 뻔했다. 그래서 의경대를 통해 윤봉길 의 칙어반포일 거사를 막는 엄항섭의 지시를 묵인했었다. 만약 어제

일도 일본행이 아니었으면 엄항섭의 말대로 그를 그대로 편의대에 묶어 놨을 것이다.

그러나 지금은 백범이나 윤봉길이나 서로 찾아야 할 때가 온 것이다. 백범의 입장이 정해졌다.

     – 잘 결정하셨습니다.

김동우가 백범을 향해 깊게 인사를 했다. 안공근이 백범의 결정에 깊게 동의를 보냈다. 김홍일이 폭탄 제조가 되면 기별을 하겠노라며 김동우와 함께 나갔다. 이제 봉길의 입장만 남았다.

어느덧 아침이 밝아오고 있었다.

4

chapter

24일

향장목香樟木의 향기가
비를 재촉하다

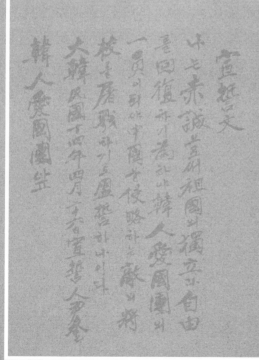

역행하는 사람들

상해에서 비가 온다는 것은 새삼스럽지 않다. 그러나 4월의 비는 좀 특별하다. 태평촌의 가로수인 향장목의 꽃이 만개하는 데, 향장목의 꽃에 비가 내리면 그 향기가 땅으로 내려와 사람들의 가슴을 적신다.

밤이 되도 갈 곳이 없으니 아침이 밝았다고 굳이 상해로 돌아왔다고 할 필요도 없는 유랑민부터 조계 멀리 철조망 밖의 평민촌 사람들까지 상해 사람들 모두 잠시 서서 향장목의 향기를 맡는다.

그들에게 향장목의 향기만큼은 평등하다고 생각한다. 그래서 사람들은 향장목의 향기가 비를 재촉하듯이 새로운 질서가 돌아오면 모두 평등해지리라 믿는다. 4월 23일은 아침부터 향장목의 향기와 함께 비가 내리더니 오후에도 좀처럼 그치지 않았다.

마당로와 만나는 하비로의 사거리에 있는 김문의 가게는 비가 온 탓이지 하루 종일 손님이 뜸했다. 그래도 저녁을 위해선 일찍부터 준비를 해야 했다. 새로 시작한 유럽 빵이 인기가 올라가면서 특히 저녁이 되면 더욱 분주하기 때문이었다.

그에게 자식들이 여럿 있는데, 어린 막내딸은 지금 인성학교에 다니고 있었다. 때마침 이맘쯤이면 인성학교 다니는 딸이 학교에서 돌아오는 길이어서 아내를 시켜 마중 나가게 해서 혼자 일을 하니 더욱 분주하고 바빴다.

얼마 전 일손이 부족하여 고용한 서북 청년은 아직 일이 손에 익숙하지 못해 혼자 하는 것만 못했다. 그는 시간만 나면 고향이 그리운지 밖에 나가 먼 산을 바라보곤 했다. 오늘도 그는 바쁜 주인을 두고 신기한 듯 밖에서 들려오는 노랫소리에 귀를 기울이고 있었다.

김문이 그의 등 뒤에서 그의 시선을 따라갔다.

한 무리의 아이들이 노래를 부르며 오고 있다. 인성학교 아이들이었다. 인성학교는 여운형, 선우혁 등이 설립한 상해 한인 학교였다. 인성학교에서 김문의 가게로 오려면 마당로 임시정부 청사를 지나야 했다. 아이들은 동요도 부르고 놀이 노래도 부르며 즐겁게 깔깔댔다. 그런데 아이들이 깔깔대며 부르는 노래를 자세히 들어보면 인성학교 교가도 끼어 있었는데, 아이들은 교가를 유난히 크게 부르고 있었다. 중간중간 집으로 들어 가 인원이 적어지면 더 크게 불렀다. 막내도 잡은 어미의 손을 흔들며 신나게 교가를 부르고 있었다.

자랑옵다. 인성학교
덕 지 체로 터를 세우고 완전인격 완성하니
대한민국 기초 완연해
만세만세 우리 인성학교 청천명월 없어지도록
네게 솟는 문명샘이 반도에 넘쳐 흘러라.
의기로운 깃발 밑에 함께 모인 인성 소년아.

조상나라 위하여서 분투하여 공부하여라.

인성학교 교가는 몽양 여운형이 가사를 짓고 독립군 아리랑 가락에 맞춰 불렀다. 아이들이 부르는 인성학교 교가는 마치 향장목의 향기처럼 마당로에 은근히 울려 퍼지고 있었다. 상업하는 사람들이나 보경리 사람들은 노래를 부르는 아이들의 머리를 쓰다듬어주든지 학용품 가게를 하는 사람들은 누가 사탕을 나누어주기도 했다.

교가를 들은 김문이 표시나지 않게 움직이기 시작했다. 거리는 평화로웠지만 뭔가 바닥에서 움직이고 있음이 분명했다. 인성학교 교가는 한인들 사이에서 낮은 단계의 비상 신호였었다.

엊그제에 난 4·29 천장절 행사 광고와 연관됐음이 분명했다. 일제가 그 정도 행사를 하려면 프랑스 정부와 긴밀한 협약을 했을 터이고, 경계 또한 대단할 것이었다. 풍기계와 일본 편의대가 사전 점검을 명분으로 프랑스 조계의 한인들을 긴장하게 만들 것이었다. 핑계가 통하지 않는 시간이 될 것이 분명했다.

이 교가 신호는 일제의 상해 침공 때부터 정한 것이었다. 일제의 만주국 건설이 예비 신호였다면, 상해 침공은 그동안 안위를 편안하게 지켜왔던 상해 한인들에게는 첫 번째 위험이 다가왔다.

때를 가리지 않고 총을 쏘아대는 일본의 공습은 언제 조계로 넘어올지 모를 기세였다. 프랑스 경찰들도 긴장했다. 밤이면 총알을 피해 경계 철조망을 넘어오는 유랑인들 때문에 프랑스 경찰들은 예민했다. 그들 속에 19로군의 잔병들이 섞여 있다는 첩보가 프랑스 공보국에 속속 들어왔다.

거기에 중국 공산당이 버젓이 조계에서 활동하고 있는 터여서 더욱 그랬다. 특히 상해에서 준비한 이봉창의 앵전문 앞 일왕 폭살 미수

사건은 주중공사 시게미츠에게는 굴욕이었다. 그의 강력한 항의는 프랑스 당국을 움츠리게 만들었다. 그것을 핑계로 일본 풍기계들이 조계에서 날뛰고 있었다. 더불어 밀정들은 그들을 앞세워 정적들을 제거할 기회로 삼았다. 평상시에는 패륵로에 있는 프랑스 경찰의 그늘이 좋았지만 전시에는 그렇지 못했다. 한인은 스스로 자구책이 필요했다.

프랑스 공보국에 취직을 하고 있던 엄항섭과 전보국에 취업한 민필호로부터 정보가 입수되고 첫 신호가 인성학교로 가면 그곳에서는 교장 김두봉이 받았다. 김두봉은 한글학자이면서 인성학교 조선어 교사였다. 그는 초기 대종교 교인으로 상해 독립운동을 이끌었다. 청년 봉길과는 도산의 소개로 인사를 한 적이 있었다. 그가 아이들을 시켜 교가를 거리에서 부르고 다니게 했다. 주의를 요한다는 약속된 단계였다.

이 주의 단계가 발령하면 사람 만나는 것을 피해야 한다. 자리를 가급적 뜨지 말아야 하고 설혹 피치 못하게 떠야 한다면 자신의 위치를 알려야 했다.

우선 프랑스 경찰을 피해야 한다. 그들은 정치적 사건이 터지면 한인들을 가장 먼저 의심했기 때문이다. 자신의 관계망에 있는 사람이 프랑스 경찰에 붙들리면 재빨리 도산이나 춘산 또는 엄항섭에게 연락을 취해야 한다. 일본 풍기계에 넘겨지면 끝이었다.

미리 정해 놓은 한인 상점이나 주막들은 자신을 중심으로 연락할 수 있는 관계망에 대해 확인을 해 놓아야 한다. 어디에 있는지, 무엇을 하는지 정확하게 인지하고 있다가 의경대 자전거 부대가 뜨면 행동에 옮겨야 했다. 일단 자전거 부대가 뜨면 조계의 한인들은 거의 밖으로 나다니지 않았다. 아울러 상해 전쟁 후 좀 더 촘촘하게 재편한 한인 거류민의 구역 대표들도 똑같이 행동했다.

백범의 지시로 김동우가 떠나자 안공근이 곧바로 김두봉에게 경계를 알렸고, 아이들을 시켜 교가를 부르게 한 것이었다. 안공근과 김두봉은 서로 생각하는 바는 달랐지만 친구처럼 가까이 지냈다. 그 경계가 한인들에게 가는 데는 반나절밖에 걸리지 않았다.

김문의 가게는 보강리 한인들의 관계망의 시작이었다. 김문이 재빠르게 아이를 집안으로 들이고 주변을 확인하기 시작했다. 그는 확인할 사람이 많았다. 그의 가게의 단골과 전화를 쓰기 위해 들어오는 요원들, 취업 자리를 부탁하기 위해 오는 청년들 모두가 그의 관계망 안에 있었다.

그는 좀 더 확실한 정보를 알기 위해 서툰 점원에게 일을 맡기고 그가 맡고 있는 한인 신문사인 광화光化로 갔다. 그가 상업인으로 정보를 알 수 있는 곳은 신문사뿐이었다. 그는 신문사에서 안공근을 만났으나 별다른 이야기를 듣지 못했다. 그것이 더 그를 불안하게 만들었다. 뭔가 큰 일이 벌어지고 있음이 분명했다.

한편 봉길이 제비뽑기의 충격에서 겨우 벗어나고 다시 살파사로로 돌아왔을 때 유기식은 조선으로 돌아가기 위해 짐을 싸고 있었다. 봉길이 김동우의 보증을 받기 위해 편의대를 데리고 왔을 때 이미 짐을 거의 정리하고 있었으나, 봉길의 문제로 잠시 뒤로 미룬 일이었다.

　－ 아니, 어디 가오?

　－ 이제 조선으로 가오. 상해에서 내 임무는 끝이 났으니 조선으로 돌아가는 게 당연하오.

- 그렇다면 원하던 것을 구했소?

- 그렇소. 동지들이 기다리고 있으니 하루 빨리 가야 하오.

- 잘 됐구려. 고맙다는 인사를 먼저 해야 할지, 헤어져서 서운하단 말을 먼저 해야 할지 모르겠소만, 이별의 정보다는 동지의 소임이 완수됐다는 게 더욱 기쁘기가 그지없소. 아! 그런데 나는 뭐란 말이오?

봉길이 잠시 눈을 감고 감은 눈으로 하늘을 보며 짧게 탄식했다. 그의 소임이 완수되어 기뻤지만, 갑자기 자신의 처지가 그에 비하면 너무 초라하여 빈 들에 던지는 넋두리 같이 활기차던 목소리를 낮추며 유기식의 기쁨을 누그러트리지 않기 위하여 짧게 탄식을 끊었다. 유기식이 그것을 모를 리 없었다.

- 하, 하, 하 기쁘기만 하시오. 서운할 것은 없소. 고마워할 것도 없소. 죽음도 길이 있다면 마다 없는 것이오. 지금 조선에서는 길 없는 죽음이 산천을 메우고 있단 말이오. 곤경에 처한 동지를 구하는 것은 윤 동지의 맘과 한 결이오. 그러나 기뻐는 해도 좋소! 맘껏 기뻐하며 떠날 수 있어 나도 좋소.

- 유 동지, 그거 한 쪽만 떼어내어 여기서 씁시다. 적의 심장이 지금 예 있다지 않소? 폭탄을 가지고 있는 혁명가들은 소극적이오. 그들은 지금 이 때가 아니라고 변명하고 있소. 그들은 조선에서 핍박받는 인민들보다 이곳의 한인들의 안전이 깨지는 것을 더 두려워하오. 적의 심장이 코앞인데 나는 지금 뭐란 말이오?

봉길이 이번에는 길게 탄식했다. 진심이 담긴 탄식이었다. 그러나 그 폭탄을 구하기 위하여 유기식이 어떤 노력을 해왔고, 어디에 쓰일지를 모르는 바가 아니었기에 다만 그의 절망하는 심사를 그렇게 드러내고 있었다. 그가 제안한 것이 한낱 탄식일 뿐이라는 것을 알고 있는 유기식이 봉길의 어깨를 감싼다.

    - 여보. 청년. 나는 상해에서 청년 윤봉길만큼 민족에 정열적인 인사는 본적이 없소. 청년 윤봉길만큼 이상에 대해 확실한 길이 있는 사람은 본 적이 없소. 우리가 세상 좋을 때 태어났다면 한 가지를 실패했을 때 깊은 시름에 빠질 수도 있소만, 지금은 실패를 맘속에 담아둘 만큼 세상이 여유롭지 않지 않소. 기다리고 있는 일이 우리가 할 수 있는 일보다 많지 않겠소?

위로라기보다는 다짐이었다. 봉길은 유기식을 보면 늘 도산을 떠올린다. 도산 다음으로 연설을 잘 하는 사람이라고 확신했다. 유창한 말솜씨가 남달라 농민군 출신이라는 게 믿기지 않았다.
    그와의 첫 만남은 태평촌에서였다. 공화의 주막 선언 이후 그가 찾아와 투사의 용기에 반했다며 함께 살기를 권했었다. 그러나 봉길이 이미 고영희와 살기로 했다며 거절하자 그는 매우 안타까워하며 상해에서 이렇게 큰 동지와 함께 지내보지 못하는 것이 못내 서글픈 일이라며 통곡을 했었다.
    유기식은 봉길과 가장 많이 닮은 사람이었다. 그는 조선의 농민군으로 신간회 출신이었다. 그도 봉길과 같이 농사와 농민을 근본으로 하는 이상국을 건설하고자 했다.
    그의 국가는 생명창고의 열쇠를 쥐고 있는 농민이 우선인 나라였다. 봉길과 마찬가지로 그도 자유의 불꽃이 피고 생명의 근원이 흐르는 사람다운 세계인 이상국가를 건설하고자 했으나, 지금은 자유의 백성을 몰아 지옥으로 만들고 푸른 풀 붉은 흙에 백골만 남은 조국을 건지는 것에 우선하여 잠시 뒤로 미루어 놓고 상해로 건너왔다고 했다.

그래서 둘은 짧은 만남이었지만 많은 이야기를 나눌 수 있었다. 호감을 가진 유기식이 그와 함께 살자고 권한 것도 그런 이유였다.

그러나 그의 농민 운동은 봉길과는 다른 방향이었다. 봉길이 월진회를 만들어 이상국의 첫 관문을 세우고 계몽운동을 하고자 할 때, 그는 농민조합을 결성하여 착취에 혈안인 일본 지주와 대립, 근본적인 농민 지위에 대한 투쟁뿐 아니라 이러한 구조적 문제를 몽땅 안고 있는 제국주의에 대항을 했다.

봉길은 목계 농민회를 만들었을 때 농민 조합으로 발전해야 했으나 그러지 못했고, 농민회에서 다시 이상국의 관문인 월진회를 만들었으나 계몽운동에 몰입하여 혁명성을 놓치니 더욱 개량화를 촉진시켰다는 게 그의 지론이었다. 그러면서도 늘 봉길의 농민운동에 대한 존경을 보였다.

― 월진회는 누군가는 해야 할 일이었소. 그대의 삶에 빛이 될 만한 일이었소. 그러나 혁명자가 할 일은 아니었소. 잘 떠나왔소. 혁명은 기회가 있는 법이오, 기회를 놓치면 끝없는 개량의 길을 갈 뿐이오. 윤 동지는 월진회를 떠난 것이 바로 개량의 길을 버리고 혁명의 길로 가는 기회가 됐소. 떠나 올 월진회가 없었으면 어찌 공화의 주막이 있을 것이고, 떠나올 가족이 없었으면 어찌 조국을 연민하겠소?

그가 걸어왔던 길이었다. 그 말은 봉길뿐 아니라 자신을 다독이기 위해 자신에게 한 말이었다. 죽은 아비의 바람을 저버리고 혁명의 길을 택한 자신에게 용기를 주는 말이었다.

농민이 주인이라는 생경함과 주인 자리에 대한 두려움으로 나서지 못하던 농민들이 신간회의 좌우 합작으로 좀 더 공개적인 투쟁방식을 전개할 수 있었다. 그것은 바로 희망이었다. 조국에 대한 희망, 새로운 국가에 대한 희망이 농민들의 가슴을 부풀게 만들었다.

그러나 신간회의 좌우합작이 성공적으로 끝날 무렵 일제의 거칠고 사나운 탄압이 그들을 지하로 숨게 만들었다. 그들은 지하에서 일제에 항거하는 무장 독립운동단체을 조직했는데, 폭탄과 무기가 필요해 상해로 동지들을 파견하기로 했다. 마침 유기식이 선발대로 뽑혀 상해로 폭탄 등 무기를 구하러 들어 온 것이었다.

그는 봉길이 종품 공장에서 쫓겨나고 방황할 때 자신과 조선으로 함께 돌아가 다시 농민군으로서 역할을 하자고 제안하기도 했었다.

– 동지여, 청년 윤봉길이여, 그대는 왜 독립운동을 하는가?

– 그야 당연한 질문이 아니겠소. 내 나라에 내가 아닌 다른 사람이 걸대며 주인 행세를 하니 그렇잖소?

– 난 아니오. 윤 동지는 부모가 있소? 처자식은 있소?

– 그렇소만 …

– 나는 부모가 없소. 죽었소. 아니 죽임을 당했소. 그들은 평생 흙을 놓은 적이 없고, 소작을 떼지 않기 위해 땅주인의 무릎 아래에서만 살았소. 그런데 어느 날 자식이라고 있는 놈을 소학이라도 읽으라고 서당엘 보내니 그놈이 양반 자식보다 하루를 먼저 외고, 글깨나 짓는 놈보다 운을

떼는 데는 거침이 없더란 말이오. 그때부터 그들은 아귀로 변했소. 자식을 위해 아귀처럼 살았소. 내가 양반이 될 줄 알았지. 나도 그럴 줄 알았소. 그런데 나는 그들의 바람대로 이 땅에서 왜놈들을 위해서는 면서기한 번 제대로 할 수 없다는 것을 늦게야 알았소. 그리고 종내는 그들은 나때문에 왜놈들에게 아귀인 채로 죽었소. 왜놈들이 나를 잡으려고 죽치고있는 바람에 내가 아비의 초상을 치르지도 못하고 뭐라고 결심했는지 아오.

– …

– 나는 내 자식들이 살 땅을 위해 내 아비가 그랬던 것처럼 아귀처럼살 것이오. 그것이 독립운동을 하는 이유요. 가시십시다. 다시 조선으로!그곳이 동지의 뜻을 펼칠 장이오.

결국 그의 설득은 안귀생을 움직였다. 도산을 만나지 않았다면 봉길도 그의 말을 따랐을지도 모를 일이었다.
봉길의 선언을 전해 듣고 반가운 마음에 찾아와 다시 한 번 조선으로 돌아가기를 권했을 때, 봉길은 그에게 가지 못하는 이유를 이렇게말했다.

– 제국주의는 이미 거대한 공룡이오. 우리가 손을 써볼 수 있는 지경이넘었소. 그들을 무너트릴 수 있는 것은 그들 스스로 밖에 없소. 그렇다면우리가 할 일은 자명하오. 단지 우리는 천지순환의 시간이 빨리 돌 수 있도록 하는 것이오. 내 몸 하나 썩어 그럴 수 있다면 마다할 일이 없소. 그들이 바로 코앞에 있소. 내가 조선으로 돌아갈 수 없는 이유라오.

그는 윤 동지에게 새로운 번신이 시작됐다고 기뻐했었다. 이렇듯 유기식과의 만남은 또 한 번의 봉길에게 번신의 계기를 가져왔다

그는 상해 한인들의 귀족적인 한가로움을 통렬하게 비판하다가 이봉창의 의거 소식을 듣고 충격을 받아 국내로 가지고 가기 위해 그의 자료를 모으기도 했다. 그는 그것을 봉길에게 보여주며 열혈 청년에 대한 경의를 표했었다. 그는 세계 곳곳에 한가위 다식 박히듯 독립군들이 자라고 있어 그들이 그 역할을 할 것이니, 이제는 조선의 독립이 얼마 남지 않았음을 자신했다.

지금은 가까스로 폭탄을 구해 국내로 들어가기로 하고 폭탄을 옮길 동지들을 기다리고 있었다.

그는 마지막으로 윤봉길에게 같이할 일이 있다면서 혹여 조선에 오게 되면 반드시 연락을 하라며 그의 손을 잡고 이별을 고할 때 김동우가 다시 찾아 왔다. 허기 때문에 어쩔 수 없이 때운 이른 아침을 먹은 후였다.

– 약속을 지키러 왔소. 갑시다. 백범 선생과의 만남이 형성되었소.

김동우가 상기된 얼굴로 봉길을 찾았다. 그러나 그 말은 유기식이 받았다.

– 잘 됐구려!

유기식은 김동우의 재방문이 무엇을 의미하는지, 백범과의 만남이 무엇을 의미하는지 봉길보다 먼저 알고 있었다. 김동우의 제안에 아직 준비가 안 된 봉길에게 유기식이 다시 그의 지난 상상을 일깨워줬다.

– 적장을 앞에 두고 떠나는 동지의 맘을 편의대가 알았나 보오. 그들이
　동지를 잡았으니 기회가 오는구려. 춘산 선생이 폭탄만 구했어도 왜놈의
　심장으로 달려갈 수 있었다고 분통을 터트리지 않았었소?

　바로 내일, 칙어반포일 이야기였다. 왜놈들은 천황이 칙어를 반포
한 날을 기념하기 위해 그 행사를 대대적으로 치른다. 도산과 춘산이
칙어반포일에 거사를 준비한다는 이야기를 듣고 일본행을 뒤로 미룬
채 지금은 퍼져나가는 들불에 맞불을 놓아야 할 때라고 자청해서 나
섰던 바였다.

　그런데 이번에는 관병식과 천장절이 성대하게 치러지는 관계로 행
사가 축소된 데다가 춘산이 폭탄을 구입하지 못해 그 계획이 무산되
어 일본으로 가야 하는 봉길이 분통을 터트렸던 것을 두고 하는 말이
었다.

　유기식은 김동우가 오자 슬며시 밖으로 나갔다. 육로를 타고 조선
으로 간다고 했다. 그들은 송별식도 없이 그렇게 이별을 했다. 우리
는 어차피 부초腐草니 나중에 왕손으로 만납시다. 그는 아주 통쾌하
게 이별을 했다.

　　– 그렇소. 단지 내가 할 수 있는 일은 향장나무에 비료를 줄 뿐이오. 잘
　가시오. 유 전사!

　봉길은 또한 간명하게 이별사를 건넸다. 그의 씰룩대는 등이 한없
이 부러웠다.

　그날 김동우는 백범에게 전갈하기를 윤봉길이 내일 백범 선생을
직접 만나 결정하겠노라고 전했다.

사자와 늑대

죽을 수도 있다고? 아니지 반드시 죽어야 하지. 내가 나인지 모르게 죽어야지. 사람들이 죽음을 기억해주지 않는다 한들 거기 어디 푸새라도 자신의 주검을 덮을 수 없겠냐는 농민군 유기식의 말이 백번 옳다.

이것은 기회일지 모른다. 봉길은 중국과 일본의 맞대매 싸움을 다시 붙일 수 있는 기회가 왔을지도 모른다는 생각을 했다.

이 철권은 늘로 들어가면 모두 무용, 나의 철권으로 적의 심장을 단 주먹에 보시어 버린다면, 내 철권이 중국인의 것이라 한들 어떻겠는가? 내가 죽지 않으면 어찌 중국인이 되겠는가?

적의 심장이 상해에 와 있다는 우당의 커다란 울림과 유기식이 다시 상기시킨 성쇠순환에 따른 제국주의 멸실에 대한 각성이 봉길로 하여금 김동우의 제안을 선뜻 받아들이게 했다. 많은 것을 미리 예상한 유기식이 떨떠름한 봉길에게 한 말이었다.

> – 백범 선생의 의도가 무엇이든, 백범이 무슨 성취를 원하든 그것이 무슨 상관이오. 연합이란 각자가 추구하는 바가 달라도 해야 할 일이 같을 때 하는 것이오. 배고픈 사자가 굶주린 늑대와 합동으로 사냥하는 것과 같지 않겠소?

죽음을 각오해야 할지도 모른다. 삶을 내려놓아야 할지도 모른다. 백범과의 연합은 그런 것을 의미한다. 김동우가 마지막으로 다짐을 받듯이 봉길의 죽음을 조심스럽게 거론했었다. 사람에게 죽음은 끝이기 때문에 그 끝을 가늠하지 못하면 두려움을 갖는 것이라고 김동우는 생각했다. 그것을 미리 짐작하지 못하고 포기한 이웅도 마찬가지이고 지금 시국에 과감히 뛰어들지 못하는 자신도 마찬가지라고 생각했다.

봉길은 먼 길 떠나는 유기식을 바라보며 김동우의 어깨에 손을 얹고는 중얼거리듯 김동우의 말에 답을 내놨다.

나는 나약한 인간이오. 한낱 바람에도 흔들리고 밟히면 으깨지는 푸섶과 다를 바 없소. 그래서 나는 두렵소.

그러나 민족과 민족의 힘의 대결에서 약한 힘을 가진 민족은 밟힐 수밖에 없소. 국가가 약하면 인민이 약하고, 인민이 약하면 국가가 짓밟히게 되어 있소. 내가 폭탄 하나로 저들을 죽인들 독립을 얻을 것이란 생각은 안 하오.

그러나 우주 순환 원리는 또한 아무리 강하다 하더라도 거스를 수 없소. 반드시 성쇠가 있고, 우리처럼 약한 인민들은 그 성쇠의 순환을 기다릴 수밖에 없소. 그것은 우리 조국의 형편도 마찬가지요.

그러나 그 성쇠의 순환을 앞당길 수 있는 방법이 있다면 또한 무슨 두려움인들 두렵겠소. 하나는 강대국끼리 싸움을 붙여 스스로 제국주의는 멸망하는 길로 빠져들게 하는 길이오. 다른 하나는 그 순환을 앞당기기 위해 우리 스스로 노력하는 것이오. 그것이 죽음인들 어떠리오.

사해다관으로 가는 봉길의 발걸음이 한결 가벼워 보였다. 사해다관은 임시정부와는 불과 한 구역의 거리, 임시정부 사무실에서 남영길리를 지나는 마당로와 서문로가 만나는 사거리에 있다. 사해다관을 돌아가면 그가 쫓겨난 박진의 종품 공장이 있었다.

백범이 위험을 무릅쓰고 늘 감시를 당하는 임시정부 청사 옆으로 약속 장소를 정한 것은 많은 의미가 있었다. 태평촌에 공화의 주막과 홍사단이 있다면 이곳에는 금강산호와 임시정부가 있었다. 봉길이 그렇게 암암 쟁쟁하면서 자신이 몸담을 곳으로 찾았던 곳이 상해 임시정부요, 어렵게 임시정부와 끈이 닿아있는 종품 공장을 취업하였다가 권고사직을 당하면서 상해 여론으로부터 비난을 받은 곳도 신천지 마당로였다. 그때 옮긴 곳이 태평촌이었는데 다시 이곳으로 그를 불렀다는 것은 백범의 깊은 생각이 담긴 결정이었다.

참으로 오랜만에 임시정부의 거리 마당로에 그가 왔다. 그러나 그를 알아보는 사람들은 없었다. 대부분의 사람들은 며칠 전부터 학생들이 부르고 다니는 인성학교 교가를 들으면서 조심스럽게 거리를 살폈고 가급적 볼일을 만들지 않았다.

임시정부의 각료들은 거의 낮에는 활동을 하지 않았기 때문에 자주 눈에 띄지 않았다. 조선에서 들어오는 독립 운동가들도 시라카와의 상해 침공 이후 예전보다는 뜸했다. 더구나 천장절의 관병식 행사가 조계를 관통하면서 조계 경찰들이 긴장한 채 조선인과 중국인들의 움직임을 감시하고 있었기 때문에 한인들의 예민한 움직임이 마당로 거리를 훨씬 숨죽이게 만들고 있었다. 이런 분위기는 오히려 가벼운 봉길의 발걸음을 멋쩍게 만들었다.

사해다관의 앞거리는 늘 북적거렸다. 사거리를 중심으로 상점이 들어섰지만, 입구 앞으로 좁은 통로를 넘겨둔 채 노점상들이 즐비하게 들어섰다. 처음에는 상점이 없는 사람들이 노점상을 차렸지만 점점 상점 주인들이 거리로 자신들의 상점을 확대하거나 유관 상품을 파는 또 다른 전이 펼쳐 있어 겹겹이 장이었다. 봉길이 비좁은 통로를 통해 사해다관으로 들어섰다.

사해다관은 2층에 있었으나 1층은 다관과 주막을 연동해서 하는 중국식 주점이었다. 김동우는 굳이 함께할 필요가 없다는 백범의 말에 백범을 따라오지도 봉길을 데리러 가지도 않았다. 그러나 그는 다관 부근 어디엔가 보이지 않는 곳에서 백범을 경비하고 있었다.

다관 안은 밖의 분위기와 다르지 않았다. 무거운 분위기가 고스란히 다관에도 전달되고 있었다. 평소에 북적거리던 한인들이 보이지 않았다. 대부분의 손님들은 중국인들이었다.

그가 재빠르게 주막을 지나 다관이 있는 2층으로 올라갔다. 그러나 백범은 없었다. 한참을 기다리자 손님이 아무도 없는 짧은 시간을 틈타서 남자 주인이 그를 위층으로 올라가라고 손짓을 했다.

3층은 대부분 주인들이 쓰는 아주 작은 방이 있는 곳이었다. 올라가는 계단이 좁고 가팔랐다. 그곳에는 더 이상 올라가지 말라는 표시로 격자 모양의 낮은 가로막과 그 위에는 '福'자가 쓰여 있는 주름 천으로 뒤를 가리고 있었다.

봉길은 주인이 손짓한 곳으로 그 가로막을 치우지 않고 넘어서 3층으로 올라갔다.

아주 좁은 공간에 아주 작고 낮은 둥근 탁자를 가운데에 두고 의자 두 개가 마주 놓여 있었다. 방은 밖으로 난 작은 노호창이 두 개나 있어 매우 밝고 쾌적해 보였다. 사거리에 있는 까닭으로 사방으로 마당로 거리가 한 눈에 들어왔다.

농당의 지붕이 나란히 세운 깃발처럼 연이어 보였다. 임시정부의 3층 방이 보기보다 가깝게 보였다. 지붕을 타고 건너면 도로보다 쉽게 갈 수 있는 거리였다. 백범이 자신하고 이곳을 만남의 장소로 잡은 이유를 알 것 같았다.

그가 들어섰을 때는 등만 보이는 백범이 있었다. 백범은 짙은 감색의 중국식 창파오를 입고 있었고, 귀에 걸린 테가 굵은 안경이 유난히 눈에 띄었다. 그는 낮은 탁자에 기댄 지팡이를 두 손으로 모아 잡고 고개를 약간 뒤로 젖힌 채 상념에 젖어 있었다.

봉길이 들어온 뒤 인사를 할 때까지도 짐짓 그의 상념은 계속됐다. 봉길은 싸한 위엄을 느꼈다. 설레던 가슴이 살짝 떨림으로 바뀌었다. 잠시 진공을 느꼈지만 다가가다 멈춰 서서 모자를 벗어 두 손으로 잡고 백범의 등 뒤에 인사를 했다.

– 저 윤봉길입니다. 선생님께 인사 올립니다.

백범이 아주 서서히 뒤돌아보고는 손으로 비워둔 자신의 앞자리에 앉기를 권했다. 작은 키었지만 앉은키는 커 보였다. 단단하게 여민 창파오가 그의 넓은 가슴을 탄탄하게 받치고 있었다. 그래서 생각했던 것보다 더 크게 느껴졌다. 창문을 통해 들어온 빛이 봉길의 시선을 눈부시게 했지만 그는 똑바로 앉으려고 애썼다.

　　- 반갑군. 이렇게 또 만나니 감회가 남다르군.

　백범이 긴장한 그를 위로했다. 백범 스스로도 전에 오풍리에서의 만남을 애써 지우려 했다. 김동우의 추천이 있어 독립운동에 대한 의지를 물었지만, 실상 그날은 그가 홍구에서 일본인을 상대로 상업하는 것을 확인한 측면이 더 강했었다. 그것을 봉길도 알고 있었다. 사실 홍구에서 장사를 한다는 것은 그를 위험에 빠트릴 수 있는 일이었다.

　　- 네. 선생님. 저도 그렇습니다.

　이미 높고 웅장한 청산이 만물을 기르듯 백범은 이미 그런 존재였다. 힘이란 가까이에서 느껴야 아는 것이다. 백범의 강력한 힘에 봉길의 말이 짧아지기 시작했다.
　경술국치 이후 비록 방법이 다르고 지향하는 바가 달랐지만, 사시장철 한 번도 왜구들로부터 독립에 대한 의지가 변한 적이 없던 임시정부의 어른이었다.
　봉길이 가지고 있던 면면의 서운함 정도는 그의 위로 한 마디 정도면 충분했다.

　　- 많은 사람들이 자네의 혈기를 높이 치네. 지금부터 동지로 부르겠네. 아니 우린 이미 동지가 아니겠나?

　백범이나 봉길이나 마찬가지였다. 김동우의 권고가 됐든, 엄항섭의 의심이 됐든, 김홍일의 확신이 됐든 이곳에 왔다는 것은 이미 모든 것을 결심했다는 것으로 생각했다. 그들에게 새로운 확인은 필요 없었다.

 - 마땅합니다. 저는 대한 조국의 동지이자 전 조선 인민의 동지입니다.

봉길은 혈기보다는 결기에 가깝다는 말을 하지 못했다. 백범은 누구와의 협상에서도 여간해서는 되받는 말의 여지를 주지 않았다. 가끔 말을 하려는 듯 멈추는 작게 벌렸다 오므리는 입모양은 감히 끼어들기 어려웠다. 봉길은 혈기라는 말이 싫었다. 왠지 완성되지 않은 기운 같았다.

다시 백범이 감았던 눈을 뜨더니 물었다.

 - 윤 동지는 지금 우리에게 필요한 일이 무엇인지 알겠는가? 그래서 무슨 일을 해야 하는 지 묻고 싶네.

 - 당연합니다. 쥐새끼 같은 시라카와의 음모를 분쇄하는 것이라 생각합니다. 중국이 적을 두고 싸우지 않으려는 것이나, 조계가 저들의 오만한 천장절 행사를 용인하는 것이나, 적의 심장이 내 귓전에서 파닥거리는 것을 놔두는 것이나 이런 것들이 가당키나 하겠습니까? 내 귓전에 울리는 적의 심장을 박살내는 것이 왜놈들의 오만함을 짓뭉개는 것이고, 그들의 오만함을 폭살하는 것이 적 앞의 중국이 분연히 총을 들게 할 수 있을 거라 믿습니다. 우리가 중국과 함께 저들의 오만함을 깨닫게 하고 잃었던 조국을 찾을 기회를 만들어야 할 것입니다.

 - 그런가. 그러나 지금 상해의 청년들은 자네와 같은 용기를 가진 사람

이 없네.

　- 만주가 말도 못하고 무너졌다고 지금 포기한다면 우리는 애저녁에
조선이 무너졌을 때 포기했어야 할 겁니다. 청년 제군들이 분발해야 한다
고 봅니다. 청년들이 노인들처럼 정치나 하고 뒷전에 물러나 있다면 조선
의 희망도 함께 뒷전으로 물러날 운명인 겁니다. 조선 삼천리강산에 왜놈
들이 걸대고 있는 판에 청년들이 잠만 잔대서야 조선의 꿈은 또 어디서
찾는단 말입니까?

　종품 공장에서의 대면이나 오풍리에서의 대면에서는 느끼지 못했
던 봉길의 면면이 백범에게 와 닿았다. 그것은 백범에게 빛이었다.
그의 의지가 빛처럼 바로 섰다.

　- 그렇다네. 왜놈들을 각성하게 하고, 또한 국제 정세를 각성하게 하는
일 또한 우선일세. 자네의 장렬이 장개석에게 조선의 힘을 보일게야.

　이번에는 백범이 되받을 여지를 포기하고 봉길의 힐난에 동의했
다. 그의 비장함이 그렇게 만들었다. 이웅이 용기가 없어 포기했다면
이 청년은 명분이 꺾이면 포기할 것을 직감했기 때문이었다. 백범은
자신의 명분도 함께 전했다.

　- 고맙네. 자네는 위기에 빠진 우리 임시정부를 구해 주었네. 자네의
높은 투쟁의식에 대해 높이 사네. 투사의 기질이 충만하군. 존경하이. 투
사 윤봉길!

　- 아닙니다. 강대국도 나뭇잎과 같이 자연스럽게 쇠락할 때가 있습니

다. 나무에 물을 주고 비료를 주어 자연적인 발육을 도와 빨리 순환시키듯이 나의 발걸음은 일개 비료 주는 농사꾼일 뿐입니다.

그러나 봉길은 타버린 창자를 꺼내듯 말을 쏟아냈다.

백범은 일어나는 듯 등을 구부리고 둥근 탁자 넘어 그의 손을 덥석 잡았다. 다른 말은 사족이라 생각했다. 백범은 그에게서 이봉창의 무모함을 보았고 백정기의 용기를 느꼈고, 도산의 논리적인 언변을 들었고 또한 우당의 냉철함을 읽었다. 무릇 거사의 성공은 무모함과 용기와 냉철함에 자신의 논리적 정당성이 있으면 성공할 수 있다는 것을 스스로 체득하며 살아온 백범이었다.

그는 확신했다. 그는 봉길의 붉은 애를 봤다.

　― 전사로 불러주십시오.

이미 그는 공화의 주막 선언에서 스스로 전사로 명명했었다. 백범은 그는 성질 급한 개호지에 불과합니다. 무엇을 그르칠지 아무도 예견할 수 없습니다라던 엄항섭의 말을 떠올렸다. 자네들이나 나나 모두 잘못 봤네. 윤봉길은 이성을 가진 사자일세.

그가 전사라고 불러 달라는 말에 그동안 말하려던 기회를 찾던 백범에게 기회가 왔다.

　― 윤 전사, 우리 굳은 악수로 맹세하세.

백범은 긴 말이 필요 없다고 생각했다. 김동우가 왜 그렇게 끈질기게 추천했는지 단 몇 마디만 들어도 알 수 있었다. 또 안전 보수주의인 겁쟁이 엄항섭이 왜 그렇게 반대했는지, 무슨 염려를 했는지 알 수 있었다. 그리고 김홍일이 장차 백정기를 넘어설 사람으로 윤봉길을 점지한 이유를 알 수 있었다.

　　– 당연합니다. 조선의 독립 앞에 악수를 못할 손이 어디 있겠습니까? 서로 악수의 손을 놓지 말고, 나의 왼손으로 저 원수들을 처단할 테니 선생님의 왼손은 조선의 독립을 위해 깃발을 높이 드십시오.

백범이 잡았던 손을 놓으며 다시 의자 뒤로 몸을 기대고 지팡이를 두 손 모아 짚고 그의 눈을 보았다. 그 눈이 진실이 아니면 풀어놔서는 안 될 일이었다. 봉길의 눈 속에 모험을 거는 자신이 비쳤다. 모험이 아니길 바랐다. 봉길이 눈길을 떨구지 않고 악수 하던 손의 힘만큼 백범의 눈을 마주했다.

한참을 서로 응시하던 백범이 자신의 심장을 꺼내듯 무겁게 말을 꺼냈다.

　　– 내겐 작은 군대가 하나 있네.

이 말은 백범이 모든 것을 내주는 것이었다. 아주 짧은 만남 속에서 그는 자신의 전부를 내주었다. 그 전부가 아니면 이 친구를 담을 수 없다고 생각했다.

봉길이 놀랐다. 그가 상해에 와서 정부에 군대가 없다는 사실을 가장 실망했던 것 중의 하나였기 때문에 놀라움은 더했다.

　　– 바로 한인 애국단일세!

그리고 봉길은 백범의 푸른 심장을 봤다.

한인 애국단 1

　상해 한인 사회에 애국단이 알려진 것은 지난 1월 8일, 투사 이봉창의 앵전문 밖 일왕 시해 거사에 의해서다. 이 의거는 상해 한인들로 하여금 임시정부를 믿게 하는 계기가 되었고, 임시정부가 무장 의열 투쟁이라는 명분을 얻는 계기가 되었다. 대외적으로는 이 불발된 거사가 커다란 영향을 미치지는 못했으나 대내적으로는 특히 독립운동 단체들 속에서는 엄청난 파급 효과를 가져왔다. 드디어 정부가 미미하나마 군대를 소유한 것을 인정받게 된 것이다. 이로써 임시정부는 보이지 않는 군대를 가지게 되었다. 그래서 백범에게 한인 애국단은 특별한 의미가 있었다.

　애국단이 그의 손에 들어온 것은 어찌 보면 그의 우격다짐과 애국단 결성에 대해 과소평가한 조소앙의 소심함에 있었다.

　민족 유일당 결성의 실패에서 얻은 백범의 절실함은 상해 임시정부가 독립운동 전선에서 실질적인 힘이 없다는 것에 크게 자책하면서 뼈저리게 느끼게 되었다. 임시정부의 지휘 아래 있는 군대는 물론 무장에 대한 기본 계획조차 없었다. 속속히 떠나는 만주 무장독립단체들의 이탈은 말로 정치하는 임시정부에 대한 비난을 가속화 시켰다.

백범과 임시정부는 군대를 원했다.

병인 의용대가 있었지만, 말 그대로 의용의 의미가 큰데다가 이미 세력도 많이 와해되었고, 그나마 춘산이 실세를 쥐고 있어 백범으로써는 오히려 없느니만 못하였다.

그것은 임시정부에서 탄핵을 당했던 미국의 이승만도 마찬가지였다. 그는 자신의 정치적 약점을 보완하는데 군대가 좋은 방안이라 생각했다. 그는 미국의 구미위원부를 통해 재정을 확보하고 상해의 소앙에게 보냈다.

상해 대리인이었던 소앙에게 그 임무가 주어졌다. 소앙은 이승만에게 이 문제 때문에 상당한 실망을 했지만, 멀리 떨어진 이승만의 힘보다는 자신의 힘이 더 미칠 수 있다고 판단이 서자 적극성을 띠면서 활기를 찾았다. 소앙이 자금을 앞세워 나서기 시작했다. 자신의 정치력을 키울 좋은 기회로 삼았다.

그러나 백범의 생각은 달랐다. 그는 이 군대가 정치적인 산물이 아니라 실질적인 무장단체로 정부의 군무를 책임져주길 바랬다. 원격조정하는 이승만의 힘보다는 무릇 군대란 일인 지휘체제하의 일사분란한 군대여야 한다고 생각했다. 공화국에서 특별한 지휘체계가 필요한 것이 군대라 생각했다. 백범이 소앙을 새로 만들어질 군대에서 배제해야한다고 생각한 지점이었다.

이렇게 되면서 애국단 창설은 이승만과 백범의 첫 번째 정치적 대결의 장이 의도치 않게 벌어지게 되었다.

임시정부 국무회의에서 이 안건이 통과되면서 강령, 명칭 등 대부분의 책임을 문장 실력이 좋은 소앙에게 맡겨졌다. 조직은 백범에게 맡겨졌다.

첫 출발은 의생단이었다. 소앙이 글 솜씨를 발휘하여 아주 유려하고 빈틈없는 강령을 만들었고, 명칭까지 의생단으로 지어 왔다. 그러나 백범이 그것을 받았을 때는 그것이 옳고 그름을 따질 여유가 없었다. 그가 구상하는 군대와 이승만이나 소앙이 생각하는 군대는 많이 달랐다.

후방 군대의 지휘력 정도는 백범 선생이 가지고 있을 필요가 있다는 엄항섭의 설득이 그를 움직인 것도 사실이었다. 소앙과 건건이 부딪힌다는 것은 효율성 뿐 아니라 운용에 있어서도 힘들 수밖에 없었다.

그는 큰 결단을 내릴 수밖에 없었다.

소앙이 큰 의욕을 가지고 의생단이란 이름도 지었고, 멋진 강령을 만들어 마치 적벽에서 길 잃은 조조가 군대라도 얻은 듯이 의기양양해서 백범을 찾아왔다. 백범이 반갑게 받아들고 없는 살림에 그를 대접했다. 노고를 치하하며 소앙을 안심시키고 약간 다듬을 것이 있으니 두고 가라며 그를 돌려보냈다. 소앙도 그 말을 믿고 그러마 하고 돌아갔다.

그러나 백범은 그것을 그렇게 소중하게 여기지 않았다. 강령을 조소앙으로부터 받은 것은 사실이었으나 그것조차 가끔 잊어버렸다. 소앙이 재촉했지만, 몇 번이고 강령 제정을 미뤘고 국무회의 안건에도 올리지 않았다. 조바심은 소앙의 몫이었다.

그러던 중 백범이 안공근의 집에 들러 잠시 쉬고 있을 때였다. 어린아이들이 그가 낮잠에 든 사이 그의 주머니에서 삐져나온 종이 뭉치를 가지고 놀다가 찢어지자 놀라 아예 구겨서 버렸다. 그가 잠에 깼을 땐 이미 알아볼 수 없을 정도로 망가진 뒤였다. 그 종이 뭉치가 바로 소앙이 준 의생단 강령이었다.

그러나 그는 기겁하지도 않았고 그렇다고 아이들을 혼내지도 않았다. 그는 어린아이들 손에 들린 찢어진 종이를 보며 섬뜩한 생각이 들었다. 혹시 이 강령이 문서화 되었다가 적이나 밀정에게 흘러들어갈 경우를 상상했다. 어렵게 만든 군대를 저렇게 아무것도 모르는 어리고 연약한 어린아이 손에도 무너질 수 있구나 생각했다.

국무회의가 열렸고 소앙이 펄쩍 뛰고 난리를 폈다. 그러나 백범은 끄덕도 하지 않았다. 그가 상해까지 오면서 키운 것은 뚝심이 제일이었다. 끝내는 국무 회의에서도 백범의 강짜는 어쩔 수 없었다. 국무회의는 백범의 머릿속에 무엇이 들어 있는지 알지도 못한 채 오히려 책임과 권한까지 모든 전권을 백범에게 맡겼다. 임정 국무령 석오의 힘이 컸다.

소앙도 어쩔 수 없이 포기했다. 그에겐 설령 전권을 맡긴다 하더라도 결정적으로 조직할 힘이 없었다. 소앙으로써는 참기 어려운 모욕이었지만 자칫 책임만 떠맡을 수도 있다는 소심함이 더 컸다. 다만 실행 전에 국무회의에서 보고와 자문만 받는 선에서 백범을 견제하기로 했다. 백범에게 임시정부 창설 이래 전권이 주어진 것은 애국단이 처음이었다.

정치 초년생 백범에게 전권이 돌아갔다는 결정에 격노한 이승만은 분해서 임시정부로 보내던 구미위원부의 자금을 끊었고, 나아가 구미 한인들에게 독립자금 송금을 하지 말도록 권고했다. 이에 반발한 구미위원부 독립활동가들이 이승만을 돕는 일을 그만두었다.

백범은 보란 듯이 의생단 대신 '한인 애국단' 이란 명칭을 사용했다. 한인 애국단이란 이름은 망명인들의 한이 서린 이름이었다. 나라를 잃고 남의 나라 중국에 임시정부를 세울 수밖에 없는 처지이지만,

그 속에서 나라를 찾고자 하는 의지가 돋보이는 이름이었다. 그러나 그 안에 누가 얼마나 속해 있는지는 오직 백범만이 알았다.

그렇게 해서 그의 손에 들어 온 한인 애국단이었다. 단장 백범을 비롯한 비서 이화림, 교통 안공근, 기획 엄항섭, 초모 김동우 등이 초기 단원들이었다. 김오연이 나중에 합류했다.

그러나 누가 뭐라 해도 한인 애국단은 백범이 가진 암울하지만 최초의 군대였다. 암울한 군대라 표현한 것은 그의 군대는 무리를 이루지 못하고 홀로 싸워야 했고 홀로 죽어가야 했기 때문이다. 그러니 암울한 군대일 수밖에 없었다.

그곳에 4월의 햇살처럼 윤봉길이 전사로 왔다.

백범이 봉길과의 만남을 끝내고 애국단 사무실에 도착하자 끊어졌던 4·29 천장절 거사가 그들의 눈앞에 다급하게 다가왔다.

우선 애국단원의 나머지 인원이 환룡로에서 나와 중국가 봉맥시장 부근으로 거처를 옮겨 거사를 다시 준비하기로 했다.

폭탄은 아직 소식이 없었으나 김홍일에 의하면 순조롭게 진행되는 듯했다. 문제는 출입증이었다. 이 부분은 엄항섭이 책임을 지기로 했으나 딱히 보고하는 것도 없었고 백범도 딱히 물어보지도 않았다. 워낙 이웅 문제가 큰 문제라서 경황도 없었지만, 사실 봉길이 전사로 나선다는 것이 결정되기 이전부터 신경 써야 할 부분이었다. 그러나 엄항섭이 이를 간과했다.

　– 출입증은 구했는가?

안공근이 물었다. 건성으로 묻는 것이 확실했다. 분명 구하지 못한 것에 대한 책임을 묻는 물음은 아니었다. 마치 지나가는 사람한테 때 인사하듯했다. 그러니 시원한 답이 올 리 없었다.

    – 출입증은 구했는지요?

반응이 없자 뒤이어 이화림이 물었다. 안공근의 지나치듯 던진 물음이 그동안 말 못하던 이화림의 틈을 비집었다. 그녀가 내내 엄항섭의 성의 없는 준비에 작심하고 속내를 드러냈다. 워낙 시라까와의 결벽증에 가까운 경호는 그들이 원하는 사람이 아니면 들어갈 수 없는 경비 체계를 세워 두었다. 초대권이나 일본인 출입증이 없이는 단 1mm도 들어갈 수 없게 만들겠다는 게 그의 의지였다.

외국인에게는 초대장을 보냈고, 일본인조차 영사관에서 발행하는 출입증 없이는 들어갈 수 없었다.

외국인에게 주는 초대장은 애초에 염두에 두지 않았고, 출입증이 문제였다. 초대장은 구하기가 그나마 수월했다. 그러나 외국인에게 발행하니 오히려 동양인인 봉길이 가지고 들어가면 조선인이나 중국이라는 것을 표시 내는 결과를 가져올 것이 뻔해 구할 생각을 하지 않았다. 출입증은 달랐다. 출입증만 있으면 같은 동양인으로 일본인으로 속일 수 있었다. 출입증은 거사의 시작이자 방향이었다. 그래서 이화림은 확실하게 듣고 싶어 했다. 그러나 아무도 확실하게 답을 해 주지 않았다.

그녀는 애초에 봉길이 이 거사에 참여하는 것을 반대했었다. 그녀의 반대는 엄항섭과는 또 다른 이유가 있었다. 그녀는 이 거사에서 윤봉길은 단순한 희생이라고 판단했다. 그것이 아니라면 그의 확실한 성공이 보장되어야 한다는 것이 그녀의 주장이었다. 그러나 거사의 시작이자 방향인 출입증에 대한 이야기는 누구도 꺼내지 않고 있었다. 그녀가 그 문제를 꺼낸 것은 서로의 일에 대하여 궁금해 하지도, 의문을 가지지도 말아야 하는 불문율을 깬 것이었다.

　그녀는 엄항섭의 속내도 알고 있었고, 그의 의중을 아는 백범의 생각도 알았기 때문에 그녀의 실망은 더욱 커져갔다. 백범이 정치적 상황 때문에 서두른다고 생각했다.

　　- 그건 거사의 성패가 달린 문제를 왜 이렇게 소홀하죠?

　　- 투쟁에서 연민은 눈을 가릴 뿐이오. 모든 면에서 모두 다 노력하고 있소.

　　- 그렇다고 앉아서 손을 놓고 구경할 수는 없는 일 아닌가요? 무모한 일이 될 수도 있습니다.

　그녀가 이 거사를 기획한 이래 처음으로 길게 이의를 제기했다. 백범은 그녀에게 절대적이었다.

　　- 이 또한 이화림 동지 때문에 무모한 토론이 되고 있다는 것도 알고 있소?

　엄항섭이 그녀의 심정을 꿰뚫고 답 대신 핀잔 같은 가르침을 주었다.

5
chapter

25일

사자가 늑대와 함께
사냥을 나가다

사냥의 의미

– 제게 그 군대의 선봉에 설 수 있게 해 주십시오.

사람을 보낼 테니 다른 곳으로 가지 말고 기다리라는 백범의 당부
에 봉길이 다시 홀로 돌아갔다. 다만 김동우는 뒷일을 살펴 봉길을 살
파사로가 아닌 상숙로에 있는 본 집에 묵게 했다.

사해다관의 격정에서 아직 벗어나지 못한 백범의 귓전에는 윤봉길
의 괄괄한 소리가 이명처럼 끊이질 않았다.

군대라니!

그것은 백범의 꿈이었다. 그는 스스럼없이 애국단을 군대라 불렀
다. 누구도 그렇게 불러주지 않았었다. 그는 카랑카랑한 자청으로 백
범의 꿈을 이뤄주고 있었다.

– 이 엄중한 시기에도 누구도 나서지 않는 데 군이 스스로 자청하니 그
기개가 대단하네.

– 조나라의 모수가 홀로 나서 자천하지 않았다면 조국을 어찌 지켰을 것이며, 화씨가 두 다리를 잘리는 고초를 겪지 않았다면 어찌 명옥을 세상에 알렸겠습니까? 내가 스스로 나섬은 중국을 깨우쳐 나라를 지키고자 함이오, 장차 내가 겪을 고초는 명옥을 얻고자 함이니, 그것이 자유와 평등이 아니겠습니까?

백범은 봉길과 헤어지자 그 길로 화암과 도산의 지인인 김오연를 흥사단과 다물단에 보내 그곳의 정황을 살피게 했다. 그러나 김오연은 흥사단에서는 아무런 계획이 없다는 것을 제외하고는 어떤 것도 알아내지 못했고, 오히려 다물단에 들러서는 화암의 유도 심문에 애국단에서는 윤봉길이 출정할 것이라는 정보만 흘리는 꼴이 되었다.

이 정보가 다물단을 요동치게 만들었다.

백범은 화암의 태연함을 믿지 않았다. 김오연에게 태연하게 아무일 없다는 듯이 말했지만, 이렇게 좋은 기회를 다물단이 그냥 지나칠리 없었다. 그곳이 어디든 목표를 찾아다니던 그들이었다. 그런데 목표가 눈앞의 상해에 있는데 보이는 그대로 태연하다는 것은 태만이었다. 애국단보다는 경험이 많고 노련하고 숙련된 투사들이 많은 곳이 다물단이었다. 정말 태평하더라는 김오연의 판단이 더 걸렸다. 준비가 끝났다는 의미였다. 다물단의 보이지 않는 움직임은 백범을 여러모로 예민하게 만들었다.

그것은 다물단도 마찬가지였다. 다물단 내에서는 윤봉길이 애국단의 전사라는 것을 알았을 때는 사실 의외였다. 예상하지 못한 선택이었다. 백범의 선택이 혁명운동 전선에서는 이름도 알려지지 않은 애송이 청년이라는 것이 더욱 그들을 민감하게 했다. 아무도 그의 능력과 담력을 알지 못했기 때문에 더 불안했다.

거사를 앞두고 처음으로 백정기가 초조한 모습을 보였다. 애국단에서는 이번에 움직이지 못할 것으로 내다봤다. 이번은 단순한 요인의 저격이나 시설 폭파가 아니라 전 일본의 군대와의 싸움이었다. 단순히 왜정의 요인 하나를 제거하는 암살 작전이 아니었다. 상대는 포악하기로 이름 난 시라카와의 군대였다. 그의 군대는 만만한 군대가 아니었다. 일본의 전 병력이 그의 휘하에 들어왔다. 그 자신이 일본 전군과 다름없었다. 이번 거사는 그들과 일전을 치루는 것이었다. 전쟁이었다. 애국단은 아직 그런 경험도 없을 뿐 아니라 전투 능력이 없는 것으로 판단했었다. 그런데 그런 전투에 더구나 애송이를 보낸다니!

모두 우당이 그를 데리고 제비뽑기에 왔을 때만 하더라도 장차 혁명인자로써 훈련이라고 생각했었다. 그가 애국단의 전사라니! 이 엄혹한 전장 속에서 윤봉길이 자칫 애송이들이 갖는 성급함이나 두려움 때문에 혁명투쟁에 방해되는 인물이 될 수도 있었다. 그러나 그 또한 적이 아닌 동일한 목표를 가진 혁명 동지라는 것이 백정기의 마음을 아프게 했다.

당황할 것이 뻔했다. 훈련조차 없는 애송이 전사의 첫 시험대가 너무 완벽한 시라카와의 방어막을 뚫어야 하는 왜놈들의 심장이었다. 다물단이나 백정기가 큰 걱정하는 것은 애송이 애국단 전사가 식장에 접근하지 못한 채 겁먹은 아이 오줌 싸듯이 당황하여 입구에서 어설프게 대사를 치루는 것이었다.

애국단이 격에 맞지 않는 싸움을 건 것이었다. 그러나 백범의 처지라면 충분히 그 정도라도 선택할 여지가 충분했다. 혹시, 타협된 정치적 거사가 아닐까 의심을 했다. 오히려 그것을 원했다면 상황은 더 심각했다. 그럴 리 없지만 지금은 모든 것이 가능한 시기였다.

젊은 다물단원들은 부두회에 부탁을 해서 애송이 혁명가의 행동을 사전에 막아 거사를 망치지 말아야 한다는 의견이 강하게 개진되었다. 이 소식이 부두회까지 알려졌으나 그들의 단호한 결의에도 불구하고 실행하지는 못했다. 말없이 옅은 미소에 고개를 아주 살짝 끄덕이던 우당이 봉길의 선택을 존중했기 때문이었다.

백정기가 떨군 고개를 다시 들었다. 독립운동을 하다 보면 때로는 운명에 맡겨야 할 때가 있다는 것을 그는 알고 있었다. 그는 윤봉길을 받아들여야 한다는 것을 직감했다.

그런 논의가 오갈 것이라는 정도는 백범도 알고 있었다. 다물단이 발뺌을 하고는 있지만 이 기회를 놓칠 리 없었다. 그렇다면 이미 윤봉길이 전사로 나서기로 한 것이 김오연의 실수로 다물단에 알려진 바에는 부두회에 의해 그가 방해받을지도 모른다는 생각을 했다. 그들은 윤봉길의 성공을 확신할 리 없었고, 자신들의 행동에 확신을 갖는 단체였다. 결정은 늘 능동적이었고 행동은 늘 한발 앞섰다. 따라갈 수 없는 자신감이었다. 짐작대로 부두회가 나선다면 낭패였다. 그가 불안한 이유였다.

아, 내가 그것을 지나쳤구나!

백범은 후회했다. 함께 나올 수 없었으면 다관에 기다리게 하고 안공근이나 김동우를 보내 동행하게끔 했어야 했다. 부두회가 나서면 윤봉길의 안전을 담보할 수 없었다. 더구나 김동우의 집은 태평촌 부근 상숙로에 있었으니 적으로부터 숨기에 적절했으나 다물단에는 노출된 곳이었다. 다사스러운 김동우의 집은 많은 사람들에게 공개되어 있어서 봉길을 잡아갔던 편의대도 알고 있었고, 흥사단의 고영희도 알고 있었다. 왕아초의 부두회가 나선다면 시간 문제였다. 그의 보호가 우선이었다.

국무회의 소집에 앞서 백범은 급하게 다시 김동우를 그에게 보냈다. 애국단의 입단식 진행을 그에게 일임했다.

– 서둘러 가보게. 부두회를 경계하게. 나도 저녁 때 합류함세.

봉길을 가급적 빠르고 은밀하게 그들의 비밀 사무실이 있는 신천 상리 부근으로 이동시켜야 했다. 김동우도 백범의 다급함을 알고 있었다. 상해에서 부두회의 결정을 막을 자는 아무도 없었다.

그는 무궤 전차를 타고 종점까지 갔다. 그가 이용하는 전차의 종점은 정안사 공묘 역이었다. 공묘가 바로 옆에 있어 붙여진 이름이었다. 정안사 공묘는 한인들에게는 매우 친밀한 곳이다. 이국땅에 와서 고국에 묻히는 것이 소원인 한인들이 죽으면 돌아가지 못하고 거의 이곳에 묻혔다. 그래서 한인들은 이곳에 지날 때마다 잠시 묵념을 한다.

죽음의 길이었다. 그래서 한인들은 공묘로 넘어가는 낮고 작은 언덕을 북망산 길이라 부른다. 그것은 봉길에게도 마찬가지였다. 이 전차의 반대편 끝이 홍구공원이었다. 이 역에서 출발하는 전차는 대세계를 거쳐 홍구공원까지 간다. 봉길이 늘 새벽이면 이 전차를 타고 홍구공원 가게로 출근을 했던 길이었다. 그는 마치 살아서 죽음의 길을 오갔는지도 모르겠다. 김동우는 지금 그 길로 인도하기 위해 봉길을 데리러 가고 있었다.

상해의 외곽이었지만, 이곳에 역이 생기고부터는 매우 번잡해졌다. 가끔 중국인 부자라도 죽으면 거의 길이 막힐 지경이었다. 얼마 떨어지지 않은 태평촌 부근에 프랑스인 개인 주택지가 들어서면서 고급스런 동네로 변모하기 시작했다. 그러자 프랑스 정부는 공묘를 옮겨야 한다는 여론을 형성하고 중국을 압박하고 있었다.

그가 역에서 내리자마자 곧바로 뛰기 시작했다.

그는 한 번도 이곳에 묻히기를 바라지 않았다.

혁명전사가 이 공묘에 묻히는 것이 부끄러운 일이었다. 명을 다할 때까지 살았다는 의미였기 때문이다. 혁명전사라면 일제와 싸우다가 죽어야 하고, 그 주검은 전장의 꺾어진 푸섶에 묻히거나 일제의 심장부에 독이 든 대못으로 박혀 함께 썩기라도 하는 것을 최고의 소원으로 품고 다녔는데, 그렇지 못하고 이국 땅 상해에서 명을 다한다는 것은 부끄러운 일이었다. 그런 면에서 봉길은 행운아일지도 모른다.

그의 손에는 김구의 전갈이 들려 있었다. 혹시라도 갈지 모르는 부두회가 도착하기 전에 집까지 가려면 서둘러야 했다. 정거장을 빠져나와 조계 경계까지 그는 쉼 없이 달렸다. 숨이 턱까지 차올랐지만, 이것을 몇 번이고 넘기고서야 봉길이 머무는 집에 거의 도착할 수 있었다.

시간이 많지 않았다. 벌써 거사 날이 나흘밖에 남지 않았다. 오늘이 지나면 또 상황이 어떻게 변할지 모르는 긴박함과 조급함이 그에게 묻어났다.

이제 모든 것이 결정 났다. 그라고 봉길을 백범과 한자리를 앉게 하는데 주저하지 않은 것은 아니었다. 생각도 다르고 추구하는 바도 달랐다. 그러나 생각이 다르다고 길이 다른 것은 아니었다. 목적은 달랐지만 목표가 같지 않은가. 다른 두 생각이 만나 한 길을 가는 것이다. 그렇게 함께 가는 사람들이 동지다.

그를 기다리게 한 면목 없는 하루가 지나버렸다. 주인 없는 방에서 그가 대하고 있어야 할 기다림의 하루가 김동우의 머릿속을 어지럽게 했다.

이화림 동지가 자꾸 반대하고 나섰다. 그녀는 합리적인 사회주의

자였지만 박애주의자였다. 그러나 박애주의자는 혁명전사가 될 수 없다는 것이 엄항섭의 생각이었다. 둘의 생각이 많이 달랐다. 백범의 생각도 엄항섭과 같았다.

　　- 그는 애송이입니다. 어떤 일도 해보지 않았습니다.

　그녀가 이미 정해진 일을 놓고 이번에도 반대하고 나섰다. 잔잔했지만 굽힐 기세는 아니었다.
　그것은 이화림의 연민이었다. 그녀는 갖춰야 할 전사의 절차에 대한 굳은 신념이 있었다. 그녀가 계속 자신의 신념을 폈다.

　　- 그의 선언은 말 그대로 객기일 뿐입니다. 그런 객기를 가진 사람들은
　　상해에 지천입니다.

　객기가 가진 정열, 호기가 가진 도전, 혈기가 가진 투쟁, 결기가 가진 사상적 투신의 과정은 혁명에 관한 그녀의 신념이었다. 윤봉길은 그런 동지적 과정을 함께하지 않았다는 것이었다. 객기를 혁명에 활용하여 목적을 달성하는 것은 상황이 아니라 졸렬한 혁명이라고 생각했다. 그녀는 객기 상태에서의 인간의 죽음에 대한 연민과 책임이 있었다. 백범을 옆에서 모신 뒤로 계속 부딪힌 문제였다. 늘 답변은 백범 대신 엄항섭이 했다.
　봉길을 알고 있는 김동우는 봉길을 모르는 그녀를 설득할 수 없었고, 봉길을 모르는 엄항섭이 그녀를 추궁했다.

　　- 그래? 그럼 누가 있나?

이화림이 답을 하지 못했다. 이웅이 포기한 이후 계속 되물었던 질문이었으니 그랬다.

엄항섭은 그녀의 박애주의적 연민을 혁명적인 전투를 벌여야 할 현 정세에는 맞지 않는다고 보았다. 그래서 그의 말투는 전장에서 갖는 그녀의 박애에 대한 약간의 비아냥이 섞여 있었다.

그녀의 상대는 늘 엄항섭이었다. 부인이 불의의 사고로 죽은 뒤 공교롭게도 인성학교 교사인 김두봉의 추천으로 그녀를 백범에게 비서로 소개한 것도 엄항섭이었다. 둘은 항상 논쟁의 대척점에 있었지만, 박애 사회주의자인 어린 이화림은 항상 자본 공화정 신봉자인 엄항섭의 교육 대상이었다. 엄항섭과 늘 언쟁하면서 화합하는 것도 이상했지만, 이화림의 박애주의로 백범의 생각을 수행하는 것이 더 기이했다.

– 이웅이 왜 포기했겠는가?

엄항섭이 자신감 있게 윽박지르듯 질문을 했다. 그것은 이미 이웅처럼 그녀가 원하는 모든 과정을 갖춘 인물이 포기한 이유와 이봉창처럼 그렇지 않은 사람이 성공적 실행을 한 이유가 같지 않다는 확신에서 온 질문이었다.

– 글쎄요?

이화림이 한발자국 물러났다. 일이 벽에 다다르면 생각이 무너진다. 늘 이곳에서 물러난다는 것을 그녀도 알고 있었다. 애국단은 늘 벽 앞에서 일을 해온 느낌이었다. 갑자기 윤봉길이 궁금해졌다. 그녀가 김동우 쪽을 쳐다보았으나 그는 나갈 준비만 하고 딴청이었다. 엄항섭의 질문은 이웅이 포기한 이유를 애송이 윤봉길이 극복했다는 답이었다.

　― 그는 혈기가 없음이지. 그는 죽음 이후를 생각하니 죽을 용기가 없었던 것이네. 그는 기획자일 뿐 아니가? 그런 의미에서 이웅은 우리들이 직접 나서지 않는 이유를 의심했을지도 모르지. 이화림 동지, 이런 일은 혈기만이 가능하다고 보지 않나? 그는 혈기왕성한 사람이네. 혈기는 용기네. 다만 혈기를 누르는 것은 더 강한 힘에 대한 두려움이지. 이 두려움만 이기면 무엇이든 할 수 있지. 우리가 할 일은 그가 두려움에 떨지 않도록 옆에서 언제든지 보호해야지. 틈을 주지 말고. 김 동지, 어서 가시요. 이미 우린 그에게 너무 많은 틈을 주었어!

엄항섭이 혈기를 빌려 그녀를 설득했지만 속내를 자세히 들여다보면 자책이었다. 김동우 또한 그 부분은 늘 부끄러움이었다.

　― 실제 그의 혈기가 그 엄청난 군중과 아마 생전 처음 보는 엄청난 군대의 사열 앞에서, 그 중압감을 가능하겠습니까? 성공할 것으로 봅니까? 출입증 없이는 들어갈 수조차 없을 텐데요?

이화림이 이제는 염려로 돌아섰다. 이화림은 이봉창의 일왕 시해 거사도 진심으로 찬성하지 않았다. 그녀는 진실로 엄항섭이나 백범의 의중을 읽지 못하고 있었다. 그녀는 혁명가일지언정 정치인으로써는 자질이 없었다. 그러나 이화림의 진심이었다.

　― 성공이 무엇인가?

엄항섭의 평소 지론으로 반문했다.

　－ 그가 시라카와를 죽이는 것? 아니지.

엄항섭의 진심이었다. 김동우도 동의했다. 백범도 침묵했지만 그 것에는 동의를 했다.

　－ 그럼?

　－ 성공이란 윤 동지가 폭탄을 터트리는 거네. 그게 어디든, 누구를 죽 이든 안 죽이든 상관없네. 자네는 길 가다가 소나기 쏟아지면 어떻게 하 나? 난 우산을 사서 우선 지나가는 비를 피하고 보네. 우리는 지금 상황에 서 윤봉길의 혈기라는 우산 밑으로 들어 가야 한다네. 그 우산을 쓰고 장 개석까지 가는 거지. 우리 정부가 사는 길일세. 이봉창 의사가 비록 일왕 은 척살하지 못했지만 더한 것을 얻었네. 일왕이 죽었다 한들 더 무엇을 얻을 수 있었겠나? 이번 거사는 나무 화살로 날아가는 새를 쏘는 그런 것 이 아닐세. 그래서 혈기가 필요한 것이고, 자네 말대로 결기가 필요할지 도 모르지. 그는 그 두려움을 이길 수 없으면 아마 두려움의 극치에 이른 곳에서 폭탄을 터트릴 것이야. 그곳이 정문이든 아니면 시라카와가 지나 가는 길이 든 상관없지. 혈기를 잃지 않을 곳에서 터트리면 되네. 비록 전 선에서 물러나 부끄러운 정전협상은 하겠지만 장개석에게는 임정이라는 좋은 동지, 겁 없는 동지를 얻게 되겠지.

그러자 이화림이 엄항섭의 생각을 비로소 눈치를 챘다. 엄항섭의 노골적인 지론이었다. 김동우는 동의하지 않았다. 백범은 침묵했다. 안공근은 백범을 따를 뿐이었다. 그러나 그녀는 계속 수긍하지 않았다. 모두가 엄항섭의 이야기에 동의하는 것도 아니었지만, 또한 모두가 이화림의 이야기에 동조하지도 않았다. 그들이 동의한 것은 이번 거사가 임시정부나 백범에게 매우 중요한 계기라는 것이었다. 그것이 독립혁명운동 전반에 미치는 반전의 계기가 되기라도 하면 금상첨화였다.

　－그는 혈기왕성한 사람일세. 자네도 만나보면 그의 혈기를 느낄 걸세. 자네가 마지막 배웅을 하시는 게 어떤가? 택시를 타고 가는 동안 그를 느껴봐. 그의 힘이 어느 정도 큰지.

　봉길을 만나고 온 백범의 확신이었다. 모처럼 백범이 이화림의 반론에 응했다. 이화림이 더 이상 말을 잇지 못했다. 거대한 산에서 소리를 지른다고 산이 옮겨지지는 않는다는 것을 알고 있었다. 백범의 생각도 마찬가지로 산이었다.
　백범이 더 이상의 논의를 하지 않았으면 했다. 그는 국무회의를 하기 위해 사무실을 나갔고, 김동우는 국무회의장으로 떠나는 백범의 전갈을 가지고 급하게 나왔었다.
　이화림의 기우가 틀린 것은 아니지만, 완벽한 준비가 성공을 보장하는 것도 아니고 경험이 모든 능력을 보장하는 것은 더욱 아니었다. 공화의 주막에서의 선언도 그렇고 상해에서 보인 그의 담대함이 충분히 사업을 수행할 수 있으리라 믿었다. 무엇보다 그가 가지고 있는 절실함이 모든 것을 이겨낼 수 있으리라. 그의 죽음 또한 이화림의 연민으로 남지는 않을 것이었다. 이제는 되돌려서도 안 되었다.

　봉길이 홀로 장승처럼 자신의 결심을 곧추세우며 지키고 있을 때 김동우가 도착했다. 봉길은 백범과 대담이 끝난 후 이제는 그의 답을 기다리고 있었다.

- 내겐 아주 작은 군대지. 바로 한인 애국단일세!

봉길이 적이 놀라는 눈빛으로 백범을 바라봤다. 백범과 눈이 마주 쳤다. 백범이 그 눈 속으로 열망을 가지고 들어왔다. 백범은 4·29 천 장절에 그 작은 군대를 파견할 것이라고 했다. 봉길이 자청하고 나섰 다.

군인으로 갈 수 있다니!

- 제가 부족하고 미물과 같은 재주로 작은 폐라도 끼치지 않는다면 청 할 게 있습니다.

- 무슨 소리요? 군의 실력은 능준하오!

- 제게 그 군대의 선봉에 설 수 있게 해주십시오!

- 당연하오. 군이 아니면 누가 가리오.

백범이 그에게 준 말이 하루를 버틴 희망이었다.

봉길은 백범과 대담이 끝난 후 이제는 그의 답을 기다리고 있었다. 봉길은 선봉에 서겠다는 요청에서 하루 내내 한 발자국도 나가지 못 하고 있었다. 백범이 자신의 목적을 받아들이지 않을 수 있다는 불안 감이었다. 김동우가 도착해서야 겨우 갇혀있던 생각의 틀에서 벗어 날 수 있었다.

봉길이 안도의 숨을 내쉬며 반갑게 그를 맞이했다. 숨이 찬 김동우는 봉길을 보자 마침내 안심했다는 듯이 막혔던 숨을 몰아서 내뱉는 숨과 함께 갈라지는 소리로 봉길을 몰아 세웠다.

– 가세!

그 소리는 백범의 결심이 섰다는 의미였다. 그의 의지가 받아들여졌다. 봉길은 자신의 결심과 백범의 연합 소식을 넣은 작은 가방 하나를 메고 그의 뒤를 따랐다.

안공근과 엄항섭이 재빨리 움직이기 시작했다. 윤봉길과 백범 선생과 단독 회합이 끝났고 이제 김동우가 그를 마중하러 나갔다.

엄항섭은 어제 저녁부터 프랑스 공보국에 들어가 야근을 자처했다. 김동우의 행위가 영 찝찝했지만, 백범의 의지가 굳으니 그로써도 이제는 행동을 통일할 때라고 생각하는 듯했다. 상해의 상황이 저들에게는 정전국면이었지만 독립단에게는 이제는 어쩔 수 없는 전쟁국면으로 접어들고 있었다.

엄항섭의 원치 않는 전쟁이 시작되었다.

엄항섭의 속내는 사실 이번 거사가 무사히 넘어갔으면 했었다. 그는 이 거사의 사후 폭발력이 대단할 것으로 보고 있었다. 다물단도 이런 기회가 눈앞에 있었으니 놓칠 리 없었고, 애국단도 준비를 한다면 사단이 나도 무슨 사단이 분명 날 것이라는 예감이 들었다. 특히 성격이 불같다는 윤봉길이 가면 이웅하고는 전혀 다른 결과를 가져올지도 몰랐다. 그는 굶주린 사자 같았다.

그럴 경우 조계의 안전을 담보할 수 없었고, 프랑스의 한인에 대한 처우가 달라질 것이 분명했다. 장기적으로 독립운동, 특히 임정의 지위와 한인들의 지위가 형편없이 곤란해질 것이 뻔했다. 여비서 이화림이 말했었다.

– 그 청년은 지금이 아니오, 아직은 용광로에 불과합니다.

동의할 순 없었지만 맞는 말이었다. 정제되지 않은 용광로는 담금질한 칼과는 달랐다. 날카롭지는 않으나 벨 곳을 정하지 않았고, 빠르지는 않으나 예측할 수 없었다. 둔탁하지만 제어할 수 없는 불꽃에서 힘이 나온다. 그래서 엄항섭은 윤봉길과의 결합이 더 걱정스러웠다. 그는 지나가는 김덕근을 불러 다시 한 번 한인들의 안전을 위해 해야 할 일을 지시했다.

안공근이 제일 바빴다. 봄 가뭄에 물 마중하듯이 물샐 틈 없는 준비를 해야 했다. 며칠간의 숙소와 동선 계획을 짜야 했다. 숙소는 안전하되 많은 사람들이 드나드는 곳으로, 가깝되 은밀한 곳으로 정해야 했다.

잠시 다른 일을 접어두고 마당로 일대를 한 바퀴 다시 돌았다. 또 돌았다. 고향 같은 상해였다. 형 안중근의 왜적 이토히로부미 저격으로 가족이 뿔뿔이 흩어지고 백범에 의해 임시정부에서 일을 하게 되면서 조카들을 돌보고 있던 상해였다. 상해는 샅샅이 그의 손길이 닿은 곳이었다. 상해를 너무 잘 알다 보니 다른 사람들도 모두 잘 알고 있다는 착각이 들어 도대체 숨어있을 곳이 보이지 않았다.

이봐. 가장 열린 곳이 닫힌 곳이네. 내가 어떻게 서슬 시퍼런 왜놈의 칼날을 피했는지 아나? 난 그들의 칼 그늘 아래 숨었다네.

그가 애타게 찾는 모습을 본 백범이 평범한 곳을 찾으라고 충고를 했다. 그래서 찾은 곳이 패륵로의 동방공우였다. 모두가 깜작 놀랐다. 엄항섭이 너무 공개된 장소라 반대했다. 그러나 그곳만큼 가까웠지만 은밀하고, 숲처럼 개방적이었지만 내밀한 장소는 없었다. 동방공우에 숙소를 잡았다고 하자 엄항섭은 고개를 갸웃거렸지만 백범은 껄껄 웃으면서 안공근의 어깨를 두드렸다.

윤봉길에 대한 마중은 일제의 풍기계와 동시에 왕아초의 부두회로부터도 경계해야 했다. 윤봉길의 굳은 의지를 밀착 보호하기 위해 백범과 안공근이 직접 맡기로 했다.

그가 동방공우의 옥상에 올라 사방을 둘러보았다.

윤봉길이 오면 김덕근이 제일 큰일을 해줘야 한다. 김덕근은 자전거 부대를 이끄는 학생이었다. 장차 큰일을 해야 할 사람이었다. 주로 어린 학생들로 구성된 자전거 부대는 상해에 막 도착한 인사들의 동태를 보이는 대로 감시하여 김덕근에게 얘기했다. 김덕근은 다시 이 이야기를 조금 보태 엄항섭에게 전했다. 그렇게 보탠 조금이 늘 엄항섭을 긴장하게 만들었다. 처음 상해에 온 봉길의 감시가 두어 달 이상 길어졌었다. 봉길의 성격 탓이었다.

김덕근은 자전거 부대를 점검하기 위해 아이스크림 내기 시합을 붙였다. 친구들이 모였다. 박화산, 박제건, 이기성, 모성원, 장현근 등 오늘은 여섯 대가 모였다. 네 대가 모일 때는 하비로를 중심으로 좌우로 퍼져 나가면 된다. 여섯 대가 모일 경우에는 하비로 큰길을 중심으로 상하로 나뉘어 간다. 두 대가 대세계와 외탄에 다녀오면 된다. 그들의 가슴에는 백범이 고안해 낸 사발통문이 들어있었다.

김덕근이 지나가는 곳은 하비로를 따라가는 상가 주변이었다. 같이 떠나던 동료들이 샛길로 접어들었다. 이미 금강산호의 문이 굳게 닫혀 있었다.

이들은 비 오는 상해 거리를 자전거를 타고 달리는 것을 즐겼다.

하비로 대로 길을 달리며 많은 인파 속을 잘도 피해서 다녔다. 이미 능숙한 사람은 두 손을 놓고 달리기도 하고 소리를 지르기도 한다. 곧 다른 인파들하고 한 덩어리가 되어 상해의 일상으로 들어간다.

대세계로 향하던 자전거 부대 장현근은 강제로를 지나다가 마침 지나가던 김홍일을 보고 인사를 한다. 김홍일은 향차도와 일하는 사람들에게 고기라도 먹일 요량으로 굳은 돈을 쪼개서 팔선교에서 양고기를 사가지고 철공소로 들어가고 있었다.

그는 중국인들에게 평판이 좋은 사람이었다. 그가 뭔가 비에 맞지 않게 하려고 잔뜩 웅크리고 몸으로 가리고 들어가자, 중국인 철공소 노동자가 나와 반갑게 기름종이 우산을 받쳤다. 입술이 도톰한 향차도의 입가에 만족스러운 듯한 환한 미소가 번졌다. 가볍게 쥔 주먹으로 자신의 허벅지를 두툼하게 두드렸다. 차질 없이 진행된다는 의미였다. 김홍일이 거수경례로 답했다.

외탄은 전차와 함께 인력거가 늘 북적인다. 배로 오가는 사람들과 강 구경을 오는 사람들로 늘 북적거렸다.

외탄의 황포강을 조금만 거슬러 올라가면 자전거를 탄 학생이 마지막 지점을 찍고 오는 한인 상회가 16포 앞에 있었다.

16포는 황포강에서 약간 깊숙이 들어와 있는 포구였다. 황포강은 각각 조계별로, 나라별로 필요한 포구를 마련했는데, 일본인은 자신들의 영사관이 있는 공동조계의 황포강과 오송강이 만나는 양수포를 주로 이용했고 프랑스인들은 16포를 이용했다. 주로 한인들도 16포를 이용했는데, 16포에서 나오면 곧바로 대세계를 거쳐 프랑스 조계 한인 거주지인 신천지로 직행할 수 있기 때문이었다.

16포 항구에서는 막 배가 들어왔는지 사람들이 항구를 빠져나와 포구를 벗어나고 있었다. 암암쟁쟁, 상해의 찬란한 불빛이 막 불이 켜지기 시작할 무렵 한 청년이 배에서 내렸다. 행색으로 보아 필경 조선 사람이었다. 상해의 독립군에 가입하기 위해 청년이 황포강변 16포에 내린 것은 저녁때가 다 되어서다. 상해에 첫발을 내딛고 있음이 분명했다.

한복대신 양복으로 모습을 바꾼 곳은 대부분 경성이나 가까워야 평양에서였다. 형편에 맞게 싸구려 기지로 한 양복이었기 때문에 구김이 잘 갔고, 한 번 간 구김은 아주 깊어 옷의 길이를 잡아 당겨 팔 다리가 훤히 드러났다. 그래도 나이에 맞지 않았지만 청년은 맘껏 꾸민 중절모를 쓰니 모던보이로 다시 탄생한 듯이 어깨를 폈다. 조선에서 오는 한인의 상해의 꿈은 그만큼 현대적이었다.

그는 채양이 낮은 중절모에 주름이 잘 가는 품이 넉넉한 검은 양복과 폭이 넓은 넥타이를 매고, 볼이 넓은 구두를 신고 포구를 나왔다.

신세계인 상해 사람들에게 꿀리지 않기 위해 맘껏 멋을 내고 배를 탄 것이다. 그러나 인력거꾼들은 그가 처음으로 상해에 온 촌놈이라는 것을 대번에 알아보았다. 그가 입은 옷의 유행은 벌써 상해를 지난 지가 꽤나 오래되었기 때문이었다.

인력거꾼이 그가 조선인이라는 것도 알아보았다. 조선인이 상해에 첫발을 내딛으면 모두 어리석은 사람처럼 된다는 것도 알고 있었다. 그도 그럴 것이 조선과 상해는 전혀 다른 세계였기 때문이었다.

비가 계속 내리고 있었다. 그리 많은 비가 오는 것도 아니었지만 쓰잘데 없이 비가 꾸준히 내렸다. 비와 친해지는 법을 알거나 비를 피해야하는 법을 알지 못하면 상해에서 견디기 힘들다. 부자들은 비를 피하는 법을 알아야 했지만 그렇지 못한 사람들은 비와 친해져야 했다. 굳이 옆에 우산을 끼고 다닌다는 것도 거추장스런 사람들에게는 햇빛을 쐬는 것처럼 자연스럽게 비를 맞는 것에 익숙해져야 상해에서는 밥을 먹을 수 있었다.

그가 주저주저하고 있었다. 그가 조선에서 전해들은 거리하고는 매일매일 달라지는 것이 상해 거리였다. 인력거꾼들이 그를 주시했다.

배에서 내려 빗속에서 선뜻 길을 잡지 못하고 조참조참 거린다는 것은 이미 그들의 먹잇감이었다. 항구의 인력거꾼들에게는 이방인이 그나마 상해 물정을 알기 전에 그들에게 돈을 뜯어낼 수 있는 좋은 기회였다.

수십 명의 인력거꾼들이 그를 기다리고 있었다. 세워 놓은 순서는 있었지만 타는 순서는 없었다. 그들은 앉아서 기다리지 않았다. 그들은 우르르 서로에게 이상한 소리를 내며 그에게 다가왔다. 아마 먼저 맡은 새집처럼 주인 행세를 하려는 것 같았다. 목소리의 청으로 보아 금세 합의하며 주인을 그들이 정했다. 손짓 몇 번과 이상한 괴성을 지르니 금세 정리가 되었다.

그가 탈 인력거가 정해지자 슬며시 그에게로 다가와 조선말로 아는 체를 했다. 그가 정해진 이유를 알 것 같았다.

　- 조선의 가정부에 찾아오셨지요?

　- 네?

　- 우린 한눈에 알아 볼 수가 있습죠?

　- 잘못 타면 곧바로 왜놈 경찰에 데려다 주면, 기던 아니던 경을 치루고 나옵죠.

- 그럼 당신은 어떻게 믿소?

- 상해선 누군가는 믿어야 합죠. 하 하 하. 그러니 선생은 어차피 누굴 믿어야할지 모를 테니 믿고 타십쇼.

그들은 가격을 미리 정하지 않았다. 사내는 내내 궁금했지만 마치 자신을 기다리기라도 했다는 듯이 반기는 인력거꾼의 가마를 타고 앉았다. 그들은 초행이라는 것을 알았는지 그의 인력거는 슬쩍 흰 눈자위를 보이며 엄지손가락을 등 뒤로 가리키더니 고개를 끄덕이고는 혹시 틀리기라도 하면 이야기하라고 작은 채찍을 주고 달리기 시작했다.

비가 왔지만 이상하리만큼 그들은 인력거와 그들이 지르는 괴성과 속도가 한 몸 같았다. 애초부터 옷 따위는 입고 있지 않았다는 듯이 웃통을 벗고, 아니 그것이 본래의 사람의 모습이라는 듯이 비를 받아들이고 있었다. 그들의 근육질의 육신에는 때 국물이 흐르기도 했고, 4월의 봄빛하고는 영 어울리지 않는 위엄을 가지고 있었다.

그들의 괴성은 처음에는 이방인에게 위협적이었지만 점점 웃기기까지 했고, 그 소리가 그들만의 이상한 신호라는 것을 알고 난 뒤에는 그들의 위엄은 한 꺼풀씩 벗어지고 있었다. 그들만의 독특한 정보 공유이자 경쟁의 표시였다. 인력거가 부두를 벗어나자 한양이나 청도와는 전혀 다른 분위기와 전혀 다른 세상이 상해에 펼쳐지고 있었다.

그리고 또 그가 생각했던 것과는 전혀 다른 세상이 엉뚱한 데서 펼쳐질 것이다. 윤봉길이 그랬던 것처럼 그의 뜻은 창대했고 상해에 도착하자 무삼 기뻤지만, 그가 도착했을 때 그는 단순히 상해 거주 2,000명 중의 한 사람, 임시정부가 보호해야 할 거류민 중의 한 사람,

그 이상 그 이하도 아니었다. 그는 영웅도 아니었고, 맹렬한 독립운동가도 아님을 당장 내일이면 알 수 있을 것이다.

외탄으로 갔던 장현근 일행들이 마지막 지점을 찍고 재빨리 되돌아가고 상해 우편국 앞을 지나며 민필호에게 손을 흔든다.

상해에서 제일 정보가 빠른 민필호는 모든 촉각을 전보에 두고 있었다. 중국인 왕에게 부탁하여 모든 전보를 검열하듯 뒤지고 있었다. 그동안은 임시정부와 의열단에 오는 전보만 신경을 썼지만, 오늘은 다물단뿐 아니라 일반 한인들 모두의 전보 내용을 확인해 정리했다.

그 시간 가장 여유가 있는 곳은 다물단이었다.

모든 것이 준비가 끝이 났다. 이토가 출입증만 가지고 오면 끝이었다.

평상시와 다름없는 쌀가마니를 지고 다니는 백정기를 길거리에서 볼 수 있었다. 밤이면 그날의 거사 계획을 치밀히 준비하다가 낮이면 쌀을 배달하고 있었다. 그의 품새는 매우 자랑스러워 마치 경품이라도 당첨된 듯이 우쭐댔다.

아직 도산의 입장을 듣지 못한 홍사단원들은 그가 남경에서 돌아오기를 기다리며 각자의 직업에서 일을 하고 있었다. 춘산도 윤봉길이 도일을 실패한 후 잠시 보경리에서 떠나 다른 곳에 머무르고 있었다.

다만 아무것도 하지 않는 사람들은 오직 임시정부 각료들이었다. 그들은 백범의 다음 보고만 기다리고 있었다.

숙소와 자전거 부대의 점검을 마친 안공근은 긴 숨을 몰아쉬고 윤봉길의 입단식을 준비하기 위해 다시 신천상리 애국단 사무실로 향했다.

마지막 국무회의

그 시간 백범은 국무회의를 주재하고 있었다.

4월 26일, 백범은 아침 일찍부터 서둘렀다. 천장절로 갈 전사가 결정되기 전에는 오히려 할 일이 없어 연못처럼 답답함 속에 여유로웠는데, 청년 윤봉길이 자청하고 분기탱천하여 나서고부터 가뭄에 소나기 쏟아진 듯이 한꺼번에 일이 몰리기 시작했다.

백범은 국무회의 소집을 요청했다. 백범의 커다란 장점은 아무리 급해도 급한 티가 나지 않았고, 아무리 아파도 아픈 티를 내지 않는 것이었다. 그 앞에 천둥이 친다 해도 해야 할 생각을 멈춘 적이 없고, 그가 가고자 하는 일 앞에 철벽이 친다 해도 발걸음을 멈춘 적이 없었다. 아무리 하고 싶은 말이 있다 해도 쉽게 말을 한 적도 없었다. 속을 알 수 없는 사람이 된 이유였다. 엄항섭만이 그의 속을 어느 정도 알고 있었을 뿐이었다.

그렇다고 해서 무작정 국무회의를 열어 밀어붙일 수는 없었다. 그는 안전한 정부가 안전한 보신을 마련한다는 생각을 가진 안일한 국무위원들에게 천창절 거사를 어떻게 보고해야 할까 고심이 깊었었다. 오히려 그들은 국무회의를 열지 않아 중·일간 정전협정 시기에 적절한 태업으로 그 국면을 어벌쩡 넘기려는 속셈도 보였다.

다행히 어제 프랑스 공보국에 다녀온 엄항섭이 문서 하나를 가지고 나왔는데, 이 문서는 공교롭게도 백범에게 국무회의를 소집할 명분을 만들어 주었다.

아침 일찍 의정원 의장 석오 이동녕 선생을 찾아 안부 인사도 드릴 겸 국무회의 건을 재가 받았다. 석오 선생은 정부를 거의 백범에게 맡기다시피 하고 뒤로 물러나 바위처럼 지켜만 보고 있었다.

국무위원 중에 그만이 천창절 거사의 전모를 모두 알고 있었다. 관병식과 천창절에 대한 임시정부의 대응에 대해 한 차례 격론이 지나갔지만, 그들은 대부분 천창절 거사에 부정적인 생각을 갖고 있거나 그런 생각들이 주를 이루고 있었다. 왜놈들이 턱을 받치고 상해까지 밀고 들어오는 것이 분하기는 했지만, 당연히 조용히 넘어가는 것으로 보고 있어 다른 국무위원들은 더 이상의 진척을 알지는 못했다.

대응을 한다고 하더라도 실상 임정이 그럴 형편이나 능력을 갖추고 있다고 보는 사람도 없었다. 능력 없는 섣부른 거사는 얻는 것보다 실이 많다고 생각했다. 그러니까 4·29 천창절 대응은 아무 일을 하지 않으면 아주 조용한 행사로 넘어갈 수 있었으나, 무슨 일이든 대응을 하면 파급력이 클 수밖에 없는 매우 중요한 접점의 행사였다. 많은 사람들이 4·29 천창절 대응을 긁어 부스럼 정도로 생각했다.

백범도 석오에게만큼은 극진해서 매번 사소한 문제까지 보고하고 자신의 의견을 전달했다. 이는 국무회의에서 백범의 뜬금없는 의제가 나오더라도 그가 백범의 의중을 파악하는 데 도움이 됐다.

그의 생각은 정부의 원로로써 이 주장 저 주장에 휩쓸리면 정부의 중심이 흔들린다는 확고한 중심이 잡혀있었다. 설령 백범이 조금 틀리더라도 그를 지지하는 게 힘든 시절 정부를 지탱하는 힘이었다. 지금의 정부는 백범의 생각처럼 독립이 최고 가치라고 생각하는 사람이 필요한 시기의 정부였다. 다른 가치가 덜 중요한 것이 아니라 나약한 임시정부를 지키고 서 있을 가치가 필요했다. 백범의 가치에는 무엇이 희생되더라도 정부를 지켜내려는 의지가 엿보였다. 지금은 그것이 필요할 때라고 봤다.

석오는 이럴 경우 늘 제일 먼저 회의장에 나온다. 그의 의중을 국무위원들이 알기를 바라거나 자신의 의지를 내보이기엔 그것이 제일 효과적이라 생각했기 때문이다. 이번 국무회의는 좀처럼 내색하지 않던 백범의 절실함을 보았기 때문에 좀 더 일찍 서둘렀다.

안공근은 회의를 골목을 두고 마주보는 금강산호 맞은 편 김문 상회 2층 창고에서 열겠다는 서신을 보냈다. 국무위원들이 대부분 김문 상회가 있는 보강리를 중심으로 주거를 하거나 은신해 있어서 모이는 시간이 빨랐고 민첩하게 움직일 수 있었다. 제일 중요한 것은 사람들이 상시로 많이 드나드는 김문 상회로 잡음으로써 회의가 있다는 사실을 표시내지 않을 수 있었다.

임시정부 사무실에서 국무회의를 열기엔 위험이 컸다. 백범 자신도 수배 중이었지만, 엄항섭으로부터 받은 보고에 의하면 임정의 다른 사람도 그만큼 위험이 바짝 다가와 있었다.

일본 총영사로부터 천장절 행사를 앞두고 국무원 김구, 김철, 이동령, 조완구, 조소앙 5명과 불량 선인 김석 외 8명에 대한 체포장 집행촉탁이 옴을 승인함.

엄항섭이 프랑스 공보국이 발신한 공문을 쥐고 백범에게 왔었다. 프랑스 공보국의 교통은 엄항섭의 담당이었다. 프랑스 공부국의 정보는 매우 중요하고 요긴했다. 프랑스 조계에서 일본의 동태는 모두 프랑스의 허락을 거쳐서 나왔다. 일본의 편의대조차도 프랑스 조계의 허락을 받아야 활동이 가능했다. 그래서 엄항섭의 정보는 프랑스 조계에서 활동하는 독립 운동가들에게 매우 요긴한 정보였다.

해외 유학파였던 엄항섭이 프랑스 공보국에 취업을 하고 있었기 때문에 쉽게 정보를 얻을 수 있었다. 엄항섭이 가지고 온 정보는 천장절 행사를 기해 일본 주중공사 시게미츠가 프랑스에 불량 선인에 관한 체포 협조 요청을 한 것이었다.

불량 선인들이 불상사를 일으키면 프랑스로써도 유쾌한 일이 아닐 것이니 협조해 달라는 요청이었다. 이에 프랑스가 흔쾌히 승낙한 공문이었다.

이미 일제는 상해 경찰국인 풍기계가 천장절 행사에 만전을 기하고 있었다. 그 촉탁서는 만일을 위해 임시정부 요원과 불량한 혁명세포들의 발을 프랑스 경찰을 통해 사전에 묶어두겠다는 의지였다. 프랑스로서도 물처럼 밀려오는 일본 군대의 파괴력으로부터 조계의 안전을 위해 망국의 요원 정도는 하찮게 생각했다.

물론 엄항섭이 이 정보를 얻을 수 있었던 것은 괜한 사건으로 문제를 복잡하게 엮이지 않으려는 프랑스 당국의 허술한 묵인이 있었기에 가능했다. 그들에게는 망국인들이 행사기간 동안 피해 있는 것이 잡히는 것보다 정치적으로 훨씬 간명하다는 계산이 깔려 있었다.

이 체포장 집행 촉탁 승인 정보를 받은 엄항섭은 소리 없이 빙그레 웃었다. 분명 긴박하고 위험한 소식이었지만, 그는 주먹을 살짝 쥐며 들어올렸다.

엄항섭은 이번 일은 외부로부터 아귀가 잘 맞춰진다고 생각했다. 일이 잘되려면 외부로부터 아귀가 맞아 들어가는 데, 이번 일이 그랬다. 내부의 일은 어딘지 모르게 어설프고 궤가 맞지 않는 것 같아 설렁하여 그물에 물 담는 듯했는데 외부의 문제는 아주 때를 잘 맞춰지고 있었다.

상해 왈패 왕아초의 힘이 어찌하여 의열단 김홍일에게 연결되어 폭탄의 구입 경로를 만든 것이나 윤봉길이 뜻하지 않는 기회에 김동우에 의해 천거되어 죽음 따위는 아랑곳 하지 않고 적지로 뛰어들 각오가 선 전사로 관창처럼 나타난 것은 백범에겐 세 다리가 땅에 박고 서있는 솥처럼 최적의 연합이 됐고, 프랑스에서 받아들인 일본 영사관의 체포 촉탁 건은 출정에 앞서 국무회의를 여는 명분과 재가에 엄청난 동력을 주게 될 것이었다. 엄항섭은 비로소 안도했다.

엄항섭이 안도하며 정보를 백범에게 건넸다. 이것이 백범의 깊은 고민을 해결해 주었다. 프랑스인들의 이 미세한 편리함이 백범에게는 큰 산을 넘을 힘이 되었다.

천장절 거사가 윤봉길의 등장으로 물꼬가 트였고 마지막 남은 것이 임정의 승인뿐이었다.

백범의 고민은 국무회의를 여는 문제였다. 일제의 천장절 행사에 대한 임시정부의 대응 방안이 행사장에서 폭탄을 터트리는 것이라 하면 아마 회의장이 아수라장이 될 것이 뻔했다. 이봉창의 거사와는 전혀 다른 문제였다. 이봉창의 일왕 쇼와 척살 미수 거사 뒤에는 백범 자신만이 있었다면, 윤봉길의 뒤에는 임시로 세운 대한민국의 정부와 이천여 명의 상해 거류민이 달려 있었다. 정부의 입장에서는 중국의 지지가 아무리 중요하다 하더라도 그보다는 클 수가 없었다.

그들을 설득한다는 것이 사실은 강을 막고 산을 뚫는 것과 같았다.

마침 그 즈음에 다행히 엄항섭이 가져온 프랑스 공보국의 체포 촉탁 승인이 그의 숨통을 트게 해주고 있었다.

엄항섭은 백범에게 안도를 구하는 눈빛으로 올려 보았다. 그리고 백범에게 국무회의 소집과 설득을 장담했었다.

갑작스런 국무회의 소집에 회의장이 술렁였다. 비상시국임에는 분명했으나 나와서 논쟁하고 사안에 대해 대처해야 할 비상시국이 아니라 비굴하지만 처마 밑에서 광풍이 지나가길 기다리는 새처럼 모두 숨죽이고 지켜봐야 하는 비상시국이었다. 사흘이었다. 사흘만 매에 쫓긴 꿩처럼 비굴하면 됐다. 그런데 이 숨죽인 비굴함의 시기에 국무회의가 소집됐다. 그들은 불길한 예감을 했기 때문에 작정하고 회의에 나섰다.

회의가 시작되었고, 한참의 시간을 허비하고 난 후, 백범이 안건에 대해 무겁게 입을 열었다.

– 일제 주구들은 상해 침공 승전 기념 관병식과 쇼와의 생일을 축하하기 위해 4월 29일 홍구공원에서 행사를 하는 것은 다 아는 바요. 그들은 그 행사에 조선 독립군들의 파괴공작을 짐작하고 요원 체포 촉탁을 프랑스 정부에 요구했소. 그리고 프랑스는 이를 허용했소. 이제 여러분들은 하루 이틀 새에 상해를 뜨거나 깊이 숨어야 할 것이오.

백범은 프랑스 공보국의 체포 촉탁 동의서를 먼저 공개했다. 만약 프랑스 공보국에서 그들을 체포하기로 마음만 먹는다면 손쉬운 일이었다. 프랑스 공보국은 항상 망국의 임시정부의 요원들은 항상 거주지 및 동태를 파악하고 있었으니 시간을 줄 때 피하라는 말이었다.

백범의 말에 그들은 안도를 했다. 그 정도는 예상했던 바였다. 다시 비굴함이 일어나지 않고 가라앉았다.

– 일단 안전한 곳으로 은신하는 것으로 하는 게 어떻겠소?

– 무슨 소리요. 한줌도 안 되는 왜경이오. 상해는 넓소.

허세와 보신이 서로 갈팡질팡했다. 소앙은 일단은 피하자고 했고, 김철은 도망가는 것은 한인을 또 버리고 가는 것이다. 그것은 부끄러운 일이니 맞서 싸우자고 했다. 소앙이 피하자는 것은 잠시 가흥 정도로 물러나 있자는 것이오. 김철의 싸움의 의미는 상해를 뜨지 말자는 정도였다.

소앙의 말대로 도망가는 것은 일신은 안전하게 보신할 수 있으나 한인들을 버리고 가야 하니 비겁해서는 안 될 일이었고, 싸우자는 것은 준비도 없고 군비도 갖추지 못했으니 허세였다.

– 저는 은신과 싸움을 함께 하는 것을 제안하오?

때를 기다리던 백범이 답을 내놨다. 이제 윤봉길을 소개할 때가 왔다고 봤다. 윤봉길은 싸우자는 측과 은신하자는 측을 모두 만족시킬 수 있었다.

– 은신한다는 것은 이해했으나 싸우자는 것은 또 무슨 말이오? 대국인 중국도 싸움을 끝내려는 데, 우리는 이 형편으로 싸우자는 거요. 저들의 기세를 모르고 하는 말이오?

– 말씀드리외다. 은신하자는 것은 체포 영장에 들어 있는 요원들은 도

피자금을 마련하여 잠시 은둔해 계시라는 뜻이오. 현재 임정의 재정 상태로는 은신 자금을 충분히 드리지 못하는 바, 국무위원에게 60불, 기타 요원들에게는 10불 정도를 지급할 것이오. 만일을 위해 도피 후의 연락은 안공근과 민필호로 일원화하면 되오. 상해를 뜨시는 분은 민필호에게, 상해 안에 계실 분은 안공근과 선을 대시면 되오.

– 그럼 싸우자는 것은 무엇이오?

– 일제 주구들의 침략이 이제는 상해의 하늘까지 들어왔소이다. 그들의 무력은 일찍이 보지 못한 위력을 가지고 상해를 가로질러 관병식이란 이름으로 무력시위를 한다고 하오. 속절없이 물러나기만 하는 중국은 이제 그들의 힘에 굴복이라도 하듯이 정전을 서두르고 있소이다. 그것도 모자라 이제는 상해에서 쇼와의 생일에 촛불을 올린다 하오. 도저히 묵과할 수 없는 일들이 지금 우리 눈앞에서 벌어지고 있소이다. 이들에게 단죄를 내릴 때가 되었소. 중국의 장개석뿐 아니라 만천하에 조선이 있음을 알리고 우리가 독립국가로서 주권을 행사하는 바를 알려야 하겠소. 그들을 징치할 것이오.

– 그러니까 우리는 숨고 백범은 나가 싸우겠다는 것이오? 숨기는 쉽고 싸우기는 어렵소. 누구는 쉬운 길을 택해 숨고, 누구는 죽는 길을 택해 싸운다는 게 말이 되오? 백범, 인정을 용기 있는 자와 비굴한 자로 나누는 구려. 대체 누가 무슨 군대로 어떻게 싸운단 말이오?

비굴함이 다시 일어났다. 의심이기도 했고, 경계이기도 했다.

– 애국단이 나설 겁니다. 우리에겐 비록 작은 군대지만 애국단이 있소

이다. 천장절 행사에 전사를 보낼 겁니다. 그 전사가 시라카와의 잘못을 지적하고, 왜구의 잘못을 징치할 거외다.

– 애국단이 나선단 말이오?

특히 소앙은 천장절 거사에 애국단이 나선다고 하자 반발이 거셌다. 그는 백범의 애국단을 탐탁하지 않게 생각했다. 백범에게 애국단의 모든 것이 일임된 것도 동의하기 힘들었지만, 이번 거사가 백범에게 일임된다는 것도 마땅치 않았다. 의구심을 노골적으로 내보이지는 않았지만, 사실 벌써 애국단이 몇 개월 만에 저렇게 큰 거사에 나설 정도로 조직화되었다는 것을 믿을 수 없었다.

그러나 그보다 다른 경계가 그에게 있었다. 백범이 거사를 주도하여 장개석의 신임을 얻는다면 이번 일의 성사와는 상관없이 그동안 자신이 백범과 김철 간에 삼수부동격三獸不動格으로 적절한 긴장을 유지하던 세 힘의 견제가 무너질 것이 분명했다. 그동안 임시정부를 받치고 있던 세 힘의 균형이 무너져 백범으로 급격한 힘의 쏠림을 좌시할 수는 없었다.

그는 상해 한인들의 안전을 담보로 할 만큼 그날 거사가 중요하지는 않다며 반대 의사를 분명히 했다. 그의 목소리는 잠시 격앙되었다. 석오가 그를 제지했다.

조완구가 격앙된 소앙을 거들고 나섰다.

– 그것이 대의명분에 맞는다 해도 많은 문제가 걸려 있소. 이건 애국단이 이봉창을 일왕에 보낸 것하고는 전혀 다른 문제요. 지금은 우리가 프랑스의 한쪽 귀퉁이에 얹혀살고 있는데, 우리가 살고 있는 한복판에서 폭

탄을 터트리겠다는 거 아니오? 그럴 경우 우리가 지금까지 겨우 지키고 가꾸어 오던 정부와 인민들의 터전은 어찌할 거요? 왜놈들의 만행으로 보아 일거에 무너질 텐데. 그러면 우리 독립운동의 근거지를 뺏길 위험이 크다고 보오. 지금 만주도 그 근거지를 잃고 허둥대고 있는 판에 이름 한 번 날리고 적장 하나 넘어트리기 위해 독립운동의 근거지를 뺏긴다는 게 어떨지? 그만한 가치가 있는지는 따져볼 일이오.

- 우리가 도망가지 않고 숨는 것은 상해 인민을 놔두고 갈 수 없음이오. 또한 우리가 나가 싸우지 못함은 이기지 못함을 아는 것이오. 이기지 못하는 싸움을 걸어 상해 인민의 안전을 어찌 보장하오? 우리가 도망가는 것만 못하지 않겠소?

소앙이 조완구가 거드는 동안 격정을 가라앉히고 차분히 말했다. 소앙의 성격을 잘 아는 백범도 그가 가라앉기를 기다리다 결론을 지었다.

- 걱정하는 모든 것을 알고 있소. 모든 것을 참작하여 계획하고 있소. 그 성공에 우리 정부의 미래가 달려 있소. 한인들도 안전하고 국제문제도 없이 장개석에게 우리 정부를 각인시키며 단지 왜구들을 혼낼 방도가 어떤 것인지를 찾고 있소.

백범의 차분하고 단호한 어조가 점점 국무위원들의 동의를 얻어가고 있었다. 특히 프랑스의 체포 촉탁서는 피해야 할 명분을 주었고, 백범의 용기는 싸워야 할 명분을 주었다. 피하고 싸울 수 있다면 가장 효과적인 대응일 수 있었다.

－ 한데 이번엔 애국단의 누가 나선단 말이오?

소앙이 계속 의구심을 갖고 물었다. 그 질문에 국무위원들이 긴장했다. 상해의 안전을 두고 싸우러 간다는 것도 의아했지만, 누가 갈 것인지가 더 궁금했다. 그동안의 논쟁을 단번에 그치고 백범의 답을 기다렸다.

백범은 한참동안 뜸을 들였다.

－ 윤봉길이란 전사요. 고향은 충청도 예산, 본향은 파평이라 하오.

－ 아니, 그 종품 공장 파업 주동자 말이오?

윤봉길이 나선다는 소리에 다시 한 번 회의장이 요동쳤다. 자신들에게 싸울 명분을 살린 사람이 윤봉길이라니! 그들에게 윤봉길은 종품 공장 파업의 주동자로만 기억하고 있었다. 심지어 조완구는 그를 사회주의 운동자로 보고 있었다. 그가 애국단원이란 사실에 모두가 의아했다. 소앙은 가벼운 안도까지 했다. 소앙이 의중에 있는 한마디를 했다.

－ 아니, 그런 애송이를 보낸단 말이오? 임정의 조롱거리로 불릴까 두렵소.

－ 그렇지 않소. 그는 스스로 관창이라 했소. 우리는 관창을 적진으로 보내는 장수의 부끄러움을 동시에 가져야 할 것이오. 우리는 조국을 잃으면서부터 부끄러움도 잃었소. 부끄러움을 찾을 수 있을 때까지 싸우는 게 우리 몫이오.

백범이 봉길을 길게 소개했지만 미더워하지 않았다. 오히려 애국 단에 대한 앙금이 남아 있던 소앙은 조롱거리라며 의거 자체를 비하 했다. 백범도 그들이 알고 있는 윤봉길의 상해 1년을 가지고는 그들 을 설득하기 어려웠다. 분위기가 점점 부정적으로 치닫고 있었다. 물 론 국무회의에서 부결이 된다 해도 계획을 실행할 백범이었지만, 그 들의 설득이 우선이었다.

- 그렇다하더라도 윤봉길이라니! 그건 절대 아니 되오.

김동우가 회의장에 급하게 도착한 것은 이때였다. 약간의 문제가 있어서 왔음을 백범에게 귓속말로 전했다. 회의가 잠시 중단되었다. 회의가 중단된 동안 난상토론이 진행되었다. 주로 봉길에 대한 그들 의 편견이 펼쳐졌다. 급기야는 거슬러 올라가 거사 여부까지 다시 불 똥이 튀었다.

입단식에서 새롭게 제시된 협상안을 가지고 온 김동우의 말을 전 해들은 백범은 잠시 고민을 했다. 그러나 빠르게 결정을 내렸다. 그 가 가지고 온 소식 중 몇 가지를 간추려 지시했고, 그중 한 가지를 빼 서 갑론을박하던 국무 위원들을 안심을 시켰다.

- 일부 국무 위원들이 걱정하는 바는 지금 김동우 동지가 가지고 온 소 식으로 갈무리했으면 하오. 그가 답을 주었소. 윤봉길은 그 자리에서 자 결을 할 것이오. 그의 죽음은 중국인으로 포장될 것이오. 그가 그러길 바 라오. 걱정하시는 한인의 안전도, 국제적인 문제도 없을 것이오. 설령 그 가 실패하더라도 문제는 여러분에게 튀지 않을 것이외다.

국무 위원들이 말을 잃었다. 국무 위원들의 속내를 꿰뚫기라도 한 듯이 멀리 떨어져 있던 봉길의 선택이 백범의 매듭을 풀어주었다.

그동안 아무 말 없이 회의를 지켜보던 석오가 침묵을 깨고 손을 들어 젊잖게 다른 사람들의 말을 가라앉히더니 백범을 불렀다. 그는 안호주머니에서 주섬주섬 무엇인가 꺼내더니 백범에게 건네고는 말은 국무 위원들을 향해서 했다.

– 난 그 윤봉길이란 전사에게 경의를 표하는 바요. 얼마나 가상하오. 우리는 말과 글 말고는 조국이 어려운 지경에 이르렀을 때 무엇을 했나 반문하고 싶소? 그는 이 어려운 시기에 하나의 목적을 가지고 하나밖에 없는 목숨을 내놓고 있소. 경의 말고 또 무슨 말로 그를 바라볼 것이오. 백범!

– 예!

– 여기에 그의 역사를 기록하도록 하시오. 더구나 그가 중국인으로 죽는다 하니 우리가 그를 조국의 이름으로 장렬한 산화를 할 수 있게 해야 하오. 우리가 그를 기억해야 하지 않겠소? 이 노트는 부끄럽지만 내 삶을 기록하려고 했던 노트요. 이제 내 삶이란 윤 동지 앞에선 부끄러워 내세울 게 없소. 그 속엔 얼마 전 화가에게 받은 그림도 있소. 하찮지만 국무령인 내 초상으로 그의 죽음을 증명할 것이오. 아, 그리고 이 만년필도 그에게 주시오. 값싼 노트지만 가장 가치 있는 죽음이 기록 되게 하오.

석오는 더 이상 말을 잇지 못했고, 중국산 노트와 프랑스제 만년필을 김구에게 건넸다. 백범은 소리 없이 통곡했다. 국무 위원들도 더 이상 말을 꺼내지 못했다.

각자 한 마디씩 했지만 명분이 모두 다르고, 그 명분마다 틀린 것이 얼마 없었다. 상해 인민의 안전도 중요했고, 임시정부의 거점도 중요했고, 국제관계도 중요했다. 백범은 그것을 더 잘고 있었다.

그러나 거기까지였다. 석오의 말이 모두를 숙연하게 만들었다. 석오가 자신의 역사를 미루고 봉길이 조선인으로 드러나게 했다.

수첩을 받아든 백범이 김동우가 가지고 온 전언에 대해 깊은 상념을 했다. 그는 김동우에게 새로운 지시를 했다.

한인 애국단 2

그러니까 김동우가 백범이 국무회의를 여는 동안 급하게 봉길을 데리고 간 곳은 중국가 봉맥시장 부근이 아닌 신천상리 안공근의 집이었다. 조계를 한 바퀴 돈 셈이었다.

안공근은 안중근 의사의 동생으로 일찍이 가족들이 상해로 망명해왔다. 백범이 그 가족을 돌봤다. 안공근은 사람이 좋아 많은 사람들이 곁에 있었다. 그는 순한 혁명가였다. 그러나 백범의 일에서는 여우처럼 생각을 했고 표범처럼 일을 했다.

안공근은 그의 조카이자 안중근 의사의 아들인 안낙생으로 하여금 사람들이 많이 오가는 목이 좋은 신천상리에 사진관을 운영하게 했다. 사진관은 이득이 많아 생활에 많은 보탬이 되었다.

사람들이 상해에 들어오면 마치 신천지에 온 듯하여 황홀해했는데, 많은 것들이 그들을 놀라게 했다. 자로 잰 듯한 도로하며, 그 위에서 달리는 각양각색의 자동차들은 상상을 훨씬 앞서 가고 있었다. 자동차가 달리는 도로 옆에 돌을 쌓듯이 세워 놓은 건물들은 산같이 높았고 꽃처럼 화려했다.

밤이 되면 그 건물에 온갖 색의 네온사인이 밤을 낮으로 바꿔 놓았다. 상점 안에 있는 온갖 진귀한 물건들은 모두 욕심의 한계를 넘어서는 물건들이었다. 자본이 가진 환상의 힘이었다. 이 환상에 빠진 사람들이 독립운동가로 넘어와 국가가 필요 없는 자본가로 남는 경우가 허다했다.

사람들은 자신이 이런 세상과 함께 있다는 것을 자랑으로 여겼고, 이런 세상 속에 사는 자신을 남기고자 했다. 그것이 사진이었다. 자신이 자신의 얼굴을 거울 말고 또 이렇게 자세히 볼 수 있다는 게 더욱 신기했다. 내가 나로 남아 있다는 게 글 말고 또 있다는 데 놀라워했다. 사람들 사이에 나를 나로 남기는 것이 유행처럼 번졌다. 그 유행이 안공근의 생활에 많은 보탬이 되었다.

그러나 그가 사진관을 운영하는 진짜 이유는 다른 데 있었다. 한인들이 상해에 와서 기념사진을 찍으면 사진관 주인은 사진을 이름과 함께 일본 밀정에게 팔아먹었기 때문에 양글로 이득을 남겼다.

그러나 한인들에게는 그 이득이 문제가 아니라 모든 정보가 밀정의 손에 들어가는 바람에 일본 풍기계는 한눈에 한인 정보를 읽을 수 있었다. 이것이 혁명가들을 잡는 결정적 단서가 되었다. 그렇게 정보가 넘어가는 것을 막기 위해 백범의 제안에 따라 안공근의 조카이자 안중근의 아들인 안낙생이 직접 사진관을 운영하게 되었다. 사진관은 새는 정보도 막았고 이득도 남긴 양글의 상업이었다.

그가 가지고 있는 인물 정보는 상해 한인 전부라 해도 좋았다. 봉길이 상해에 처음 도착하여 안명기 손에 이끌려 사진을 찍기 위해 왔다가 안공근을 만난 곳도 이곳이었다.

뿐만 아니라 전보국 민필호를 통한 공식적인 정보가 오간다면, 이곳을 통해서는 인편이나 비공식적인 라인을 통해서 정보가 오갔다. 금강산호도 도산이 손을 뗀 후부터는 실제로 안공근이 전체적인 움직임을 조절하였다. 그렇다 보니 국내의 독립운동가들이 상해로 오면 금강산호의 안공근을 통해 보강리 임시정부 지정 숙소에 묵게 했다.

그러니까 상해의 모든 정보는 안공근으로 통한다고 해도 과언이 아니었다. 이렇듯이 안공근은 한인 임시정부 요원들의 정보의 길목을 튼튼히 지키고 있어 백범에게 큰 도움이 돼주고 있었다. 그 순한 안공근이 그렇게 중요한 일을 하는 지는 백범 말고는 아는 사람이 많지 않았다.

한때 안중근 의사의 또 다른 아들인 안준생이 상해에 와서 사진관을 운영하는 것을 도왔으나 그의 통큰 생활 패턴이 그것을 감당할 수 없어 그만두고 국내로 들어갔다.

사진관은 정식 마을 이름이 향경리이지만, 천상리 맞은편에 새로 생긴 마을이라서 붙여진 신천상리 20호에 있었다. 강제로와 패륵로의 교차점에서 노신부로 반대 방향으로 패륵로를 거슬러 올라가면 신천상리로 가는 좁은 길목이 나온다. 이 골목을 지나면 다시 큰 거리가 나오는데 이 마을이 향경리였다.

사진관은 신 개발지로 급격히 상업지역으로 바뀐 향경리의 입구에 있었다. 1925년도에 지은 새 건물이었다. 사진관은 1층 도로변에 있었고, 간판은 굵은 테가 있는 자그맣고 네모난 나무에 흰 글씨로 만들어 어디에서나 볼 수 있게 1층과 2층 사이에 걸어 놓았다. 안공근의 살림집은 농당의 안쪽 통로를 통해 들어가는 2층에 두었다.

상가 두 칸을 헐어 하나의 장방형의 네모다란 사진관을 만들었는데, 정리가 아주 잘 되어 있었다. 사진관은 문을 열고 들어가면 좌우로 책상이 놓여 있고 벽면에 잘 나온 사진을 몇 개 걸어 놓았다. 중간

쯤에 커튼을 치고 중간을 반쯤 열어 놓았다. 커튼 안쪽에 묵직하고 커다란 나무틀로 고정시킨 사진기가 있고 한쪽에는 스크린을 설치하여 사진을 찍을 수 있게 했다. 아주 평범하지만 세련된 사진관이었다.

그런데 이 평범한 사진관이 애국단의 또 다른 사무실이었다.

봉길이 들어오자 안공근이 반갑게 그의 손을 잡았다. 둘은 익숙한 사이였다. 종품 공장 사건 이후 처음 만났다. 그러나 불편함은 이미 없었다. 안공근이 힘을 한 번 더 주어 잡았고 봉길이 대응해 눈에 힘 주어 응시했다.

그리고 안낙생은 사진관 문을 걸어 쇠뭉치로 단단히 처깔해 두었다. 중간 커튼이 양쪽으로 열리고 그 안에서 이화림, 엄항섭이 차례로 악수를 하며 엄숙하게 그를 반겼다. 김동우가 그들을 한 사람씩 소개했다.

- 난 이화림이예요. 반깁니다.

- 난 윤봉길입니다.

- 미안하오. 난 엄항섭이오. 환영하오.

- 내가 윤봉길이오.

그들이 인사를 하는 동안 안공근은 사진을 찍기 위해 만든 뒤쪽 스크린을 옆으로 밀었다. 그러자 또 다른 방이 나왔다. 사진관은 앞으로도 두 칸을 합하여 사용했지만, 뒤쪽으로도 두 칸을 합해 놓았다. 사진관에 들어오면 보이는 그곳은 스크린이 있는 벽이었다. 그 방에는 제법 사무실의 태를 갖추고 있었다. 커튼을 걷으니 아주 제법 커다란 사무실이 되었다.

한쪽 면에 아주 커다란 태극기가 걸려있어 분위기를 좌우하고 있었다. 그 위에 한인 애국단이란 글씨가 붓으로 쓰여 있었다. 태극기 옆으로 2단짜리 작은 책상이 놓여 있었다. 책상을 옆으로 밀면 한 사람 정도 지나갈 정도의 아주 좁은 계단이 있었는데, 이 계단은 2층으로 통하는 길이었다. 이 계단은 백범이 자주 와서 쉬는 위층 거실 장롱하고 통해 있는 비밀 통로였다. 소앙의 의생단을 버리고 애국단을 만든 곳이었다.

인사가 끝나자 안공근이 입단식 예비 절차를 시작하였다.

안공근은 아주 친절히 그에게 절차를 설명했다. 입단식의 절차가 끝나면 전사로서 출정 선서문을 쓰고 입단 선언을 하고 함께 사진을 찍으면 되는 간단한 절차였다. 간단한 절차지만 백범의 고집이 담긴 행사였다. 그의 행사에는 늘 조만간 독립이 올 것이란 강한 희망이 담겨 있었고 그것에 대한 기록이었다.

네 사람이 양쪽으로 갈라섰고, 가운데에 봉길이 섰다. 밖에서는 안낙생이 사진기 앞에서 기다리고 있었다. 조촐한 입단식이 시작되었다. 그러나 초라하지는 않았다. 안공근이 주례자로 나섰다.

- 애국단 입단을 환영하네. 다시 한 번 묻겠네. 애국단에 입단할 것을 동의하는가?

- 예.

- 애국단의 입단은 곧 죽음의 길이라네. 죽음을 각오해야 하네. 자네의 삶을 오늘 찍을 입단 사진 속에 내려 놔야 하네. 그래도 동의하는가?

- 내게 죽음이란 삶과 같습니다.

사방이 막힌 공간에 울려 퍼진 그의 묵직한 답이 공기까지 가라앉혔다. 특히 이화림을 숙연하게 했다. 생각하거나 짐작하지 못한 답이었다. 그녀가 봉길의 눈을 응시했다. 그의 눈에는 결기가 보였다. 그녀가 가진 봉길에 대한 연민이 확신으로 바뀌었다. 모두가 울컥했지만 아무 소리도 들리지 않았다. 안공근이 다시 그의 앞으로 나와 악수를 청하며 겨우 말을 뗐다.

- 알겠네. 앞으로 죽음에 대해 물어서도 아니 되고, 삶에 대해 물어서도 아니 되네. 동지에 대해 물어서도 아니 되고, 오직 동지에 대한 책임은 죽음으로써 다 해야 하네.

- 예!

- 좋네. 이로써 입단을 마치겠네. 이제부터 자네는 한인 애국단원의 전사일세.

- 마땅히 받아들입니다.

그들은 그리고도 한참동안 아무 말도 하지 않았다. 이로써 청년 윤봉길의 애국단의 입단식은 끝이 났다.

그들은 입단식이 끝나자 김동우가 사온 만두를 내놓고 허기를 채우기 시작했다. 입단식을 할 때마다 허기를 느끼곤 했다. 그 허기를 채우기 위해 김동우가 만두를 두둑이 사온 것이었다. 그러나 그들은 단순히 허기를 채우는 것이 아니라 아주 잠시 삶의 시간을 누리고 있었다. 만두를 먹자 그들은 죽음의 길을 마치 봄날 새싹 피듯이 다시 이야기하기 시작했다.

엄항섭이 전반적인 계획을 설명했다.

– 큰 틀에서 먼저 설명하고 세부적인 것은 큰 틀이 정해지면 짜겠습니다. 우선 일정을 짜겠습니다. 다음으로 그날 거사에 대한 전체적인 전략을 짜겠습니다. 특히 다물단의 거사와는 어떻게 대처할지 상의가 필요합니다.

모든 거사의 전략은 기획력이 뛰어난 엄항섭이 늘 주도했다. 모두 동의하고 주의를 기울이지만, 그 동의는 봉길의 동의가 필요해서인지 봉길만 쳐다보고 이야기를 계속했다.

– 전체 일정을 보겠습니다. 오늘 입단식을 마쳤으니 거사에 대한 결의를 다진 후 선서문을 작성하고, 백범 선생이 오시는 대로 출정 사진 찍고, 27일 사전 답사는 안공근 동지께서 백범 선생과 함께 합니다. 28일은 아무 일도 하지 않습니다. 그리고 29일에 꽝! 숙소는 오늘부터 우리 단원들이 돌아가면서 함께 이동합니다. 벌써 일제의 풍기계가 움직였고, 정부 요원 체포 영장이 프랑스 공보국에 의해 승인되었습니다. 오늘 이후는 외부인사와는 절대 접촉이 불가능합니다. 윤봉길 전사는 물론이고 우리 모두가 마찬가지입니다. 다만 외부와의 연락을 취하는 것은 안공근 동지가 할 것이고, 가급적 노출은 자제하는 게 좋겠습니다.

그가 막힘없이 간단히 설명했다. 단원들은 말을 되받지 않는 것으로 동의를 표했다. 봉길도 그의 뜻을 따랐다.

- 세부 사항을 검토하기로 하겠습니다. 오늘은 선서문을 작성합니다. 윤 동지께서는 출정의 마지막 다짐이라고 생각하시면 됩니다. 애국단의 정해진 선서문을 백범 선생 앞에서 낭독하시면 됩니다.

일사천리였다. 오래된 백범의 약속이었다.

- 폭탄 문제는 백범 선생께서 김홍일 선생과 책임지고 긴밀히 추진하고 있습니다. 곧 매듭이 지어질 듯합니다. 만약의 경우 이봉창 전사가 쓰셨던 것으로 대체합니다. 그럴 경우 행사장 입장에 문제가 발생할 수 있습니다. 저들이 물통과 도시락으로 휴대품을 제한한 것이 문제가 될 수 있습니다. 입장을 하지 못했을 경우를 대비해야 합니다.

그 또한 간단했다. 문제를 제시했지만 뚜렷한 해결 방법은 없었다. 봉길은 크게 개의치 않았다.

- 입장 문제는 아직도 해결되지 못했습니다. 두 가지가 있습니다. 하나는 초대장이나 출입증을 구입하는 것인데 그것은 현실적으로 어렵습니다. 두 번째는 일본인으로 위장해 그들을 속이는 것입니다. 그 방법으로 이미 알고 있듯이 이화림 동지와 위장 결혼 문제를 논의 중에 있습니다. 백범 선생의 재가만 남았습니다. 윤 동지는 어떻게 생각하시는지?

위장 결혼은 이화림의 제안이었다. 어차피 이화림이 마지막 마중을 함께 하기로 했다. 그녀는 출입증의 구입이 어렵다면 신혼부부를 위장하는 것이 혼자보다는 더 수월하다고 생각했다. 아무도 지지 않는 그녀의 책임감이었다. 물론 그 이면에는 초보 혁명가의 곁에는 누군가 필요하다는 그녀의 박애정신이 있었다.

- 애국단의 뜻에 따르겠습니다. 다만 입장 문제는 저도 한 번 강구해 보겠습니다.

이미 회산항의 실패를 맛본 그였다. 그들이 경계를 뚫는 것은 벼랑 끝의 기회가 없으면 힘들다는 것을 알고 있었다. 대수롭게 생각할 문제가 아니었으나 애국단이 생각하는 바로는 그들의 그물망을 벗어날 수 없었다. 그는 벼랑 끝의 기회에 자신을 맡기기로 했다.

그러나 애국단으로써는 봉길 스스로 맡겠다 하니 큰 산을 넘은 듯 안도했다. 성사의 문이 그것부터 열리기 때문에 서로 말은 하지 않았지만 그의 제안이 가장 큰 열쇠였다.

신중한 김동우가 말을 꺼냈다. 그는 조선의 독립만큼이나 봉길에게도 무거운 책임감을 가지고 있었다.

- 만약 그 방책이 무너졌을 때를 대비한 작전이 필요하오.

사실은 이 문제는 거사의 성공과 성과 사이의 오묘한 접점에 있었다. 가장 훌륭한 성공은 초대된 외국인들을 최대한 보호하고 일제에게도 정전협정을 깨트리지 않는 선에서 전개된 효과적인 타격이었지만 어찌 전쟁터에 공식이 있겠는가. 이웅이 오기로 할 때부터 논의됐던 문제였지만 뚜렷한 해결책이나 답이 없었기 때문에 최하 책을 선택할 수밖에 없었다.

- 실패가 예상된 시도는 하지 않은 것만 못하오. 이화림 동지도 만약 출입이 어렵다는 판단이 서면 시도를 해서도 안 되오.

엄항섭이 말했다. 이화림이 짊어진 책임에 대한 부담감이었다. 그는 아예 출입 자체를 설정하지 않았다. 시라카와가 허용한 유일한 통로를 그리 호락호락하게 만들어 놨을 리 없으니 불가능하다고 이미 판단했다.

안공근의 생각도 그리 다르지 않았다. 그가 정보통답게 덧붙여 제안했다.

— 동의하시기 어렵겠지만 이봉창 전사가 쓰신 방책을 쓸 수밖에 도리가 없네. 이 경우 시라카와의 사진이 도움이 될 듯하네. 전언에 의하면 시라카와는 다섯 대의 차량을 바꿔 타고 다니며 은폐한다고 하네. 윤 동지께서는 내일 사전 답사 때에 시라카와의 사진을 구하시게.

— 예. 그러지요. 내일 답사 시에 구하도록 하겠습니다.

그렇게 어벌쩡 출입 문제는 넘어갔다. 이렇게 준비되지 않은 거사라니! 사실 말을 끊이지 않고 막힘없이 해 나가고는 있어 치밀해 보이지만 정작 준비된 것은 없었다. 이 국면에서 마치 생일잔치 차리듯이 준비가 완벽하다는 것이 더 이상했을지 모른다. 혁명이란 준비되지 않은 곳에서 불현듯 올지도 모른다는 것이 그들의 희망 서린 생각이었다. 그 생각을 고스란히 엄항섭을 통해서 위안을 받았다.

— 적들에게 계획된 모습은 포착되기 쉽소. 준비되지 않고, 치밀하지 않은, 계획되지 않은 거사가 오히려 그들에게도 표시나지 않을 수 있다고 보오. 모든 혁명이 계획에 의해서만 이뤄지는 것은 아니오. 그래서 혁명은 우연에서 이뤄지는 경우도 많소. 그렇지 않다면 어찌 치명적으로 약한 혁명군이 철처럼 강한 일본제국주의를 무너트릴 수 있단 말인가?

그러나 봉길은 그 문제도 크게 개의치 않았다. 엄항섭은 그의 개의
치 않은 동의가 큰 문제 하나를 넘겼다고 안심했다.

　　－ 문제는 다물단입니다. 알아내는 데는 실패했지만 그들은 분명히 움
직일 겁니다. 이 기회를 놓칠 리가 없습니다. 이 문제는 김동우 동지 의견
을 듣고 논의하지요?

　　－ 예. 분명히 움직일 겁니다. 누가 전사가 될지는 모르지만, 문제는 그
들은 윤 동지가 가는 것을 이미 알고 있다는 거요. 그들은 우리를 막을 수
있지만, 우리는 그들을 막을 수는 없습니다. 그들은 우리의 거사가 방해
라고 생각할 수 있지만, 우리는 설령 그렇다 하더라도 어쩔 수 없습니다.
최선의 방법은 거사 일까지 윤봉길 동지를 노출 시키지 않는 것입니다.
여기서 그들로부터 윤 동지를 보호하는 것은 할 수 있다 하겠지만, 행사장
안에서는 어떤 보장도 못하오.

　　그러나 봉길은 이미 백정기가 전사라는 것을 짐작하고 있었다. 그
날의 제비뽑기가 분명 천장절로 가는 전사를 뽑는 게 분명했다. 그러
나 그는 아무 말도 하지 않았다. 그에게는 이 논의가 중요하지 않았기
때문이었다. 엄항섭이 답 없는 논의에 결론을 냈다.

　　－ 그렇습니다. 저들은 저돌적입니다. 파괴적입니다. 절대 저들의 공으
로 돌아가서는 안 될 일이오. 한중 연합은 우리 정부와 해야 합당하다고
보오. 이 거사는 기회가 먼저 오는 쪽이 그 과실을 가져갈 것이오. 윤 동
지! 기회는 많지 않을 겁니다. 철통같은 경비가 있을 것입니다. 내일 사전
답사는 그 기회를 찾기 위해서 가는 것이오. 작은 기회라도 오면 그때가
마지막 기회라는 것을 잊지 마시오. 출입이 용이하지 않게 된다면 안 동

지 말대로 길목에서 기회를 엿봐야 할 것이요. 출입이 용이해 행사장에 들어갔다면 최대한 외국 사절은 피해를 최소화하는 방안을 강구해주길 바라오.

봉길이 말없이 동의했다. 뒤이어 모두 동의했다.

그러나 그 뒤는 누구도 어떤 행동을 하지 않았다. 잠시 침묵이 흘렀다. 그들에겐 가장 무거운 시간이었다. 전사에 대한 예의였다.

헛기침을 잘게 한 엄항섭이 태극기 옆에 있는 작은 2층짜리 책상 속에서 지필묵을 꺼내자 안공근이 품속에서 두터운 한지 한 장을 꺼냈다. 애국단 전사의 선서문이었다. 백범이 소앙의 의생단 강령을 버리고 대신 만든 선서문이었다.

이 선서문은 애국단의 전부였다. 실질적인 단원 명부였고, 강령이었다.

그에게 선서문은 죽음의 통지서였다. 전사의 선서라기보다 살아 있는 자들이 가지고 있어야 할 부끄러움이요, 살아있는 자가 살아있는 동안 기억해야 할 존경이었다. 그래서 선서문은 백범의 독립운동에서 변할 수 없는 최고의 가치였다. 백범이 강구해낸 조국이 목숨을 담보해내는 방법 중 하나였다. 선서문은 마치 제로섬 같아 마치 한 장씩 쌓일 때마다 동지는 곁에 없어지지만, 일제는 모래처럼 무너질 것을 믿었다.

– 이대로 쓰면 되오. 조국의 역사가 될 것이오.

그는 선서문 초안을 보였다. 계단 쪽 책상 서랍에서 준비된 지필묵을 엄항섭이 내놓았다.

선서문을 찬찬히 읽어보던 봉길이 잠시 머뭇거리며 붓을 내려놓았다. 그의 손이 조금씩 떨렸다.

- 제게 두 가지 제안이 있습니다.

- 왜 그러시는가?

안공근이 조심스럽게 물었다. 그동안 입단 절차에 순순히 따르던 봉길이 다른 생각이 있는지 마지막 서명을 앞에 놓고 깊은 의지를 보였다.

- 예, 전투에는 명분과 목적이 있어야 하지 않겠습니까? 선생님들.

- 목적이야 정해져 있지 않은가? 민족의 독립! 이보다 더 숭고한 목적이 있겠는가?

봉길 앞에는 애국단의 선서문이 놓여 있었다.

「나는 적성으로써 조국의 독립과 자유를 회복하기 위하야 한인 애국단의 일원이 되야 적국의 수괴를 도륙하기로 맹서하나이다.」

엄항섭이 조용히 곁에 와서 그들이 내놓은 정해진 선서문 앞에 앉아 경건하게 봉길과 함께 바라보았다. 봉길이 그 내용에 동의하듯이 고개를 끄덕였다. 그리고 굳게 다문 입을 열었다.

- 맞습니다. 그보다 더 한 것이 어디 있겠습니까?

– 계속하게.

– 우리의 독립은 사실 제가 목숨 하나 던져서 될 것 같았으면 이리 조선이 망하지도 않았을 겁니다. 더불어 망한 조선이 필부의 목숨 하나로 살아날 수 있다면 목숨 백 개라도 아깝겠습니까? 우리는 지금 너무 힘이 없습니다. 따라서 우리의 독립은 인민의 목숨이 아니라 제국주의 간의 싸움으로 이뤄져야 할 겁니다. 그들이 싸워 힘이 피폐해지고 동시에 우리의 힘이 커지면 우리에게 독립의 기회는 올 겁니다. 그런데 지금 나약한 평화주의자들에 의해 중국과 왜적이 서로 정전하고 전쟁을 멈추고 있습니다. 이 전쟁이 멈추면 강대국은 고착되고, 우리 조선도 그 지배를 벗어날 수가 없을 겁니다. 따라서 제 한 목숨을 바쳐 독립을 할 수 있다면야 무에 두렵겠습니까만, 또 무에 영광이겠습니까만, 저의 소망은 이 두 강대국 간의 싸움이 끝나지 아니하고, 우리가 중국과 연합하여 항일전쟁에 나가는 선봉으로 나서는 것이 지금의 당면과제라고 생각합니다. 시라카와는 왜국의 전부라 할 수 있습니다. 그런 적장을 쓰러트림으로 그들의 분노를 이끌고, 그 분노가 정전협정을 깨트리는 데 앞장설 겁니다. 따라서 이번 문구는 「중국을 침략하는 적의 장교」를 명확하게 적시하여 우리의 적성 의지를 밝힘으로써 중국 측에 전쟁 의지를 내달게 해야겠습니다. 저는 조선인이 아닌 중국인으로 그 자리에서 죽어야 할 것입니다. 그러기 위해서는 폭탄도 두 개가 필요하지 않겠습니까? 나의 폭탄은 중일 전쟁의 새로운 기폭제가 돼야 할 겁니다. 부탁하건대, 내가 왜 죽었는지는 남기고 싶습니다.

엄항섭이 동지들을 둘러 쳐다보았다. 이것은 협상이었다. 한참동안 침묵이 흘렀다. 단원들은 아까와는 다른 침묵을 보냈다. 그제야 청년 윤봉길이 단순한 입단식과 선서문 작성을 하러 온 것이 아니었다는 것을 깨달았다.

엄항섭이 재빠르게 김동우를 백범에게 보냈다. 목표가 같은데 목적이 다르다? 이것은 연합이었다. 백범으로부터는 듣지 못한 얘기였다.

이때부터 모두 예상한 결과가 아닐지도 모른다는 생각을 했다. 침묵 속에 숨은 엄항섭은 두려웠고, 안공근은 근심이 커져갔다. 이화림은 경의를 보냈다.

침묵을 깬 사람은 사진을 찍기 위해 기다리던 안낙생이었다.

 - 오늘은 날씨가 안 좋아 사진을 찍을 수 없겠군요. 내일 찍기로 하시죠?

안낙생이 말했다. 밖에선 아직 비가 오고 있었다. 그는 준비하던 촬영 장비를 조심스럽게 접기 시작했다.

안낙생이 깬 침묵의 시간이 끝나자 김동우가 재빨리 움직이기 시작했다.

이것이 김동우가 국무회의에 나타난 자초지종이었다. 그리고 그날 저녁 늦게야 김동우는 백범의 서신을 가지고 다시 사진관으로 돌아왔다.

하나는 받아들였고, 하나는 거절했다. 나머지 하나는 답이 없었다. 선서문은 봉길의 의지대로 하기로 했고, 이화림의 위장결혼은 반대했다. 출입증은 말이 없었다. 그리고 새로운 임무가 떨어졌다.

이제 모든 결정은 끝이 났다. 그들에게 떨어진 새로운 임무는 발

빠른 청년들을 몇 뽑아 사방으로 사발통문을 보낼 준비를 시키라는 것이었다. 피할 사람은 피하고, 숨을 사람은 숨으라는 상해에서 한인 사회가 형성된 이래 가장 위급한 상황이 벌어질 것을 예고했다.

이튿날 엄항섭이 다시 한 번 임무를 전달하기 위해 김덕근을 찾았다. 김덕근은 자전거 부대를 움직이기 위해 29일 아침 다시 한 번 아이스크림 내기 시합을 붙였다.

尹奉吉义士投掷炸弹的瞬间状况图
윤봉길 의사가 폭탄을 던지는 순간 상황도

列队的日军约一万名
일본군 약 1만명 이상 도열

前面
앞쪽

台上的日本高官们
일본 고관들 단상

骑马宪兵6名(第二警戒线)
기마헌병 6명(제 2경계선)

日本宪兵 15名(第一警戒线)
일본헌병 15명(제 1경계선)

4m

投掷 5米
투척 5m

11m

后面
뒷쪽

尹奉吉义士 位置 19米
윤봉길의사 최초위치19m

群众 一万名以上
군중 1만명 이상

27일

역사는 시인을 기억한다

모던보이

　상해는 이제 봄날이 가고 제법 초여름 색을 띠기 시작하면서 사람들이 활기를 띠기 시작했다.

　일본의 상해 침략도 막바지에 다다른 정전협정 때문인지 프랑스 조계에는 큰 영향을 주지 않았고 이제 전쟁의 불안에서도 벗어나 그들의 이익을 추구하는 데 여념이 없었다. 이는 한인들도 마찬가지였다. 비록 일본의 승리라는 게 못마땅했지만, 전쟁이 끝나 안정적인 상업을 할 수 있다는 것만으로도 충분히 안도의 숨을 쉴 수 있었다. 더 다행인 것은 중국인들의 일제 불매 운동에 한국 제품이 포함되었던 것이 상해사변으로 오해가 풀렸기 때문에 서유럽 틈바구니에서 틈새를 비집고 상업을 이어갈 수 있었다. 이렇게 상해는 모든 사람들이 모두 새 봄을 만끽하고 있었다.

　그중에 아무래도 상해의 봄에 있어서 일본인들이 제일 따뜻했다. 본토의 군인들이 상해 전쟁에서 승리하자 기세가 좋아진 일본인들은 엄연히 상해의 조계에 공고하게 진입하게 되었다며 더욱 들떠 있었다. 사람들은 꽃단장을 했고, 처녀들은 발걸음을 살랑이며 거리를 배회했고, 그들의 어깨엔 자신들이 동양의 작은 일본인이라는 자부심이 충만해 건들거렸다.

그런데 그런 따뜻한 4월 상해의 찬란한 봄기운 속에 빠져 맑은 정기를 놓치지 않기 위하여 안간힘을 쓰는 사람들이 있었다. 의열단 김홍일이 그랬고, 다물단의 백정기가 그랬고, 애국단 백범이 그랬다. 그리고 지금 신천상리 안공근의 허름한 방 안에선 새 세상을 꿈꾸는 모던보이가 있었는데, 바로 윤봉길이 그랬다.

새벽녘 한바탕 소동을 끝낸 봉길과 안공근은 나름대로 멋을 낸 상대를 마주 보며 한바탕 웃었다. 안공근이 머쓱하니 잘 다듬어진 머리를 뒤로 넘겼다. 그래도 머쓱함이 남았던지 봉길의 어깨를 툭하니 치고는 팔뚝을 끌어 당겼다. 괜찮다는 것이었다.

– 봉길이 없어졌다!

27일 새벽, 신천상리가 소리 없이 발칵 뒤집혔었다.

순전히 안공근의 책임이었다. 애국단 입단식 이후부터는 김동우는 빠지고 안공근이 봉길을 곁에서 지켰다. 숙소를 잡는 거며 식사를 하는 것, 움직이는 동선 등 봉길의 일거수일투족이 모두 안공근의 책임과 계획 아래 움직였다. 그러나 그는 최소한의 일정을 가급적 보강리를 중심으로 잡았다.

선서문 작성이 늦어진 관계로 계획을 바꿔 신천상리 안공근의 집에서 하루를 묵고 다음날 동방공우로 거처를 옮기기로 했다. 가장 자연스럽기도 했고, 보강리의 농당 구조를 너무 잘 알고 있기 때문에 만약을 위한 최선의 은폐 장소였기 때문이었다.

문제는 그가 아침잠이 많은데다가 짐짓 자는 체 겉잠을 청한 봉길을 발치에서 지켜보다 새벽녘에 깜박했는데, 그 깜박한 잠 틈에 봉길이 나가는 것을 보지 못했던 것이다.

그는 아주 은밀히 김동우를 불렀고, 김동우는 어리지만 마당발인 김덕근과 장현근을 불렀다. 그들은 한인 의경대를 하고 있어 웬만한 사람은 다 알고 있었다. 그들이 신천상리는 물론 보강리와 하비로 일대를 샅샅이 뒤지는 소동을 벌였는데, 다행히 김덕근이 봉길을 찾은 곳은 엉뚱하게도 이발소였다.

김동우와 김덕근이 모르는 척 물러났고 안공근이 짐짓 태연한 척 이발소로 들어갔다. 태연한척 했지만, 이미 사색이 다 되었다 돌아오는 거친 불안감까지 지울 수는 없었다. 말은 없었지만 많은 질문과 질타가 그의 안도의 시선 속에서 뿜어져 나왔다. 그제야 봉길은 자신이 뱅충맞은 짓을 했다는 것을 깨달았다.

봉길은 새벽에 이발을 하러 나간 것이었다.

그가 생각을 바꾼 것은 잠을 설치던 새벽이었다. 본래 중국인의 모습으로 죽기 위해서는 창파오를 입고 가려 했었다. 그런데 그 생각이 바뀌었다. 출입증은 이화림을 빼고는 누구도 중요성을 강조하지 않았고 자연스러운 입장이 당연한 듯했으나, 그 당연의 속내 속에 웅크리고 있는 억지스러움을 아무도 내색하지 않았다. 준비가 힘든 듯싶었다. 다른 길을 찾아보겠다던 백범 선생도 특별한 언질이나 방법을 제시해 주지 않았다.

그러나 그 궁구를 자신이 해야 한다면 그는 따로 생각해둔 것이 있었다. 이 거사를 참여해야겠다는 결심이 섰을 때부터 교활한 시라카와와 시게미츠 주중 공사의 경계 벽을 뚫은 별도의 방법은 계산해 두었다. 회산항에서 얻은 교훈이었다. 그래서 이화림의 걱정에도 보태지 않았고 말 못하고 자연스럽게 넘어갔으면 하는 엄항섭이나 김동우의 바람에 그도 못이기는 척 없고 있었다.

어쩌면 더 좋은 방법이 강구될 수 있으리라는 기대도 했지만, 안쓰럽게도 모든 것이 백범에게 몰려있어 그는 지금 폭탄 문제 하나로도 충분히 힘들어 했다. 순전히 폭탄은 그의 의지가 아니라 김홍일의 주선에 의지해 있었기 때문이었다.

봉길은 선서문 작성을 하면서부터는 자신이 스스로 결정하고 나가야한다는 것을 직감했다. 선서문은 봉길에겐 그런 의미였다.

그는 폭넓은 창파오를 버리고 성공한 일본인 복장을 하고 들어가기로 맘을 바꿨다. 그러기 위해서는 남아있는 하루가 바쁠 것 같아 새벽을 택하기도 했지만, 하비로의 유명 이발관은 낮에는 프랑스인들이 드나들기 때문에 불편함이 많아 게으른 프랑스인들이 오지 않는 이른 시간을 택해 나왔다. 하비로 이발관의 새벽은 중국 부자들을 위해 남겨 놓은 시간이었다.

봉길은 새벽까지 잠을 못 자던 안공근을 깨우지 않고 날이 희붐하게 밝아오기 시작할 무렵 밖으로 나와 이발소에 들렀다. 밤새 잠을 청하지 못하던 안공근이 간신히 잠이 들었으니 그동안 잠깐 이발을 하고 돌아오리라 생각한 것이었는데 그의 책임까지는 생각하지 못했었다.

안공근이 자못 태연한척 이발소에 들어와 봉길의 옆에 앉았다.

– 이발을 하는군?

– 예, 선생님께서도 하시겠습니까?

봉길이 마치 비워둔 옆자리를 내놓듯이 그에게 자리를 권했다. 안공근이 긴 숨을 삼키고 옆 빈자리에 앉았다.

그들은 한참동안 말없이 함께 이발을 마쳤다. 봉길은 뱅충맞은 자신의 판단에 대한 미안함이, 안공근은 공허한 안도감이 한참동안 서로 말을 하지 않고 머리만 깎았다. 안공근은 말없이 그를 따랐다.

봉길은 즐겨 쓰던 중절모를 벗고 가르마를 없앤 뒤 머리를 뒤로 넘긴 하이칼라형의 멋진 모던모이로 바꿨다. 그 위에 포마드를 발라 반들거리게 했다. 이발사는 특별한 주문이 없자, 안공근의 머리도 봉길의 머리처럼 하이칼라 머리로 다듬었다. 그동안의 더벅머리를 반으로 갈라 양쪽으로 넘겼다. 영 어색하고 아주 우스꽝스럽게 만들어 놨다.

잠시의 미안함이 용인되고 이해되면서 다시 태연한 혁명동지로 돌아온 봉길을 보면서 안공근은 의자에서 한동안 일어나지 못했다.

뒤이어 봉길은 청도에서부터 입고 왔던 낡고 군데군데 닳아 희치희치한 옷을 벗고 안공근을 재촉하여 새 양복을 샀고, 양복에 어울리는 레인 코트도 준비했다. 상해의 날씨는 믿을 수가 없었다. 상해는 언제 비가 올지 모르는 날씨였다. 그의 레인 코트는 도시락이 식지 않도록 하기 위해 아주 비싼 값을 주고 샀다. 안공근이 봉길의 뜻을 알아차리고 두툼한 안감이 있는 품이 넓은 레인 코트를 추천했다.

- 이거는 순전히 나를 위해서 사는 게 아니야요. 시라카와한테 식은 도시락을 줄 수는 없지 않겠습니까? 명색에 일본 최고의 장꼰데. 안 그렇습니까?

- 응? 하하하. 그렇지.

그리고 그가 들어간 곳은 프랑스 구두 가게였다. 굽이 튼튼하고 가죽이 가볍고 질긴 구두를 샀다. 이상향으로 가는 거칠고 험한 길을 걷는 데 필요한 구두였다. 구두는 오로지 자신만을 위해 구입했다.

이로써 그는 머리부터 발끝까지 모든 것을 깨끗이 바꿔 새로운 윤봉길로 태어났다. 그가 기억될 조국과, 그리고 그가 다시 돌아올 약육 강식이 없는 평등하고 자유로운 고려 강산에 어울리는 알맞은 모습이었다.

– 저승길이 험하다는 데 구두라도 튼튼해야 하지 않겠습니까?

– 윤 동지 말을 들어보면 마치 무슨 의식을 치루는 듯하군?

이렇게 준비된 죽음을 본 적이 없었다. 그 앞에서 매우 견고하게 죽음을 맞이하는 많은 젊은이들을 보아 왔지만, 봉길 같은 이는 보질 못했다. 그는 혁명만을 준비하는 것이 아니라 죽음을 통해서 갈 곳이 있는 것처럼 소풍 준비하듯 했다. 죽음은 단지 지나는 경과지일 뿐인 듯했다.

그는 봉길을 보면서 형 안중근을 생각했다. 형의 죽음도 이처럼 준비되고 완벽한 죽음을 생각했을까. 마치 어떤 고귀한 의식 같은 그의 죽음 앞에 존중 말고는 다른 마음이 없었다. 그는 군말 없이 봉길의 뜻대로 따랐다.

어느덧 해가 중천을 넘어서고 있었다. 봉길도 어느덧 말끔한 신사가 되어 있었다. 머리부터 발끝까지 상해에서 유행하는 모던보이 스타일로 꾸며졌다. 중천의 해가 멋진 상해 신사의 머리 위로 강렬하게 쏟아 붓고 있었다. 봉길도 만족스런 웃음을 웃어 제쳤다. 시계를 보던 안공근이 재촉했다.

– 아닙니다. 마지막으로 할 게 하나 더 있습니다.

– 아직도 더 남았나?

- 예, 아주 중요한 게 남아 있습니다.

안공근이 하는 수 없이 그를 따랐고, 그는 마지막으로 하비로 중심가의 시계점으로 들어갔다. 그곳에서 그는 스위스제 최고급 시계를 샀다.

남아있는 그의 시간과 함께할 시계였다. 시계는 평소 그의 로망이었다. 그는 늘 스스로 자신 삶 속에 흐르는 시간을 알고 싶어 했다. 그래서 가끔 촉박한 시계 소리가 잠식하는 시간에 자신을 성급하게 몰아치기도 했다.

- 그동안은 시간 속에 나를 희생시켰다면 지금부턴 이 시간이 저를 지켜줄 겁니다.

- 대체 모르는 소리를 하는구만.

안공근은 그가 점점 침착해지고 있다는 것 말고는 다른 것은 이해하지 못했다. 봉길은 이해 못하는 안공근을 바라보며 시계를 꺼내보기 쉽게 양복바지의 허리춤에 찼다.

그들은 그렇게 거사를 이틀 남겨둔 27일 아침을 함께 보내고 있었다. 안공근이 뭔가 깜빡했다는 듯이 멋 내던 것을 멈추고 봉길의 팔뚝을 잡아끌었다.

- 윤 동지! 늦었네. 사진을 찍어야 하네. 백범 선생이 곧 오실 거네. 내려가세. 기록은 시간이 하는 게 아니라 사람이 하는 걸세.

안공근은 영 어색한지 하이칼라로 넘긴 머리를 두 손으로 물 위의 기름을 털 듯 흐트러트리며 방문을 먼저 나섰다.

진춘餞春, 마지막 봄을 보내다

그들이 급하게 사무실로 되돌아왔고 곧이어 백범이 도착했다. 그들은 안낙생의 사진관에 들러 전날 찍지 못했던 사진촬영을 마치고 행사장의 정황을 살피기 위해 그 택시로 홍구 신공원에 갔다.

사진은 봉길 혼자 아무것도 들지 않고 서 있는 모습 한 장과 봉길의 의견대로 바뀐 선서문을 윗옷에 시침해 놓고 태극기를 배경으로 오른손에는 권총을 잡고, 왼손에는 작은 폭탄을 들고서 한 장을 찍었다. 그리고 엄항섭의 권유로 백범과 한 장을 더 찍었다. 백범은 굳어 있었고, 모던보이 차림의 봉길의 얼굴은 맑았다.

홍구 신공원 사전 답사 길에는 안공근만이 백범을 따랐다. 엄항섭이 위험하다 하여 말렸지만 백범이 고집을 피웠다. 백범이 수배와 경계 상태에서 이곳까지 온 것은 그의 절박함을 보여주고 있었다.

그들이 탄 택시는 사천 북로와 홍구 신공원으로 가는 삼거리에서 멈췄다. 군인들의 제지로 더 이상 갈 수가 없었다. 일행이 택시를 내린 곳은 최후 차단벽이 있는 사천 북로와 첨애로 길로 갈라지는 큰 삼거리였다. 봉길이 장사하던 야채 가게가 있던 곳이었다.

홍구 신공원으로 들어가는 길은 천장절 예행연습으로 벌써부터 버스를 제외한 모든 차량이 통제되고 있었다. 큰 도로인 사천 북로는 물론이고 공원을 둘러쌓고 있는 주변 농당 길인 첨애로로 가는 길도 모두 막고 있었다.

군인들은 일차로 큰 길에 바리케이트를 치고 군인 차량만 통과 시켰고, 이차는 공원으로 통하는 모든 골목에도 바리케이트를 치고 헌병을 배치하여 검문을 준비하고 있었다.

나머지 군인들은 빈틈없는 관병식 행사를 위해 점검하고 있었고 의전을 맡은 일단의 부대들은 열을 맞추며 예행연습을 하고 있었다. 부대별로 자기 구역을 정하고 각기 부대별 군기와 상징적인 깃발들을 설치하고 있었다. 어느 부대는 별을 달고 있었고, 어느 부대는 칼을 달고 있었다. 그리고 그 옆에 항상 욱일기승천기를 함께 걸었다.

군인들은 모두 자신감과 자부심이 가득 차 있었다. 말은 하지 않았지만 구경하는 외국인들이나 중국인들에게 가볍게 인사도 하고 손짓도 하면서 승자의 여유를 부리고 있었으나 결의 차게 행사를 준비하고 있었다.

도로 가에는 각종 부대의 깃발이 꽂아지면서 점차 가로수의 푸른 빛을 짓누르고 있었다. 그 깃발 아래 일본 여성들이 홍성홍성하게 환호성을 지르며 좋아라 했고, 그녀들을 바라보는 일본 군인들은 흐뭇해했다.

이 깃발이 일본인 거주지를 통과하는 공공조계 오송로부터 사천 북로로 이어지는 4Km를 가로수처럼 나부끼고 있었다. 29일이면 군인들이 이 길을 행진하며 시민들을 향해 관병 사열을 하기 위함이었다. 기실 이것은 단순히 보여주기 위함이 아니라 그들의 위엄을 나타내는 신호였다.

택시에서 내린 일행은 홍구공원으로 들어가는 세 길 중에 첨애로 길을 택했다. 봉길이 안내했다. 이곳에서 밀가루와 야채 장사를 하면서 다니던 익숙한 길이었기 때문이었다. 그 길은 주로 일본인들의 주거지였다. 이들은 오히려 공원 안에서의 매점을 없애는 바람에 더욱 번잡해질 장사 준비에 들떠 있었다.

그들이 한참을 걸어 먼저 도착한 것은 첨애로 마을 입구였다. 그 마을은 홍구공원을 끼고 있는 마을이었다. 그곳도 바리케이트를 쳐서 마을 사람들과 일반 관람객을 혼동하지 않도록 해 놓고 있었다. 그곳은 홍구공원 구역이라서 헌병들의 경계구역이었다.

경계는 그들의 상상보다 훨씬 촘촘했다.

그들이 헌병들의 눈을 피해 정문 쪽으로 몸을 돌리려는데 봉길을 알아 본 마을 농당 수위 차오렌이 소리쳤다.

– 윤펭! 윤펭!

그는 마을 입구 쪽 초소를 만드는 헌병 옆에 붙어서 풀방구리 드나들 듯 왔다 갔다 하다가 봉길을 발견하고는 반갑게 아는체한 것이다. 일본 헌병 앞에 자랑스러운 중국인을 소개라도 하려는 듯이 그를 연신 불러댔다. 더욱이 달라진 그의 모습을 보더니 두 눈과 입이 모두 터질 듯한 감탄을 하며 위아래를 훑어봤다.

봉길이 손사래를 치면서 애써 외면했지만 낄 데 안 낄 데 없이 나대는 성격의 차오렌은 눈치없이 그를 자꾸 불러댔다. 당황한 백범이 헛기침만 계속했고 불편한 기색의 안공근은 발걸음만 서둘렀다. 봉길이 평소처럼 지청구하듯 인상을 쓰며 일본말로 헌병들에게 인사를 했다.

그러나 그날의 분위기가 무거웠던 것을 눈치 빠른 차오렌이 알아보더니 다행히 삐진 듯이 그가 휑하며 먼 산 바라보듯 해서 또 한 번 웃음을 주었다. 봉길이 살짝 손을 들어 아는 체하고는 그냥 지나쳤다. 옆에서 왈랑 거리며 귀찮게 하는 들뜬 행동을 알고나 있듯이 차오렌이 그들을 부르는 소리에 고개를 돌려 옅은 미소로 답하는 일본 헌병이 일행에게 어서 가라고 손 안내를 했다.

그곳에서 공원을 끼고 2, 3백보를 가니 정문이 보였다.

이 정문은 삼거리에서 갈라져 온 사천 북로가 홍구 신공원을 치고 들어오듯이 넓고 반듯한 도로와 맞닿아 있었다. 이 정문은 가두행진을 마친 군인들이 관병식장으로 들어가는 군인의 길이었다. 그 정문은 민간인은 들어갈 수 없었다.

민간인이 들어갈 수 있는 출입구는 군인의 길 양쪽에 별도로 만들어 놓았다. 한 쪽은 초대된 외국인이 드나드는 곳이었고, 한 쪽은 일반인을 위한 출입구였다. 동양인을 싫어하는 유럽인들을 배려한다는 취지였다. 이 민간인 출입구에는 두 개의 검문대가 만들어져 있었다. 검문대 양쪽에서는 만약의 사태를 대비해 장대 기골하고 헌걸찬 군인들이 총을 들고 장승처럼 서 있었다.

앞쪽에서는 눈매가 무서운 군인이 홀 맺힌 눈으로 초대장과 신분 확인을 했다. 간단히 말해 출입증이 없으면 절대 들어가기 힘든 구조였다. 거기에다 그들은 위조를 확인하기 위한 자리도 일차 검문대 옆에 마련됐다. 출입증이 없으면 시도조차 하지 못하게 만들어 놓았다. 이것은 일본인이라도 예외는 없었다. 검문은 간명하고 빠르되 정확한 방법을 택했다.

일차를 통과하면 이차는 수월해 보였다. 이차 검문대는 휴대용품을 검문했다. 검색의 정확성을 확보하기 위해 단출한 차림을 요구했던 만큼 도시락과 물통만 확인하는 절차였다. 문제는 폭약이 장착된 도시락의 무게를 그들이 어떻게 가늠할 것인지가 관건이었다.

검문은 물샐 틈이 없이 둑을 만들어 놓아 사람들이 들어가는 것이 아니라 그들이 사람을 끌어들일 수 있게 만들고 있었다.

한참동안 정문 쪽을 둘래둘래 관찰하던 안공근이 민간인과 군인이 만나는 유일한 지점을 바로 집어 말했다.

　　- 잘 봐두게. 만약 내일 자네가 저 공원 안으로 들어가지 못하면 이곳
　　일세. 이곳이 이차 장소야. 시라카와는 이곳을 통해서 공원으로 입장할
　　걸세.

이것이 백범의 다른 길이었다. 일찍이 경계에 대해서는 이화림의 문제 제기가 있었지만, 아무도 새로운 반성을 하지 않은 것이나 엄항섭이 다른 길을 찾지 않은 것도 이곳이 있었기 때문이었다. 그들의 경계에서 가장 약한 곳이라 여겨졌다. 유일하게 민간인과 군인이 가깝게 스치는 곳이었다. 군인들의 입장로와 관람객들의 입장로가 만나는 곳이었기 때문에 그곳은 마치 드러난 목과 같아 적의 숨통과 가장 가까이 있었고, 깊은 연못 속의 물고기가 물 밖으로 나와 있는 형세와 같았다. 이봉창 의사가 일왕이 백성들과 가장 근접한 지점을 찾아 폭탄을 투척한 것과 마찬가지였다.

그러나 그런 형세라는 것은 적들이 모를 리 없었다. 그 경비가 만만치 않아 보였다. 가장 큰 문제는 거리였다.

　　- 거리가 만만치 않습니다.

그가 발자국으로 거리를 재는 듯하자 안공근이 말렸다. 눈으로 하라는 표시다. 관람객의 길에서 군인들의 길까지의 거리가 꽤 멀었다.

　－대충 15~16미터는 되 보이지 않나?

넉넉히 20여 미터는 되 보였으나 안공근이 자신의 안목을 줄여 말했다.

　－그 정도는 더 될 듯합니다.

잠시 봉길이 눈대중을 멈췄다.

　－이곳은 아닌 듯합니다. 성공 장담하기가…

　－도시락을 충분히 가볍게 만들었다 하니 그 방법도 생각해 보세. 일단은 들어가는 것에 대한 연구를 좀 더해봄세.

묵직한 김구의 말이 그를 순응하게 만들었다.

그들이 작게 수군 거리자 이상하게 본 일본 경비 헌병대가 날카로운 눈빛을 보냈다. 그들은 서둘러 공원 안으로 들어갔다.

공원 안에서는 안내 여학생들이 제복을 입고 봄나들이를 온 사람들에게 길 안내를 하고 있었다. 오늘은 비교적 자유롭게 드나들 수 있었다. 많은 일본 여성들이 미리 구경도 나왔고, 천장절 행사를 준비하는 일반인들의 왕래도 잦았다.

일행은 학생들의 안내에 따라 공원 안으로 들어갔다.

그들은 정찰의 눈초리를 거두고 재빨리 전춘객으로 바꾸어 새로 맞춰 입은 양복과 단정한 머리, 그리고 한껏 멋을 낸 구두로 한인임을 숨기고 일본인 환영 인파와 섞이었다. 안공근도 마찬가지였고, 봉길도 마찬가지였다.

멋들어지게 차려입은 세 신사가 공원에 들어섰다. 이미 공원 안에서는 축제가 시작되고 있었다.

공원에 들어오니 더욱 완연한 여름이었다. 봄은 어느새 가고 있고 새 여름이 자리를 잡아 봄의 마지막을 보내는 전춘 답청 객들을 맞이했다. 평소와는 다르게 오늘은 일본인들이 판을 쳤다. 간혹 유럽인들이 있어 부러운 시선으로 그들을 응원하고 있었다. 일본인 축제를 위해 공원을 내주었으니 당연했다.

정문에서 들어오는 길에 양쪽으로 플라타너스 나무가 가로수처럼 심어져 있었다. 이어서 넓은 운동장이 펼쳐졌다. 군인들은 마치 도열해 서 있는 듯한 나무 사이를 지나 부채처럼 퍼져나가 넓은 운동장에서 들어서 사열대를 지나 북쪽으로 빠져나갈 것이다.

가운데 운동장을 빼고는 모두 크고 작은 나무와 풀들이 심어져 공원을 조성해 놨다. 공원의 방초들도 봄을 보내기 위해 마지막 춘색을 뽐내고 있었다. 운동장을 중심으로 뒤쪽에는 위락장이 있었고, 작은 호수와 공원들이 만들어졌는데, 마치 토란 잎사귀 위에 있는 물방울 같이 잘 어울렸다.

행사 준비는 밖보다는 오히려 단출했다.

운동장 한 가운데에 관병식과 천장절 기념행사장이 설치되고 있었다. 화려하게 준비된 행사장의 규모보다 단출하게 연병장에 마치 신전처럼 단상 하나만을 세우고 나머지는 군인들의 위용으로 채우겠다는 의도가 숨어 있었다.

예년 같으면 주변에 식당이나 길거리 가게들이 즐비하게 늘어서 천장절 축제 분위기를 띄우며 호객행위를 했겠지만, 이번에는 천장절보다는 정전협정에서 우위를 선점하기 위한 관병식이 우선이었기 때문에 식당과 유흥거리를 금지시키고 도시락과 수통을 싸오게 했다. 중앙에 세워지는 연단 앞에서는 제복을 입은 일단의 어린아이들이 주악의 조율을 맞추고 있었다. 그들은 봄을 전혀 아랑곳하지 않았다.

연단 앞쪽은 관병식에는 군인들이 사열하고, 천장절에는 동원된 학생들이 앉는 연병장이었다. 연단에서 18~19미터의 뒷부분에 나지막한 언덕이 있었고, 그쪽에서 군중들이 관람할 수 있었다. 언덕 쪽에 일본 국기를 나란히 세워 두어 들어오는 사람들로 하여금 존경심을 우러나게 만들어 놓았다. 봉길은 끄덕 걸음으로 관중석에서 연단까지의 거리를 쟀다.

사각으로 만든 연단은 매우 높게 만들어졌고, 난간은 욱일기를 상징하는 붉은 천으로 감쌌다. 사각 단을 중심으로 빙 둘러 15~16미터 정도 거리에 경계선이 있어 초병이 서 있을 점을 표시하였다. 마지막 초병이 언덕에 발을 딛고 설 정도의 거리였다. 다음으로 또 5미터 앞에 경계 헌병, 다시 5미터 앞에 기마병이 5미터 정도의 폭을 두고 엇갈려 이중으로 단상을 경계할 자리가 표시되었다. 그러니까 2.5미터 정도에 한 사람씩 경계병이 서 있는 셈이었다. 각기 자신의 구역을 지키면 물샐 틈이 없는 경계 전략이었다. 이는 단순히 행사의 안전을 지키는 안전 요원들이라기보다는 마치 조선시대 사용한 제승방략이라는 지역방어 전술처럼 국가를 지키는 방어벽이었다. 초병 하나쯤은 거뜬히 제칠 수 있었으나 제승방략 방어전술은 침입자가 있으면 주변에서 달려와 서로 보완하며 도울 수가 있었으니 감히 뚫기 어려웠다. 사람이 서 있었지만 기실 철벽이나 마찬가지였다. 정상적으로는 단상에는 누구든 단 한 치도 접근할 수 없었다.

아!

백범도 힘들겠다는 생각을 한 것은 마찬가지였다. 안공근이 기겁한 자신의 절망을 흘려 입을 벌리고 백범을 쳐다보았고, 백범도 그런 안공근을 바라보며 고개를 끄덕였을 뿐이었다.

절망한 것은 봉길도 마찬가지였다. 방법이 없었다. 절망을 안고 들어와야 했다. 그나마 다행인 것은 정문 부근에서 시라카와의 거리나 이곳에서의 거리가 비슷하다는 것이었다. 밖에서의 기회는 단 한 번뿐이었지만, 이곳에서의 기회는 행사 기간 내내 있었다. 또한 밖에서는 다섯 대의 차를 나눠 탄다는 시라카와를 찾을 수 없지만, 이곳은 분명 한 곳에 모여 있을 것이었다. 분명 답은 안에서 찾아야 했다. 봉길은 그것만으로도 봄을 즐기기에 충분했다.

– 어떤가?

– 까짓 거 큰일 아닙니다. 크게 걱정하지 마십시오.

봉길이 큰소리로 답했다.

안공근은 행사장 안과 밖 중에서 거사를 하기에 적절한 장소가 어딘지를 물어보는 것이었다. 둘 다 물샐 틈이 없었지만, 항아리의 가장 약한 곳은 목덜미였다. 아무래도 엄항섭의 이야기대로 밖에서의 거사가 가장 무난해 보인다는 답이 정해진 질문이었다. 그러나 봉길은 걱정스런 안공근의 말에 적은 기회에서 온 자신감을 바르집어 말했다.

봉길은 괜한 걱정과 탄식을 늘릴 필요 없다 생각하여 헛심을 보였다. 어차피 거사를 결정하매 매나니 홀로 저들과 맞장 뜰 텐데 굳이 걱정을 더할 필요가 없었다. 다만 홀로 생각한 바가 있어 그것이 뒷배가 될 뿐이었다. 그것이 자신감으로 표출됐다. 그의 자신만만함을 어찌 해석해야할지 안공근은 백범을 한 번 쳐다보았지만, 백범은 안공근의 시선을 피했다.

그들의 맘속에만 긴장과 숨 막히는 정찰이 있을 뿐 공원은 매우 한가로웠고, 봄꽃으로 단장한 여유 있는 행락객들은 봄을 만끽하고 있었다. 여느 봄날과 다를 바가 없었다.

공원을 중심으로 군인들의 행사 준비에 아랑곳하지 않고 즐기는 전춘객들이 아직 지지 않은 꽃을 따라 움직이며 마지막 봄을 한가로이 즐기고 있었다. 공원 안에는 봄을 보내는 아쉬움에 모두 들떠 있었다.

봉길도 슬그머니 그들의 유동에 묻혀 공원을 돌기 시작했다. 걱정이 그들 곁을 떠나기라도 한 듯이 어느 정도 가늠을 마친 봉길도 잔디밭을 거닐며 홀로 베돌아 봄의 단상에 빠져 있었다. 그러자 안공근이 이제 돌아가자고 재촉한다.

　　－ 이제 돌아가세. 이곳은 적지 아닌가. 놈들이 언제, 어디서 선생을 찾
　　아낼지 모른다네.

안공근이 나가자고 했으나 봉길은 좀 더 마지막 봄을 보고 싶었다. 그에게는 이 봄도 마지막이었고, 그 봄의 마지막도 지금이었다. 봉길도 마지막 봄을 보내야 했고, 봄도 점점 스러지는 자신의 시절을 더 이상 붙잡고 있을 수 없는 시간이 다가오고 있었다. 봄이나 봉길이나 모두 천지기운의 순환을 돌리기 위해 이 시각 이 자리에 서 있었다. 봄이 가는 것은 자연의 순리지만, 자연의 순환을 빨리 돌리려는 것은 역행이었다.

- 그렇습죠. 그래도 잠시 제게 짬을 주실 수는 없겠는지요. 잠시 전춘을 즐기고 돌아오겠습니다. 선생님들은 이 나무 밑에서 잠시 앉아 쉬십시오. 저 혼자 다녀오겠습니다. 저들이야 내가 누군지 알겠습니까?

그저 한가한 유생들의 봄놀이쯤으로 생각했던 전춘을 죽음을 앞에 두고 즐긴다니. 저 어린 청년에게 죽음이란 비록 조국이라 하더라도 저렇듯이 봄 소풍을 나가는 기분이런가. 백범이 되물었지만 크게 말리지는 않았다.

- 뭐라? 전춘?

백범이 그의 마지막 사유에 대한 배려인 듯 고개를 끄덕이자 안공근이 그러마 하고 백범을 모시고 그늘이 깊은 의자에 앉았다.

- 대단하지 않은가? 나는 저 청년이 무엇인가 해낼 것이라는 막연한 믿음이 생기네.

- 예. 저도 저런 담력은 일찍이 본 적이 없습니다. 뭔가 궁리할 것이 있나 봅니다. 대단함을 넘어선 것이 아닌가 합니다. 엄항섭이 저 모습을 봤으면 자신의 얕은 속셈에 몹시 부끄러워했을 겁니다. 아마.

- 엄항섭이 아닐세. 부끄러운 것은 바로 날세.

갑자기 엄항섭을 책하는 자신의 말에 화살처럼 얹고 들어온 백범의 자책에 움찔했다. 안공근은 자신이 쏜 화살이 백범에게 미쳤다는 것을 눈치 채고는 아이고 아닙니다라며 마음속의 둔사를 중얼거리며 손사래를 쳤으나 제대로 말을 꺼내지는 못했다. 백범이 말을 이어갔다.

– 준비하지 못한 우리가 오히려 미안할 뿐이네. 그러나 저 청년은 그것을 오히려 아랑곳하지 않네. 허세이거나 담력일세. 그러나 그것이 허세로 보이지는 않네. 이런 상황에서 봄을 즐기다니.

– 예. 그렇습니다. 선생님. 윤봉길은 진짜 봄을 즐기고 있습니다. 두려움을 삭히는 정도는 아닌 듯 보입니다.

그러나 그들은 이미 성공에 대한 깊은 낙담을 하고 있었다. 사실 불가능이란 단정을 내렸다. 그런 판에 그의 전춘 행동은 불가능을 넘어선 안정이었다. 그들은 멀리서 봉길을 물끄러미 바라만 보고 있었다.

봉길은 혼자 천천히 공원 주위 풀밭을 맴돌았다. 공원은 연병장을 빼고는 사철 시들지 않는 풀을 심어 놓았다. 풀은 무성했지만 이제 춘색이 조금씩 빠지고 있어 벌써 호졸근히 처지고 있었다. 벌써 이른 더위를 몰고 초여름이 오고 있었다.

전춘일이 얼마 남지 않았다. 이레만 지나면 한 계절이 가고 새로운 질서로 바뀐다. 봉길은 문득 기사년에 고향의 수덕사로 간 전춘 답청 때를 떠올렸다. 뒤돌아보면 그에게 봄은 아주 특별한 시간이었다. 봄은 그에게 각성의 계절이었다.

30년, 월진회의 개량의 틀을 깨고 집을 떠나 혁명자의 이상의 창공으로 유영한 것도 봄이었다. 이흑룡이 그 창공으로 이끌었고, 그는 스스로 보라색 털갈이를 하고 처음 사냥을 나가는 보라매가 첫 배를 보이듯이 날개를 털고 집을 나왔다.

월진회는 뒷사람에게 맡기고, 농민이 아닌 조선인민을 위해, 고향이 아닌 조국을 위해, 현실 안주가 아닌 이상을 위해, 월진회가 아닌 새로운 이상촌에 가기 위해 그렇게 집을 떠나온 때도 봄이었다.

봄은 천지 순환의 시작이듯이 그의 새로운 기회도 늘 봄에 왔다. 물론 이상국의 다리를 튼튼히 하기 위해 월진회를 만든 것도 29년 봄이었다. 맹자의 인무항산이면 무구항심이란 말을 항상 금낭에 넣고 다녔었다.

그가 수덕사로 답청을 간 것은 월진회를 조직한 후 얼마 뒤였다. 고향의 유생들이 전춘 풍월을 읊자며 울적한 그를 억지로 끌었다.

그날은 수덕사를 거처 덕숭산 꼭대기에 있는 정혜사까지 옮겨 다니며 떠나는 봄을 아쉬워하는 시를 나누었다. 탐탁하지는 않았지만 전 해까지 늘 다니던 답청이었고 보면 빠질 수도 없었고, 좁은 지역에서 유생들과의 교분도 중요했다. 월진 회원들이 몇몇 포함되었다. 유생들이 시를 짓고 필체가 좋은 봉길에게 붓을 들게 했다. 기억하건대, 먼저 운제가 봄을 보내는 시정을 노래했다.

운제는 늦봄에도 남아 있는 꽃 한 송이에 맺힌 빗방울의 애잔함을 노래했고, 봄 연무에 아스라이 보일 듯 말 듯한 세련된 버들가지에서 새로이 올 계절인 여름을 반겼다.

운제에 이어 운우가 시를 지었는데 90일도 안 되는 봄빛이 마치 버드나무에 내린 이슬방울같이 짧다며 이 짧은 봄에 할 일을 알고저 하면 우리 인생이야 부평초 같으니 짧은 인생에 할 일을 찾음이 옳다며 노래했다.

뒤이어 홍기는 부표처럼 뜬 세상에 봄빛이 간다고 마냥 설워할 것이 아니라 넓고 넓은 들녘의 짙은 풀빛을 보며 가져야 될 희망을 노래했다.

그러나 모두 고통을 잊고자 하는 향유일 뿐이었다.

그들의 노래는 인민들에게 이상의 국가는 오지도 않았는데, 아직 어둡고 차가운 나라에서 아직도 조선의 허깨비 이상 국가에 사는 듯이 노래를 불렀다. 자연이 준 그들의 심상이 인민들의 아픔을 외면했다. 인민의 자유에서 개인이 자유가 나오듯이 인민의 이상에서 개인의 이상이 존재한다는 것을 놓치고 있었다. 그러나 그전까지는 봉길도 다르지 않았다.

　　- 이보게. 매헌. 계절은 매냥 오지만, 올 때마다 새로운 것이네. 그러니 어서 운을 잡게나.

　매헌, 그것은 그들처럼 그가 헛된 이상을 꿈꾸던 유생 시절 받은 별호였다. 농민운동을 하면서 매헌을 벗어나 새로운 이상국을 꿈꾸는 별호 봉길을 얻었다.

　유생들은 재차 봉길에게도 운을 주며 시를 지라 재촉했었다. 그러나 천지 순환 시절은 돌아오고 있고 만물의 기운은 또 한 번 생동하고 있으나 아직 조선은 회춘의 기미도 보이지 않고 있었다. 뿐만 아니라 월진회도 새로운 이상을 향해 꿈적도 하지 않았다. 이런 시국에 시정이 돌 리 없었다.

　　- 이 억눌린 세상에 봄이 한 번 간다 한들 무엇이 서러우랴. 또 여름이 온들 무엇이 반가우랴. 온전한 내 봄이 그립고, 다가올 봄도 온전히 내 봄이 아니면 또한 무슨 소용이겠는가? 우리의 봄은 지금 도깨비가 점령하고 있다네. 봄이라 해도 남은 것은 잿빛의 옛 땅과 희끄무레하고 일그러진 뼈다귀처럼 조선의 운명이 메말라 있지 않은가. 자유로운 노랫소리가 넘쳐흐르던 봄은 휘날려 뿌려지는 붉은 피가 잿빛의 땅에 흐르고 입과 귀에는 튼튼한 쇳덩어리로 자유의 봉함이 붙여져 있지 않은가. 자유의 불꽃은 꺼져 있고 생명의 샘물이 흐르는 곳이 없는데, 어찌 지금 그대들의 운을

어찌 받을 수 있겠는가?

그는 스스로에게 주문하듯이 속으로 뇌까렸다. 그렇다고 흥을 깬
다고 원망하던 청년 유생들을 질타할 수도 자신의 속내를 내비쳐 시
를 지을 수도 없었다.

그날의 답청은 그에게 많은 생각을 하게 만들었다. 계몽운동에 대
한 답이 돌아온 듯했다. 월진회에 대한 회의가 다시 일고 있었다.

월진회는 그에겐 아픈 손가락이었다. 지키자니 일제의 개량과 맞
물려 그들의 논리에 먹혀들어가고, 놓아버리자니 이상을 묻어야 하
는 아픈 손가락이었다. 자신의 손으로 지킬 수 없는 이상이라면 떠나
는 게 맞는 선택이었다. 그가 혁명자의 이상이 있는 만주로 떠나기로
마음을 먹은 때도 봄이었다.

그리고 안주의 청도에서 상해로 떠나온 것도 봄이었다. 청도는 그
에게 각성을 준 곳이었다. 모순에 대한 확신을 준 곳이었다. 그러나
껍질 안의 모순이었다. 모순을 깨기 위한 역행을 결정했다. 껍질을
깨고 창과 창이 부딪히고 방패와 방패가 깨질 때까지 싸우기 위해 상
해로 왔었다.

아, 지금 돌아온 이 봄은 저들의 간악한 간교를 깨트리고 신공원
위에 이상국으로 가는 무지개다리를 놓기 위해 홍구虹口에 서서 또
새로운 봄을 맞고 있었다.

- 가세. 점심때가 됐네!

그의 사색이 길어지고 급기야는 잔디밭 끝까지 걸어가 행사장에
바특하게 다가서 연단 주변에서 배돌자 불안한 안공근이 백범이 앉

아있는 의자 앞을 오락가락 바장이더니 더 이상은 참지 못하겠는지 봉길을 불러 세웠다.

봉길이 안공근의 채근하는 소리에 문득 사색에서 깨어나 잔디밭에서 뒤돌아 나오려고 발을 뗴었다. 그런데 돌아서던 그가 뒤에서 누군가 힘껏 목덜미를 잡아당긴 듯 무춤하니 그 자리에 서 버렸다. 발아래에서 그의 시선을 사로잡고 있는 것이 있었다. 그것은 다름 아닌 그의 발밑에 밟힌 채 꺾여 일어나지 못하고 있는 잔디였다. 그것은 바로 제국주의 강대국에 밟힌 조선의 처지이자, 조선 인민의 처지가 아닌가? 그는 잔디를 한참 응시했다.

어느 것은 비록 밟혔어도 꿋꿋이 일어나 저항하듯 빳빳이 서있으니 장하였지만, 어느 것은 꺾인 채 그대로 주저앉아 있는 모습이 안타까워 그의 애상을 불러일으켰다.

저대로 홀로 꺾인 채 메말라 버린다면 그것은 길 없는 죽음을 맞이한 잔디일 뿐, 그러나 저렇게 꺾인 풀들이 우리 혁명자들의 주검처럼 모여모여 푸새 더미를 이룬다면 방초여 설워마라.

그대의 주검은 이제 썩어 반딧불이 되어 다시 돌아와 어두운 땅을 비추리니, 일찍이 왕손이 자신의 나약함이 마치 힘없이 꺾이는 방초와 같았지만, 가을이 되면 썩어 다시 반딧불이가 되어 조국의 위한 작은 불빛이 되길 바랐듯이 방초, 너도 그와 같이 반딧불이 될 터이니 나도 낱장 같은 혁명자들과 함께 왕손과 더불어 오는 반딧불이가 되어 빛을 잃은 조국을 위해 한줄기 빛이 되리. 이상국으로 가는 길에 밤마다 빛을 내리라. 내가 다시 고려 강산에 돌아올 때는 자유와 꿈이 흐르는 조국이 되길…

봉길은 비로소 때 지난 기사년 전춘일에 쓰지 못한 답청 시를 지어 고향의 유생들에게 보냈다.

처처한 방초여
명년에 춘색이 일거든
왕손으로 더불어 같이 오게
처처한 방초여
명년에 춘색이 일거든
고려 강산에도 다녀가오.
금년 4월 29일에
방포일성으로 맹세하네.

이로써 봉길은 다시 한 번 자신의 죽음에 자신감을 갖게 되었다. 오히려 자신의 죽은 나이를 덜어 뒤이어 올 청춘들에게 더하게 되었으면 했다. 방초의 푸새 더미에 또 푸새 더미를 더해 커다란 퇴비 더미가 되듯이 자신의 주검에 또 다른 주검을 더해 커다란 산이 되었을 때, 온 산을 반딧불이가 뒤덮어 삼천리강산을 밝힐 것이다. 그러면 꿈은 이뤄질 것이다.

그는 서슴없이 시를 지었다. 그는 자신이 지은 시 한 점을 무지개다리 꼭대기에 찍어놓았다. 자신이 왕손처럼 나중에 독립된 나라에 반딧불이 되어 다시 돌아왔을 때 알아보기 위한 마지막 표시 점이라 생각했다. 독립된 나라에서는 내가 나를 알아보고, 나라가 나라를 알아보고, 내가 나라를 알아주고, 나라가 나를 알아주는 그런 이상 국가에 그는 이 한 점을 찾아올 것을 다짐했다.

그는 홍구공원에서 전춘일을 맞아 봄을 보내고 여름을 맞이하는 시를 지은 것이 아니라, 자신의 목숨을 보내고 새로운 나라를 맞이하는 시를 짓고 있었다. 그가 처음으로 지은 자유시였다. 늘 한시만 짓다가 마치 그의 영혼이 자유로워지듯이 자유시를 지으며 홍구 신공원 답청을 마쳤다.

그는 사전 답사라기보다 자유로운 영혼을 만끽하고 자신의 마지막 봄을 밟으며 지나는 봄을 아쉬워하기보다는 방초 우거진 여름 같은 나라를 그리며 봄을 밟고 있었다.

자신의 주검이 명년에 다시 일어나 춘색을 띨 때는 그의 이상국이 우리 고려, 조선에서 실현되어 처처한 방초 우거지길 바랐다.

벌써 때는 점심때가 훨씬 지나고 있었다. 그들은 점점 많아지는 행사 준비요원들과 일본 군인들이 께름칙했는지 공원을 빠르게 빠져나왔다. 안공근은 항상 백범의 신변에 예민할 정도로 신경을 썼다. 그들이 나올 때는 정문 앞 도로를 택했다. 백범이 대세계에 가서 점심을 먹자고 제안했기 때문이다.

소풍 갈 도시락을 싸다

백범 일행이 홍구공원을 사전 답사하는 동안 포석리 다물단은 또 한 번 쾌재의 환호성을 질렀다. 한꺼번에 두 가지가 동시에 풀렸기 때문이었다.

먼저 좋은 소식을 가지고 온 것은 일본인 종군 기자 이토였다. 그의 역할은 출입증을 구해오는 것이었다. 때가 되어 간단한 점심 먹을 준비 중이었다. 그가 문을 열더니 잠시 동안 들어오지 않고 밖에 서 있다가 사람들이 왜 그런지 궁금할 무렵 폴짝 뛰어 들어왔다.

그의 어깨에는 항상 작은 취재 가방이 있었는데, 그 가방을 벗어 탁자 위에 풀썩 던졌다. 그러더니 항상 예의 바르고 조신한 그였지만, 갑자기 매사에 소심한 그 답지 않게 주먹으로 가슴을 툭툭 치며 마치 나도 당당한 아나키즘이다라고 소리치듯 흥분했다. 두 주먹을 불끈 쥐고 엄지손가락을 펴 자신의 가슴에 가볍게 두어 번 더 쳤다. 평소 주변 동지들은 그의 성격이 온순하고 소심하여 아나키즘의 양이라고 놀리곤 했던 터라 뜻하지 않은 그의 행동에 눈길이 쏠렸다.

- 야호!

- 구했구나!

눈치 빠른 백정기가 그를 가리키며 엄지를 치켜 올렸다. 그를 가장 기다렸던 사람이 백정기였다.

- 하이. 소데스!

이토가 답을 하더니 백정기에게로 다가갔다. 백정기가 가장 고대하던 터였으니 그에게 다가가 이번에는 깊숙이 고개를 숙여 존경을 보이며 인사를 했다. 백정기가 당황하자 이토가 다시 한 번 깊이 고개를 숙였다.

- 이토 상! 드디어 진정한 아나키즘으로 탄생했구려.

- 우선 세 장이오. 나머지 한 장은 내일 받기로 했소.

이토가 세 장의 출입증을 내밀며 연신 고개를 조아리며 미안해했다.

- 아, 그거였소? 걱정 마시오. 세 장은 다른 동지가 가지고 들어갈 것이니 동지들에게 먼저 주면 되오. 나는 내일 받으면 되니 뭘 걱정이오? 이토 상, 수고했소.

- 걱정 마오. 내일이면 백 동지의 출입증도 받을 수 있소. 내가 장담하리오.

– 걱정하지 않소. 난 이토 상을 믿소.

그때 왕아초가 장레이와 다른 중국인 수하를 데리고 의기양양하게 들어왔다. 그의 어깨에는 수통이 메어져 있었고, 한 손에는 도시락이 들려 있었다. 멜빵 거리가 짧아 수통이 겨드랑이 밑에서 달그락거렸다. 그 모습이 덩치에 비해 작아서 우스웠다. 학생들이 메고 다니는 수통이었다. 사람들이 그에게로 몰렸다. 그가 작은 도시락을 책상 위에 내려놨다.

– 그렇소. 내일 모레 먹을 도시락이오. 좀 일찍 쌌으니 식지 않을까 염려되오. 하하하.

그는 사람들이 폭탄을 학수고대하고 기다린다는 것을 잘 알고 있었다. 그러면서 말은 또 하지 못하고 있다는 것도 알고 있었다. 그가 조금 늦었다는 것을 농으로 버무렸다. 단시일에 만든 것만도 사실 기적이었다. 그가 큰소리를 치지 않았었다면 불가능하리라고 믿고 있었을지도 모른다. 백정기는 여차하면 정확하지는 않았지만 권총을 쓰리라 맘먹은 지 오래였다. 모두들 놀라워했다. 왕아초는 이번에는 어깨에 멘 수통을 벗으며 자신의 능력을 과시했다.

– 수통도 있으니 시라카와도 목은 타지 않을 게지요. 근데 어쩌지요? 이 수통에는 물이 아니라 불이 들어 있는데. 하하하.

수통은 더욱 정교했다. 수통의 크기였으니 폭탄의 크기도 만만치 않아 보였다. 백정기가 수통을 들어 무게를 가늠했다. 왕아초가 그를 슬쩍 보더니 한 마디 했다.

- 무게가 만만치 않소!

백정기도 그의 걱정을 알고 있었다.

- 그 정도는 충분히 계산되었소. 걱정 마시오.

- 어련하겠소. 그렇다면 더 놀랄 일을 보여드리지.

왕아초가 수통을 들어 사람들 앞에 보였다.

- 이보시오. 이게 폭탄이오. 다른 폭탄의 세 배가 넘소. 힘센 장사도 10 미터를 넘지는 못할 것이오. 그런데 이 폭탄이 터지면 어떤지 아시오?

사람들이 집중하기 시작했다. 사실 그들의 경계를 뚫고 던지는 것도 백정기의 의중 속에 있어 궁금해했지만, 그 위력에 대해서는 더 궁금했다. 슬며시 왕아초가 미소를 지었다. 그러더니 두 손을 모아 아주 작은 꽃봉오리를 터트리듯 오므렸다 폈다.

- 꽝! 이 정도만 터지면 아마 태산의 반은 날라갈 것이오.

- 엥? 태산의 반? 그 정도란 말이오?

- 그렇소. 이것은 과장이 아니오. 총알 한 방과 같은 이전의 폭탄과는 다르오. 백 동지께서 어떻게 하든 폭탄을 연단 위에만 올려놓으시오. 그러면 연단 위의 것들은 모두 싹 쓸어갈 것이오. 지금까지 보지 못한 광풍이 일게요.

그는 중국인답게 평소 성격대로 과장되게 설명하는 것도 아니었다. 아주 조용히 그리고 신중히 사람들을 끌어들였다. 모두들 박수를 치고 그의 말에 놀라워했다. 그러나 소심한 이토의 얼굴색이 하얗게 질린 채 그들에게 경각심 정도 주려던 게 아니었소라는 반문을 하며 나머지 출입증을 구하러 간다며 왕아초보다 일찍 사무실을 나갔다. 그러나 원심창 말고는 아무도 그를 의심하는 사람은 없었다.

책상 위에 지도 한 장과 도시락 폭탄과 수통 폭탄이 놓였다. 그리고 시계가 여러 개 놓여 있었다. 시계 옆에는 그들이 죽음의 깃발이라고 하는 흑색단 비표가 있었다. 그 깃발은 혁명의 전사에게만 주는 깃발이었다. 백정기가 요약해서 전략을 말하기 시작했다.

– 지금 우리에게 있는 것은 세 장의 출입증이오, 나머지 한 장은 이토 동지가 구해올 것이오. 세 장은 세 동지에게 주고 그날 홍구에서 만날 것이오. 한 가운데서 모여 있는 것은 계란을 한곳에 모아둔 것만큼 위험하오.

백정기는 이토가 가지고 온 두 장의 출입증을 중국인 편의대 동지인 장레이에게 나누어 주었다. 백정기는 출입증 구입이 지연되자 점차 불안해하는 장레이에게 주어 불안감을 덜어주기로 했다. 그들이 없으면 연합의 의미도, 거사의 성공도 없다고 생각했다. 출입증을 받아들자 안심이 됐는지 그의 큰 입으로 빙그레 웃었다. 그리고 그날 행사장에서 만날 것을 약속하고 다시 슬쩍 사라졌다.

나머지 한 장은 일본인 사노에게 주었다. 사노는 이미 아나키즘으로 일본 내에서 요주의 인물이라서 오히려 조선인보다 경계를 더 받고 있어 출입증을 발부받을 수 없는 인물이었다. 사노가 백정기의 팔을 끌어 자신의 가슴에 겹치고 나서 꾸벅 절을 하고 출입증을 받았다.

그때 원심창이 나섰다.

- 아니, 그것은 아니오. 오늘의 혁명 동지는 백 동지요. 만약 이토 상이
출입증을 구해오지 못하면 모든 것이 허사요.

- 아니오. 그들이 없다면 내가 설령 먼저 가 있다 하더라도 어찌 그들
의 철통 경계를 뚫을 것이오. 여기 보시오. 이곳이 단상, 단상을 중심으로
경계가 삼중이오. 최종 경계에서 단상까지는 19m, 최소한 나는 경비병 2
중을 뚫어 10m는 확보해야 하오. 그것은 도저히 혼자의 힘으로는 힘드
오, 우선 출입증이 없이는 들어가지 못하는 사노, 그리고 장레이 동지를
먼저 보냅시다. 폭탄 한 방을 터트리는 것이라면 공원 앞에서도 가능하
오. 그러나 우리의 목적은 그게 아니잖소. 나는 나중에 무슨 수를 쓰더라
도 들어갈 것이오. 그리고 일본인 이토 동지를 믿어보겠소.

- 이토는 오지 않을 수도 있소. 그는 지금 겁을 먹고 있소. 왕 두령의
폭탄 성능을 듣고 그가 겁을 먹고 있음을 나는 똑똑히 보았소. 그는 우리
가 위협 정도만 가하는 줄 알고 있소. 그는 겁쟁이요.

두려워 다시 나가던 이토를 기억하고는 원심창이 막고 나섰다.

- 아니오. 동지를 의심하는 것은 우리에게 적보다 더 위험할 수 있소.

- 원 동지의 말이 맞을 수도 있소. 그는 심성이 약하오. 그러나 그도 아
나키스트요. 내가 다시 만나 보리다.

사노가 백정기를 거들며 원심창의 염려를 가라앉혔다. 백정기는 아무 걱정 없다는 듯이 계속했다.

- 자 봅시다. 지금 이런 문제를 두고 논의할 시간이 없소, 이미 선택된 문제요. 일단 세 사람이 들어가 있으면 내가 들어가 여러분을 찾을 것이오, 연병장 뒤쪽 가지 없는 나무 밑에서 있으시오. 그쯤이 단상과 거리도 멀지도 않고 군중들과 떨어져 있지도 않소. 저들이 입장을 9시쯤에는 막을 것이오.

- 그 다음, 시간을 기다리겠소. 관병식이 끝나는 시간이 10시 30분, 천장절이 시작되면 우리 작전은 시작될 것이오.

- 둘째, 우리 말고 다른 동지들이 할 수 있는 가능성이 있소. 임시정부의 애국단도 실행할 것이 분명하오. 이 경우도 천장절이 시작돼야 시작할 것이오. 관병식은 외국인이 있으니 특히 프랑스인이 다치면 우리의 존폐가 위험하오. 아마 천장절을 이용할 것이오. 그렇다면 우리가 제일 먼저 작전 명령이 떨어질 것이오. 만약 우리보다 먼저 작전이 펼쳐지면 우리도 곧바로 시행할 것이오. 그래서 적들의 피해를 최대한 크게 하는 것이 목적이오. 설령 윤봉길이 실패하더라도 실패가 우리에겐 더 큰 기회를 줄 수 있소. 애국단 전사를 방해하지 않는 이유도 여기 있소.

- 내가 신호를 할 것이오. 우리는 서로 삼각으로 서 있어 신호가 떨어지면 중국인 장레이가 말썽을 일으킬 것이오. 1차 경비병들에게 시비를 거시오. 그러면 2차 기마병이 달려올 것이고, 그러면 다음 일본인 사노가 기마병 쪽으로 방해를 하시오. 그러면 기마병이 서 있는 거리가 약 5m정도이니 내게 5m정도는 틈이 생길 것이오. 갈 수 있는 시간은 불과

몇 초, 이 시간을 놓치면 모든 것은 끝이오. 이번 작전은 권총이나 빼어들고 차에서 내려오는 놈들을 향해 총을 쏴대는 것이 아니라 수만 관중과 수만 전투력이 있는 적들의 전력 속에서 단 폭탄 두 개만을 가지고 들어가서 하는 작전이오. 한 번의 지체, 한 번의 실수는 저들의 총알이 벌집을 만들 것이오. 그리고 마지막 하나, 주변을 잘 살피시오. 사복 왜경들이 우리 옆에는 늘 붙어있다는 것을 항상 명심하기 바라오. 작전에 대해 질문 있소?

그의 작전은 일사천리로 진행되었다. 그가 전사로 참여하기로 결정되면서부터 생각해낸 작전이었다. 철통같은 경비를 뚫을 수 있는 있는 곳은 다국적 군인 다물단 밖에 없다고 생각했기 때문에 그는 자신만만했다. 그들은 아주 따뜻한 점심을 먹을 수 있었다.

강제리 주물 공장에서 왕아초와 송식마가 빠져나간 바로 뒤따라 백범이 들어왔다. 하비로와 만나는 강제리 사거리에서 약간 들어간 곳에 위치한 주물 공장은 향차도가 책임자였다. 폭탄제조의 모든 것은 후일을 대비해서 병기창이 아닌 강제리 주물 공장에서 이뤄졌다. 이곳에서 주물이 완성돼야 나머지 폭약을 넣고 실험을 해볼 수가 있었는데, 그 시간이 매번 지체되었었다.

시간은 부족했지만 성능은 넘쳐나야 했다. 폭약 전문가를 대거 동원하였다. 문제는 무게였다. 도시락 모양과 수통 모양을 만드는 것은 어렵지 않았으나 폭탄의 내용물과 크기가 맞지 않아 매번 실패를 거듭했다. 크기에 맞게 내용물을 넣으면 무게가 너무 나갔고, 내용물에 맞게 크기를 조절하면 너무 작아 도시락이나 수통으로 보이지 않았다. 무거우면 멀리 던질 수가 없었고, 가벼우면 그 폭발력이 떨어져 문제였다. 거사일은 가까워오는 데 폭탄이 다물단에 전해지지 않은 까닭이었다. 왕아초는 백정기의 작전과 능력을 믿고 급기야 무게를 포기하고 성능을 택했다. 드디어 주물이 완성되었고 그 안에 폭탄이 장착되었다.

이런 진행 상황을 알길 없고 폭탄 제조 소식이 없자 백범은 답청을 마치고 봉길 일행을 대세계 부근 음식점에서 기다리게 한 후 금기를 어기고 급한 마음에 주물 공장에 온 것이었다.

향차도가 그답지 않은 경망스런 재촉 걸음을 탓했다. 아무리 김홍일이 주선했더라도 그의 걸음은 위기를 자초할 수 있었다.

혹여 왕아초와 마주쳤으면 모든 것이 허사가 될 것이 뻔했다. 보안을 철통같이 지키라는 병기창장 송식마의 명령이 추상같았다. 자칫 정전 과정에서 새로운 테러 무기를 만든다는 것이 적군에게 알려지면 그나마 벼랑 끝에서 연명하는 19로군의 상해 주둔은 물거품이 될 것이 뻔했다.

왕아초의 명이 아니었다면 그 누구도 그를 움직일 수 없었을 것이다. 그래서 송식마는 공개적인 병기창이 아닌 믿을만한 직속 부하 향차도가 있고 주물 공장으로 위장이 돼 있는 강제리 공장을 활용했다. 하물며 왕아초가 그런 위험을 무릅쓰고 만든 폭탄이 조선의 임시정부에서 쓴다는 것을 용인할 리 없었다.

그러나 백범으로서도 그것을 모를 리 없었지만, 그만큼 다급했다. 위기는 왕아초를 만나는 것도 위기지만, 폭탄이 없는 것은 더 큰 위기였다. 그가 위기를 극복하는 방법은 언제나 직선적이고 셈법이 없이 나가는 것이었다.

마침 그 자리에 김홍일도 와 있었다. 향차도가 폭탄을 전달하기 위해 왕아초와 시차를 두고 부른 것이었다.

김홍일은 송식마가 폭탄을 제조하는 데 강제리 공장을 활용한다는 정보를 입수했었다. 그것은 그에게 아주 유용한 정보였다. 그곳에는 향차도가 있었기 때문이었다. 향차도는 그와는 매우 친한 관계이자 동지였다.

그는 주물 노동자였다. 김홍일이 19로군에게 그의 주물 공장을 활용할 것을 제안했고, 군에서 이를 받아들이자 그때 그를 정식 군인으로 이끈 사람이 김홍일이었다. 그가 백범의 제안을 기꺼이 받아들이고 연합을 한 이유도 송식마가 폭탄을 만드는 데 강제리 주물 공장을 활용한다는 것을 알았고, 바로 그곳에 향차도 있었기 때문이었다. 향차도도 조선의 투쟁이 대일본 전쟁에 유리하게 작용할 것이라는 확신이 있었다.

향차도는 폭탄이 완성되자 제일 먼저 송식마에게 연락을 했고, 다음으로 김홍일에게 연락을 취했다. 한 부대에 근무하고 있었으니 자연스런 접촉을 할 수 있었다. 그런데 뜻하지 않게 백범이 나타나자 잠시 당황했었다. 그는 곧 중국인 특유의 여유 있는 웃음으로 둘을 반겼다.

향차도가 깊이 숨긴 폭탄 네 개를 꺼내왔다. 당장이라도 소풍을 가도 손색이 없는 영락없는 도시락과 수통이었다. 도시락 두 개와 수통 두 개였다. 도시락은 뚜껑까지 정교했고, 수통은 가죽 끈으로 멜빵까지 만들었다. 향차도의 세심한 주물 솜씨는 대단했다. 스스로 매우 흐뭇해했다. 그의 두툼한 입술이 더 도드라지게 실룩거리고 있었다.

– 걸작품이오.

– 드디어 해냈구려!

그제야 백범도 여유가 돌아왔다. 백범이 김홍일의 손을 잡았다. 김홍일이 손에 힘을 주었고, 백범도 같이 힘을 주었다. 백범이나 김홍일이나 기대 이상에 흥분된 손에서 땀이 나고 있었다.

　- 성능은 지금까지 본 것 중 제일이오. 다만 약간 무거운 것이 흠이오. 왕 두령은 무슨 속내인지 성능을 높이는 데만 주력했소. 이미 수차례 검증은 끝냈소. 새 점화 기법이 적용되었소. 당기기만 하면 꽝! 한 번도 불발이 없었소. 이것은 믿어도 될 듯하오.

그는 실험할 필요도 없지만, 실험용을 따로 줄 여분이 없다는 것도 덧붙였다.

　- 오! 고맙소. 그렇다면 빈 수통과 도시락을 얻을 수 있는가?

백범도 향차도가 믿을만한 자신감을 보인 이상 굳이 따로 실험할 필요가 없다고 생각했다.

　- 네. 그러죠.

백범은 폭탄 네 개와 빈 수통과 도시락을 가지고 상자에 넣은 다음 인력거를 불러 대세계 부근 여경리를 들렀다. 그는 여경리에 폭탄을 숨기고 빈 수통과 도시락 폭탄을 가지고 대세계로 왔다.
백범이 돌아온 것은 점심시간이 지난 한참이 지나서였다.

　- 선생님, 무엇인지요?

안공근이 영문을 물었다. 백범은 늘 그랬듯이 말없이 주섬주섬 손으로 주변을 정리하더니 가지고 있던 물건을 봉길에게 내밀었다.

  – 도시락일세. 매우 뜨겁네. 허 허 허.

  – 아!

봉길이 외마디를 던졌다. 그는 미처 폭탄 생각은 하지도 않고 있었다가 그 말을 듣자 비로소 현실에 와있는 듯했다.

백범은 두 사람을 이끌고 매우 서둘러 여경리 뒤쪽 공터에 갔다.

  – 이것은 빈껍데기일세. 이 안에 폭탄이 들어 있어. 이만한 돌덩이라고 보면 되네.

백범이 빈 도시락에 모래를 넣고 엇비슷한 무게를 만들어 봉길에게 도시락을 건넸다. 백범의 바람만큼 가볍지는 않았다. 선서문을 쓸 때 받은 폭탄으로 가늠을 하고 받아든 봉길의 손이 철렁했다. 웬만한 수박 한 통을 든 무게였다. 모양도 크기도 손 안에 들어오지 않았다. 들기는 웬만했으나 그의 근력으로도 던지기는 불편했다. 그들은 또 한 번 절망했다.

그들은 늦은 점심을 먹었다. 그러나 아주 따뜻하고 포근한 도시락이 있어 맛있는 점심을 먹을 수 있었다. 안공근과 봉길은 오송로 일본 준조계로 가서 도시락을 쌀 보자기를 샀다. 모던보이에 걸 맞는 고급 보자기를 구입했다. 모슬포 보자기로 매우 비싸고 고급스런 보자기였다. 일본 가게를 간 김에 시라카와의 사진도 한 장 구입해 백범보다는 조금 일찍 숙소로 돌아왔다. 시라카와는 이미 일본인들의 영웅이었다.

7
chaper

29일

달콤한 사랑의 길

남산

날이 어두워졌다. 곧 밤이 되었다. 단 반나절이 남았다. 그 밤은 시라카와나 봉길 양쪽 다 특별한 밤이었다. 한쪽은 상해전쟁을 승리로 끝내고 승전을 천황의 이름으로 온 세계에 공표하는 날이어서 그랬고, 한쪽은 새로운 전쟁을 선포하는 날이어서 그랬다.

안공근과 봉길은 꼬박 사흘을 함께 하고 있었다.

방 안의 공기도 멎었고, 그들의 대화도 멎은지 오래였지만, 상해의 밤은 아주 빨리 왔다. 상해의 밤에 경계 발령이 내려졌고, 프랑스 공보국은 일본으로부터 받은 불량 선인 명단의 소재를 파악하고 여차하면 무차별 검거하기 위해 준비를 하고 있었다. 만약의 사태가 벌어져 자신들에게 책임이 오는 것을 피하고자 했다. 이를 믿지 못한 왜경 풍기계와 사복 편의대도 음흉한 밤 고양이처럼 상해의 밤을 살피고 있었다.

답청를 다녀온 후 동방공우로 숙소를 옮긴 뒤로 봉길은 단 한 발자국도 밖으로 나가지 않았다. 그것은 안공근도 마찬가지였다. 부두회의 방해가 있을지 모른다는 염려가 있었지만 반드시 그것만은 아니었다.

동방공우는 패륵로의 대로변에 있었다. 패륵로는 후미진 후면 도로였지만, 공우는 노출되어 있었다. 프랑스 조계의 경찰서도 가까웠다. 들어가는 길도 한 곳이어서 입구를 막으면 꼼짝없이 오도 가도 못하는 구조였지만, 안공근이 자신하고 얻은 숙소였다. 주로 이민족 노동자들이 장기간 묶는 숙소라는 점을 노렸다. 숙소가 지저분하고 무질서하여 싸움이 잦고 사건이 많아 수시로 조계 경찰들이 드나드는 곳이었다. 싸움에만 휘말리지 않으면 경찰 턱 아래가 가장 안전하다는 것이 안공근의 생각이었다.

그들은 공우의 뒷방 윗목 벽을 꼿꼿이 기대어 하루를 보냈다. 석오가 건네준 노트와 만년필을 건네주고 새벽에 오마 하고 헤어진 백범의 발길도 없었다. 그들은 고립된 섬에 갇힌 폭발 직전의 마그마처럼 흐르는 시간을 바닷물에 삭히고 있었다. 중국인으로 죽겠다고? 이게 자네가 조선인이라는 것을 증명할 걸세. 이력이라도 적어두게.

그는 이력이라도 적어두게 하는 백범의 말도 있었고, 생각한 바도 있어 내내 글을 쓰는 데만 집중했다. 한 글자 한 글자를 쓸 때마다 시간을 제치며 앞으로 가고 있었다. 시간을 잡아먹고 있었다. 그가 시간에 대해 강박관념을 가진 이후 처음으로 시간에 능동적으로 대했다. 그는 스스로 기사년 일기에서 던졌던 시간에 대한 질문에 답을 보냈다. 무정한 광음이 인생을 희생시키는 것이 아니다. 그래서 시간의 동정을 받는 것이 아니라, 인생이란 그 시간 위를 밟고 걸어가 푸른 하늘처럼 넓은 인생에 자유를 그리는 것이구나.

봉길이 몇 시간 째 글 쓰는 데 매달려 있자 안공근이 툭 하니 던졌다.

- 대체 무엇을 그리 쓰는가?

봉길이 안공근을 바라보며 슬며시 웃었다.

- 청천일장지에 내 마음을 베끼듯이 남은 시간을 기록하는 겁니다.

- 청천일장지? 그 말은 우리 형님께서 즐겨 쓰시던 말인데? 형님은 항상 자신이 하고자 하는 말을 저 넓고 푸른 하늘만큼 큰 종이에 적고 싶어 하셨지. 자네도 저 푸른 하늘에 무엇이라도 쓰고 싶은 게 있는가? 혁명가들이란 무에 그리 하고 싶은 말이 많을까?

그가 글을 쓴다는 것은 시간에 대한 강박 관념이 있을 때였다. 기사년에도 그 시간에 압박을 받아 쓴 일기도 그랬고, 집에 편지를 쓸 때도 그랬다. 그는 늘 시간에 쫓기며 살았다.

그러나 지금은 아니었다. 기사년의 일기가 온갖 일에 바빠 헛되이 보내며 시간에게 희생당하는 자신에 대한 반항이었다면 지금은 봉길 스스로 시간을 잡아먹으며 결단의 시간을 기다리고 있었다.

기사년에 쓴 일기의 시간은 사사로운 정이 없이 단순히 인생을 희생시키는 것이었다면, 그래서 시간에 허무하게 희생당하지 않으려 발버둥치는 인생에 대한 기록이었다면, 지금은 시간을 밟고 당당히 그가 적을 향해 가는 혁명의 시간이요, 이상의 열매를 향해 가는 진군의 시간이었다.

그는 슬며시 엊그제 산 시계를 꺼내 보았다. 아무리 하늘처럼 넓고 푸른 종이에 기록하더라도 모두 기록할 수 없는 것이었으니 지금은 오히려 시간이 그를 기록하고 있었다. 여전히 시간은 가고 있었다. 안공근이 물끄러미 그를 바라보았다.

– 자네는 시간이 아니 가서 자꾸 시간을 보는가? 아니면 시간이 빨리 가는 것이 두려워서 그런가?

봉길은 미소를 띠었지만 아무 말도 하지 않았다. 그가 기사년에 쓴 봉길의 일기를 알 리 없었다.

그가 글쓰기를 어느 정도 마쳤을 때 노크도 없이 문이 불쑥 열렸다.

날이 어두워지자 공우의 중국인 조바가 숙박계를 들고 들어온 것이었다. 하루 종일 남자 둘이 방 안에서 꼼짝하지 않는 것이 이상한지 가끔 방문을 두드려 사람이 있는지 확인했던 예의 없고 퉁명스런 여급이었다. 가끔 벽지에서 올라 온 이민족들이 굶주림을 참다못해 방 안에서 죽는 경우가 더러 있었으니 그녀의 귀찮은 방문을 마다할 수는 없었다.

그녀는 방문 틀에 기대어 작은 얼굴로 동그라미를 그리듯 방 안을 훑어보더니 하루를 더 묵을 것인지를 물었다. 안공근이 손과 고개를 끄떡이자 그녀는 더 묵을 것임을 확인하고는 하루 일과가 지루한 듯이 방바닥에 숙박계를 툭 하니 던졌다.

봉길이 수첩 속에 있던 만년필을 꺼냈다. 숙박계를 집어 들기 위해 아랫목으로 나왔다. 그곳에는 이력서와 시 몇 편의 초고가 휴지처럼 쌓여 있었다.

그 속에는 도산에게 쓴 편지도 있었다. 그것은 공우에 도착하자마자 제일 먼저 써서 그가 안공근에게 전달을 부탁한 편지들이었다.

안공근은 동방공우에 묵는 날부터 긴가민가한 엄항섭의 바람과는 달리 이 청년이 일을 낼 것 같은 직감을 얻었다. 단순한 사건을 꿈꾸던 엄항섭의 꿈은 윤봉길의 거대한 꿈에 의해 바람 앞의 거품이 될 것이라는 확신이 들기 시작했다. 아니 백범이나 자신들의 가늠보다 훨씬 더 큰 열과가 있으리라는 믿음이 생기기 시작했다.

더욱 공고해진 불확실성에 불안한 자신과는 달리 홍구 답청을 다녀온 뒤의 봉길의 잠자는 듯한 편안한 하루가 안공근에게 더욱 그런 확신을 주고 있었다.

아무것도 준비되지 않은 채 모든 것이 완벽한 준비를 마친 듯한 그의 얼굴은 또 무엇이더냐. 백범 선생은 혹시 알고 계셨던 것은 아닐까. 성공자들끼리는 통하는 것이 있다고 하지 않던가. 그래서 백범 선생도 윤봉길도 우리들의 허술한 준비에 편하게 웃기만 했던가.

그는 급하게 백범이 부탁한 이력서를 제외하고 후일을 위해 백범에 관한 몇 가지 문장을 더 부탁했다. 안공근의 단촉한 부탁에 봉길의 잠자듯 편안한 하루가 깨졌다. 봉길이 그의 형 안중근 의사가 하얼빈으로 떠날 때 세상을 향해 외친 출사표 '장부가丈夫歌'가 문득 떠올랐다. 다시 미소를 지었지만 안공근은 왜 그런지 알지 못했다. 그는 장부가를 차서次書 해서 안공근의 부탁대로 백범 선생에게 글을 남겼다. 그러나 그 안에는 봉길의 출사표도 함께 있었다. 분개한 마음으로 한번 감이여 반드시 목적을 이루리라.〔忿慨一去兮 必成目的〕

– 자넨 듣던 대로 소양이 좋군!

안공근이 그의 문장을 칭찬하고 나서며 두어 가지 문장을 더 요구했다. 그동안 틈틈이 감상을 적어 두었던 글 몇 편을 정리해서 그에게 주었다.

집에 두고 온 가족, 그중 아이들에게는 할 말이 많았다. 그러나 앞으로 걸어갈 캄캄한 세상에서 자신의 글 하나로 버틸 수 있을까라는 생각에 아주 짧게 교시처럼 글을 남겼다. 너희들도 피와 뼈가 있다면 조선을 위하여 투사가 되어라. 자유롭게 태극기를 휘날릴 수 있을 때 내 빈 무덤에 와 잔을 부어라.

봉길은 도산과 춘산, 상해에 남아 있을 두 어른에게도 전언을 남겼다. 특히 도산에게는 할 말과 들려드릴 말이 많았다. 몇 문장으로 함축하기에는 며칠간의 사정을 적기에 부족했다. 그는 장문의 글을 썼다. 도일의 실패와 돌려쓴 도일자금에 대한 동의를 부탁하는 글이었다. 또한 지금 자신이 가고 있는 길은 도산과 함께 가고 있는 것이라는 것을 밝혀 그의 동의를 구하는 글이었다.

봉길을 그 글을 모두 안공근에게 전해 주었었다. 그런데 안공근이 그중 도산과 가족에게 쓴 편지를 보고 말했다.

- 쓸데없이 긴 말은 혹 나중에 빌미가 될 수 있네. 도산 선생과 자네의 가족이 위험에 빠질 수 있지 않겠나. 자네가 원한다면 어떻게든 전해줌세.

봉길은 창문 밖을 내다봤다.

그는 도산에게 전달해줄 의사가 없다는 것을 잘 알고 있었다. 그것은 집에 보낼 편지도 마찬가지였다. 평소 안공근의 완곡한 거절 방식을 알고 있었기 때문이었다. 그는 어떤 일에도 단번에 거절하는 법 없이 매우 완곡했지만, 자신이 생각한 거절을 한 번도 바꾼 적이 없었다. 봉길이 창문에서 돌아서며 말했다.

- 그렇군요. 제가 생각이 짧았습니다.

봉길은 이내 맘을 접었다. 그의 그런 성격은 상해에 파다했다. 조소앙은 그를 백범을 향한 벽이라 비난하기까지 했다.

봉길은 여공이 던져준 숙박계를 들고 슬그머니 도산에게 쓴 편지를 거두어 초고 연습지와 함께 그녀에게 태워주기를 부탁했다. 귀찮은 듯 휴지를 집어든 그녀는 알았으니 숙박계나 빨리 쓰기를 재촉했다.

편지를 거둔 봉길은 한참을 들여다보더니 숙박계에 이름을 적었다.

남산

남산은 그의 숨은 이름이었다.

그는 부모가 준 이름 우의를 쓰지 않고 농민운동을 할 때는 봉길이란 이름을 섰다. 집을 떠나서야 비로소 부모에게 봉길이란 이름을 알렸다. 이상국으로 가는 이름표였다. 그 이름에는 자신이 왜 집을 떠났는지 설명하고 있었다. 이미 그때부터 그의 이름은 가족을 떠나 인민의 속에 있었다. 봉길로 상해로 왔고 그 이름으로 공화의 주막 선언을 함께 했다.

그 후 도산을 만나고 남산을 얻었다. 도산과 함께 하기로 결심하고 쓰기로 한 이름이었다. 비록 도일을 실패하며 이 거사에 함께하지는 못했지만, 남산으로의 변화는 운동가에서 혁명자로의 전환을 뜻했다.

그는 고개를 서너 번 끄덕이더니 숙박계를 조바에게 넘겼다.

봉길은 숙박계에 쓴 남산이란 이름으로 도산에게 보내려 했던 편지를 대신했다. 도산과 춘산에게 보낸 짧은 동행의 편지였다. 그가 마지막으로 시간 속에 자신을 가둔 글이었다. 안공근은 숙박계에 쓴 그 이름을 보지 못했다.

백범이 건네준 노트에 나머지 이력서 쓰기를 마치고 나서 봉길은 애국단에서 받은 자금 중 여관비를 지불하고 남은 금액을 안공근에 게 모두 돌려주었다.

- 이젠 내겐 필요 없는 돈입니다. 백범 선생에게 전해 주십시오. 애국 단의 부족한 자금에 보태 쓰셨으면 합니다.

- 그 돈이 남았는가? 부족했을 텐데?

춘산으로부터 받은 돈을 알 리 없는 안공근이 의아해하며 그의 돈 을 받았다.

우단사련藕斷絲連,
연뿌리는 끊어졌지만, 실처럼 이어지다

조바가 게을리 내려갔고 그들이 말없이 한 사람은 하늘만, 한 사람은 방바닥만 바라본 채로 잠을 자지 않는 시간에 날이 또한 서둘러 밝아오기 시작했다.

밤부터 비가 내리더니 새벽녘에 점점 서쪽 하늘부터 개기 시작했다. 일본인들은 비가 그치자 마치 자신들의 승리에 자축하고, 천황의 생일에 서광이라도 비춘 듯이 '이이데스'를 연발하며 호들갑을 떨었다.

4·29 관병식 행사는 중국이 천황의 발 아래로 굴복하고 유럽의 제국주의들이 엎드려 그들의 행진을 맞이하는 승전 기념이라 생각했다. 그들은 스스로 승리의 커다란 봉우리에 섰다고 생각했다. 그들은 성화를 올릴 준비를 마치고 날이 밝기를 기다렸다.

그러나 애국단의 생각은 달랐다. 다물단의 생각도 달랐다. 봉길의 생각도 달랐다. 물론 백정기의 생각도 달랐다. 그 거대한 봉우리 밑에서는 다른 생각을 가진 한 줌의 군단도 되지 않는 십여 명이 봉우리의 욱일승천하는 성화를 끄기 위해 천천히 움직였다. 한 사람씩 자신이 맡은 길을 찾아 봉우리를 포위하기 시작했다. 봉우리가 너무 커서 그들의 움직임은 보이지도 않았다. 서로 다른 길을 타고 올랐지만, 그들은 마치 우단사련처럼 서로가 하나로 이어져 있었다. 그들은 오늘이 제국주의라는 높은 탑의 기단을 무너트릴 기회라 생각했다.

그렇게 29일은 서로 다른 생각을 가진 사람들의 새벽이 각기 다른 곳에서 밝아오고 있었다. 제일 먼저 새벽을 본 사람은 봉길이었다. 일본인들은 거만함으로, 백정기는 노련한 혁명가의 여유로움으로 밤잠을 충분히 자고 있었다. 다만 봉길만이 설렘으로 벌써 이틀째 잠을 제대로 자지 못한 채 새벽을 맞고 있었다.

그동안 그에겐 난관도 있었고, 작은 흥분도 있었다.

그에게 난관은 엄항섭의 생각대로라면 없는 것이고, 백범의 생각대로라면 의지만 있다면 뚫을 수 있는 것이었다. 이화림과의 위장 신혼부부도 백범의 반대로 무산되면서 그나마 희망이 보였던 난관은 뚫릴 기미가 보이지 않았다. 마땅히 달리 방법이 없었다. 한쪽에 가둬둔 생각은 있었으나 확신은 없었다.

그러나 27일 방법을 모색하기 위한 답청이 그가 갖고 있던 모든 두려움을 설렘과 확신으로 바꾸어 놓았다. 밀정으로 오인 받았던 것이 께름칙하여 일본인 거주지 수위인 차오렌이 아는 체하는 것을 피하려 했지만, 그저 봉길만 보면 농을 주고받으려는 그의 나대는 성격이 답이 될지도 몰랐다. 그가 봉길에게 기회를 주고 있었다.

대세계에서의 점심은 봉길에게는 또 다른 설렘을 주었었다. 그 설렘이 밤잠을 설치게 만들었다.

도시락이 완성됐다는 소식이었다. 백범이 도시락을 식탁 위에 올려놓을 때까지 그것이 폭탄일 것이란 생각은 하지 못했다. 수통도 마찬가지였다. 걸어 다닐 때 날리는 레인 코트의 깃처럼 의심 없이 돌아다닐 수 있는 완벽한 주물이었다. 봉길도 그 안에 폭약이 들어 있다는 것이 믿기지 않았다. 밥솥에서 막 퍼담은 따뜻한 밥이 담겨있는 느낌이었다.

아주 따끈따끈하군요.

그 완벽한 조물을 보는 순간부터 온전히 그는 실물을 만날 시간으로 채웠다. 그리고 그를 한 번 더 설레게 한 것은 폭탄의 성능이었다. 그 성능은 백범조차도 놀랐다.

얼마나 대단한 괴력인지 위로는 하늘을 가르고, 아래로는 땅을 뒤집어 놓을 정도라네. 누구도 본 적이 없을 정도라니 상상도 할 수 없을 걸세.

봉길은 일찍 일어나 몸치장을 하기 시작했다. 그는 집을 떠날 때도, 청도를 떠날 때도 의식을 치르듯 이처럼 자신의 몸에 치장을 했다. 그것은 그가 찾는 이상의 모습에 자신이 부끄럽지 않기 위해서였다. 몸을 깨끗이 하고 면도도 깨끗이 했다.

새 양복, 새 구두, 새 넥타이, 새 시계. 그는 모든 것을 새것으로 다시 바꿨다. 새 세상으로 들어갈 때 입기로 한 새것이었다.

나를 새롭게 하는 데는 목숨이 필요한들 그것이 두려우랴. 하물며 나라를 새롭게 하려는 데서야.

그의 단장이 끝날 무렵 백범이 문을 열고 들어왔다. 다행이다 싶었다. 백범은 늘 사람을 자신 속으로 끌어들였다. 이화림과 함께였다. 임무를 마친 안공근이 간단한 목례로 인사를 대신하고 백범의 곁을 떠났다. 봉길과는 그동안 긴 이별을 했기 때문인지 굳게 머리만 숙이고 갔다. 이화림도 말이 없었다.

- 준비는 마쳤는가?

- 너무 이른 시간에 오시게 해서 죄송스럽습니다.

- 아닐세. 그래도 서두를 필요는 없네. 가기 전에 들릴 곳이 있네. 조선 사람들은 아침이 든든해야 근력을 쓰지. 아침을 준비해뒀네.

- 아. 네. 감사합니다. 그럼 가시죠?

백범이 앞서고 봉길이 뒤섰지만, 오히려 뒤에서 그들을 재촉하고 있었다.

수시반은 이미 지나갔고, 도마통도 지나간 지 오랜 새벽이었지만, 상해의 궂은 날 때문에 날은 아직 어두컴컴했다.

이 시간은 대세계에서의 점심을 마친 후 봉길이 정한 출발 시간이었다. 그가 이른 시간을 택했다. 굳이 서두를 일은 아니었지만 백범은 어제부터 내내 자신의 의견은 묻어둔 채 봉길의 뜻을 따르고 있었다. 백범은 이른 시간에 떠나는 것에 대해 묻지도 않았고, 굳이 말릴 일도 아니어서 새벽길을 재촉했던 것이다. 그러나 백범이 온 것은 봉길이 생각했던 것보다 조금 이른 시간이었다.

이 시간이 제일 조용했다. 조계 밖의 평민촌 사람들이 밀려들어오기 전까지 지나는 사람들이 뜸했다. 그래도 봉길 일행은 동방공우에서 나와 뒷길을 잡아들었다. 하비로의 배후 도로요, 강제로로 통하는 좁은 골목길이었다. 특히 백범과 함께 다닌다는 것은 이목을 끌 수밖에 없기 때문에 그들은 매우 조심하였다. 누구라도 아는 사람이 나타나 넙죽 인사라도 하면 곤란했다.

다시 비가 한두 방울씩 내렸기도 했지만, 마당로 교차점에 접어들자 백범은 매우 조바심이 난 사람처럼 길 바쁜 티를 내고 있었다.

가끔 농당 골목에서 들려오는 프랑스 경찰들의 호각소리가 그들을 긴장하게 만들었고 때론 가까운 곳에서 말발굽 소리가 그들의 심장을 뛰게 만들었다.

새벽 순찰대였다. 조심해야 할 것은 풍기계나 왜정 편의대보다 프랑스 경찰이었다. 며칠 전부터 그들의 외국인 검문과 연행은 말도 통하지 않아 의심이 되면 무조건 가두고 보았다. 그들은 중국인과 마찬가지로 조선인은 안중에도 없었다.

백범은 모처럼 창파오를 벗고 두루마기를 입었다. 오늘만큼은 온전히 조선인이고 싶었다. 걷는 속도가 나지 않으면 그는 펄럭이는 힘으로라도 앞으로 나가고 싶은 마음으로 가끔 두루마기를 양손으로 뒤로 밀어젖혔다. 그 뒤를 따르는 봉길의 레인 코트도 깃이 날렸다. 그 뒤로 이화림이 따랐다.

그들이 도착한 곳은 하비로 샛길인 응탕로에 있는 남창리 농당이었다. 그곳에는 김해산이 살고 있었다. 농당의 석고문을 들어서면서 오른쪽 첫 번째 집 2층이 그의 집이었다.

아래층 입구에는 김해산의 외돌진 성격을 잘 나타내는 문패가 있었다. 움푹 파인 문패엔 마치 굴속에 숨어있듯이 아주 작은 글씨로 아래층 중국인의 이름과 함께 그의 이름이 쓰여 있었다. 그는 다른 사람들과 어울리지 않고 오직 가족만을 위해 사는 비정규 애국단원이었다. 백범의 부탁이 아니었으면 이유도 묻지 않고 다른 사람을 집으로 들이는 일은 없었다.

남창리 농당은 다른 농당보다는 규모가 작아 집안 정원이 없었다. 그대로 현관문이 대문과 가까이 붙어있어 2층으로 올라가는 길을 반으로 나누어 함께 쓰고 있었다. 이층으로 올라가는 길이 좁고 어두웠다. 일행은 조심스럽게 아래층의 인기척을 살피며 올라갔다. 이화림은 밖에서 기다렸다. 미리 약속이 돼 있었는지 문은 열려 있어 주인이 열기를 기다릴 필요 없이 곧장 들어갔다. 김해산이 그들을 맞이하고 잰 걸음으로 방으로 안내했다.

남창리에는 특히 임정과 가까웠으나 한인들이 살지 않았고, 비교적 넉넉한 살림을 가지고 있는 김해산 가족이 혼자 2층을 쓰고 있었다. 비교적 깨끗한 집에 독채를 쓰고 있었고 이웃한 한인들이 없었으니 부산을 떨지 않고 조용히 아침을 먹기에는 안성맞춤이었다.

김해산의 부인은 매우 조신했는데, 상해 거주 한인 치고는 흔치않게 밖의 일을 하지 않고 안살림만 했기 때문에 말이 밖으로 나지 않았다. 백범이 티 나지 않게 대접해야 할 사람이 오면 가끔 부탁했던 집이다.

그들이 앉자마자 아침밥이 나왔다. 미리 시간 맞춰 준비를 부탁한 때문이었다. 김해산이 뒤따라 들어와 보자기에 싼 작은 도시락 주머니를 백범의 상 옆에 두고 가볍게 눈을 마주쳤다. 김해산과 부인은 가볍게 목례만 하고 다른 방으로 건너 가 일부러 문 닫는 소리를 냈다. 그 소리를 들은 백범은 봉길에게 손짓으로 밥상으로 오게 했고, 자신도 밥상 앞에 앉았다.

밥상은 매우 정성스럽게 차린 듯이 독상으로 꾸며졌다. 아껴먹던 장을 꺼내 이국땅 동포들이 좋아할 된장국도 끓였다. 둘은 서로 독상을 마주하고 밥을 먹기 시작했다. 비로소 백범이 평정심을 찾은 때였다. 백범은 그가 첫 숟가락을 뜨자 비로소 평정심을 찾고 혁명자의 의연한 모습으로 돌아왔다. 그때까지 누구도 말을 하지 않았다.

봉길은 국 없이 건 밥을 비웠다.

– 미안하이!

밥공기를 비운 봉길이 숟가락을 놓자 백범이 건넨 말이었다. 생각해보니 엿새 동안 그의 혈기를 방패삼아 얼버무린 것이 참으로 많았다. 목적이 논리를 깨버렸다는 미안함이 백범의 가슴을 찢고 있었다. 그 가벼운 얼버무림이 어린 혁명자에겐 바위 같은 무거움이었을 것이라는 것을 충분히 알고 있었다.

백범은 김해산이 갖다 놓은 도시락에 그의 손을 끌어 함께 포갰다. 봉길은 따뜻함을 느꼈다. 이거구나. 그들의 손에서 열이 났다. 봉길의 뜨거운 혁명의 피보다 백범의 미안한 열이 더했다.

봉길이 잠시 기다렸다. 백범의 심정을 충분히 받아야 가벼운 이별을 할 수 있었다.

  – 소풍에 가지고 갈 도시락일세.

  – 걱정 마십시오. 선생님! 반드시 도시락은 시라카와에게 주고 이 수통의 물은 제가 마시겠습니다.

한참동안 한 사람은 미안함에, 한 사람은 굳은 결기로 손을 잡고 있었다. 봉길은 시간이 지날수록 백범의 열보다는 도시락에서 나오는 열기가 더 뜨거워짐을 느꼈다. 차디찬 쇳덩어리가 아닌 가마솥에서 막 퍼낸 조선의 밥이 담긴 도시락이었다. 조선의 피가 담긴 수통이었다.

봉길은 어제 산 모슬포 보자기에 다시 정성스럽게 싸서 레인 코트 옆구리에 끼웠고, 수통은 어깨에 메고 인사 없이 김해산의 집을 나왔다. 그의 모습이 맵자하니 잘 어울렸다. 창문에서 멀리 떨어져 김해산이 내다보고 있었다.

그들이 밖으로 나가자 택시 한 대가 그들을 기다리고 있었다. 웅탕로에 홍구까지는 전차가 없었다. 밖에서는 이화림도 함께 기다리고 있었다. 이화림이 묵례를 깊게 했다. 혁명자에 대한 예의였다. 봉길은 묵례대신 목련처럼 환하게 죽음의 웃음을 지었다. 이화림이 아주 작은 비명을 질렀다. 그녀는 봉길의 환한 웃음을 보며 백범과도 이별할 시간이 되었다는 것을 직감했다. 이화림은 백범에게 목례를 하고 먼저 택시에 탔다.

택시를 타려던 봉길이 다시 돌아섰다. 그의 손목에는 회중시계가 출렁거렸다.

- 제가 이별 악수는 하지 않으려고 작정했습니다만 이대로는 안 되겠습니다. 선생님!

- 동지!

그 약속은 백범 자신도 했었다. 동지들을 적지에 보낼 때마다 한 번도 이별이란 생각을 해본 적이 없었다. 봉길과 마찬가지 마음이었다. 갑자기 봉길이 마음을 바꿔 뒤돌아서 백범에게로 왔다. 그러나 그것은 이별의 악수가 아니라 혁명자들의 이음의 악수였다. 둘은 다시 이어진 기차처럼 굳게 손을 잡았다.

- 해방 조국에서 다시 만나기를 바랍니다.

- 그러세. 죽어 만나세. 내가 살아서는 조국이 동지에게 진 빚을 갚을 것이고, 죽어 저승에 가서는 동지에게 내가 진 빚을 갚겠네. 반드시!

- 그런 말 마십시오. 자유롭고 평화로운 고려 강산에서 꽃피는 시절에 뵐 겁니다. 억압도 수탈도 없는 그런 세상을 만들어 주십시오.

둘은 한참을 그렇게 있었다. 악수를 뗄 줄을 몰랐다. 그러더니 봉길은 악수를 한 채로 백범의 손을 잡았던 왼손으로 오른 손목의 시계를 벗겨 백범의 손목에 그대로 걸었다. 그리고 그의 손아귀에 시계를 쥐여주었다. 봉길은 시계를 쥔 백범의 손을 다시 움켜잡았다.

- 아닐세. 그것은 자네의 시간이야.

- 맞습니다. 이 시간은 나의 시간이 분명합니다. 오늘 이후 나의 시간은 선생님의 투쟁 속에서 계속 함께 가길 바랄 뿐입니다. 자유의 시간에서 뵙길 희망합니다. 대신 선생님의 시계를 주십시오. 선생님이 등에 지고 계셨던 억압과 착취의 시간은 이제 곧 멈출 겁니다.

그리고 그는 악수를 풀고 백범의 헌 시계를 허리춤에 대신 찼다. 악수를 풀었지만, 그들의 기운은 그대로 이어져 있는 것이 이화림의 눈에 선명하게 보였다.

그들이 떠나자 다시 비가 내리기 시작하더니 세차게 뿌리기 시작했다. 봄비치고는 많이 내렸다.

택시에는 이화림이 동승했다. 백범의 선택이었다. 내내 택시 안에서 이화림은 말이 없었다. 굳게 손을 잡을 뿐이었다. 봉길은 모슬포 비단 보자기의 실밥을 밀어 도화선을 꺼낼 구멍을 냈다. 그 모습을 보던 이화림이 울컥했으나 소리는 내지 않았다.

- 동지!

그녀는 자신의 속내를 숨겼다. 이 무계획에 동의할 수 없었다. 이 책임 없는 애국단에 동행할 수 없었다. 다만 그녀가 설득당하고, 동의하고, 동행할 수 있는 것은 그의 결기뿐이었다. 그러나 두 혁명자의 이별을 보면서 서서히 이 무모함에 설득당하고 있었다.

　　－ 내가 죽어 동지를 볼 수 있기를 바랍니다.

　차는 검문 때문에 더 이상 가지 못했다. 봉길이 그만 헤어지자고 했다. 차마 이화림은 그가 가는 것을 끝까지 보지 못할 것 같았다.

　봉길이 홍구에 도착할 무렵, 조금 늦은 시간의 다물단은 뜻하지 않은 변수에 주춤거리고 있었지만, 아랑곳하지 않고 다물단의 대표 전사인 백정기가 웃으면서 떠났다. 이로써 홍구공원을 향해 두 젊은 전사가 떠났다.

상해에 남은 사람들

봉길이 택시를 타고 홍구로 떠나자마자 상해에 남아 있던 인사들은 매우 재빠르고 민첩하게 움직였다.

순식간에 상해는 텅 비었다. 마당로와 패륵로의 거리에는 상업을 하는 사람을 제외하곤 한인들이 마치 불어나는 홍수 때문에 흩어지는 개미들처럼 모두 어디론가 숨어들었다.

봉길을 보내고 백범은 엄항섭과 안공근을 데리고 잰걸음으로 금강산호 사무실로 갔다. 이미 그곳에는 의경대를 비롯한 젊은이들이 모여 있었다. 제일 앞서 움직인 사람은 의경대 김덕근이었다.

엄항섭이 제일 앞에서 눈으로 보고했다.

– 그럼 시행할 준비를 합시다. 우선 홍구공원에는 누가 가겠소? 아무래도 조선인은 의심받을 수 있으니 현달이 가봤으면 하네. 자네는 멀리 있다가 공원에서 무슨 일이 벌어지거든 재빨리 이리로 오게. 도로가 복잡할 테니 택시를 타게.

백범은 수위 서현달을 시켜 홍구로 가길 권했다. 그에게 택시비를 듬뿍 주었다. 그는 싱글벙글거리며 수염을 만지며 홍구로 떠났다.

- 안 동지는 각 요원들의 주거지 파악하고 아직 피신하지 안한 분이 계신가 확인해주게.

- 예!

다음으로 엄항섭이 나섰다. 그는 김덕근에게는 자전거 부대를 운용할 것을 주문하고는 김덕근은 직접 황포공원으로 갈 것을 권했다. 만약에 무슨 일이 있으면 금간산호로 모이고 일이 없으면 모두 엄항섭의 집으로 귀환 대기할 것을 명했다.

- 만약 연락을 받으면 순식간에 바람에 물결이 퍼지듯 상해 거리로 퍼져나가야 한다.

그들은 요원들의 하루 움직임의 반경과 길목을 정확하게 예측하고 있었다. 백범으로부터 받은 명단을 우선으로 하고 그들이 개인적으로 전해야 할 사람을 추려서 임정에서 가까운 곳부터 달려갔다. 주로 임정을 중심으로 활동하는 사람들이 거주하는 곳인 마당로를 중심으로 패륵로 쪽으로 먼저 길을 튼다. 하비로는 한인들이 상업하는 곳이 많았다. 한 사람은 하비로의 김문 공사와 원창상회를 제일 먼저 들러 그곳에 들르는 요원들이 소식을 정확히 닿도록 해야 했다.

- 자. 떠나자! 하비로를 따라 위아래를 번갈아 가면서 숨겨놓은 보물을 찾듯이 골목을 누비길 바란다. 너희들 손에 우리 한인들과 임정 요원

들의 생사가 달렸음을 명심 바란다.

– 태평촌 도산 선생에겐 어찌할까요?

장현근이 자신이 받은 명단에 도산이 없자 물었다. 그는 태평촌 쪽으로 가기로 했다.

– 남경에 가셨다는 데 돌아오셨는지 확인하라.

29일 아침,

이들의 사발통문은 상인은 상인으로, 단체는 단체로, 기관은 기관으로, 학교는 교사들에게 전해졌다. 김두봉은 학교에 오는 학생들을 집으로 돌려보냈다. 다만 아직 도산의 입장을 듣지 못한 흥사단원들은 그가 남경에서 돌아오기를 기다리며 각자의 직업에서 일을 하고 있었다. 춘산은 봉길이 도일을 실패한 후 조선에서 찾아온 독립군을 마중하기 위해 잠시 보경리 집을 떠나 있었다. 그는 영원한 동지 박창세를 만나 병인의용대의 재건을 위해 자금을 모을 궁리를 하고 있어서 통문이 그들에게는 도착하지 못했다.

그 시각 다물단 사무실은 비상이 걸렸다.

쌀가마로 좁아진 틈에 둥근 탁자를 중심으로 차가 놓여 있었지만, 아무도 마시지 않고 있었다. 그들은 매우 초조하게 작은 탁자를 중심으로 서로 얼굴을 보기 민망한 눈길만 주변으로 돌리며 누군가 창문을 열고 들어오기만 기다렸다.

일본인 종군 기자 이토를 기다리던 중이었다. 그는 나머지 출입증을 가지고 온다고 자신 있게 말했다. 그러나 기어이 그는 오지 않았다.

- 그는 오지 않는다 말하지 않았소.

　원심창이 말했다. 그는 분명히 봤다. 출입증을 구했다고 자랑하며 가슴을 치던 이토가 왕아초의 허세에 눌려 다시 움찔거리며 소심한 아나키스트로 돌아가는 순간을 봤다. 그는 분명히 자신이 생각한 것 이상으로 일이 커지는 것을 두려워하고 있었다.

　　- 백 동지가 제일 걱정한 것이 그가 겁을 먹고 있다는 것이었소. 그는 왕아초가 폭탄을 설명할 때 얼굴이 파랗게 질려 있었소. 사건이 생각보다 커지는 것에 겁을 먹은 게 분명하오.

　　- 백 동지에게 누군가 알려야 하오. 내가 가보겠소!

　원심창이 나섰다. 전선에서 돌아온 지 얼마 안 돼서 신분이 노출되면 안 되는 그였다. 그러나 백정기를 설득할 사람이 자신뿐이라는 것을 알고 있었다. 그를 포기 시키고 곧 다시 다가올 기회를 노려야 했다.

　　- 위험하지 않겠소?

　　- 위험? 백 동지는 목숨을 내놓고 가 있지 않소? 내가 가는 게 무에 두려움이 있겠소?

　더 이상의 동의는 필요 없었다. 더 이상의 만류도 없었다. 그는 재빨리 조직원이 운영하는 택시를 불렀다. 그가 도착했을 때는 이미 모든 인파로 어디 들어갈 곳도 없었다. 겨우 그 인파를 뚫고 백정기가 있는 곳으로 간 시간은 8시가 훨씬 넘어서였다.

달콤한 사랑의 길, 첨애로話愛路

7시 30분 경 봉길이 홍구공원에 도착했다. 이미 군대들은 관병식을 준비하고 있었다. 모든 군인들은 총에 칼을 꽂고 있었다.

그들의 칼날은 빛이 났다. 칼날 위에 빗물을 타고 흐르는 흰빛은 마치 햇빛에 반사되는 물결 같았다.

시라카와와 그들의 부대는 - 그들의 부대라고 하는 데는 그만한 이유가 있었다. 은퇴한 시라카와를 다시 전장으로 불러낸 것은 일왕과 실세 군부의 타협에 의해서였다. 일왕은 자신의 무릎 아래 꿇고 감읍할 수 있는 충성스런 부하가 필요했고, 군부들은 전장에서 승리할 수 있는 장수가 필요했다. 일왕은 거칠고 욕심 많은 젊은 장교들에게 불만이 많아 대를 이어 자신에 충성하는 늙은 장군을 선택했다.

한편 군부는 국내의 군부 정치에 대한 불만을 해외로 돌리기 위해 상해 침공을 일으켰는데, 상해의 19로군의 방어가 만만하지 않아 계속 패전을 하자 총력을 기울이기 위해 백전노장이었던 그에게 군의 전권을 주어 전장으로 불러낸 것이었다.

그들은 성공했고, 정전을 부탁한 일왕의 명령을 지키기 위해 새로운 전략을 짰다. 정전이 단순한 정전이 아니라 국제사회의 요구를 받아들이고, 중국의 굴욕적인 부탁을 받아들이는 과정으로 만들기 위해 그는 자신의 막강한 군대의 화력을 선보이기로 했다. 전례에 없던 조계를 가로지르는 양수포부터 오송강을 따라 올라오다가 사천 북로를 따라 홍구공원까지 무려 4km에 이르는 도로에 군대 행렬로 채우고 있었다. 그것은 시위였다.

천황의 부탁이기도 했으니 그의 생일인 천장절에 시위를 하는 것은 더할 나위 없었다. 다만 걱정되는 것은 조선인이나 중국 내 반발 세력의 폭거였다. 군인 아니고는 믿지 못하는 그였지만, 하는 수 없이 상해 풍기계에 그 임무를 맡겼다.

대로인 사천 북로가 공원에 이르기 전에 지로인 첨애로로 들어가는 입구와 갈라지는 데, 이 첨애로 길은 다시 공원 옆에서 상덕로로 들어가는 길과 갈라져 사천 북로와 만난다. 일반 차량은 삼거리에서 차단하고 전차도 이곳에서 끊었다. 버스는 첨애로와 상덕로 입구 삼거리에서 모든 인원을 하차시키고 빈 버스만 다시 돌아 사천 북로로 돌아 나오게 했다. 이들은 경계를 편리하고 효율적으로 하기 위해 공원의 전면을 차단하고 입구는 정문 하나로 통일했다. 다만 마을로 들어가는 곳은 철저한 검문을 통해 마을 사람들만 통행하게 했는데, 그것은 첨애로도 마찬가지였다.

봉길이 공원을 끼고 도는 첨애로에 도착했다. 이별은 했지만 얼마간을 따라가던 이화림이 발길을 돌렸다. 씩씩한 청년 혁명자의 자신 있는 걸음을 보면 마치 홀로 싸우러 나가는 한 마리의 사자 같았다. 이리도 나약한 국가라도 독립 혁명자들의 걸음마다 내딛는 죽음의 자신감이라니. 그녀는 해방 조국을 기다리는 자신의 인내심을 다잡았다. 봉길이 잠깐 비친 아침 햇살을 맞으며 레인 코트를 날리고 정문으로 가고 있었다. 차마 걱정스러운 것조차 죄일 뿐이었다.

정문은 일찍부터 사람들이 조금씩 줄을 서고 있었다. 불량 선인들의 난동이 있을 것이라는 첩보가 그들을 더욱 긴장 시켰다. 본래 풍기계가 입장 검문 단속 경계를 맡았으나 급하게 군인들이 보강되었다. 그들은 정문에 배치되어 직접 검문에는 참여하지 않았으나 의심이 가는 자나 수통과 도시락 이외의 물건을 가지고 들어가는 사람들을 매의 눈으로 사람들을 찍어 내어 직접 취조를 하고 있었다.

봉길은 첨애로로 갈라지는 작은 삼거리에 서서 한참동안 그쪽을 쳐다보았다. 엊그제 답청 때 예상했던 것과는 전혀 달랐다. 정문에서의 거사는 사실상 불가능했다. 그들도 그곳이 목이라는 것을 잘 알고 있었기 때문에 새로운 경계 방식을 택했다.

군인들이 입장하는 거리와는 떨어진 것도 떨어진 것이지만, 두 줄의 군인들 사이로 입장해야 했기 때문에 입장객들은 뒷사람을 따라가는 것 말고는 다른 어떤 움직임을 할 수 없었다. 거대한 육식 공룡에 대한 공포가 주변을 엄습하고 있었다. 그곳 언저리에 백정기가 겁먹고 오지 않는 이토를 기다리고 있었다.

입구뿐만이 아니었다.

다른 곳도 경비가 철통같았다. 모든 길을 통제하고 있었고, 기병대와 군인들이 일일이 감시하고 있었다. 큰 길은 적근荻根 중좌가 이끄는 군 헌병대가 맡고 있었다. 그리고 작은 골목과 도보 통제는 상해 공관 경찰인 풍기계의 임무였다. 풍기계는 상해 일본 경찰의 자랑이었다. 정보 수집과 질서 유지에 탁월한 능력을 가진 자들이 모인 곳이었다.

봉길이 일본을 가려할 때 조선임을 한눈에 알아본 사람들도 풍기계였다. 이미 그들과는 대면한 적이 있었다. 다까야마끼가 실무 책임자였다. 그들은 상해 한인들의 얼굴을 거의 다 알고 있다고 해도 과언이 아니었다.

첨애로 길은 홍구공원과 접해있어 그곳의 바리케이트 검문은 식장 경계에 속해 있어 적근의 수하들이 맡고 있었다. 그 길로 향하는 봉길에게는 참으로 다행이었다.

봉길이 입구 쪽으로 아예 가지도 않고 늘 그가 밀가루 포대를 메고 다녔던 첨애로 거리로 발길을 돌렸다. 애초부터 입구 쪽으로 입장한다는 생각은 하지 않았다. 27일 답청은 그에게 많은 말없는 지도를 해주었다. 초대장이 없이는 절대 들어갈 수 없다는 것, 엄항섭의 은근한 기대처럼 입구 쪽에서의 거사 또한 성공의 불확실성이 너무 크다는 것, 그리고 아무리 분노로 뿜어낼 힘이라도 절대로 혼자서는 단상의 헌병들을 제칠 수 없다는 것을 말해 주었다. 멀리는 상해로 오는 길목이었던 선천 가는 기차에서의 검문이나 가깝게는 회산항에서의 도일 실패는 조선인인 그가 일본인으로 가장한다는 것이 얼마나 무모하고 우스운 가장인지 잘 알려 주었다.

나대는 차오렌이 그 길이었다.

그는 가능성을 택했다. 답청일에 보인 차오렌의 눈치를 믿기로 했다. 그는 최대한의 성공과 최소한의 실패를 선택했다.

첨애로 길 입구에는 죽방렴처럼 들어온 고기는 나가지 못하도록 V자형으로 바리케이트를 쳐 나가는 사람은 쉽게, 들어오는 사람은 불편하게 만들어 놨다. 그 바리케이트 끝에 헌병이 있었고, 차오렌이 보였다. 차오렌은 헌병들과 함께 마을로 들어오는 주민을 확인해주고 있었다. 물론 그에게 주어진 임무는 아니었지만, 자청하고 나섰다.

그는 자신이 그곳에 있다는 것만으로 신이 나서 출랑거리고 있었다.

사람들이 가볍게 신분증을 들어 보이며 출입하고 있었다. 그때마다 차오렌이 손을 들어 아는 체하며 가볍게 등을 밀어 들여보내고 있었다. 그의 어리석음은 중국이 당한 아픔을 알지 못하는 양 마냥 신나 있었다. 아, 자랑스러운 차오렌이라니.

장개석은 우리 인민에게 해준 것이 뭔데? 차라리 나는 일본인들에게 돈을 받고 있단 말이지. 그것이 우리 식구들의 호구를 책임지고 있단 말이지. 그게 일본이든, 중화든 밥을 먹여주고 충성을 요구해야지. 나라의 자존심이란 우리 사내와 같단 말이지. 사내들도 식구들에게 밥을 주지 못하면 자존심을 세울 수가 없지 않은가 말이지.

처자식을 먹이기 위해 무거운 밀가루 포대를 메고 일본인들의 부엌으로 땀을 흘리며 달린다고 생각한 봉길에게 항상 엄지를 치켜들며 사내의 자존심에 으뜸을 보내며 하던 말이었다. 봉길과 스스럼없는 친분을 쌓으려고 늘 농을 던진 것도 그 때문이었다. 그는 항상 자식들을 굶기지 않는 것에 자랑스러워했다.

차오렌은 여전히 바리케이트 앞에서 나대는 바람에 그가 오는 것을 눈치 채지 못했다. 그렇다고 선뜻 먼저 차오렌을 아는 체할 수도 없었다. 그가 평소대로 윤펭을 부르면 그의 길도 막히게 되고 길을 돌려 무모하지만 입구로 가야했다.

봉길이 레인 코트의 깃을 여미고, 메고 온 수통을 벗어 수통에 줄을 감고 바리케이트로 향했다. 그가 첨애로 거리로 접어들자 적근의 수하 헌병이 가로막았다. 헌병은 검문하는 것에 대한 양해를 구하기 위해 가볍게 인사를 했다. 일본인 거주지라서 그런지 매우 예의바른 검문이었다. 그의 말끔한 차림과 멋들어진 레인 코트가 한몫을 했다. 당연한 일본인에 대한 예의였다. 그가 못들은 척 지나가자 가볍게 그를 제지했다. 헌병이 다시 신분증을 요구했다. 회산항이 떠올랐다. 그는 맘속으로 외쳤다. 제발, 차오렌! 차오렌!

봉길은 한 손에 도시락을, 또 다른 한 손에 수통을 들고 있었다. 양 손에 물건을 들고 있다는 표시로 두 손을 들어 헌병에게 보이며 그의 눈은 차오렌에게 가벼운 인사를 했다. 그의 습관을 믿어야할지 그의 눈치를 믿어야할지 불안했지만, 그는 여전히 헌병들과 눙치고만 있었다.

　　－난 일본인이오.

야채를 배달하며 단골로 만든 일본인 아낙들이 묻는 말에 수없이 답한 말이었다. 헌병들도 그 말을 인정했다. 다만 형식적인 통과 의례임을 밝히고 정중하게 불편함이 있더라도 짐을 내려놓고 신분증을 보여 달라며 재차 양해를 구했다.

그때 차오렌이 소리쳤다. 늘 장난하는 목소리로 그를 불렀다.

　　－하이, 히라누마상!

그래, 차오렌! 봉길은 목줄을 당겨 표시나지 않게 끄덕였다. 늘 일 본식 이름을 부르기를 바랐지만, 그는 늘 중국식 이름을 부르며 놀렸 다. 윤펭, 그의 입을 믿지 못해 진즉에 표시 내어 아는 체하지 못했다. 그가 아는 체하려는 순간, 봉길이 기대했던 것은 그래도 눈치 빠른 그 가 일본인들 앞에서는 일본 이름을 불러 그의 배달 일에는 지장 없게 만들었다는 것이었다.

그는 전광석화 같았다. 27일 답청에서 그가 자신을 알아보는 순간 어쩌면 저곳에 답이 있을지 모른다고 느꼈던 봉길의 전광석화였다. 그의 습관보다는 눈치가 봉길에게 좋은 기회를 만들어주고 있었다. 그가 거수경례를 하며 다시 호들갑을 떨며 나대기 시작했다.

　　– 키치, 이곳엔 왜 왔어? 그만둔 게 아니었어? 난 또 못 보는 줄 알았
　　지. 헤헤헷.

그는 다시 능숙한 중국 말로 말을 걸어 왔다. 적근의 수하들은 둘이 대화하는 모습을 물끄러미 바라보며 잔웃음을 보였다.

　　– 어이, 차오렌!

한 사람은 일본 말로, 한 사람은 중국 말로 대화를 하고 있었지만 아무 거리낌 없이 소통이 되고 있었다. 그들 사이에 누구도 끼어들 자리는 없었다. 헌병이 한참을 친밀한 그들을 묵묵히 바라보고만 있더니 이상하다는 듯이 웃었지만, 그의 팔은 서서히 내려가고 있었다.

　　– 일본인이라니까! 행사에 참여하러 나갔다가 집에다 두고 나온 게 있
　　어 가지러 가는 중이란 말이오.

봉길이 차오렌과 부산스럽게 대화하는 중간에 다시 도시락과 수통을 살짝 들어 헌병에게 보였다. 차오렌이 '니혼진, 니혼진' 하며 그를 추켜세웠다. 오, 차오렌! 그는 일본인으로 변장하면서까지 가족들을 책임지는 자랑스러운 중국인 윤펑을 위해 니혼진을 연신 쾌활하게 외쳤다.

헌병이 의심 없이 쐐기처럼 잔웃음으로 겨우 그들의 대화에 끼어

들었고 옆으로 돌아서서 자리를 조금 트여주었다. 그 틈으로 봉길이 첨애로로 첫발을 내딛었다. 달콤한 사랑의 거리로 접어들었다.

첨애로, 참으로 익숙한 거리였다. 짧은 시간이었지만 작은 농당의 거리를 수없이 다닌 곳이었다. 유난히 가로수가 예쁜 곳이었다. 이 거리를 지나는 조선인은 친일 밀정이거나 독립단 암살자뿐이었다. 봉길이 자신의 정체성을 수없이 뇌이며 다닌 곳이었다. 도산의 격려 문구였던 무구항산 이론을 입에 달고 다니던 곳이었다. 도산이 아니었으면 그 시간을 견디기 어려웠다. 그러나 지금, 그는 적근의 수하가 벌려준 틈을 벌리며 당당히 전사로써 일본인의 거리로 들어가고 있었다. 전사로 한 발 한 발 전진할 때마다 그에게는 진정으로 달콤한 사랑의 길이었다.

첨애로는 상덕리와 이어져 있었다. 작은 마을이었지만 두 마을로 나뉘어져 있었다. 두 마을 모두 홍구공원의 숲과 경계를 두고 있었다.

그는 거침없이 첨애로를 지나 상덕리로 들어서기 위해 발길을 재촉했다. 가끔 만나는 일본인들에게 아는 체하기도 했고, 농당 앞에서 아침 햇살을 기다리는 노인들에게 늘 하던 대로 정중하게 인사도 했다. 평소와 다른 차림에 의아해하기도 했지만, 그들은 평소처럼 친절하게 그의 인사를 받아주었다. 그들은 봉길에게 생필품을 주로 배달을 해 생활했고, 심지어 프랑스제 옷이나 물건도 중간 상인을 넣어 배달해 사용했다. 오풍리 프랑스빵도 배달을 해 주던 곳이었다. 그 거리에서 그는 이미 일본인이었다.

상덕리가 조금씩 보이기 시작했다. 그의 눈앞에 봉긋이 솟은 작은 다리가 점점 다가오고 있었다. 두 마을을 이어주는 것은 작고 예쁜 무지개다리였다. 홍구 지역의 마지막 무지개다리였다. 차 한 대 지나갈 수 있을 정도의 작은 다리였지만 일본식 난간으로 잘 꾸며 놓았다. 이

다리는 홍구 공원의 호수 물이 빠져 나오는 퇴수 위에 놓인 다리였다. 첨애로 사람들에게는 꿈의 다리였다.

봉길이 꿈의 다리를 건넜다. 봉길이 상덕리 수위 샤오신과 몇 마디 농담을 건네고는 마을로 접어들었다. 생각한대로 마을은 매우 조용했다. 이 시간이 가장 조용하고 한가한 시간이었다. 밖에서 아침을 해결하는 중국인들은 이 시간이 제일 부산했다. 그러나 집 안에서의 가족 간의 식사를 중요하게 여기는 일본인들의 아침거리는 매우 한적했다.

배달꾼들만이 분주하게 움직이며 각각 집으로 물건을 배달했고, 가정에서는 아침 준비를 하고 있었기 때문이었다. 배달꾼들도 가급적 사람들과 마주치지 않기 위해 이 시간을 택했다. 가끔 만나는 다른 배달꾼도 특별히 한가한 그를 의아해하기는 했지만, 이유는 묻지 않았다.

봉길이 마지막 무지개다리를 건너 아주 능숙하고 태연하게 다리의 왼편 옆길로 접어들었다. 건물들이 퇴수로를 따라 옆 벽을 두었고 작은 길을 내었다. 이 길이 건물의 부엌과 연결되어 있다는 것은 익히 알고 있던 터였다. 배달꾼들의 길이었다. 설령 집에서 누가 나온다 해도 배달꾼인 그를 모르는 사람은 없었다. 봉길은 퇴수로에 붙은 건물의 벽을 타고 마지막 집까지 갔다. 그 집은 홍구공원 호수의 둘레 숲과 경계였다. 집들이 모두 호수의 둘레 숲을 따라 지어져 자연스럽게 경계를 이루고 있었다. 상덕로 수위 샤오신이 도시락을 들고 들어가는 것을 의아해하며 고개를 갸우뚱거렸지만 의심을 하지는 않았다.

봉길은 아주 천천히 마지막 집의 작은 난간을 넘어 봄비가 잦아 습해진 숲으로 들어갔다. 아무도 본 사람이 없었다. 습기가 잔뜩 머금은 숲을 지나자 호수 산책길이 나왔다.

드디어 그는 아침 여덟시가 조금 안 되어 무지개 입구(虹口)를 통해 적진으로 들어갔다

아직 공원은 한가했다. 이미 준비가 완벽하게 끝난 행사장은 고요했다. 봉길은 다시 수통을 고쳐 메고 도시락은 레인 코트 품으로 감쌌다. 시간이 일러 호수를 몇 차례는 돌아야할 것 같았다.

잠시 후, 어마어마한 행진이 시작되었다. 그들의 행진에는 일본 군중들이 반기는 환호조차도 묵살당한 채 다만 누구나 압도당할 엄중함만이 존재했다. 그 검고 무거운 엄중함이 하늘을 덮었고, 스스로 구름을 몰고 왔다. 연호하던 일본인들도 해군 장갑 차량이 앞서고 뒤이어 오토바이 부대가 구호대를 이끌고 연병장에 들어서기 시작하자마자 잠잠해졌다. 군중들은 비로소 축제장에 온 것이 아니라 전장에 온 것을 알았다. 뒤이어 오는 위엄이 상해의 하늘을 덮었다.

단상의 시라카와가 전쟁의 신 아레스처럼 서있었다. 그 앞으로 군인들이 다가와 총을 내리고 고개를 돌려 경의를 표했다.

육해군 총 1만 4천 명이 앞섰고, 그 뒤로 제9사단, 해군 육전대 1만 2천 명의 군인들이 연병장을 지나자 기갑부대가 위용을 자랑했다. 기관총부대, 기병대, 보병대, 야전포대, 탱크부대, 장갑차부대, 수송부대, 중포대, 고사포대, 치중대 등 6천 명이 시라카와의 자부심을 한껏 드높였다. 마지막으로 시라카와는 헌병대 1천 명의 사열을 받았다.

만여 명의 일본 교포, 외국인 초청자들이 숨죽이고 그들을 지켜보았다. 바람이나 구름조차 움직이지 못할 압도가 연병장을 덮고 있었다. 아무도 작은 움직임조차 하지 못하고 그들이 지나가는 육중함을 바라보았다. 움직임은 오직 군인들의 행진만 허용되었다. 그 움직임

속에 유독 시라카와의 간결하고 카랑카랑한 경례가 군인들을 위로하고 있었다. 그는 오롯이 신이었다.

그 가운데에 봉길이 돌처럼 서서 굳어있었다. 그는 시간의 틈을 느끼지도 못한 채 군인들의 사열을 지켜봤다.

사람들이 엄청난 육중함에서 벗어나 조금씩 움직이기 시작한 것은 관병식이 끝났음을 알리는 예포 소리를 듣고서였다. 서서히 군중이 움직이기 시작했고, 구름도 움직이더니 비가 내리기 시작했다. 시간은 벌써 11시가 훌쩍 넘고 있었다. 예상보다 늦었지만 시라카와의 의도대로 식이 진행되었다.

외국인들이 두려움을 넘어 존경의 표시를 보냈고, 정전의 필요성에 대해 공감을 했다. 중국에는 충분히 압박을 전했다. 겁먹은 장개석은 미리 도장에 인주를 묻혀 놓았다.

관병식이 끝났지만, 군인 경비병들은 움직이지 않았다. 군인들은 빠져나갔지만 주요 인사들은 그대로 남아 있었기 때문이었다. 헌병 경비대도 그대로 남아 있었고, 호위 기병대도 그대로 남아 유력 인사들을 경비하고 있었다.

사열이 끝나고 군중들이 움직이면서 경비들도 분주해졌다. 그들의 움직임은 관중조차 제식 훈련하듯이 나무토막처럼 움직일 정도로 각져있었다. 사실 관병식에서는 경비병은 물론 누구도 필요 없었다. 그 분위기 자체가 경비였고 차단이었다. 그러나 관병식이 끝나고 군인들이 북문으로 물러나 상해 역으로 빠져 나가고 천장절 행사가 시작되자 군중들도 환호와 축제로 돌아왔다.

사열대가 봉축대 연단으로 바뀌었다. 비로소 주요 인사들이 연단으로 올라왔다. 그 위에는 시게미츠 주중공사, 무라이 총영사, 노무라

제3함대 사령관, 우에라 제9사단장, 가와바타 행정위원장, 도모노 민단 서기장이 있었고, 그 가운데에 시라카와 군사령관이 서 있었다. 그는 항상 걸을 때를 제외하고는 언제든 부동자세를 취했다. 그의 부동자세는 오히려 상대방을 주눅 들게 했고, 사람들은 그런 그에게 존경을 보냈다.

시라카와가 연단에 올라 뒤돌아서더니 관중들에게 가볍게 손을 흔들었다. 사람들이 그때야 그의 얼굴을 자세히 볼 수 있었다. 사진으로만 보았던 봉길도 그를 봤다. 시라카와가 다가오고 있었다. 봉길이 사진을 보며 다른 사람처럼 연신 환호하며 그를 반겼지만, 좀처럼 기회는 보이지 않았다.

봉축 연단을 중심으로 기마병 6명이 5미터 정도 떨어져 후방을 면한 채 관중들을 향해 흰빛이 나는 칼을 하늘로 향하고 서 있었다. 시라카와의 기병 호위대였다. 그 앞으로 다시 5미터 정도 떨어져 총을 든 경비 헌병들이 사방으로 경비를 섰다. 그 앞에 다시 원을 그려 한 군단의 풍기계 경비병이 관중들을 제지하고 있었다. 오히려 군인들이 떠난 그들의 경계는 점점 견고해지고 있었다.

제승방략, 그것은 영락없는 제승방략이었다. 그들은 촘촘히 경계를 서 각자 자신의 영역을 지키다가 옆의 부족함을 채워주는 제승방략의 호위를 하고 있었다. 이것을 깨기 위해서는 시차를 두고 다른 곳을 공격하여 방어가 다른 곳에 집중되었을 때 빈 곳을 치는 방법밖에는 없었다. 왜국이 임진란 때 조선의 제승방략을 단숨에 깨트린 것은 약한 군대가 조선의 강한 군대를 치어 다른 곳이 비면 강한 왜 군대를 보내 빈 곳을 치는 전술이었다. 그러나 지금은 홀로 매나니로 달려들어야 하니 더 이상 방법이 없을 뿐이었다. 시계를 봤다. 시간도 그들 편이었다.

군인들이 물러난 연단의 전면에는 일본인 아동, 학생, 중앙에 재류 일본 관민들이 도열하여 있었다.

군중들이 시라카와를 보기 위해 봉축대를 중심으로 꽃을 흔들며 모여들었다. 언덕 위에 돌처럼 굳어 있던 봉길도 그들 틈새로 밀려 나오면서 밀리는 그들보다 한발씩 더 내딛기 시작하여 드디어 맨 앞줄의 뒤의 뒤에까지 왔다. 앞줄은 경비대의 삼엄함 때문인지 사람들이 뒤보다는 성기었다. 시라카와의 뒷모습이 눈에 들어왔다. 그의 뒷모습은 앞모습과 같았다. 누구나 알아볼 수 있는 군인의 풍모를 가지고 있었다. 그의 넓은 등판에서도 위엄이 풍겼다.

비가 점점 세차게 뿌리기 시작했다. 우산이 없던 봉길의 몸이 젖기 시작했다. 그는 처음부터 도시락과 수통을 레인 코트의 품속에 넣고 온기로 덮이고 있었다.

그 시각, 밖에서는 백정기가 끝내 나타나지 않는 이토를 기다렸지만, 시간은 그를 기다려 주지 않았다. 이토의 두려움이 그의 민족을 버리지 못했던 것일까. 진정한 아나키즘으로도 민족을 넘어설 수 없었던 것일까. 원심창 동지의 충고를 받아들였어야 했다. 아무리 개인의 의사를 중시하더라도 책임이 앞서는 조직에서는 개인의 의사가 무시될 수 있다는 사노의 일본식 아나키즘 사고를 가지고 임했어야 했는지 모른다.

벌써 식이 끝나가고 있었고, 아동들이 생일을 맞은 일왕을 위한 노래를 헌사하고 있었다. 그들의 합창은 하늘을 뚫을 듯이 커져만 갔고, 그의 절망도 함께 커져만 갔다.

그가 끝내 자리를 뜨지 못한 것은 최악의 선택을 위해서였다. 그는 굴 앞에서 시라카와가 식이 끝나고 나오길 기다리고 있었다.

비가 왔지만 그들은 식 진행을 서두르지 않았다. 학생들은 부동자세웠고, 비 때문에 자신들의 자랑스러움을 포기할 순 없었다. 그러나 봉길은 조금씩 급해지기 시작했다.

그는 주저하고 있었다. 아니 무모할 틈조차 없었다.

다물단이 오기로 돼있다는 것은 백범으로부터 전해 들었다. 그렇다면 그 전사는 백정기 전사가 분명했다. 분명 제비뽑기가 그를 선택했다. 전사라면 누구라도 이 부근에 자리 잡을 것이었다. 언덕의 배가 불룩 튀어나와 단상에서 가장 가까운 곳에 백정기는 없었다. 가장 먼저 도착하여 사람들이 도착하는 모습을 지켜봤던 그였다. 끝내 백정기는 오지 않았다.

그리고 마침내 식이 끝났다. 일본 국가인 기미가요가 시작됐다. 기미가요는 군중들을 부동으로 만들었고, 군인들과 경비들을 경건하게 만들었다. 모든 부동과 경건의 고요함 속으로 오직 기미가요만 들어가기 시작했다.

이젠 홀로 가야 했다. 무모함을 용기로 뚫어야 했다. 그러나 그 무모함이 겁에 질리기 시작했다.

봉길은 숨 멈추기를 시작했다.

더 이상 기회는 없었다.

그의 가슴은 뛰기 시작했고, 두려움에 떨었다. 주체할 수 없는 두려움은 그의 손을 굳게 만들고 있었다.

그는 숨을 멎었다. 서서히 숨이 멎기 시작하자 핏대가 부풀어 올랐다. 숨 막힘이 극에 다다르고 서서히 굳었던 근육이 풀리기 시작했다. 그리고 그의 젖었던 몸이 레인 코트 속에서 열이 나기 시작했다. 서서히 두려움이 사라지고 숨을 몰아 내쉬자 그의 몸속에 새로운 숨이 들오기 시작했다. 기미가요의 1절이 끝나고 있었다.

다시 몸이 차분해지고 눈이 넓어졌다. 그러자 몇몇 아는 사람들이 눈에 들어왔다. 사실은 벌써부터 그들은 봉길을 바라보고 있었다. 자신들과 같은 수통이 있다는 것도 봤다. 그리고 봉길의 일거수일투족을 하나하나 주시하고 있었다. 그들이 계속 봉길을 보고 있었던 것은 백정기가 반대를 했지만, 부두회에서는 그가 방해가 될 경우 그를 제압하는 작전이 약속 돼있었다. 이 거대한 거사를 초보 전사에게 맡길 수는 없었다. 그러나 초조하게 흘러가는 시간은 그들이 스스로 봉길에게 거사를 맡길 수밖에 없게 만들고 있었다.

앞쪽에 서 있던 입술이 큰 사내인 장레이의 웃음이 평화롭게 양쪽 귓불에 걸렸다. 봉길의 눈에 그것이 들어왔다. 백정기의 폭탄을 기다리고 있음이 분명했다. 모두 제비뽑기에서 백정기가 동지로 지정한 사람들이었다. 그들은 서로 눈을 맞출 수 있을 정도의 삼각 편대를 이루고 있었다. 그리고 뒤쪽에 빠져 삼각대의 변을 만들고 있는 사노가 웃고 있었다.

마침 그들이 자신들의 거사가 시작됐음을 알렸다. 장레이가 봉길을 보더니 씨익 웃고 나서 사람들이 성긴 틈을 걸어 천천히 단상을 향해 걸어가기 시작했다. 그러자 나머지 셋이 모두 같은 거리를 두고 움직였다.

봉길이 단상을 봤다. 봉축대를 감쌌던 욱일기는 짙은 구름에 색이 바래보였고, 시라카와의 등판이 바람 든 풍선처럼 점점 커지고 있었다.

이제는 자신도 가야할 때라는 것을 직감했다. 그에게 주어진 시간은 없었다. 천천히 도시락을 내려 놨다. 두 개를 가지고 가기에는 너무 먼 거리였다. 아무도 그를 이상하게 보지 않았다. 수통을 집어 들었다. 조금이라도 멀리 던지기엔 둥근 수통이 적당했다. 비가 세차게 몰아치고, 남아있던 외국인들은 머뭇거리며 자리를 뜨기 시작했다.

너울처럼 관중들이 술렁였고 촘촘했던 관중들이 조금씩 살얼음처럼 터지기 시작했다.

그때였다. 삼각편대의 제일 앞에 있던 장레이가 갑자기 외마디 소리를 질렀다. 그것이 백정기가 들어왔을 때 해야 할 약속된 임무였다. 조용했던, 오직 기미가요의 노랫소리만 울리던 가락의 틈새로 장레이의 외마디 소리가 터지자 사람들과 경비원들은 모두 그쪽으로 집중하였다.

긴밀하게 풍기계가 움직였다. 그들은 군중들과 가장 가깝게 서서 일차 경비를 담당하고 있었다. 근방에서 군중들과 섞여 있던 다까야마끼는 순식간에 본능적으로 수상한 움직임을 알아챘다. 그들이 기미가요를 부르던 부동을 풀고 달려가 잽싸고 자신만만하게 장레이를 낚아챘다.

가끔은 예민한 본능이 둔함만 못할 때가 있다. 경비 헌병들이 그쪽으로 눈을 돌리고 몇몇은 그를 잡아채고 몸을 꼼짝 못하게 누르고는 입을 막고 놀란 군중들을 진정시키고 있었다. 기미가요는 소요에 끄덕하지도 않고 고요 속에 계속 울렸다. 그들은 장레이를 손쉽게 제압했다. 그러나 그것 때문에 이차로 긴 칼과 긴 총을 멘 헌병의 경계가 무너졌다. 경비가 눈을 돌리고, 다른 경비원들이 달려들자 작은 틈이 났다.

곧 그들의 재빠른 판단이 잘못됐다는 것을 알았지만 그때는 이미 늦었다. 걷잡을 수 없이 새로운 진행이 보였으나 막을 수가 없었다. 이미 뒤에 있던 사노와 또 다른 중국인 아니키스트가 벌어진 틈을 비집고 달려들고 있었다. 이어 기마헌병이 사태가 커지는 것을 막기 위해 움직이기 시작했다. 기마병들은 모두 사노와 또 다른 중국인에게 달려들었다. 그들이 총을 겨누고 이들을 에워쌌다.

오, 저것은!

다까야마끼의 본능적 예민함을 가르고 봉길의 둔함이 파고들기 시작했다. 순간, 봉길의 눈앞에는 벌어진 창틈을 통해 들어오는 하얀 칼 같은 빛이 보였다. 곧 햇살 넘어 바로 그들이 체포되는 모습이 봉길의 눈에 보였다. 장레이가 행복하게 웃고 있었다.

경비들에게 짓밟히는 사이로 보이는 그의 웃음 속으로 비가 쏟아져 들어갔다. 그의 큰 입이 부시처럼 밝게 빛났다. 완벽했던 일제의 제승방략이 무너지고 있었다.

군중들의 눈이 그들의 소동으로부터 돌아와 다시 기미가요를 부르는 순간 봉길의 손이 풀리고 발이 가벼워졌다. 비로소 그가 첫발을 떼었다. 그리고 손놀림은 자동으로 반사하며 늘 익숙한 숟가락질처럼 습관적으로 놀리기 시작했다. 얼마나 연습했던가? 그는 정신이 없었지만, 그의 육체는 연습대로 움직여지고 있었다. 익숙한 육체가 정신을 지배하고 있었다. 본능이었다. 그는 본능에 환호하고 찬성했다. 그는 가볍게 벌어진 경비들 사이를 넘었다.

단상의 시라카와가 뒤쪽에서 벌어지는 작은 소요에 여유 있는 몸을 돌렸다. 봉길은 넓은 등판을 가진 시라카와의 표적을 향하여 스스로 화살이 되어 날았다. 그에게 벌어진 틈은 자유로 가는 대로였다. 그의 걸음걸음은 잔잔한 바다를 유영하는 고래처럼 바다의 혁명을 꿈꾸며 앞으로 나가고 있었다.

얼굴만 돌린 시라카와와 봉길의 화살 같은 눈이 마주쳤다. 순간 시라카와의의 겁먹은 눈자위에서 썩은 굴처럼 비굴과 두려움이 쏟아지고 있었다.

봉길이 시라카와의 눈을 보며 구슬을 구멍에 넣듯이 침략의 구렁 속으로 연단 위에 폭탄을 여유 있게 올려놓았다.

꽈꽝!

붉은 섬광이 별처럼 퍼졌고, 아주 짧은 단발의 폭발 소리는 별 속에 묻혔다.

봉길은 자신이 가지고 있던 붉은 애를 모두 쏟아냈다. 허기가 몰려오기 시작했다. 도시락이 있는 곳으로 돌아갈 시간이 없었다.

순식간에 달려든 군중들과 군인들이 그의 고막을 찢어 버렸다. 그는 아무 소리도 듣지 못했다. 군중들이 고래회충처럼 그를 차곡차곡 덮었다. 그는 아무것도 볼 수 없었다. 그러나 그 벌레들의 틈 사이로 잠시 장레이와 눈이 마주쳤다. 그의 눈도 밟혀서 한 쪽은 찢어져 있었다. 그가 성한 눈으로 다시 씨익 웃었다.

다카야마끼는 아무것도 보지 못했다. 아무것도 듣지 못했다. 섬광보다는 별을 먼저 보았고, 조선의 분노한 폭음에 고막이 찢어졌기 때문이었다.

헌병당관 다카야마끼 형사가 넋을 놓고서 군중들을 달래어 떼어냈다. 그리고 겹겹이 쌓인 속에서 알처럼 나온 봉길을 봤다. 순간 그가 눈을 감았다. 그리고 작은 신음을 냈다. 다리에 힘이 풀렸다. 다카야마끼가 그 앞에 무릎을 꿇었다.

눈알이 터지도록 눈꺼풀을 짓눌렀다. 눈 주위로 깊은 샘이 패였다. 그 샘에는 짧은 탄식에서 나온 그의 회한을 충분히 담고도 남을 깊이의 후회가 고였다. 그는 자신들이 가지고 있는 촘촘한 정보망이 오히려 그물 밖의 고기를 놓쳤음을 알았다.

발 빠르게 움직이기 시작한 풍기계에 의해 장레이가 공손하게 체포되었다. 그들을 제압했던 군중들과 헌병들이 다시 봉길에게 몰려들자 사노는 자연히 풀려났다. 그리고 그는 서서히 군중 속으로 사라졌다.

아주 짧은 순간이었다.

그러나 그들에겐 순간에 일어난 일이었지만 봉길에겐 영원이었다.

마치 그들이 조선을 침략한 것이 순간에 이뤄졌지만, 조선인들에게는 이 치욕이 영원하듯이 그는 순간과 영원을 바꿔 버렸다. 순식간에 비가 그치고 하늘이 갰다.

홍구공원 하늘 위에 해가 나자 무지개가 떠올랐다. 그 위에 태양보다 밝은 붉은 별이 떴다.

에필로그, 별 그리고 서시

윤봉길의 상해에서의 마지막 10일을 쓰기 위해 두 번째 상해로 갔을 때다. 4월에 가기로 한 약속을 지키지 못하고 6월에야 갔었다.

누군가 중국 해방운동에 대한 미술 전시회가 있었다. 가보면 작은 얼음이라도 있을지 모른다는 희망을 가지고 찾아가서 화가의 그림을 볼 기회가 있었다. 나는 1930년대 상해의 모습이나 독립운동에 관한 것이 있으면 아무리 작은 꼬투리라도 달려갔다.

갤러리는 매우 적막했다. 커다란 갤러리에 오직 그림은 한 점만 있었다. 대작이긴 하지만 벽체 한 면만을 장식한 채 다른 면은 캄캄했다. 사람을 자연스럽게 그리로 이끌었다. 나는 홀로 그 그림 앞에 섰다.

제목이 '별 헤이는 밤'이었다. 윤동주 시인의 가슴 시린 부끄러운 시정이 담긴 시를 화폭의 제목으로 담은 듯해서 놀랐다. 그림은 단순했다. 아주 장엄한 능선을 가진 산에 온통 불빛이 그려져 있었다. 그러나 자세히 보면 불빛이 아니라 별이었다. 작은 별빛들이 모여 온 산을 뒤덮어 하나의 횃불처럼 보였다. 너무 화려하여 마치 그 산이 금으로 둘러싸인 듯 신비로운 빛이 풍기기도 했다

그 작가는 이 그림을 이해시키기 위해 그림 옆에 스크린 하나를 설치했다. 그 스크린에서는 계속 어두운 산이 지나가고 있었고, 한참을 지나더니 비로소 칠흑 같은 어둠의 산 위에 작은 별이 하나 떴다. 농민해방을 위해 몸을 바쳐 싸우던 투사가 한 사람 쓰러져 밤하늘의 별이 된 것이다. 다음 산에는 별 두 개, 또 다음 산에는 별이 세 개, 투사가 쓰러질 때마다 산등성이에 별이 하나씩 더 그려졌다.

작가는 이 그림을 그리는 데 20년이 걸렸다고 말했다. 그의 작업은 역사였다.

시간과 역사가 지나면서 산이 지나가고, 지나가는 산마다 별이 점점 많아지면서 이제는 수없이 많은 사람의 별이 그려져 온 산이 별로 가득 차 횃불처럼 하나로 이룰 때 비로소 농민 해방되었고, 독립은 이뤄졌다고 말했다. 그림은 단순했지만 한동안 먹먹한 감동은 내 맘속으로 꽉 들어찼다.

작가는 스크린의 마지막 장에 한시로 시를 써놨지만, 나는 윤동주 시인의 '서시'로 낭독했다.

죽는 날까지 하늘을 우러러
한 점 부끄럼이 없기를,
잎새에 이는 바람에도
나는 괴로워했다.
별을 노래하는 마음으로
모든 죽어가는 것을 사랑해야지
그리고 나에게 주어진 길을

걸어가야겠다.

오늘 밤에도 별이 바람에 스치운다.

그리고 1932년 4월 29일 또 하나의 별이 홍구공원 백조산 무지개 위에 뜨고, 하늘에 떠있던 제국주의의 독한 기운은 땅으로 내려와 석양처럼 사그라들더니 독립은 새봄을 맞이하듯 한 발자국 더 가까워졌다.

내가 글을 쓰면서 가장 두려웠던 것은 그 화가의 작품만큼 누군가에게 먹먹한 감동을 줄 수 있을까 하는 염려였다. 오늘 밤에도 별이 찬바람에 스치는 이유다.

2018년 늦가을 夢齋에서 曮堂

이 글을 쓰기 위해 상해에 자료 조사차 상해에 답사 갔을 때 물심양면으로 도와주신 윤 아르떼 박상윤 대표, 한상무역 이종식 박사, 그리고 윤의사의 이야기를 중국어로 발간한 하련생 선생. 마지막으로 지리도 모르고 중국어도 모르는 나를 위해 헌신적으로 답사와 통역을 해준 조혼정 선생께 진정으로 감사의 말을 전한다.

소설 윤봉길
- 무지개 위에 별이 뜨다

초판 인쇄 2018년 12월 14일
초판 발행 2018년 12월 19일

지은이 | 강희진
발행자 | 김동구
디자인 | 이명숙·양철민
발행처 | 명문당(1923. 10. 1 창립)
주　　소 | 서울시 종로구 윤보선길 61(안국동)
　　　　　우체국 010579-01-000682
전　　화 | 02)733-3039, 734-4798(영), 733-4748(편)
팩　　스 | 02)734-9209
Homepage | www.myungmundang.net
E-mail | mmdbook1@hanmail.net
등　　록 | 1977. 11. 19. 제1~148호

ISBN 979-11-88020-85-0 (03810)
15,000원